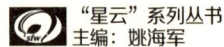

NEBULA

——港台科幻专辑——

陈立诺 张系国 等著

四川出版集团 四川科学技术出版社

图书在版编目(CIP)数据

星云IX·港台科幻专辑/陈立诺 张系国 等著;
– 成都:四川科学技术出版社,2012.11
ISBN 978 – 7-5364-7506-9

Ⅰ.星…　Ⅱ.①陈…　②张…　Ⅲ.科学幻想小说–中国–当代

Ⅳ.I247.5

中国版本图书馆CIP数据核字(2012)第251907号

星云IX·港台科幻专辑

著　　者　陈立诺　张系国 等
主　　编　姚海军
责任编辑　宋 齐　田 膂
特邀编辑　陈虹羽
封面设计　漆 龙
版面设计　漆 龙
责任出版　邓一羽
出版发行　四川出版集团·四川科学技术出版社
　　　　　成都市三洞桥路12号　邮政编码:610031
成品尺寸　160mm×228mm
印　　张　16.5
字　　数　220千
插　　页　2
印　　刷　四川五洲彩印有限责任公司
版　　次　2012年11月成都第一版
印　　次　2012年11月成都第一次印刷
定　　价　19.80元
ISBN 978—7-5364-7506-9

星云 IX | 目 录
CONTENTS

园　丁

陈立诺

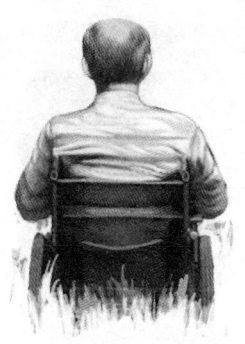

看到对方已到达防火门的位置，再多跑一步就会蹿进天台，
梅卓轩朝那人的小腿开了一枪。
接着，梅卓轩快速拐过楼梯最后一个弯，抵达通往天台的那道笔直楼梯，
他向上看，却只见到一道绿色的防火门。
那人消失了。

陈立诺，"70后"，肄业于台湾政大新闻系、毕业于香港中大中文系。香港作家、评论人。中学时代，先爱上科普后爱上科幻，被拉玛之宏美、索拉里斯星之神秘所吸引，徜徉于科幻大花园，至今仍乐而忘返。相信科幻最能表现人类的可能性，在一个有多重世界的平行宇宙中，每一部科幻小说描述的未来都会实现。

曾出版长篇小说《悲伤从昨天开始》和诗集《影子最重》；发表过数则科幻短篇，两篇入选香港短篇科幻精选集；《园丁》是个人第一部科幻长篇小说，能够出版，无比感激。

2029年

1. 薄扶林道

从第一次和张神父见面到现在，已差不多过去半个月。梅卓轩带领的那组人轮流窝在车上等着，可是什么事也没有发生，大家的士气开始有点低落。

黑夜里传来长长的一声"吱"，正沿着斜路往上走的梅卓轩为之一振，猛地转过头，可能是有车子来了一个急转弯或急刹车。他收回涣散的目光，望向斜路下方那两座建筑物的大门。

矗立于斜路右边的是圣玛利亚教堂，教堂对面是禅觉寺，两道门口都没有人进出，只有路灯把树的影子投在马路上，路面一块白一块黑，如半幅水墨画。监视车所在的位置后面是一个山坡，绕上去，再步上几十级阶梯就进入了香港大学的范围，十多年前梅卓轩在这里念过书。听说一百多年前，孙中山也曾在这里读过医科，不过好像没有毕业。

监视车停在挨着山坡的一个小型停车场里，那里胡乱停放着二十多辆车。监视车旁立着棵大树，一到黄昏，茂盛的枝叶中就会响起洪亮的蝉鸣，和山坡上蝈蝈铿锵的叫声交织成一片。今晚负责监视的是探员胡彪和方渐睿，方渐睿一看到梅卓轩过来巡看，立刻把车上的位子让给梅卓轩。他征得梅卓轩的同意后马上跑去邻街买东西吃，胡彪则站在树下大口大口地抽着烟，风掺着热气一阵阵吹过来，把烟雾扯成四五片。

这个星期有两天时间，梅卓轩都待在这辆用高科技装备起来，但外表极为普通，没有贴上警方标志的客货两用车上，火眼金睛地监视着屏幕上的两道铁门：一道锈迹斑斑，有几处漆已剥落；另一道则刚涂上一层绿色的漆油，如铺上了一层初春的树叶。车上的主屏幕侧旁有一块稍小一点的屏幕，它被分成六格，分别显示两座监视对象的侧面和后面。

作为宗教活动场所，禅觉寺可以说是非常为人着想，大多数时候都中门大开，每天天一亮虔诚的信众就可以进去上香礼佛。而教堂，每逢周六或假日才敞开大门，迎纳大众。两座建筑物都位于上环的薄扶林道，两边的人却似乎互不来往，一出门口就立刻朝相反的方向散去。有没有人在佛寺拜完佛后又到对面的教堂接着祈祷，这种情形可真是无从稽查。薄扶林道从太平山山麓延伸过来，以近乎45度的倾度一直迤逦到维多利亚港，到了海边那一段地势才变得平缓。多年前，曾有一辆小型巴士刹车失灵，从街头滑下来，撞死两名无辜行人。

百无聊赖之余，梅卓轩再一次把条状计算机摊开，阅读手上一批警方搜集来的资料，接着连上网络，用语音搜索引擎找寻另外一些数据。圣玛利亚教堂的负责人张神父是法国人，年轻时来香港传教，改了个中文名叫张天仰，能说一口流利的汉语。此人在全球天主教界颇有影响力，曾用中文写过几本神学方面的作品，其中一本名为《论救恩的神秘性》还被翻译成意大利文和英文，听说教宗亲口称赞过这本书。他的中文被文学批评家夸赞"文风朴拙，颇有古风"。此外，张神父保持了一个吉尼斯世界纪录，这是他在56岁时创下的，他是第一个能够把中文版和合本圣经从头到尾背诵出来的人，只犯了五个错处，这个纪录迄今尚未有人能打破。张神父另外还有一门秘技，就是懂得驱魔术，他在39岁那一年远赴意大利花了两年时间学习，并拿到教廷颁发的证书，是香港唯一一位天主教驱魔师。

十分钟后，梅卓轩把计算机卷起来塞进口袋里，他的目光死死地盯着车窗外两道铁门之间的马路，真的有人会对那两个人不利吗？当他专心思考的时候，模样有点像活死人。梅卓轩知道，除了他负责的这个小组要看着张神父和如一法师，香港还有另外一些"要人保护小组"在执行同样的任务。上级叫梅卓轩把手头上正在跟进的两个刑事案件交出一个给重案组其他分队，他的小组只要兼顾一个就可以。

接到任务后，梅卓轩和大熊先后拜访了保护对象张神父和如一法师。

听说全港有几百人要被重点保护，至于具体是哪些人梅卓轩也不太清楚，他的下属大熊对此不屑一顾，认为香港根本没有那么多重要人物。

2. 圣玛利亚教堂

圣玛利亚教堂被不少人誉为亚洲最美的教堂之一。它最大特点是：墙壁镶着二十四幅二米宽三米高的巨型浮雕。

一推开教堂大门，两侧墙上浮雕中的人物仿佛霎时警醒，向来人奔来。大熊和梅卓轩第一次进入圣玛利亚教堂看到这种景象时，不禁倒抽了一口凉气。

左侧浮雕展示了耶稣一生的故事，从马槽诞生开始，第十一幅是最后的晚餐的情形，最后一幅是耶稣背着十字架走向各各他。另一侧是耶稣门徒的事迹，第一块浮雕刻画了耶稣选中的第一个门徒圣彼得，画面上他望着满船渔获面露喜悦之情。当时他在加利利海捕鱼，但整晚没有收获，十分沮丧。听了耶稣的指示后，他把网撒到水深之处，结果竟打到满满两条船的鱼。这一侧的最后一幅亦即是第十二幅，浮雕刻画了门徒犹大出卖耶稣后跪地痛哭的情景，旁边的其他门徒对犹大面露鄙夷之情。

主任司铎张神父住在教堂主殿旁一排四层高的楼房一楼，紧挨着楼房的是一幢小屋，可能是放置园艺工具的地方。旁边是个四米见方的花园，围着竹篱笆，种了十几种花，分布有点乱，这里一簇那里一簇，最多的是雏菊和玫瑰。骤眼看过去花色多样，仔细一看不少花瓣都蔫了，很多短小笔直的雏菊花瓣散落在泥土表层，只有几株深紫色的路易十四玫瑰挤在靠着小屋的角落里，长得特别高。神父居所一室一厅，客厅的面积在香港来说也不算是很大，客厅两侧靠墙放了两个巨大的书架，高度几乎抵到天花板，恐怕要用梯子才能取下最上面的书。书架上面塞满书，有些书封面颜色已褪，有点发黄。客厅天花板较低，显得神父身材魁梧，他深眶碧眼，秃顶黄髯，颏下四周的络须如一束倒过来的火把，在人群中一下子就能把他认出来。

"神父，我们收到了对你不利的消息。"甫见面，梅卓轩出示了探员证件，介绍自己和大熊之后立刻开门见山，把事情抖出来。

"好像之前有你们的同事找过我。"张神父露出讶异的表情，"谁会对我不利呢？你们从哪里得到的消息?"

"具体很难说清楚,不过我们情报科那边给的消息都是可信度很高的,所以上面才派我们来保护你。"大熊说。张神父半信半疑地盯着来人,神情疲倦,坐在沙发上。

"张神父,最近有没有发生什么特别的事呢,例如说有人跟踪你?"问完后,梅卓轩看了看神父那张稍稍浮肿的脸,不太确定神父是否在听。

"没有。"过了一阵子,张神父才回答刚才的询问,"就算有也没什么,我年岁已高,主随时会召我去。"

"没有可疑的人就好,可是以策万全,我们打算安排两个探员给你提供贴身保护。"大熊说。

"既然没有可疑之人,何必浪费警方人力物力?"神父讲话的语调好像在训诫信众似的,"最近治安不好,你们还是努力扫荡罪恶,给市民提供安居乐业的环境吧。我这里,你们根本不必担心。"神父叹了一声。

"神父,你是宗教界的要人,万一出什么事,我们很难交代啊。"

"凡事都有定时。"神父突然提高声调,"生有时死有时,担心不来啊!而且你们进来时也看到,没地方可以安顿你们的两位同事。这里楼上住的是修女们,不方便啊。"

"神父,我看到你们旁边有间小屋可以用吧?"大熊说。

"小屋另有用途,不能住人的,无法安排你们的同事,你们回去跟上级反映……"话未说完,神父猛地咳嗽起来,他掏出一张手帕掩住嘴巴。

梅卓轩觉得神父意志已决,再磨蹭下去也不是办法,只能之后向上级汇报此事,看看上面有何对策。等神父平静下来,梅卓轩递给神父一张自己的名片,"这个是我的电话,我姓梅,梅花的梅,有什么事你随时可以打这上面的电话找我。"梅卓轩特意用手指指着名片上印着他电话号码的位置。

张神父接过梅卓轩的名片,说了声"谢谢"。

"时间不早了,很抱歉打扰你。"梅卓轩说。

"我们走了,神父再见。"大熊说。

"再见,麻烦你们了。"

探访张神父后,梅卓轩接着到禅觉寺探访如一法师。

如一法师没有类似张神父的那种降妖除魔轶事,可是在香港佛教界也是响当当的人物。如一原本读书不多,是一名装修工人,人到中年时家庭突遇巨变。万念俱灰之下顿生死意,收拾家中物件打算弃置之时偶翻出一本薄薄的佛经故事,翻阅几则后恍然大悟,死念亦消,于是决定遁入空门。

　　如一法师当时正在闭关,由他的大弟子出面招呼梅卓轩,其话里的意思和张神父无甚分别,只是遣词用句不一样。被保护者不愿意全面配合,梅卓轩只好每天等教堂或寺庙一开门就派个便衣进去,监视里面的情况,内外相互照应。

　　已七十岁的张神父看来两袖清风,而禅觉寺住持九十岁的如一法师也是无欲无求之人,两个人也都无妻无子无女,有必要二十四小时看着他们吗?质疑归质疑,梅卓轩并不打算询问上级执行该任务的意义。好在两位老人家外出活动不算多,一个星期一两天而已,多数时间都待在教堂和寺庙。而外出时会有很多人围绕在老人身边,例如教会的同工、法师的弟子等等,因此,他们在外面时梅卓轩的担心反而最少,好好的一个人总不会在众目睽睽之下蒸发掉,再说外出时还会有两名探员跟着他们。不过,热门的公共场所人头攒动,三山五岳什么类型的人都在活动着,只有一组人手却要两边兼顾,不把人累死或是出事才怪。冗长的守候和等待让人不由自主生出嗜血的冲动,不论这是别人的血还是自己的血,尤其探员们身上都带着手枪。梅卓轩希望可能会出现的人可能会发生的事快点来,好让他和同事摆脱这种时时警惕但又无所作为的状态。

　　现在已接近午夜时分,自黄昏时张神父返回教堂触动了安装在门口的红外线监视器后,监视器再无其他反应。监视器是大熊从深水埗鸭寮街买来的,小巧精致,仅如一枚硬币般大,贴到墙上去就行,并且可以根据环境颜色的变化而换上不同颜色的外壳。一有人经过监视器的覆盖范围,车里的接收器立即会闪起红光来。大熊得意扬扬地说,一个这样的监视器售价才200元港币,如果放到美国那边的网络拍卖,要价会高出一倍。

　　其实红外线监视器只是辅助而已,主要的监视接收系统安置在监视车车顶,厚五吋^①左右,颜色和车身一致,必要时可以升高,里面还安装了一部内置高清图像倍增器的摄像机,不论阴天、雨天还是黑夜都能把两座建筑门口的情景清楚地显示在车里的屏幕上。警方在两座建筑物的侧面和后面的路灯上也装了微型监视器,连接上警方的天眼系统,可以把周围的情形一清二楚地传送到监视车上。

　　如果事情难以处理,他们就会立刻呼叫警方特别行动组支援——从中环警察总部赶到这里,只需三分钟。

　　安装在佛寺门口侧旁的监视器晚上发出了几次信号,因为有僧人从外面回来。寺庙住持如一法师则是一整天都没有外出。今天下午,大熊无聊之下溜进佛寺和一名在寺庙做清洁工作的女工瞎扯,打听到昨日如一法师外出到跑马地主持弘法大会时,一阵怪风突然吹过导致感染了风寒,正在休养,估计要一段时间后才可以外出。

----

　　①吋是英寸的旧称,1吋=2.54厘米。——编者注

　　方渐睿回来了,梅卓轩从车上跳下来,斜睨了一下手上的表。离开的时候,他步行绕圣玛利亚教堂和禅觉寺走了一圈。两座建筑占地颇广,皆有高墙环绕,教堂的围墙上插着尖锐的碎玻璃片,寺庙则在墙顶安装了一圈铁丝网。

3. 薄扶林道

如果没事做,隔着玻璃观雨,看雨打在路灯上,落在水泥地上,往低处流去,倒别有一番情趣。不过今天晚上天气特别晴朗,一滴雨水也没有,温度比平日高,站在车子外面不消一会儿,就会汗流浃背。头顶上昆虫的鸣叫声交织成一片,初时觉得很嘈杂,听了一两天习惯了,听不到时人反而感到寂寞。

另一个夜晚,又一天的等待,还有六个小时天才亮。

身为一名高级督察,梅卓轩本来不必值夜班,只是下属胡彪已近24小时没有休息,因此他过来替换对方,叫对方回家歇歇天亮再来。

今晚负责看守的梁善正睡在车厢后座,她蜷成一团,面向车尾,有点像子宫里的胎儿,坐在司机位置的梅卓轩听到她阵阵的呼吸声。梅卓轩伸出手去,在旁边座位上的一个袋子里摸索了一会儿,然后把手抽出来,食指和中指间夹着一块饼干,浅黄色的饼干屑飘散到座位上。

梅卓轩慢慢把上下颚往中间压下去,同时仔细听着饼干在重压下破碎时发出的声音。他把头扭向后面,看见梁善一点动静也没有,然后他又转回头,一边轻轻咀嚼着饼干,一边看着外面。

"5613,5613,有没有什么动静?"一阵尖锐的女声涌进梅卓轩的耳里。梅卓轩拉下贴在耳后的通话器,答道:"没有。"

接着他看了看位于大雨中的那道铁门,重复道:"没有。"

对方中断了对话。

"梅督察,什么事?"梁善醒了过来。

"没事,你睡吧。"

"我睡够了,轮到你睡了。"梁善看了看放在车窗玻璃下的时间显示器。

她把左边的座椅按平,爬到前座来。梅卓轩做着同样的动作,只不过是爬向和梁善相反的方向。

"总部不知为什么刚才打来问有没有什么事发生。"梅卓轩一边说一边躺下来,把防风夹克的拉链拉上,伸出两条腿抵住车窗。他身材中等,留短发,倒三角脸形,单眼皮,混杂在人群中很难辨别出来。倒是体力不错,腿稍长臀部结实,两年前曾获得香港渣打银行主办的十公里长跑亚军。

"他们对这事很紧张。"梁善的反应有点迟缓。

"谁会做把人抓走这种事,发生这种事对谁有好处?"

"我也想知道。"

"刚才可能是计算机有问题吧?"

"你还是休息一会儿好了。"

"一定是某些人的脑子坏掉了。"梅卓轩拔出腰间的佩枪,把枪塞进绑在小腿上的枪袋里,摘下通话器放进口袋,如释重负地躺下来闭上眼睛。他想,一觉醒来天也就亮了,到时候去最近的那家茶餐厅,叫一碗牛肉公仔面加一杯热奶茶,多美好。

睡得迷迷糊糊的时候,梅卓轩听到有人叫他,是梁善的声音。梅卓轩几乎跳了起来,他的头砰的一声撞到车顶。

他看到梁善的面孔在前面晃动,"梅督察,总部有急事找你。"梁善把自己的无线通话器递了过来。

"什么事?"

"把地点传到我计算机去!"

梅卓轩中断了对话,"梁善,你在这里看着,我去前面那条街看看,另外叫大熊过来找我。"说完,他立刻跳下车。

他看了看计算机屏幕显示的街道位置图,然后握着条状计算机向街的尽头跑去,到下个街口时他几乎没有减慢脚步,猛地朝左手边拐过去。

4. 水 街

永祥大厦高12层,坐落在大平山脚下,外围都是高出它五倍以上的摩天大楼,有点像武大郎不小心闯进了仪仗队的行列。永祥大厦没有雇用管理员,只装了个大铁门,门旁安装了一个密码锁供住户使用。现在治安不好,新型大厦都装上指纹锁,只有旧式大楼才会依然使用这种古董。有些豪宅门口还装上了虹膜扫描器,通过扫描瞳孔再经计算机分析来确定来者身份,不少地产商就以此设备作为噱头促销房产。

梅卓轩大汗淋漓地赶到永祥大厦,发现出入口的铁门已被打开,可能已有同袍比他早一步到来。进去之前,他扫视了一下周围环境,大厦外墙斑斑驳驳,角落处长了好几片青苔。一条大街从大厦前横过,右边那一端以30度角向上伸展,到了高处猛地沉向海滨的方向。梅卓轩坐电梯上到九楼,赶到案发现场,看见这里已被封锁。门口站着两个军装警员,有一个中年女人倚着走廊栏杆对着案发单位门口的位置抽泣,估计是死者的亲人。虽然已差不多是凌晨时分,走廊两端还是聚了好几拨人,等着看热闹却又不敢靠近。

梅卓轩向警员出示重案组的证件,其中一个警员认识梅卓轩,喊了声梅督察,接着他在梅卓轩的耳边轻声说了句"人已死了"。梅卓轩推开了那间木板隔间房的铁闸和木门。

死者是个女的,脸朝下趴在地上。头部右侧的地板上写着四个字——"人子近了",每个字有巴掌般大,笔画歪歪斜斜,是用血液写成的。死者头部不自然地侧向一边,手向两边摊开,看起来像个"一"字,双脚伸直交叉叠着,整个人看起来像是个"十"字。被害人看来已死去了一段时间,躯干上没有明显伤口,只是脸上有淤血,鼻孔处也沾着血,脖子上有伤痕。右手食指的指尖被割开了一道口子,凝固在一小摊血中。一块类似衣服的布料揉成一团丢在死者身边。

梅卓轩环视屋里的情境,房间并不大,只有一百多平方呎①,临街道一侧的窗户都是关上的,霓虹灯光在上面闪动着。梅卓轩每走一步,脚下的木地板便传出吱吱的声音,好像

---

①呎是英尺的旧称,1英尺=0.3048米。——编者注

有液体在底下受到压挤。他贴着墙走，尽量不靠近那女子，她那瞪得大大的眼睛早已失去了神采，只剩窗户的影像落在她空洞的瞳孔里。梅卓轩蹲下来看了看床底，下面的光线不太充足，但还是可以看见只有一个女式手拉箱，箱子旁边有一双红色的运动鞋。一瞥之后，梅卓轩立刻直起身子。

厕所传来一阵水滴坠落的声音，梅卓轩整个人差点儿跳起来，握枪的手不禁一紧，食指已触到扳机。有时犯罪嫌疑人来不及离开犯罪现场，躲起来也是有可能的，梅卓轩双手擎枪，屏住呼吸，枪口指向厕所的入口。

"快点！快点！"走廊传来男人的吆喝声和奔跑声，而且越来越近。梅卓轩掣着枪一步一步退向大门的方向。"在这里！"梅卓轩探出头去朝走廊喊道，大熊向这边跑过来。

"厕所好像有人。"梅卓轩压低声音，大熊也拔出了佩枪。

"你在这里掩护，我进去看看。"梅卓轩吩咐道。

梅卓轩挨着墙壁，一点一点移向厕所入口，他的视线已经可以看见半个厕所内部，天花板上的水滴缓缓落向下面的洗手盆，一滴接着一滴。梅卓轩猛地伸手朝里挥了一阵，又缩回来，接着跳向洗漱台，枪指向之前看不见的那部分，大熊几乎也同时冲了进来。

梅卓轩用脚踢开浴帘，浴缸里没有人，梅卓轩和大熊互望了一眼，此时梅卓轩觉得额头有汗正在沁出来。在外面守候的警员也走进来了，他看了看浴缸，露出不以为然的表情。

"麻烦守住外面，不要放人进来。"梅卓轩对刚进来的警员说道，"除了鉴证科的人。"

"尤其是记者。"和梅卓轩一起冲进来的那位警员加上一句。

哧的一声，突然一阵闪光掠过，照亮了周围，然后是另一次闪光。梅卓轩转过头去，看见两个录像镜头正夹在半掩的门口。"哇，有人死了。"从走廊那里传来一个男人兴奋的尖叫，"不穿衣服的！"

梅卓轩抓着门沿，轰的一声把门关上。

"我们是记者，我们有正当的采访权利！"

"侵犯报道权！"门外有人大声喊道。

梅卓轩打开了门，几个记者正想一拥而入，刚走过来的大熊伸出大手拦在他们前面，"请你们尊重警察办案的权利，同时也请你们尊重死者不被打扰的权利！"

"什么？"站在外围的一名记者问道，这时梅卓轩的眼角突然瞥见走廊尽头防火门那里有个白色的东西晃了晃，他推开记者向那里奔过去，边跑边拔出佩枪。几个记者刷的一齐把头扭向梅卓轩的背影，也跟着梅卓轩跑起来。半边防火门前后摆荡着，梅卓轩跨开大步，猛地撞开防火门，接着他刹停脚步迟疑了半秒，看看上面又看看下面，却不见人影，只觉得似有一阵怪风扫过，卷向上一层楼梯。同时他听到一阵皮鞋的踏步声从下层楼梯传上来，而且越来越近。"大熊，你往下搜，我往上！"他喊道。

　　梅卓轩拔腿砰砰砰地冲向十楼，几乎每一步都要跨上三四阶楼梯，他抬头瞥见十一楼楼梯栏杆处似乎飘过一抹白色的大衣下摆。"警察！站住，不然我开枪了！"梅卓轩大喝一声，那人充耳不闻地冲向十二楼楼顶的天台防火门方向。正跑到十一楼楼梯处的梅卓轩拔出手枪，但从他所在位置向上望角度很狭窄，只能看见那人快速跨动的一截小腿。看到对方已到达防火门的位置，再多跑一步就会蹿进天台，梅卓轩朝那人的小腿开了一枪。接着，梅卓轩快速拐过楼梯最后一个弯，抵达通往天台的那道笔直楼梯，他向上看，却只见到一道绿色的防火门。那人消失了。梅卓轩大力去拉防火门想冲出去进入天台，可是那道门纹丝不动，原来门上的把手和墙上的一个铁圈被一条铁链缠了几缠，并且给一个拳头般大的锁锁住了。他蹲下来，摸摸子弹打在门上的洞，接着直起身子探头到栏杆外望向楼梯下面，只见有几个戴着蓝色警帽的人正往上跑。梅卓轩跑下十二楼顺着走廊跑到另一端，接着又跑到十一楼那一层，但并没有发现白衣人。

　　"看不清楚那人的脸部轮廓，他动作很快，在防火门那边一闪就不见了踪影。"梅卓轩带领四个戴着蓝色警帽的警员绕到天台另一端的入口，他边跑边向他们描述刚才看到的情形，"年龄应该不大，穿着一件白色大衣，我没留意他穿的什么裤子。"

　　这一端天台入口的门也给用同样的方法锁住了，梅卓轩开枪打掉锁，带领几个警员走上天台，他们持着枪一脚高一脚低地搜索，小心地避开天台上四处纵横的管道。除了一个巨大的储水箱，天台上并没有可供藏身之处，梅卓轩掀开储水箱的盖子，另一位警员用手电筒照了一遍，也没有什么发现。站在天台边上往下看时，梅卓轩突然生出一种奇怪的感觉，觉得好像有只眼睛在高处看着他。他环视四周那些大厦亮着灯的窗户，看看有没有其他人望向这边。旁边三座大楼紧挨着永祥大厦拔地而起，都比永祥大厦高了几倍，大厦和大楼之间几乎贴在一起没有距离似的，永祥大厦的天台看上去成了井底。

　　如果一个人被追捕的话，就会毫不犹豫地跳到毗连大厦的窗台，可是永祥大厦两边的防火门都是锁住的啊。不少地痞流氓，或者边缘青少年最喜欢跑到这种旧式大厦的天台胡作非为，梅卓轩曾处理过一例投诉个案：有一批人跑到别人家大厦天台开烧烤派对。于是有些大厦不顾消防条例的规定把天台的门锁死了，不让陌生人上去胡搞，可是一旦发生火灾，住客无法逃到天台躲避，后果将不堪设想。那人躲到哪里去了呢？梅卓轩感到有点莫名其妙。

　　他今天开了枪，明天就要呈交一份关于开枪的报告，他想：报告里要如何解释这件事呢？

　　一个小时之后，梅卓轩的上司，中区重案组高级警司陈少白赶到了案发现场。陈少白好像还没睡醒，两个眼袋鼓鼓地悬在鼻子两侧，只有一身警服簇新笔挺，像正要出席警队每年一度的颁奖典礼。将近凌晨二时，大熊挨着墙，单起一条腿站着，梅卓轩在走廊上踱来踱去。警员用胶布条把案发现场围住，以防闲杂人等闯入，破坏重要的查案线索。过了一段时间，法医、鉴证科人员和警方摄影组人员几乎不约而同地赶到了案发现场。梅卓轩和大熊跟他们一起在房间里采集指纹，搜集证据，梅卓轩特别仔细地察看木地板上的每一格，寻找血迹。

法医王锦川在现场做了简单的尸检，确定受害者的大概死亡时间后，跟陈少白商量了几句，决定先把尸体移送至西区殓房，以免影响现场搜证工作。仵工用裹尸的黑色胶袋将尸体包住，再用白布包一层，然后抬上在楼下等待的黑箱车，送往西区政府殓房，打算下午再进行剖尸检验。警察总部调来了一批机动部队警员，还有两只警犬来到现场，开始搜查整座大厦，并打算天一亮就跟住户做问卷调查，看看有没有什么线索可以跟进。

鉴证科工作人员在香港上环水街368号永祥大厦9楼B室逗留到第二天早晨才离开，他们找到一些不属于死者的指纹，几缕衣物上掉下来的细小纤维。谋杀案的侦办任务交给了中区重案组第五分队，梅卓轩是这一队的负责人。

天亮后，几个探员拿着一张从网络上下载的死者近照，逐户跟永祥大厦居民做一份简单的问卷调查，想看看有没有和此案有关的线索或目击者。另外有一队警员去了永祥大厦天台，他们排成一行对这里进行了地毯式搜索，如筛子一般从天台一边走到另一边，仔细寻找梅卓轩昨晚开枪后射出去的弹头。一位刚刚加入警队不久的新丁，在储水箱的上半部找到了那颗弹头，弹头深深嵌在水箱泥塑的外墙里。

5. 苏格兰场

几片巨大的云在空中交叠着,如沉重的铅块。太阳无影无踪,天色阴阴沉沉的,不时飘下豆粒般大的雨点。正在伦敦海德公园草地上觅食的松鼠,感到一颗雨滴掉在身上,立刻竖起身体,摆动着肥大的尾巴跳回树上,消失在一团浓荫中。

距离出发还有一段时间,米修斯从裤袋里抽出被卷成条状的计算机,平摊在桌子上,手指头点了一下界面上一个档案:"英国名人失踪案卷"。

他下巴抵在宽大的实心桃木桌面上,手指快速划过界面揭开其中一页,接着大声朗读起来:"艾华特,牛津大学哲学系主任,8月4日于大学寓所失踪⋯⋯证人口供,'8月3日,他在书房里不知和什么人说话,当晚便失踪了。'

"格林,作家,剑桥大学化学系教授,8月9日在海德公园附近失踪。证人口供,'吃完晚饭后,他总爱到海德公园散步。可是那晚出去后,就再也没有回来了⋯⋯'"米修斯跳过不感兴趣的内容,感兴趣的证人口供他会不断地念出来。

八年前,米修斯从牛津大学英国古典文学系毕业,想找份投资银行的差事,可是当时全球经济陷入萧条,找不到工作,后经熟人介绍混进了苏格兰场,谋到份警探的活儿。

他延续大学时朗读莎士比亚作品的习惯,把案卷记录也拿来朗读,有一次再三吟诵时突从证人口供的字里行间得到启示,破了一件悬案。经过几年工作,他很快便从一名新丁上升到中层探员的位置。

他连续跳过几页,"夏尔帕克,诗人,8月20日在伦敦寓所里用绳索自杀身亡⋯⋯证人口供,'下午大概六点,有一个瘦子找过他。那人走后,他还在露台踱步,可是第二天我进睡房打扫时便发现他死了。'"

"出发了!"他的搭档麦法兰并没有敲门,而是直接拉开办公室木门,探进头来大喊了一声。

6. 伦敦西郊墓园

通向墓园入口的马路两侧停放着几十辆汽车,其中一辆外形普通的福克斯轿车里坐着两个中年男人,坐在驾驶座的那一个抽着烟,烟圈缓缓从车顶的天窗冒出来。

"我们换个地方。"麦法兰发动轿车,驶上左边紧贴着墓园的一个土丘,从这里可以居高临下看到整个墓园。

墓园的左角有一个刚挖好的大坑,人群正逐渐向那里走近。

"你觉得哪里有疑点?"米修斯问。

"死者事业正处于巅峰,刚获得诺贝尔文学奖,竟跑去自杀?"麦法兰警官食指和中指指端轻敲着驾驶盘。

"谋杀?"米修斯不自觉地吐出了这个词。

"那当然!"麦法兰斩钉截铁地回答。凭他多年的侦探经验,他认定这是一起谋杀案。

"不过,现场什么证据也没有。"米修斯的语气里满是狐疑,"这种时代还有人写诗,会不会是一个自杀的好理由?"

麦法兰最讨厌这种带有讥讽意味的说话方式,他觉得这是精神不成熟的表现。不过,现在他却没有论点来支持自己的看法。他那不肯认输的性格,使一句话溜了出口:"他的死就是最好的证明!"

"可见凶手非常聪明!"为了怕米修斯戳破他论据的空洞无力,麦法兰加上了这句话。米修斯鼻子"哼"了一声,然后把头转开,拿起望远镜慢慢地扫视整个墓地。数千个白色十字架如用隆冬的雪铸成似的,插在伦敦西郊这个墓园,反射出黯淡的白光,仿佛死者灵魂的倒影。

麦法兰从衣袋中掏出电话和一包香烟。

人群围拢在坑边,刚刚翻开的泥土夹杂有一些黑色的腐叶,散发出一股奇特的气味。四个抬着棺木的工人慢慢把绳子松开,把棺木放进坑内。那口原本赫红发亮,像刚出炉的热烘烘的面包般的棺木，在天色阴沉的郊外，失去了漆过油的木质表面应有的亮光。夏尔帕克所属的教堂不肯为他打开大门，神父拒绝为他举行宗教葬礼，因为他们认为夏尔帕克是自杀的。东伦敦教区的奥斯特神父站了出来，甘愿冒着被人大肆攻击的可能，为夏尔帕克主持葬礼。他认为夏尔帕克不会自杀，更重要的是，他认为一个相信上帝的人，不论怎样死，都应该得到神父的祝祷。东伦敦区穷人较多，又脏又乱，奥斯特从修道院出来后一直都在这个区服侍上帝。

"真奇怪！无论时代多么进步，葬礼的形式还是一样。"米修斯好像发现了世上最大的秘密似的。麦法兰想，那是因为人死了都是一样的。

地面刮起一阵风，摇动着小草，一些黄色的灰烬被风吹起，漫漫飘过墓地上空。

"……我要论到耶和华说：他是我的避难所，是我的山寨，是我的神……"

米修斯看见距人群几十米开外的一棵大树下站着一个人，只有一个人，他拿起望远镜望过去。那人穿着一件白色大衣，在雪地背景的衬托下还真不容易察觉。风把他的衣服向后压，他的上身有点不自然地凹进去，衣服下包裹着的仿佛是一个空空的骨架，而不是一个有血有肉的躯体。

"……他必救你脱离捕鸟人的网罗，和毒害的瘟疫。他必用自己的翎毛遮蔽你，你要投靠在他的翅膀底下……"

落在镜头里的那人面孔瘦削，看起来年纪并不大，目光好像落在主持仪式的奥斯特所在的位置，"……万人仆倒在你右边，这灾却不得临近你。你唯亲眼观看，见恶人遭报……"一阵风吹过，树上的叶子互相揩擦，像人们在摩擦自己的手掌以图取得温暖似的。"……在你行的一切道路上保护你。他们要用……"

"那边有个人，你看看。"米修斯把望远镜递给麦法兰。

"哪里？"

"那棵树下面。"

"没有人。"麦法兰看了看应道。

"咦，怎么不见了？"

米修斯马上拿起电话，吩咐两个守在墓园门口的下属进去搜一下，特别是那棵大树的附近。

麦法兰掏出了一张照片，用指尖弹了弹，"这是奥斯特神父。"

"他好像在领导一个反贫穷运动。"米修斯说。

"对，而且是夏尔帕克的挚友。"

"难道他有嫌疑吗？"

"我不排除这点,但我们主要是来保护他的。"

两个执着铁铲的工人,把坑四周的土块拨下去,发出沙沙的声音,间或也夹杂着石块碰在棺木上发出的沉闷的砰砰声,犹如临终者的心跳。奥斯特神父右手在身上画着十字,左手拿着掀开的《圣经》。他的眼眶里噙满了泪水,有几滴滚了出来,顺着面颊向下滑,"……碰在石头上。你要踹在狮子和虺蛇的身上,践踏少壮狮子和大蛇。神说:'因为他专心爱我……'"

"麦法兰,你是教徒吗?"米修斯问道。

"为什么要这样问?"麦法兰想用这句话来回应,但另一句话却溜出了口,"人老了,便只有信自己。"说完他把头一仰,沉进座椅中去,一股烟雾从他的鼻孔中猛地冲了出来,在车厢里鬼魂般游荡着。

"……我要搭救他,因为他知道我的名……"黑黝黝的棺木渐渐被黄土掩盖。

"报纸说昨天法国那边有个物理学家失踪了。"米修斯说。

"我们这边自7月以来,有五个知名人士失踪,一个死了。"麦法兰补充道,"不过有一个原来是躲在柬埔寨考古,于是从名单上剔除。"

"那么,"米修斯故意拉长语调说,"我会不会失踪呢?"

"你有名望吗?"麦法兰学着米修斯的口吻,说完便哈哈大笑起来。米修斯也笑了。

"会不会有不少普通人也莫名其妙地死了失踪了,只是不受政府重视?"

"人生就是不公平的啦,只有好好学会适应。"麦法兰狠狠吸入一口烟。

从西边接近地平线的灰褐色云层里射出一团黄光,云块向四面挪开,露出一块天空。太阳待在那里,一副宿醉未醒的模样——即使瞪大眼睛盯着太阳,也不会觉得刺眼。送葬的人坐上汽车,扬长而去,墓地只剩下三个人。奥斯特紧紧地握着一个女人的手,一起向墓园门口走去,旁边跟着一个孩子,他那大大的眼睛蒙上了一层像雾一般的东西,小手紧紧抓着母亲的另一只手。

"我们要回去开会,"米修斯看看手表,"叫诺福克和列文来换班跟着奥斯特吧。"

他们的车子驶下小土丘,然后转向伦敦城的方向,麦法兰启动了全自动驾驶系统,腾出双手摊开计算机开始翻阅《金融时报》。"那些失踪了的人里面,你觉得他们有什么共通点呢?"米修斯突然问道。

"他们都没有犯罪记录。"麦法兰没有抬头。

这也算是共通点吗? 如果这样,他们全住在地球上也算是共通点啦! 米修斯觉得麦法兰的回答有些好笑,但没有把话说出来。

奥斯特神父把夏尔帕克夫人和孩子送上车后,再度折返夏尔帕克的坟墓,他一个人站在那里，紧闭着嘴巴，嘴角两边展开的那几道皱纹，就像纤夫紧抓在手中的绳子。墓园里开满了白色的鸢尾花，似乎要占领整个墓地似的。

奥斯特突然想起一句可笑的话："人生是一个泥坑，应该站在高地上。"他把垂着的头抬起，望向天空，太阳已经不见了。一颗泪沿着他的眼角滚下来，时间之神挥舞着利刀在他的脸上划出一条条深浅不一的坑纹。他那蓝中带黑的眼睛，潜藏着一种殉道者的温柔和坚定。看到这张面孔的人都会肃然起敬：这是一个受过苦的人，不论命运给了他什么，他都会默默接受，不会拔腿就跑。时间除了能在他的脸上堆起痕迹以外，并没有办法令他的心灵僵化，他的心脏依然有力地跳动着，他的心灵充满年轻人的活力和激情。

"如果他一直站在那里，我们可要陪他过夜了。"列文望着奥斯特高大的身影，轻声说。

奥斯特站在墓地上，像一根木桩。黄昏的暮色像阴霾般向墓地涌过来，填满了叶子间的空隙。树干蒙上了一片灰色，墓碑逐渐暗下来，上面的字已辨认不清了。那些白色的花朵若隐若现地浮现在空气中。他蹲下身，伸手抚摸刻在石碑上夏尔帕克最喜爱的莎士比亚的诗句："他并没有消失什么，不过感受了一次海水的变幻，化成富丽而珍奇的瑰宝。"奥斯特再念了一次祈祷词，然后离开墓地，走向停泊在门口的车子。

走到门口时他回头想再看看那块埋葬了他朋友的地方，但四周已淹没在黑暗中，一片朦胧。奥斯特踩动油门，车子怒吼了几声，缓缓向前滑去。他调校到全自动驾驶系统，让汽车自动前进，然后闭上眼睛。苏格兰场警探诺福克和列文驾着车跟在奥斯特后面，车和车之间保持着约三十米的距离。

7. 西环殓房

"我可不可以在外面等你们?"梁善脸带怯意地问。她加入重案组已有一年半,对于一个女孩子来说,她的体型也可归入魁梧那一类,可是她总怕进殓房,每一次能免则免。

"没事的,进来吧。"阿德笑着说。

"唔……"梁善摇了摇头。

"我们都进去啦,只有……哈哈……只有你一个人站在走廊……哈哈。"大熊故意对着梁善挤出一阵怪声。

"好吧,你在外面等。"梅卓轩说,他带着大熊,还有刚刚转到重案组的阿德走进西区殓房。进去之前,他们换上御寒的大衣。一推开冷冻室厚重的铁皮门,三人顿时感到周围嗖嗖的凉气。

法医王锦川把盖在死者身上的布移开,死者周文敏赤身裸体地躺在手术台上。"表面看,很明显是窒息而死的。唉,这么年轻。"王法医做这工作已有十五年,尸检手法很熟练,"不过,当然不能只看表面,也有可能是内脏受损。"他接着说。

王法医的助手撑开死者嘴巴,让他细看牙齿,"你们看,牙齿都有点粉红色,应该是突然窒息,死者挣扎中身体大量血液冲上脑部导致牙齿里面的小血管破裂。"摄影师把镜头对着死者的上下排牙齿连续拍了好几张照片。

梅卓轩觉得王法医今天怎么那么多话要讲,也许是看到阿德面孔比较生,想给他上一堂解剖课。王法医是个左撇子,他左手握着手术刀,右手套在一个金属制的手套中以防被不小心割伤。他先用刀从死者右臂侧切下,横切过乳房,直到胸口的剑状软骨。然后从左臂开始重复同样的动作。接着手术刀从剑状软骨的交汇点向下拉到下腹,最后到耻骨处收刀。死者的胸骨给解下来,露出腹腔和盆腔,法医助手把胸骨放到一个托盘里,摄影师又开始拍照。

"我去一下厕所。"阿德脸色青白,看来很不舒服,梅卓轩点了点头。

王法医拨开死者腹部外围组织，托起重要内脏器官细看，"内脏并没有出血，没有受损的迹象。

　　"死者喉咙上有一个手指的痕迹，死者颈背有两块黑色的淤血。"王法医接着切开死者颈部的肌肉，"可以清楚看到颈椎断裂，而且是粉碎成十几小块。

　　"死因应该是颈椎断裂导致的窒息和脑部缺血。"王法医说道，"可是有点奇怪，一般说来，掐死他人的力度不可能大到导致粉碎性椎裂。"

　　完成尸检后，王法医缝好尸体，助手把尸体放回铁皮箱里，推回冷藏格中。

8. 中环警察总部

　　警方鉴证科经过检析对比搜集回来的指纹,确定其中一枚指纹是死者母亲的,另外一枚未能确定属于谁。至于第三枚在死者床上找到的指纹,和警方指纹库中的一枚吻合,属于一名男子,此人三年前因涉嫌藏有毒品被捕留下了指纹记录。

　　重案组探员立刻出发前往该男子住所。该人住址是九龙油麻地新填地街451号隆兴大厦,探员来到这里,发现门并没有上锁。敲了一会儿门后没有人响应,警方冲进去,只见客厅里一片凌乱。探员在房里找到了针筒和一些吸毒工具,马桶边上沾着一点白色粉末,可能是毒品,要拿回去化验才能确定。看来这人蛮有钱,竟能找到传统毒品,还用复古的方式来注射,在他的抽屉里还找到时下最流行的一种迷幻剂。此人走得很匆忙,可能是刚好在窗口看到几个探员停车在大厦门口并冲进来,于是逃走了。梅卓轩通知楼下守候的同袍守住大厦出入口,不过未捉到人,可能对方从大厦的后门窜走了。

　　探员在卧室里找到该人和死者周文敏的一张合照,两人在照片中表现亲昵,像是情侣。经死者母亲指证,此人名叫马俊明,是周文敏以前的男朋友,两个人同居了半年,一个月前已分手,因为死者发现对方有吸毒的习惯,分手之后马俊明好像找周文敏借过钱。之后,警方立刻对马俊明发出了通缉令。

　　"大家不要垂头丧气!"重案组高级警司陈少白在刑侦会议上提高了音量,"你们组才十四个人,要跟三个案件,还要看着两个重要人物,的确比较辛苦!"陈少白继续说道,"但是,时间就像海绵里的水,要挤总是可以挤出来的。"

　　中区警察总部九楼,重案组十四个同事围着圆桌而坐,几乎个个眼泛血丝,有几个似乎连眼睛都睁不开了。关于该案的几个检查和鉴证报告送到重案组,案发后第三天下午重案组在中环的办公室召开了一次案情分析大会。"当然,也要挤得有技巧有方法。"陈少白补充道。

"好了，废话不多说，"陈少白说，"现在请阿德给大家简述一下水街凶杀案的情况。"

刚刚转到重案组的阿德把报告中的相关证物影像通过手提电脑投射到一面巨型屏幕上，就报告内容向大家做了一个阐述，"死者周文敏，23岁，身高1.65米，职业是连锁时装店售货员。死亡时间为9月17日晚上约11时30分，是她母亲送水果上来时发现尸体的。死者没有被性侵犯的迹象，死因是颈椎碎裂导致的窒息和脑部缺血，这里有一个疑点是，颈椎粉碎成了十几小块，一般人手的握力不可能导致这种结果的。死者脖子上只找到死者自己的指纹，找不到凶手的。"

"凶手戴手套作案？"陈少白问。

"有这个可能，也有可能是他把指纹抹掉了。"阿德回答。

"那为何死者的指纹没有被抹掉？"

"啊，那也是，"阿德感觉头上开始冒汗，"那应该是戴了手套。

"在地板上找到一枚无法确定属于谁的指纹。

"死者脖子后面有两块淤血，面积约等于一个成年人拇指和食指末端大小，从照片上看上去两块淤血稍大主要是因为红肿，从拇指印痕在死者脖子后左侧而食指印痕在右侧，可以判定凶手是用右手杀人的。"

"两块淤血的位置应是颈椎受招碎裂的受力点。"梅卓轩补充道，"上面找到两个类似拇指和食指末端的印痕，但却没有任何指纹，应该可以确定对方戴了手套作案。"

"另外，我们检验过衣物上掉下来的细小纤维，其中大多是死者衣服上的，有一片是她母亲的，有一片像是凶手的，鉴证科现正在对比市场上不同衣服的纤维。"阿德接着说。

"现场发现的揉成一堆的布料是死者的一件衣服，死者母亲在口供中说是她从她女儿嘴里扯出来的，她以为她女儿当时还没有死。

"死者的一颗门牙崩掉一角，在案发现场却找不到，可能是凶手带走了。我们看过死者牙科记录，她的门牙是没有问题的，估计是在和凶手打斗时咬崩了。因此我们可以大胆推测，凶手手上或身上可能有被咬的伤口。"

"凶手为何要带走牙齿？"

"这个，这个只是一个可能。"阿德有点紧张。

"我突然想起一件事，"梅卓轩抬起头，"现场有扭打的痕迹，死者咬崩的牙齿有可能留在口腔里或是吞了下去。"

"那就要再做一次尸检了。"大熊说。

"看来有这个必要，如果死者牙齿咬过凶手，崩掉的牙齿上很可能黏有凶手的DNA。"梅卓轩说。

梅卓轩立刻步出会议室,回到自己的座位拨通了王法医的电话,安排尽快再做一次尸检。

打完电话,梅卓轩去厕所洗了个脸,重又回到会议室。

"梅督察,神父和法师那里情况如何?"陈少白问。

"监看了一段时间,都没有什么异样,我们找过神父和法师,神父不愿意我们24小时贴身跟着他,因此不可能做到百分百周全的保护。如一法师则说,因果循环,出家人没什么好担心的,也拒绝我们贴身的保护。"

"他们一点也不担心,我们讲的话他们不相信。"梁善补充道。

"他们怕不怕是另一回事,但我们一定不能让他们死,也不能让他们失踪。"陈少白说,"这是上面交代的,另外全港还有一批人需其他同袍负责监看,因此整个香港这两个月警力都非常紧张,熬过这几个月就可以啦。"梅卓轩垂下头来,眼睛眨了一下又闭上。

三个小时后刑侦会议结束,决定首先全力追捕疑凶马俊明。

"你看来很累。"陈少白单独留下梅卓轩,拍了拍他的肩膀,加以安慰。

"还可以。"梅卓轩点点头。

"好好办这个案,带好你那组人,我已向上面推荐你升总督察这个职位。"

"我那组加上我只有十四个人,可不可以增加人手?"

"这个问题很普遍,其他组也有这个问题。"陈少白说。

"目前的人手开足马力去做也能应付得了,可效果一定不够好。"梅卓轩说,"我们那组要分两班保护两个人,同时要侦查刑事案件。"

"唉,香港这几年人口已增加到九百万,严重的刑案也增加不少,"陈少白无奈地叹了一声,"拨给我们警队的经费又年年削减,一加一减叫你们真的很难做事啊!"陈少白搓搓掌心,"尤其重案组人手严重不足,我已向上面反映,很快就会有改善。最近我们从广州买了一批监测追踪仪器,听说效果不错,我会找技术组人员教你们如何用,也许可以稍微减轻你们的工作负担。"

梅卓轩沉默不语。

"梅督察,"陈少白语气中带了点不易察觉的不满,"不如这样吧,上个月那个抢劫案你们就先放下,先全力去追查前天那个凶杀案吧。"

9. 深水埗

　　下午六点半,梅卓轩从深水埗地铁站福荣街出口钻出来,走向住所的相反方向,来到桂林街和元洲街的交界处。半个月前,在这个十字路口,一个凶徒为了抢一部最新款的手机,用刀砍一个女童的手,那个女童拼死都攥着电话不愿松手,结果被砍两刀,手掌和手腕间只剩些许皮肉连着。女童受了重伤流血不止,好在及时送到医院挽回一命,至于凶犯则逃去无踪,街头的闭路监察器只拍到此人的背影,难以确认其身份。

　　接到这个案子之后,每逢下班时间路过附近,梅卓轩会不时来到这个路口走走看看。有时一个人来,有时找大熊一起来,花十几分钟左右,观察走在街上的人,他已把凶嫌的背影牢记在脑海里了。一个身材微胖的中年女人站在街角,嘴唇涂抹得一片艳红,好像要登台唱戏似的。她看见站在对面的梅卓轩时突然面露欣喜之色,梅卓轩盯了那女人一眼,她迅即退回到阴影里。对面大厦走出一个男人,脸色黯淡,上半身几乎蜷成一团微微颤抖着,看见梅卓轩时那人怯懦地转过头去,应该是个吸毒的。梅卓轩跟着这个男人走了一段路,看着他转入另一条街,消失在人流中。这时梅卓轩突然感到后脑勺凉凉的,好像一双眼睛正在盯着他,他直觉背后有人在盯梢。他向前面走过去,稍微放慢脚步,借助停在街头一辆汽车的后视镜观察后面,没有发现什么异常。他闪身进入一幢老旧楼宇,爬上十几级阶梯,推开一扇透气窗,望向下面的街道,并没有发现举止异常的人。突然,他想起昨天晚上不是已把砍伤女童的案子交出去了吗?还来这个地方做什么呢?

　　他快步离开这幢楼宇,向住所的方向走去,他感觉那一双眼睛还在注视着他。来到转弯处,他一下子停住脚步,转向后面,扫视了一遍附近人流中移动着的面孔,视线好像不由自主地掠过人群黑压压的头顶,望向西九龙的方向,街道尽头变得混沌不清,好像天上骤降下阴霾。一大块黑云悬在海滨上空摇摇欲坠,几乎触到建筑物顶部,一道闪电突然从黑云腹部中迸出,如手术刀猛地划开白皙的皮肤般,接着是轰隆一声震耳欲聋的雷响,梅卓轩不禁一怔。街上行人开始四散逃窜到两旁的骑楼底下,或是钻进地铁的入口。梅卓轩也加快脚步向前面跑去。

在大雨变得倾盆之前，他闪身进入住所楼下的一间餐厅，墙上大钟时针已差不多转到七点的位置。上个世纪60年代，这家餐厅就已矗立在这个位置，梅卓轩从小就常常跟父亲在这里吃饭，两年前父亲中风后只剩下梅卓轩一个人在这里用餐。这间餐厅几乎等于他的食堂，年龄比他还要大，或者比他的父亲还年长。当他重新从店里步出来时，发现雨停了，乌云已散去，天色恢复澄澈。

一回到位于六楼的家，他立刻坐到餐桌前，把方才在楼下买的晚餐拿出来放在桌上：一杯丝袜奶茶加一盒蘑菇汁焗牛腩饭。他听到肚子里传来咕噜咕噜的声音。掀开杯盖，奶茶的香气向上涌起，弥漫在脸的周围，他的鼻翼翕动了一下，深深地吸入一口气，憋住一阵子，才徐徐呼出来，放松一点放松一点，他在心里默默地念了几遍，感觉精神了许多。他拿起杯子，往杯面吹了一口气，然后浅啜一口有点烫的奶茶。扒了几口饭后，他停了下来抬头看看窗沿上面的天花板，那里对着楼上人家厨房的位置发生了渗水现象，前天还掉下一块泥灰。现在，一片水渍正在那个地方成形并且正在慢慢扩大，可能是楼上那家人正在洗碗，他打算明天找他们谈谈这件事，否则不久泥灰剥落愈加厉害，连钢筋也会露出来。

身为重案组督察，这两个月，他每天的睡眠时间几乎都不超过六个小时。红眼、焦唇、臭口、烂舌、颧热、鼻赤、痛喉、暗疮等症状，开始出现在他身上不同部位。喝了一口奶茶后，他才感觉精神了一些，推掉四个案子中的一个令他觉得肩膀不再绷得那么紧。

这时他突然想起已经快一个星期没有去探望父亲了。患病后，父亲慢慢忘掉许多东西，医生证实父亲患了老人帕金森综合征。他实在无法一个人独力照顾父亲，请一个护理人员再加一个工人的话费用又太过高昂，梅卓轩只好把父亲送去一家开设在隔邻大厦二楼的老人院，像这样的老人院这条街上开了好几家。每天下班后如果有空又没有超过探访时间，梅卓轩就会去探望父亲。刚患病不久，父亲还能叫得出梅卓轩的名字，一再叮嘱梅卓轩从家里拿书过来给他看，而且要照顾好他的藏书。过了一年时间，父亲已记不起他有一个儿子。以前不论发生什么，他父亲总爱说：等一等，事情总是会过去的。最后，父亲却等来了帕金森综合征，人格慢慢地消无。当然，帕金森综合征也是会过去的。

他提醒自己明天一定要早点下班，到北河街公和堂买豆腐花和煎豆腐给父亲吃。

10. 圣玛利亚教堂

"……因为那些浮雕装潢的关系,不少人都慕名而来这座教堂参观。据说浮雕所用的石材是采自阿尔卑斯山的一种最适合做浮雕的板岩。当代著名雕塑家、闻名意大利的朱利亚尼用了两年时间打造这批浮雕,浮雕上的人物,全依照真人比例制作,给人一种好像要从墙上走下来的感觉。有关专家说,创世之初,上帝就把耶稣和他门徒的形象埋在岩石里,朱利亚尼的工作只是凿掉岩石上多余的部分。"

从警方监视车的屏幕上可以看见一些游客站在教堂门口贴着墙列队,一名个子矮小、手持一面三角旗的女子正向他们讲述圣玛利亚教堂的特点。大门另一侧,站着十几个来教堂做早祷的信众,大家都在等教堂开门。

"这个领队的声音真刺耳。"胡彪坐在车上,看着几十米开外的游客,调低了收音量。

"原本意大利米兰的一间教堂订购了这批浮雕,可惜该教堂开工建造五年后依然处于打地基阶段。一位来自中国的富豪出资十二亿人民币向朱利亚尼购买这批浮雕,但被拒绝了,辗转之下朱利亚尼把浮雕以成本价转让给了相识多年的张神父所属的耶稣会。据说耶稣会为了加强在中国的传教工作,在利玛窦来华传教纪念周年之际,把浮雕安置在了圣玛利亚教堂。"

教堂大铁门打开,一名修女从里面走出来。

"到你了。"梁善对胡彪说。胡彪快步跑向教堂门口,跟着那支二十来人的游客队伍进入教堂主殿。

二十四幅浮雕,如同每边十二道屏风,顺着长廊向教堂主殿深处延伸过去,人们视线最后的焦点会落在主殿正中间祭坛后面高达九米的木制十字架上。耶稣被钉在上面,鲜血从肋骨处的伤口流出。

十字架后面则是一幅马赛克镶嵌画,从墙的中间位置向上直到教堂顶部,整个画面只有两个主要人物:戴着头巾的圣母玛利亚和她左手抱着的婴儿耶稣。玛利亚的头巾上还有一个小花环，花环上用拉丁文写着"万福玛利亚，满被圣宠者"。她右手执着一束玫瑰。耶稣的膝盖上停着一只翅膀金色的小鸟，鸟儿展开双翼如十字，预示耶稣将来为了替人类赎罪而被钉死在十字架上。婴儿耶稣的左手执着一串葡萄，右手则高举着表示祝福。他们的头顶上，三位天使一起捧着一顶金色冠冕。每次做完弥撒，都有不少信众绕过十字架来到这幅画前仔细观赏。逢星期日早上，旅游巴士会停在教堂外面，让游客进来参观。

胡彪坐在主殿后面那几排靠背长椅上执行监视任务。看着张神父在祭坛上举行仪式，百无聊赖，又不方便拿计算机出来玩，视线只好在两侧浮雕上扫来扫去，尝试分辨浮雕上的人物。他有时拿起放在椅背木槽里的《圣经》乱翻一通，有时看看手表，估算一下大熊还有多久才会来轮换他。

日落之前的余晖打在教堂主殿十字架后那色彩缤纷、无比艳丽的马赛克镶嵌画上，有些光线反射出去，有些折射进来，落在主殿的长椅上、木地板上和人们的脸上。共有八个人坐在对着告解室的长凳上，还有一个坐在第二排，大家都在排着队准备向张神父告解，大熊坐在教堂二楼的角落边上看着下面。

告解者一个接一个，拉开一道厚重的木门进入告解室，有的只说几句话就离开，有的则可以告解半个小时。告解过程大都以倾诉开始，在悔罪中继续，然后在神父赦免后结束。

坐在教堂第二排长凳上的是一个男人。等最后一个排队的人进入告解室，他站起来扫视了一下教堂后面，然后走向告解室，站在木门旁。当上一个告解的人一离开，那男的立刻钻进了告解室。张神父本以为今天告解的人都走了，他展平身上披着的圣带，站起身正要拿上经书离开，看到有人影闪进来，于是转回身子。

"神父，你不记得我了吗？"

"你是来告解的，还是有其他事的？"

"告解的。"

神父沉默了一阵说："那就告解吧。"

"我以前就住在教堂旁边教会的宿舍里。不过几年前你们把它卖给了地产商，几十个亿，看得人眼红，可惜我再也不能重游故地。"那人吞了一下口水，继续说，"当年宿舍里住了二十三个孤儿。我六岁时撒了一次谎，结果你罚我在宿舍大堂站了一个下午。八岁时我被同学辱骂，我一拳把那个同学打倒在地，结果你骂我是畜生，诅咒我会下地狱，罚我跪在你办公室门口。为了让你的愿望成真，我已做好下地狱的准备，好让你可以站在天堂俯视我在地狱里受苦。小时候，为了传达上帝的恩典，你特别关照我，我把你当成父亲。我长得又瘦又小，你却让我吃苦受罪，而别的人则看着我跪在那里，笑我骂我。那时候我觉得自己像受难的圣徒，百炼成钢啊。耶稣行善，我行恶，如果没有我的恶又如何彰显你们的大爱呢？神父啊，为了成全你的诅咒，我不得不去杀人，为了确保地狱之门为我打开，我会再杀多几个，神父啊，这次我不会再像童年时那样令你失望的。"那个男人说起话来非常流利，像预先彩排过似的。

他低头跪在张神父的前面，两个人被一道墙隔开，墙中间有一个长方形的窗格，比成年人的脸稍大一点。张神父抬起头，想看清楚告解者的脸，几个月前也有一个人因杀人而来告解，把杀人过程仔细复述了一遍，声音跟这人很像，但脸部轮廓却不像。告解者所在的隔间是没有灯的，透过窗格细小格子的微光只隐约照出那人的脸部轮廓。张神父知道自己不能窥看告解者的面孔，告解者是直接向上帝告解请求上帝原谅的，神父只是扮演中介角色，张神父重新侧身坐好。

"啊，神父，你不会把我告解的内容转告给警方吧，那样你会违反教廷规定的。"那人的声调变得亢奋起来。张神父咳嗽了两声，那人的语调恢复了正常。

"当然不会，可是你若不停止这样的行为，你会被永远下到地狱里。"

"张神父，你知道吗？其实你正在地狱里，因为人间就是地狱啊。"

"如果你犯了罪，也不要失去关于上帝的信念，我们一起祈祷吧，还有耶稣会代我们向上帝祈祷。"

那人似乎对神父的话充耳不闻，"不过，你举报我也没有用，我已改头换面，连四肢也更换了，名字也改了，可以说是一个全新的人。不过你又不能不做一个好公民，举报罪案人人有责，最近政府的反罪恶宣传就是这样说的，而且每天都在电视上回放。可是世上若没有了罪恶，没有我这等人，神父就没有用了，教堂也没有用了，警察也没有用了，神父，你说呢？"

张神父明年就会退休，从事神父工作四十年，他第一次听到这样的告解。那人讲了足足一个小时，然后突然停下来，透过窗格盯着坐在灯光下的张神父。

"神父，你为什么不讲话？"

"孩子，撒旦毒害了你的灵魂，真心悔改吧，上帝会赦免你的。"

"神父，你不记得我吗？小时候你常常罚我，辱骂我。"告解者的语气变得冷漠起来。张神父感觉眼眶一片湿热，透过微光，他想仔细端详跪在他脚下的那个人的脸，想努力回忆他是哪一个，"孩子，神父老了，很多事情都忘记了，悔改吧，上帝会原谅你的。"

"我刚刚杀了一个女孩，对方一点痛苦也没有，因为我做得很准确。"说完这话，他沉默了。

"孩子，你为什么要杀人呢？"

"神父，我刚才不是说过了吗，为了你啊！"

他又沉默起来,视线在神父的脸上扫来扫去,神父老了许多,左边那只眼睛的上眼皮已经下垂,好像几乎睁不开了。

"孩子,悔改吧,上帝会原谅你的。"神父说。

"孩子,你为什么要杀人呢?"神父问。

"神父,不是有人说过缴税和死亡是人生难免的事吗?"

"孩子,你不能不杀人吗?"神父说。

"神父啊,我杀的那些人都该死啊,他们毫无警惕之心。有一个女孩,我跟踪她一整天她也没有察觉,所以我跟她回了家。有一个男的,竟然没有锁门就睡觉。这是一个弱肉强食的世界,环境那么险恶,他们却不作防备,早就应该被淘汰掉,我只是在清除无用之人罢了。"

"神父啊,你走路也要小心啊。"

"神父不怕死,上帝早已帮我安排好。"

"神父,你很久都没有打理你的花园了。"

"什么? 你什么时候跑去后院的?"神父喘起气来。

"神父,你种的那些花快死了,只有我当年种的玫瑰长得最好。"话犹未落,那人猛地弓起身,几乎是从位子上跳起来,"当年为了打理那些玫瑰,我的手可被扎出了血。"

"孩子,神父不记得你是谁,你有空再来找神父谈谈,只要真心悔改,上帝会赦免你的罪的。"张神父深深地吸入一口气,提醒自己一定要心平气和,不应动气。每年都会碰上几个撒旦遣来的心怀恶意的告解者,一定要心平气和,否则就上了对方的当。

"神父啊,放心吧,你在我心中非常重要,简直比上帝还要重要!"

"孩子,你这样说是亵渎上帝啊,罪过啊罪过,只要真心悔改,上帝会赦免你的罪的。"

"神父,世界末日到了,想做什么就做什么,千万别压抑自己的激情。"

"孩子,谁告诉你世界末日到了呢?"

"神父,我对你很失望,你一定很久没有翻《圣经》啦,《启示录》[①]里就是这样说的啊。"这时那人用鼻子大力地嗅了几下空气,"神父,你闻一下周围,你感觉不到那股浓烈的末日味道吗?"

"孩子,末日之后就是上帝主持的大审判,我们没有一人可以逃脱。"

"哈哈,太好啦,神父,你终于嗅到那股末日的味道了,你终于跟上帝恢复了联系。以后每杀一个人我都会来找你做告解,以求上帝赦我的罪,哈哈,我会再来找你的。"那人推开木门,离开告解室。

---

①《新约》最后一章,包括对世界末日的预言。——编者注

他步子很轻快，有点像小跑。突然，他转向教堂大门侧旁的小门，转动侧门的把手，把门推开，消失在黄昏的暮色里。目视这人离开教堂，大熊从教堂二楼角落旁的长凳上站起来伸了伸懒腰，张神父从告解室里走出来，大熊急忙弯下身体。

张神父脑海里闪过一张张站在祭坛两侧的唱诗班孩童红彤彤的仰望着的脸，霎时神思恍惚，一种晕厥的感觉直冲天灵盖，连脚底也似乎浮动起来。他扶着墙壁走回自己的房间。

最后的一抹夕照穿过窗棂，洒在地板上，张神父坐在沙发椅上大声喘气。他拿起了茶几上的电话，"疯子疯子!"他迟疑了一下，又把电话放回去。张神父突然意识到自己的过分愤怒，已触犯了七宗罪的其中一项：暴怒。此罪正是撒旦的最主要特征，犯罪者在地狱里要受活体肢解之罚。神父跪下来开始念痛悔经，"我的天主，我的慈父，我犯罪得罪了你，很觉惭愧，也真心痛悔。因为我辜负了你的慈爱，妄用了你的恩宠。我今定志，宁死再不得罪你，并尽力躲避犯罪的机会，我的天主，求你垂怜我，宽赦我。阿门。"

念完后，张神父喘着气坐回到椅子上，休息一会儿。他脑海里浮现出一张留着很长胡须的老人的愤怒的脸，老人用食指指着张神父大声指责，那张脸突然变成张神父父亲的脸。张神父布满皱纹的脸顿时由怒气冲冲转为悲戚，他抬起头左右扫视房间一遍，他在找祈祷用的念珠。那串念珠挂在墙上，由革责玛尼山园①的橄榄子做成，非常珍贵，并且受过教宗的洗礼。

张神父左手握住念珠上的十字架，重又跪下来。"因父，及子，及圣神之名，阿门。"他在胸口画一个十字，"我信全能的天主父，天地万物的创造者。我信父的唯一子，我们的主耶稣基督。他因圣神降孕，由童贞玛利亚诞生。他在比拉多执政时蒙难，被钉在十字架上，死而安葬。他下降阴府，第三日自死者中复活。他升了天，坐在全能天主父的右边。他要从天降来，审判生者死者。我信圣神。我信圣而公教会，诸圣的相通。罪过的赦免。肉身的复活……"

张神父把玫瑰经念了一遍又一遍，直到门外响起修女萨拉送晚餐过来的敲门声。

---

①耶稣遇难前夕，晚餐后走出耶路撒冷城，在橄榄山麓一个叫革责玛尼的园子里祈祷，当夜即被逮捕。——编者注

11. 中环警察总部

"梅督察,我们看了你的开枪报告,对其中一点感到疑惑,就是你开枪的位置和子弹的落点并没有形成一条直线,我们测量过木门上子弹留下的弹孔,依其倾侧方向,你射出的子弹应落在天台的围墙上。"坐在中环警察总部七十八楼落地窗前,负责警队内部监控的蒋警司打开评估报告,念出上面的文字。梅卓轩坐在蒋警司对面,两人中间隔着一张白色大桌,蒋警司的两旁坐着两位警官。安装在天花板角落处的摄影机正在运转着,记录下现场聆讯的情况。

"我只是如实地写出当晚我开枪时的情况。"梅卓轩答道。

"我们并没有怀疑报告的真实性,只是想听听你自己的解释。还有另外一点,关于疑犯的凭空消失。"蒋警司说。

"其实我目击的情形都已一五一十地写在报告上,我也觉得这是我当警察多年以来碰到的最离奇的一件事。"

"那也是,其实警队每年都会有人遭遇几起怪事。"蒋警司似乎是在跟坐在他右侧的警官说话。

"上个月,有个警员在西贡码头疑似撞见了鬼魅,还被那个鬼推下了海。"坐在蒋警司左边的警官突然插上一句话。

出现了几秒钟的沉默,梅卓轩看了那个警官一眼。

"你当晚赶到现场之前有没有喝过酒?"

"没有,之前我正在监视车上执行公务。"

"关于那晚的事,你还有没有什么要补充的呢?"

"没有。"

"梅督察,你当警察十一年,档案非常干净,我们也信任你,但你还是必须接受一下精神和心理评估,这在程序上是没有人可以例外的,因为的确有些难以解释的事发生了。"右侧的那位警官说。

"明白。"

"警方的心理学专家会在这几天联络你，安排心理测试。"

"我需不需要暂停职务？"

"不需要，暂时不会影响你的工作。"蒋警司凝视着梅卓轩双眼，语气很肯定。

离开讯问室时，梅卓轩看见窗外的太阳已完全沉入远处海平面之下。

昨天旺角的一家金行发生了一桩持械抢劫案，金行里死了三个人，匪徒用机关枪扫射，还丢下一枚炸弹在人行道上阻止追捕，炸死两个游客。随后，两个匪徒在人流如鲫的街道上失去踪影。前天上午上环发生交通意外，有一个人被电车撞死，而下午元朗一个建筑工地上有部电梯电缆松脱导致电梯下坠，里面的工人有三个不幸身亡，一个重伤。香港岛那边也在一天之内发生了三起命案。这几天香港的三个法医可能很忙。

第二次尸检安排在9月21日晚上10点半进行。刚接受完警队内部监控部门问话的梅卓轩带着大熊、阿德还有另外两个同事赶去西区殓房。

车子行驶在半路时，梅卓轩的电话响起来。"喂，是不是梅卓轩督察？"腔调严肃，语速很快的女子声音。

"是，我是！"梅卓轩心里突然一沉，想会不会是他父亲住的那一家老人护理院来电。

"这里是油麻地警署，你们通缉的那人扣在我们这里，麻烦你们现在过来。"

"那人叫什么名字？"

"叫……"电话那一端迟疑了两秒，"叫马俊明。"

原来被通缉的马俊明在他母亲的陪同下到油麻地警署自首，现正被暂时关押。他母亲想拿钱保释他儿子出来，但马俊明涉嫌谋杀又有拒捕逃跑的行为，保释被驳回。梅卓轩只好叫阿德他们三个人去看法医解剖，自己则和大熊赶去处理马俊明的事，因为根据香港法律，除非疑犯涉及严重刑事案件且有潜逃可能，最多只能羁押48个小时。

法医王锦川为周文敏做二度尸检。他先割开上次缝好的线，再切开死者的胃、肠道、食道和气管，在死者气管中找到了崩掉的半块牙齿。他小心翼翼夹起牙齿，放到一个透明胶袋中，助手密封好胶袋，送去鉴证部门做检验。

梅卓轩和大熊赶回中区办公室拿了一些文件，再驱车往油麻地。

"没什么事吧？"大熊一边驾车一边问，"蒋警司那边。"

"没什么。"梅卓轩答道，"有事就要放长假喽。"

"不过那件事真是有点不可思议。"

"你也有这种感觉？"

"正常人都会有这种感觉。"

"哈哈,你是在暗示我不是正常人?"梅卓轩笑着说。

"不敢不敢。"大熊挤出诚惶诚恐的腔调。

"世界之大无奇不有,"大熊恢复了正常,"什么怪力乱神的事都有可能,你看最近市面上就推出了许多题材奇奇怪怪的电影。"

"前天在深水埗我感觉有人在跟踪我。"梅卓轩换了另一个话题。

"素来都是我们跟踪别人,怎么变成别人跟踪起我们来了?"大熊笑了一下。

"那天在永祥大厦,我也有一种被跟踪的感觉。"梅卓轩说,"最近你有没有被人跟踪的感觉?"

"没有。"大熊干净利落地回答,"会不会是这几个月来你过分透支体力,心理压力也大,造成的紧张感?"

"当时我的意识是绝对清醒的。"梅卓轩说。

"可能休个假轻松一下会有帮助。"大熊说道,"你好像两年都没有休过假了。"

"那也是。"梅卓轩说,"办完手头上这几个案子,我就请个长假。"

"哇,那可真不知要等到什么时候呢。"大熊说,"我已向上面申请圣诞节放一个月假,我打算带女朋友去欧洲玩一趟。"

"真是有钱人的生活,羡慕!"梅卓轩揶揄了一句。

"这算什么有钱人生活,有钱的话到月球打高尔夫去。"大熊说道,"要不你也放一个月假,我介绍一个女孩给你,我们四个人一起去欧洲。"

"好好好!"梅卓轩笑着说道,"给我介绍一个比小桦还要漂亮的。"

"肤浅,太肤浅了! 漂亮一点也不重要,只要有钱,就能买来身材和美丽!"大熊说。

"那你为何不买点英俊给自己?"梅卓轩笑着说。

"肤浅,太肤浅了!"大熊说道,"我这相是福相,岂能乱改?!"

12. 油麻地警署

　　侦讯室散发出一阵汗臭味，仔细一嗅似乎还夹杂一股尿骚味，再加上空气中掺杂着一股男性荷尔蒙的味道，被盘问的人很容易陷入焦躁不安中。大熊使出吃奶的力推开门冲进来，大喝一声："你为什么杀了这个女孩？"紧接着将一沓周文敏的黑白照片扔到马俊明脸上。马俊明不禁一愣，用手接住其中一张，看着照片眼泪扑扑簌簌就掉下来，哽咽起来，"她真的死了……怪不得电话关机。"

　　"之前我已经跟你们盘问的同事说过我没有杀人啊。"马俊明说，"那天晚上我在旺角玩电动，有人可以为我作证。"

　　"作伪证！"大熊怒喝一声，梅卓轩抱起双手站在旁边。

　　"旺角哪一家？"梅卓轩问。

　　"旺角电影城地下的那一家。"

　　"我问你店名！"

　　马俊明头稍侧向一边想了一阵，"无敌游戏中心。"

　　梅卓轩留意到疑犯视线偏向左上方移动，应该是真的在回想而非在虚构故事。

　　"那个地方有闭路电视监控，你们可以去查一下。"马俊明垂下头。

　　"我给你十分钟想想如何招供，十分钟后我再回来好好……"大熊把"好好"这个词用很重很狠的语气表达出来，"招呼你！"然后嘭的一声用尽全力把门关上。站在门外，大熊提高声量加上一句，"好！拿支电棍过来。"

　　梅卓轩打电话给重案组的另一位探员张波，叫他到旺角无敌游戏中心察看当天的录像记录，复制一份回来。一般这种中心按规定要做录像监控，并且要保留记录三个月。

　　"这混蛋看起来蛮真诚的。"大熊说。

　　"先扣住他48小时，至少可以指控他藏毒和拒捕。"梅卓轩说道。

　　三个小时后，张波把找到的游戏中心录像传到梅卓轩的便携式计算机里，从中可以看到马俊明在死者被害那晚九点半和一个朋友进入了游戏中心，一直逗留到凌晨四点多才离开，走的时候脚步轻浮，被朋友搀扶着，应该在里面沾过迷幻剂LSD。

　　仔细看过片段后，梅卓轩让马俊明母亲用十万元保释她儿子回家。

13. 禅觉寺

星期六晚的弥撒结束，人潮散去后，梅卓轩和大熊走进教堂，坐在后排的阿德用眼神和他们打了个招呼。教堂里还有几十个信徒，大都捧着一个小座的精致蜡烛，上面刻着教廷的十字标志。张神父正和其中几个人谈话。可能是因为整晚站着主持弥撒，张神父看起来面容憔悴。张神父和信众谈完话后，正要转身离开，梅卓轩和大熊走上前向神父出示了探员证件，张神父看着梅卓轩的面孔若有所思地犹豫了一阵，然后立刻请他们到自己的住所去。

"神父，我们有一个小设备想给你。"梅卓轩打开背包，掏出一个盒子，从中取出一张信用卡般模样但稍厚一点的卡片，"你随身带着这个，我们就可以了解你的行踪，一有事我们就可以尽快做出反应，给你帮助。"

"我老了，不需要这种东西，你们辛苦了。"神父说。

大熊转身到书架那一边，浏览印在书脊上的书名，然后他抽出一本书来看。

"神父，你的信众需要你啊。"梅卓轩说。

张神父的态度依然坚决，"那张卡你们留给更需要的人吧。"

大熊走了过来，说道："神父，这张卡不值钱的，弄丢了也没关系，你不用就先放着吧，迟些我们再过来拿。"

"唉，我们上级交代要这样做的，做不到的话，我跟他就是渎职啊。"

"我们回去无法交代啊。"

"好好，那就先放着吧。"

"时间不早了，很抱歉打扰你。"梅卓轩说。

"我们走了，神父再见。"

"再见，麻烦你们了。"

探访张神父之前,梅卓轩和大熊在当天黄昏探访了如一法师,这个探访是三天前预约好的。如一的大弟子缘空全责照料师父的生活,规定只能和法师见面十分钟。

禅觉寺被四面墙围住,门口很小,进去以后却发现寺里面空间很大,颇出人意料。寺的主建筑是一座观音堂,供奉一尊贴满金片的观音像,堂里陈设简单,地板由半米见方的浅灰色瓷砖铺成,感觉干净清雅。信众入内必须脱鞋,或坐或跪在软垫上。绕过观音堂,经过一座佛塔,再穿过一道两旁各植了一排竹子的回廊,步至尽头转右手边,可以看到五间僧房连成一体。如一法师住在最后的那一间。

如一法师是香港佛教界的领袖,当年著名的宝莲寺大佛开光仪式他也有份参与。去年弟子刚为他庆祝了九十岁大寿。一份大报亦曾报道此事,还把十五年前发生的一件美事翻出来炒作一番。当年,禅觉寺邻街的一家银行发生独行枪手打劫未遂挟持人质事件,当时已七十五岁高龄的如一法师披着袈裟孤身进入银行,对枪手晓以佛理,结果该名枪手抱着法师号啕大哭,最终弃械投降。此事轰动全世界,如一法师更当选该年"世界最有影响力的一百人"之一。至于向那名枪手晓以何等佛理,如一法师则从不谈及,只说佛理一条等于一万条,一万条等于一条。

如一法师看来精神奕奕,他身子矮小,外形有点像陈年旧片《星球大战》里那位德高望重的绝地法师尤达。虽然脸上有不少老人斑,可完全不像已有九十高龄,看来法师前阵子的风寒感冒已痊愈。法师微笑着接待梅卓轩和大熊,几乎什么都说好,给他一张追踪卡他说好非常感谢政府部门对他的关心,站在一旁的如一大弟子缘空伸出手来接过追踪卡,放入自己上衣口袋。大熊看见客厅侧边的檀木桌上放了一尊佛像,不禁双眼一亮,"法师,我可不可以拜拜佛祖?"

"好好,拜佛祖好。"法师说,缘空瞄了大熊一眼。大熊来到檀木桌前,对着通体晶莹剔透的玉佛像拜了好一阵子。

离开佛寺后,他们到对面的教堂去,发现正在举行弥撒。于是回到了停在教堂外面斜坡上的车子里,发动车子离开,打算晚些再回来找神父。留下阿德和另一位探员守在监视车上。

探访了张神父后,梅卓轩和大熊走回车上。大熊干笑了两声,"刚才我放了个窃听器在神父的一本旧书里。"

"喂,你这样会触犯法律的。"

"哈哈,你不会检举我吧,刚才我看神父不太合作。如一那里我也在檀木桌底贴了一个。"大熊笑着说。然后他拨弄了一下手上的收听器,"这个一整套很贵啊,要一万多块钱,可以听到他们那边发出的声音,而且可以录下来。"

"你从网上淘来的?"

"不,是鸭寮街。"

这十几年来,鸭寮街和高登计算机商场一带迅速发展成为香港的高科技产品集散地,街道上原本用铁架搭成的简陋店铺,换成了一小幢一小幢用最新建材组合成的玻璃屋,从空中俯视,似足两条晶莹剔透的火龙相依相偎,盘踞在西九龙。

许多外国人也慕名前来购买廉价又优质的电子产品。五年前,市政处打算拆掉鸭寮街,结果市民发起保卫鸭寮街运动,人数一度多达十多万,挤满半个深水埗,比参与每年一度计算机节的人还要多。政府只好暂停拆迁计划,但表示会每两年检查这里一次。而鸭寮街后面那几条街的旧楼则被拆除殆尽,建起高达九十九层的公寓式高级住宅。

收听器传出老人疲乏的喃喃声,好像在念着睡前祈祷文。"车子有点颠簸,影响收听质量。"大熊说,"这样老人家有事的话,例如被人绑架,我们就会快点知道。"

"那你可不要睡觉,给我一天二十四个小时好好听着,一有状况立即回报。"

"梅卓轩,你可别强人所难,我可是无私奉献自己的薪水购买设备供香港警方使用。"大熊扭动了一下像熊一样粗壮的上半身,"鸭寮街的商品真是越来越先进,我不当警察的话,就去开一间私家侦探社。"

大熊全名叫熊大伟,圆脸型小眼睛,笑时眼睛会眯成一条线,身高五呎九吋,比梅卓轩高一吋。他的名字倒过来念就是他的英文名,大伟熊(David Hung),同事常叫他大胃熊,因为他爱吃东西且食量惊人。大熊家境蛮富有,他原本帮手父亲的基金生意,半年后感觉苦闷无聊,于是加入警队。他向梅卓轩表示说想过另一种人生,梅卓轩也乐得有这样的下属搭档:乐观,有幽默感,富有,同时又慷慨。

14. 中环警察总部

9月22日早上,重案组八个成员围坐在会议室里,专心看着投射在屏幕上的图像。

"死者周文敏的断牙上找不到任何关于凶手基因的信息,但是我们找到一点金属片,嵌在牙齿表面,化验之后发现含有钛金属微粒、钢、铝,还有一点稀土成分,最多的是碳复合物料。"鉴证科女主任白云解释化验报告。

"钛一般是用来做什么的?"大熊问。

"钛主要是用来制造宇宙飞船外壳,或者用在火箭上,因为这种金属重量很轻,但又很坚固。"

"贵不贵?"

"有点贵又不是太贵。"

阿德立即掏出计算机,在桌面摊开。"一公斤大概要一千块钱。"他很快找到答案。

"那也不算贵,"梅卓轩说,"会不会是凶手手指上戴着钛金属制的戒指?"

"梅督察,这个我们可没办法化验出来。"白云笑着说。

"好啦,你们回去慢慢看,看不懂再来问。"白云抛下报告,转身走了,大熊看着她穿白袍的身影消失在墙角,才把头转回来。

"就那么几句话,却一早召我们回来,还嫌我们不够忙?"有人低声埋怨了一句。

"死者咬了凶手,所以断牙上沾有钛金属微粒,应该是咬在手的部位。"梅卓轩自言自语。

"钛可以用来制造义肢。"阿德看着计算机显示器说。

"是吗?"梅卓轩问。

"你看。"阿德把计算机推到梅卓轩面前,这是阿德在网上搜出来的文章。

梅卓轩仔细阅读起来,其他组员也纷纷打开自己的计算机。

"义肢中的钛合金直接植入病人骨骼,人造皮肤组织和人造肌肉在金属植入物周围慢慢生长，两者紧紧黏合在一起，同时人造神经可以跟人体截肢部位的神经联结，最终人脑可以控制机械手臂。"

"不仅可以动作，而且比原有手臂更强更有力，还和正常的手臂一样有触觉。"

"如果在义肢中装入驱动器，甚至可以产生人手本身二至五倍以上力度。"

"厉害，看来我们要装上钛金属手臂才能跟凶嫌对打。"大熊说。

"大熊，你不需要啦，凭你的体型就可以把对方压死。"另一名探员阿彪插了一句。

"我先压死你这个瘦皮猴！"大熊说话不饶人。

"怪不得死者颈椎断裂粉碎成十多小块。"梅卓轩恍然大悟，"这个案终于有点线索了。"

"大熊，你的案例查得如何？"

"我在计算机档案室找了这五年来的悬案，仔细对照之下，"大熊一边说，一边把计算机接连上屏幕接收器，"共有两起悬案跟这一次的情况相近。

"这是第一起，发生在去年的圣诞期间，12月24日那一晚，地点是九龙的黄大仙区公共屋邨的九楼，被害人是一个二十五岁的男人，独居。

"你看这张是现场的照片，死者被摆成了'十'字的形状，跟上环水街的那个死者形状是一样的。而且这个男的也是颈椎断裂致死，现场乱成一团，死者的钱包不见了，没有找到凶手指纹，倒是找到几个鞋印，极有可能是凶手的鞋印。

"这是一款很普通的名牌球鞋，男装的，当时鉴证科从鞋印着力点和压痕推断，这个男人体重在60公斤左右。"

"就男性而言，60公斤应该很瘦。"梁善插上一句话。

"这个混蛋应该真的装了金属手臂，不然怎能对付一个那么粗壮的男子。"方渐睿说。

"死者的右手腕骨被弄断。"大熊放大一张死者手臂的照片，"黄大仙重案组那边查过跟死者相关的人，找不到有嫌疑的，因此放入了悬案档里。

"第二起发生在今年的6月1日，地点是旺角亚皆老街一幢旧式大厦的九楼，死的是一位老人，男，七十一岁。档案里说他有几千万的财产，子女都在加拿大，独居。

"死者趴在地板上，看起来也很像是一个'十'字，身上没有任何伤痕，死因则是心脏病发作。因为死时的姿势有点特别，门也没有上锁，而且大厦后门有被破坏的痕迹，加上死者子女说他们父亲并没有心脏病史，因此便当成悬案。"

"有可能是被凶手吓死的。"阿彪说。

"嗯，有这种可能。"梅卓轩说，"大熊你讲完了吗？"

"讲完了。"

"你觉得这三起案子有什么共同点?"梅卓轩问大熊。

"三个死者都是独居者,凶手似乎专找独居者下手,死后的摆姿都相似,最特别的是都住在九楼,应该是同一人作的案。"

"是连环杀人,可是这人作案的目的是什么? 这三个死者是亲戚吗?"梅卓轩一连问了两个问题。

"姓氏完全不同,一个姓周,一个姓崔,老人姓王,这三个人是完全不认识的。"

"有没有宗教信仰?"

"只有那个女的有,我们也去她的教会调查过,其他两个档案上都写没有。"

"看来有点像是随机的连环杀手,你们觉得摆成'十'字的形状代表什么?"梅卓轩问。

"会不会是某种邪教的仪式? 现在很多地方都有一些秘密会社。"方渐睿说。

"或许是这个连环杀手跟'十'字有关,'十'字是基督教的某种象征,表示杀手跟基督教有一定的关联?"

"假设他随机杀了这些人,却又有选择性地挑住在九楼的人……"阿德有点不明白。

"因为这个凶手憎恨住在九楼的人吗,或是'十'代表了某些东西?"梅卓轩边问边记下笔记。大家想到什么就说什么,好像石头上噼里啪啦爆出火花,希望石头裂开跳出一只猴子来。

"有一点比较有意思的是,黄大仙、旺角、上环的三个案发地点好像处在一条直线上。"大熊在计算机界面上调出香港地图。

案发的三个点果然可以勉强连成一条直线。

"啊……"梁善不由得叹了一声。

"看来凶手是随机杀人,可是又自有一定的模式在里面,如果我们抓不到他,那他下一个犯案地点会是哪里呢?"

"如果他要画一条直线,那下一个地点……"大熊把直线向上方延长,下一个地点是沙田坳;他把线向下方延长,下一个地点是薄扶林。

"如果杀人只是把地点排成一条直线,那太无聊了。"方渐睿说。

"可能直线只是他要组成的图案的一部分,你们想,他把尸体摆成'十'字的图案……"大熊说。

"他要用不同的地点画出一个十字架。"阿彪接着说。

"对,我是这样认为的。如果真是这样的话,有一个问题是,他的十字架要画多大?"大熊说,然后他在屏幕上拉出不同大小的十字形状。

"你们看,如果现在这条直线是十字图案竖的那部分,黄大仙就比较像交叉点,横线左边就会延长到狮子山和大围,右边则会延长到钻石山、牛头角和观塘一带。"大熊接着说。

"所覆盖的面积太大,对捉捕凶手可能作用不大。"梁善说。

"下一起案件如果在这几个地方发生,那就证明凶手真的在画一个十字架图案,"大熊说,"当然我们希望在下一个受害人出现之前捉到凶手。"他感觉嘴唇有点干,不禁用舌头舔了几下。

"今天我们总算有了线索,非常感谢大家找到那么多数据,我们会向总部申请调阅刚才那几个地点的天眼系统录像,翻查记录,看看有没有同一个人在上述几个案发地点附近出现,警方的超级计算机应该很快可以给出结果。"梅卓轩尝试总结今天的讨论,"这事就交给大熊负责。时间不早啦,我们要立刻行动,梁善、阿德、阿彪,还有方渐睿,你们几个分成两组马上去查一下香港各大医院安装过这种钛金属手臂的患者名单,最近这五年的。

"另外还有一件事,"梅卓轩想了想说道,"关于这个凶手,我们现在得到的数据还比较零碎,缺乏一个全貌。大熊、梁善,你们两个整理一下几个案子的卷宗传给唐涛教授,让他给我们做个罪犯侧写。

"好啦,今天最后一件事,就是提醒大家,万一遇上那个凶手,千万不要跟对方近身搏斗,用枪指着对方,扔手铐过去叫他自己铐上。"梅卓轩补充道。

"梅督察,现在八字还没一撇呢。"大熊笑着说。

"小心为上,而且你们去医院查时一定不要张扬,否则可能打草惊蛇。"

大家收拾东西离开了会议室,房间里剩下梅卓轩、大熊两个人。梅卓轩出神地盯着那条延长的直线。

"人为什么要杀人呢?"大熊突然问道。

"不知道。"

"大家都应该活得好好的,为什么要杀人呢?"

"可能有人活得不好吧。"

"你当警察那么久,有没有杀过人?"

"没有,不过开枪击中过人,打在对方腰部,坏了一个肾,死不了。"梅卓轩说,"对了大熊,我想你再找多五年的悬案看看,也就是往上追查到2019年。"

"没问题,两天后给你。"

15. 迈阿密海滩

9月24日下午5点左右,潮水开始退下去,露出一大片沙滩。在沙面活动的小蟹始料不及,被吓得乱窜一通,忘了自家的洞筑在何方,好像一个女孩在时装店试衣室里试穿衣服时突然被人拉开了布帘。

小雷蒙看着小蟹和一些叫不出名字的壳类生物四处都是,不禁兴奋得手舞足蹈。雷蒙把一个红色的小水桶交给小雷蒙。小雷蒙接过去说:"爸爸,这次我抓到要拿回家养。"说完还不等雷蒙回答,他就抓着水桶急匆匆地冲出去了。小雷蒙蹲下来,一捉到小蟹就立刻扔到桶里,然后跑到另一处去。他一边抓一边数,可是只数到五就数不下去,因为其他小蟹都钻进洞里去了。不远处,一只小蟹从一个洞里伸出头来,接着向左边狂奔,可能刚才入错了别家的房子,被主人赶了出来,小雷蒙哇哇大叫着追过去,越跑越远,一只小蟹从桶里抛了出来。雷蒙站在后面哈哈大笑,转身走回沙滩躺椅处,他的同居女友正躺在椅子上看书。沙滩上的小孩子多了起来,有几个还拿着塑料铲子挖小蟹的老巢,企图把小蟹逼出来。

天气已经变得有点冷,来游泳的人少了很多,大部分人是跑来冲浪和享受日光浴的。两天前雷蒙从前妻那里接来了小雷蒙,把他带到这个美国最大的沙滩,想让他见识一下什么叫冲浪。小雷蒙对冲浪一点也不感冒,看了看父亲滑浪的英姿,还不到五秒就蹲下来开始挖沙,建设他的城堡。

三年前和妻子离婚时,两个人关于儿子的抚养权问题闹上了法庭,因为当时雷蒙还没有找到安定的工作,法官把小雷蒙判给了妻子抚养,不过每个月雷蒙有权带小雷蒙四天。那时候雷蒙才刚好一周岁,连路都还不会走,会叫妈妈也会叫爸爸,不过他看到别的男人也会叫人家爸爸,只有叫妈妈不会弄错人。

小雷蒙的名字叫哈努切克,可是雷蒙不喜欢这个发音,每次跟哈努切克在一起时都只叫他小雷米。

"不要跑太远!"雷蒙对着小雷蒙的背影喊了一声。

"不要靠近海边!"雷蒙又加上一句。坐在躺椅上,雷蒙拿起一支香烟,一摁打火机,火苗蹿起老高,却被迎面而来的一阵大风吹灭。雷蒙不禁心中一慌,猛地抬起头来,看见不远处的海滩突然涌起一排数米高的巨浪,紧接着后面还有一排,旁边的棕榈树被风吹得噼啪响,沙滩上女人的哭声尖叫声炸成一片。雷蒙马上冲出去,二十几米开外穿着件黄色外衣的小雷蒙刚要从地上站起来,吐着白沫的浪头像山般压下,然后咆哮着向雷蒙卷过来,目睹小雷蒙刹那间消失,雷蒙只好转身向后跑。"南希! 南希!"雷蒙狂叫睡在椅上女友的名字,一排浪翻起了整排躺椅,雷蒙感到一个巨浪高耸在他的头顶上,底下的潮水把他举起来,他借着这股力猛地抱住一棵棕榈树,轰隆一声海浪把他淹没。海水呼啸着掠过他耳侧,他听到孩子的哭叫声,可他什么也做不了,只能死死抱住树干。水的力量冲撞着他,他的身体忽起忽落左摇右摆,他的手被拉扯着,感觉就要断开。

海浪冲到高处,卷起两片卖饮料和雪糕的小食店,漫过马路,掉头再冲下来,水里夹带着女人、男人、孩子、椅子、沙滩席、衣服、太阳伞……雷蒙的身体又承受了一次冲击,他双手双脚绕住树干,整个人几乎都贴在上面。

海浪退了下去,几乎卷走沙滩上的一切,好像巨人深深地吸入一口气。雷蒙从树上掉下来,精疲力竭地倒在地上。他看着四周一片狼藉,号啕大哭起来。

16. 美国太空总署

艾德纳连续喝了两杯卡布奇诺咖啡，才拾起桌上的笔记本，懒洋洋地步出餐厅。

他是哈佛大学天体物理学博士，双眼圆鼓鼓的，才四十五岁两鬓就已发白。他任职于美国太空总署(NASA)天体监测部，是该部门第五分室的副主管，管理十几个部属，辖下有一个国际近地小天体(NEO)探测小组，专门监测接近地球轨道的小行星、彗星和巨型陨石。因为这些近地物体如果穿过地球轨道时和地球相撞，后果将不堪设想。

航天飞船要发射的那段时间，是天体监测部最忙碌的时候。每到此时，大家都会忙得不可开交，监测着上千个不同的天文数据。航天飞船进入预定轨道之后，大堂会陷入一片寂静，只剩下几十个显示器忙碌地不断更新着数据。闲暇时间，艾德纳退回到他的小天地关上门，躲在自己狭小的办公室里写科幻小说。最近，分室主管施劳特曼去上海参加太空探索交流大会了，要在中国逗留两个星期。艾德纳也就更加逍遥自在，每周一次的例会若无特别事项，他便草草开始后以近乎光速的速度飞快结束。

走出电梯时，艾德纳看见窗外天色骤然变黑，雨下了下来。一道闪电劈过半个天空，传来一阵震耳欲聋的轰隆声，吓得艾德纳手里的笔记本差点掉到地上。他看了看手表，时针指在五点左右，怎么这么早天就黑了？监测部传来一阵嘟嘟声，这是异常情况出现时的警报声，艾德纳已很长时间没有听过这种刺耳的声音了。他不禁振奋起来，小跑进监测大堂。警报声来自安置在角落的显示器，它是自安装以来第一次发出警示信号。

该显示器专门输出月球轨迹数据，地球上空轨道卫星和地面天文台跟踪月球轨迹的信息都汇集在该显示器上。艾德纳看着上面显示的一个数字，267149公里，数字由原本的蓝色变成红色，正在不断地闪烁着。

"怎么可能？"艾德纳转头望着监察这块荧屏的珍妮花，她耸耸肩摊开双手，露出同样的不明所以的表情。

"给我调其他天文台的监测数据看看。"

珍妮花十根手指在键盘上迅速跳动,好像蝶群在树丛中起舞。然后她停下来,等数据出来。

可是过去好一阵子,还是看不到其他天文台的数据。"网络好像有点繁忙。"珍妮花说。

"一有数据立刻告诉我!"艾德纳走到旁边的一部显示器前,专心看上面显示的其他星体的观测数据,并未发现什么异常,他走回珍妮花身边。

月球绕地球公转的轨道呈椭圆形,周期约为一个月,因此每个月都有一次近地点和一次远地点。本月的近地点已出现在6月24日,月球距离地球约358269公里,夹角为0.5578度。而今天这个时候,月球应该处在远地点上,距离地球不应少于40万公里。那个红色的数字"267149公里",显示月球比处在近地点时更靠近地球,也就是说,月球已脱离了本身的轨道正向地球冲过来! 珍妮花面前那部显示器的警示声突然停止鸣叫,上面的数字由红转蓝并开始跳动,十几秒内从"267149公里"变回"405025公里",夹角显示为0.4978度。

艾德纳发现自己沁出一身冷汗。会不会是计算机中了病毒?应该不会是某个员工搞的恶作剧吧? 从数据显示来看,这是一个极为不寻常的情况。

"还是没有其他天文台的数据过来。"珍妮花说。

"打印一份数据给我,然后打电话去绿岸天文台核对一下。"艾德纳说,"可能我们的计算机出了问题。"

艾德纳回到办公室,瘫倒在旋转沙发椅上,长长地嘘出一口气。他在想究竟发生了什么事。坐下不久,他听到外面传来一阵嘈杂声和人的哭叫声,这时门砰地一下被推开,秘书埃玛流着泪跑进来,"很多人死了,成千上万的人死了!"

员工大都离开了监测大堂,到隔壁的休息室看CNY的电视直播,几个女同事拥在一块儿痛哭着。两部大电视都播放着海浪突然冲上岸把人卷走的事件,报道称,全球多数地方的海岸线附近都受到破坏,太平洋另一边的中国沿岸也受到攻击。最先受到潮水袭击的是北美大陆,且灾情最为严重。艾德纳想,那是因为月球当时位于北美洲大陆的上空,月球突然接近地球产生的潮汐力导致潮水急涨,退下去的潮水又如钟摆一样稍后冲上南半球的海岸线。

新闻里估计,全球至少有500万人死于这次潮涨,财产损失将高达10万亿美金。新闻播报员访问了地震专家,专家表示此次事件可能与海底火山爆发有关,上个世纪后期也发生过类似情况,不过受灾地区为东南亚一带。

17. 白　宫

　　总统首席科学顾问布坎南从座位上站起来。他体形肥胖，套着一件蓝色的防风夹克，神情凝重。从美国各地紧急召集的十几个人坐在白宫情报室一张长桌边，等着布坎南发言。

　　情报室有一个会议室和两个小办公室，用厚实的混凝土墙建造，天花板低矮，让人感觉有点局促。楼上是美国总统的椭圆形办公室。

　　布坎南用手指点了一下后面的墙，墙裂开向两边缩回，一个巨型屏幕贴在后面的另一道墙上。比一个成年人还要高的地球立体影像出现在屏幕中央，自西向东缓缓转动，看得出这是由人造卫星拍摄，经过计算机综合处理的地球实时影像。布坎南右手向下一挥，地球立体影像立刻掉到下面去，月球占据了屏幕的主要位置。"这是月球位移前的影像。"布坎南说，"接着你们看看这一辑影像，这是当时对着月球那个方位的同步人造卫星拍摄下来的。"一辑照片以播映电影24格/秒的速度出现在屏幕上，但影像很模糊，只隐约看到一条凌乱的线，30秒后播映结束，最后定格在月球恢复原来位置的模样。

　　"只可惜拍得都不够清晰，"布坎南说，"就算慢放也是一样。"他按动一下手上的遥控器，出来的慢放影像效果和刚才差不多，只是线条柔和了些。

　　"泛欧盟的人造卫星拍下的照片也和我们一样，不太清晰。"布坎南继续讲述，"但无论如何，我们得到的数据证明，月球真的出现过位移。"

　　"当时，我们唯一的月球轨道勘测飞行器停止发放有关月球的数据，到现在也没有恢复联系，应该已被撞毁。"副总统问，"大家觉得这件事会不会跟中国人有关？去年他们第一次派人登陆月球。"

　　现场沉寂了好几秒，国防部长接着说："他们有没有可能在月球背面安装了什么装置，或在进行什么实验，从而导致月球位移？"

　　"中央情报局给了我们一份报告，认为可能是中国人在月球背面发现某种含有巨大能量的物质,在提取时发生意外,令月球出现位移。"副总统一边翻动手上的文件,一边说。艾德纳差点忍不住想笑出声来,他觉得他们的看法严重缺乏常识,一旦出了大事遇到问题,就定位为阴谋,只想找替罪羊。

"那段距离有近十四万公里,有什么力量可以在短短数十秒之内,把月球推前十四万公里又再往后拉十四万公里?"物理学家布卢姆菲尔德提出一个问题。他坐在白宫会议室长桌子的另一端,对面坐着美国副总统尼古拉、旁边是国土安全部部长烈文、国防部部长杰拉德、太空防卫署署长梅里美、国务卿哈里森、总统的科学顾问布坎南和白宫幕僚长布兰肯什普。另一旁是七位美国各领域的专家,其中一位是艾德纳,他代表太空总署赴会,因为当天月球的数据正是他的部门负责监测的。总统雷曼即将竞选连任,第一时间飞去受灾最严重的佛罗里达州探视灾民,因此缺席会议。

"就算把美国所有的核弹头,再加上俄罗斯和其他国家的,应该有一万枚吧。"布卢姆菲尔德继续说道,"利用这些核弹在月球背面同时爆炸的力量推动月球,也推动不了一公里。"

"月球上会不会有某些东西是我们不了解的?"副总统问道。

"这个当然很难说,但据我们目前所了解的是,月球含有丰富的矿产资源,铀矿、钍矿、钛矿等。另外月球土壤里含有丰富的氦-3,由太阳风直接注入月球的土壤,是核聚变的理想原料,但我们人类现时的科技,并不足以支持在月面严酷的环境下大规模开发这些矿产,何况是在上面制造强力的武器。"月球专家纳西耶夫说,"我们已五十多年没有派人登月了。"

"如果月球真的发生过位移,至少有一点我们可以很确定,人类目前不可能有任何力量令月球产生这种位移。"布卢姆菲尔德补充说,"那种能量等级超乎我们想象,铀和氦-3做不到。而且不单是能量的问题,还有准确度的问题:月球移位之后又很准确地回到原本应在的轨道上了。"

艾德纳点了点头,向布卢姆菲尔德露出微笑。

"确定是月球位置发生转移导致了海啸?有没有其他可能,"国务卿哈里森问,"例如海底板块发生移动,又或是全球性的计算机病毒发作?"

"我们收到世界各地天文台的报告,监测不到任何地震的迹象,"国土安全部部长烈文说道,"也排除计算机病毒的可能,计算机病毒不可能导致潮水猛然上涨。"

"关于这次灾难,我们和几个大国都受到来自民众的巨大压力,有些国际媒体怀疑是我们在太平洋海底试验秘密武器造成的,"副总统忧心忡忡,"天文台的报告、太空总署的监测、地球同步人造卫星发回的数据,以及海军发现潮涨反常的观测,种种数据都一致表明,月球位置的确出了问题。"

"我们和欧洲、日本以及中国方面秘密交换了各自的数据,结果都相差无几。"国土安全部部长说。

"但是民众不会相信,因为太荒唐了。"副总统说。

"民众只相信他们愿意相信的。"国务卿插上一句话,"而且又没有人亲眼看见月球突然变大了逼近地球。"

"月球的体积比较小,只相当于地球体积的四十九分之一,无论是在每个月的近地点还是远地点,它看起来其实差不多大,肉眼一般是分辨不出月球的远近的。"一直保持沉默的天文学家舒契恩终于发言。

"有时,远时看起来反而会更大些,要视当天空气中悬浮粒子的散射程度而定。"这是艾德纳在会议上说的第一句话。

"如果这种状况再发生第二次的话,各位觉得我们要如何应对?"国务卿问。

"首先一定要找出原因,当然找到原因也未必能解决问题。"舒契恩说。

会议持续讨论了三个小时才结束。开会前大家都签署了一份保密文件,规定不能向今日与会以外的人透露会议内容。晚上他们获邀留宿白宫一晚,第二天早上总统会接见大家,然后在白宫草坪拍一张集体合照作纪念,总统还会向全国民众发表一份关于此次灾难的声明稿。

一步出情报室,艾德纳和布卢姆菲尔德两人立刻来了个热情的拥抱。刚才进入会议室时他俩只是握了握手。他们念哈佛大学时就相互认识,都是物理系的高材生。布卢姆菲尔德后来去了欧洲研究高能粒子物理,获得诺贝尔物理学奖,遂成大名。

"那么多名人失踪,怎么你还在?"这是艾德纳给布卢姆菲尔德的第一句问候,接着他自己再帮着回答,"原来你一直躲在白宫。"

"因为我不够出名啊。"布卢姆菲尔德笑道。

艾德纳和布卢姆菲尔德被分配到同一个房间,可能是两个人都出身于哈佛大学的缘故。"你觉得有没有除了刚才讨论的可能性之外的可能?"他们在特工人员的带领下进入房间,一放下行李箱,艾德纳便急不可待地发问。

"譬如?"布卢姆菲尔德脱下外套扔到床上。

"譬如月球所在的位置发生了时空波动,导致月球类似时光倒流般进入三亿年前所在的位置。"艾德纳咳嗽了一下,"我做过计算,目前月球正在以每年3.8厘米的速度脱离地球,八亿年前的轨道比现在近很多,大概就在前天的位置。随着时间过去,月球会离我们越来越远,最终离开我们的视线。"

"背后的假设太复杂,不符合奥卡姆剃刀原理。"

"倒像科幻小说的题材。"布卢姆菲尔德补充一句,他一边说一边脱下套头毛衣,扔到床上，"白宫好热！"

"那么你的设想是什么？"艾德纳问。

"如果所有数据正确的话，表明有一股异于人类的力量在操控月球。"

"可是那区域并没有任何异常的电磁波活动。"

"那股力量既然可以操纵月亮星辰，当然可以避开人类的侦测，就好像中国的隐形飞机可以躲过我们的雷达一样。"

听到如此一说，艾德纳笑起来，"你的设想从本质上看，跟我的时空波动有何分别？不都是听上去极不可能的吗？"

"的确分别不大，但这是我的想法。"

"你的真正意思是指外星文明？"

"对，你知道我并不相信什么超自然的东西。"

"对方似乎并不想毁灭我们，否则前天月球就撞到地球上了。"

"可能对方只是偶尔路过跟我们玩一玩，吓吓我们，就走了。"

"对着这么强的力量，人类做什么也没用。"

"不如出去找其他人谈谈，或者先找些东西喂饱肚子。"布卢姆菲尔德拍拍艾德纳上臂。

走出房间时，艾德纳看见对面的墙上挂着一幅林肯的肖像，眼神忧郁，长着络腮胡子，他想：如果现在美国总统是林肯，他会如何处理这件事？

"先生，请问你想去哪个地方？"一个西装笔挺的黑人青年问道，他站在走廊的一个拐角处，打断了艾德纳的胡思乱想。

"找个朋友。"

"请问叫什么名字，我帮你看看住在哪个房间。"黑人青年的手指在手持计算机荧屏上拨弄了几下，艾德纳瞥见对方分开的西装下摆侧旁挂着一把手枪。

18. 伦敦圣米迦勒教堂

奥斯特推开教堂大门,对面墙上基督钉在白色的十字架上,张开的双手做了一个类似拥抱的姿势,头上则围了荆棘编成的冠冕,忧郁而伤感地望向教堂入口。

墙边点起了一排蜡烛,火光如豆在空气中蹿动,把影子映在教堂苍白的墙壁上。高而宽阔的窗户上半部贴着五彩缤纷的马赛克图案,天使在上面扭动着身体。靠背长凳上零零落落地坐着十几个人,他们缩着身子,把双手扣在一起抵着额头,跪在底下的长板凳上,或是在赎罪,或是在祈祷,或是在祝福自己的敌人。"上帝教我们原谅自己的敌人,却没有教我们原谅自己的朋友。"奥斯特莫名其妙地想起了这样一句话。一个头发斑白的中年人跪在十字架下,身体缩成一团,头仰起看着挂在高处的基督雕像,整个人在轻轻地颤抖着,好像该隐的祭物被上帝摔回地面时的样子。奥斯特把教堂的侧门推开,沿着走廊回到自己宿舍。

马路上传来各种各样嘈杂的声音。教堂的工人把晚餐送来了,他问候了奥斯特一声,把盛菜盘放在长桌上,还把一封信交给奥斯特。几条鱼躺在盘子里,露着半白半黄的眼珠,另一个盘子里放着三个马铃薯。奥斯特很快把信撕开,有什么东西掉了出来,敲在地板上。把它捡起,原来是一枚闪闪发亮的金色弹头。奥斯特用手捏了捏它,然后把抽屉拉开,右手拇指一弹便将那东西弹了进去。他把信打开,偌大的信纸上只写着几个字:"爱尔兰! 死亡!"字的下面还用血画着一个十字。奥斯特苦笑了一下,把信仔细折好放进抽屉。

奥斯特把灯关了,兀自坐在黑暗中。他把手肘搁在扶手上,让椅子前后摇动着。高楼上反射过来的光,把窗框的影子印在墙上,树叶的影子在地板上轻微晃动。窗外透进来的光,顽皮地在奥斯特的脸上跳动,他的另一半身体却浸在黑暗中。由于夏尔帕克去世的事情,奥斯特取消了所有的演讲集会。虽然活在悲伤之中,他的血却始终是热的。他下星期一要到北爱尔兰去调解当地基督徒和天主教徒的纷争,近年北爱尔兰天主教徒再次掀起脱离英国运动。他们信奉同一个上帝,却长期互相残杀,这令奥斯特甚为痛心。他希望此行能令双方和解，即使冒着会被暗杀的可能。人在独处时最容易胡思乱想，奥斯特尽量让自己冷静下来，可愈是焦急地想把一团线解开，它就缠得愈紧。

诺福克和列文把汽车停在教堂对面的路口上。诺福克大口大口地抽着烟，车里面的收听器沙沙地响个不停。

"这东西可能出了毛病，"列文指着收听器说，"刚才还听到点声响，现在什么也没有了。"

"或许是放在奥斯特家的窃听器出了毛病。"列文说道。

"人家睡觉了，当然没有声音啦！"诺福克漫不经心地说。

"我成功啦，奥斯特！"夏尔帕克兴冲冲地把门推开，把奥斯特抱得紧紧的。奥斯特猛地呛了一口气，退后一步，看到夏尔帕克面孔红得发亮，一副得意忘形的样子，虽然不知道是怎么回事，奥斯特也噗的一声笑了起来。

"我获得诺贝尔文学奖啦！"夏尔帕克大喊起来，嘶哑的声音就像小孩子的尖叫。"谢谢你，上帝！"夏尔帕克跪在地上大叫着。

"那还是三天前的事，"奥斯特喃喃地说，"夏尔帕克的心灵纯洁得即使拥抱世界上所有的事物也不怕被玷污，又怎会自杀呢？"

已是夜深时分，奥斯特躺在床上，辗转反侧，难以成眠。突然，门外似乎响起了敲门声，把奥斯特从记忆中拉回来。这么晚了，怎么会有人来找我？守门人没有任何通报，应该是还留在教堂里祈祷的教徒吧？敲门声再度响起，奥斯特从床上爬起来，前去开门。

"我们跟了奥斯特神父这么多天，他好像不曾晚上12点之后重新亮灯，再射一个窃听器上去吧。"列文说。

诺福克瞥了他一眼，把黑色的皮袋打开，取出一把手枪。那枪有着长而大的枪管，末端有一个黑色的瞄准器，一道红光从瞄准器里射出来。诺福克把一颗高尔夫球般大小的黑色球形物体塞进枪管内，然后把头探出车窗，对着奥斯特住所窗下的墙壁扣动了扳机。轻轻的一声，那团黑色球形物被射了出去，并附着在墙上，八只爪子从球体中伸了出来，还伸出一个灰色的头，开始向上面有光的地方爬去。

当奥斯特把门打开，黑暗中传来了一个声音："奥斯特神父，你好。"屋中的亮光照在走廊泥塑的栏杆上。

"我叫赫尼玛斯，从很远很远的地方来到这里，我想与你谈谈！"依然是那个声音。

"进来吧！"奥斯特以充满热情的声音应道。到访的是一个年轻人，套着件雪白的大衣，下摆盖过了膝盖直到小腿处。他瞟了奥斯特一眼，带着一张没有感情的面孔走了进来。奥斯特觉得一股凉气同时冲进屋子,一小团黑色的东西从天花板上掉落到衣柜顶,但却没有传出撞击声。

"请坐吧!"奥斯特伸出他那厚而大的手掌,亲切地说,"你有什么问题我可以帮忙吗?"

那年轻人坐在奥斯特刚才坐过的椅子上,奥斯特从桌边拉过一张椅子来。

"你为什么相信上帝呢?"年轻人很严肃地问。

"许多人都这样问过我,"奥斯特和蔼地说,"我的家族每一代都有着浓厚的宗教信仰,一直都相信同一个上帝。我受到强烈的感染,形成了自己的信仰。"

"这就是说,你的信仰仅仅是由于家族长期观念的影响。"

"不!"奥斯特说,"对于一些教条我有着强烈的抗拒,这一切使我对上帝产生了怀疑。在大学生活的第一年,我受到无神论哲学家叔本华、尼采和萨特等人的影响,于是我断然与我的信仰分手。但叔本华的思想却把我带进悲观主义的泥潭中,我感到生存毫无意义,整日混在酒馆里。"

"你的家人有什么反应?"

"我的父亲骂我是叛徒。他企图改变我,但徒劳无功。我们的关系愈来愈僵,这种可怕的生活维持了三年,我发现没有上帝的世界中,我不但不快乐,反而更加痛苦。我再次打开福音,发现了一些我从来没有触及的东西,那才是生命的真谛。"

"什么是生命的真谛呢?"

"那需要弃绝自我,因为自我之爱不让我们跃入永恒,不让我们进入上帝的天国,不……"

"不要再说了!"那年轻人粗暴地打断奥斯特的话,"不管你说得多么动听,我始终认为上帝是不存在的。而除了存在,我什么也没有。"

"你还年轻,当你再多经历些,就不会像现在一样坚持自己的立场了。"奥斯特说。他丝毫不因为自己说话被别人打断而不快。

那年轻人嘴边挂着轻蔑的笑意,"我所经历的并不比你少,我认为智能生物才是万物之尺度。上帝是造出来的,如果智能生物不存在,上帝亦不复存在。"

"千万不要有这种危险的思想,尼采因这种想法而癫狂,希特勒也因此而毁灭。"

"那是因为他们无能,如果他们具有强大的理性,就能克服本身的狂热……但大部分人发现服从激情比服从理智更为愉快,这就是你们全体人类的悲哀。"

"你们"这两字令奥斯特甚为困惑,为什么不是"我们"?

"如果上帝不存在,那么一切都会被允许,自然犯罪也是无罪的,这不是比激情更为可怕吗?如果上帝不存在,法律、真理岂不也会被除去,人不就只剩下绝望与虚无了吗?想一想吧,年轻人!"奥斯特反驳道。

"所以我们必须用理性来武装自己,而不是沉迷在宗教那蛊惑人心的赎罪中。"

"赎罪,我并不认为是蛊惑人的。福音书就是要把人从罪中拯救,迈向神的国度。"

"说得好!罪!"这几个字夹杂着笑声从那年轻人的口里说出,整间屋子似乎都震动起来。奥斯特不禁一怔:这位年轻人的精神可能有问题。

那年轻人狂笑着,奥斯特担心地望着对方那逐渐发红的面孔,就像护士望着病人。

"你们有罪恶,那是从你们祖先那里遗传下来的。"那人猛地停止了大笑,把纤长而发白的手指戳进头发里,他那高耸的颧骨使脸上看起来几乎一点肉也没有,就像骨架蒙上了一层薄皮,人们会不禁为他的健康担心。奥斯特一声不吭地坐在那里。

"你们的祖先不是亚当夏娃,他们是杀人犯、妓女、强盗……"这另一句话又从那年轻人的口中冲了出来。

"住口!"奥斯特喝止了他,"这无异是亵渎上帝!我们都是神按着他的形象创造出来的!"奥斯特声音变得越来越大。

"我从不撒谎,只有你们才以撒谎为乐!"那年轻人的语气由愤怒转为平淡,"我会告诉你真相。"

"什么真相?"奥斯特愤怒地问。

列文倚着墙抬头盯着神父房间的窗户,感到一丝凉意,于是取下扔在车顶的圆顶礼帽戴上,把毛呢大衣上面的纽扣都扣上。"哼,冷就进来坐吧。"诺福克说,顺手把烟蒂弹到车厢外面。

"为什么神父的天花板上冒出火花了?"列文抬起头看了好一会儿,"好像出事了,上去看看!"

他们向教堂守门人出示证件,睡眼惺忪的守门人带他们前往奥斯特神父的房间。诺福克一手把半掩着的房门推开,"神父!"列文轻轻叫着,但没有任何回应。处于黑暗中的卧室和书房像张开着的嘴巴,金属书架不时在夜色中闪着亮光。

他俩寻遍整座教堂,也看不见奥斯特神父的人影。

列文爬上这座古老教堂两座尖塔的其中一座,沿梯级到达钟楼最高那一层。他环顾四周大片的矮房和几条马路,没有发现异常情况。

19. 联合国总部

"刚刚过去的9月24日是一个悲痛的日子,位于太平洋中西部的马里亚纳群岛东侧的马里亚纳海沟,在当地时间下午4时左右发生了不寻常的火山爆发,掀动了整个太平洋板块,导致全球性海啸,近四百万人在当日罹难。联合国将9月24日定为全球哀悼日,以纪念不幸的罹难者。这是人类历史上前所未见的自然灾难,我们深感悲恸。该海沟深达一万一千多米,可以淹没地球上最高的山峰,人类暂时尚不具备能力深入此海沟了解真正的情况……"

9月26日,联合国秘书长钟建平发表了简短的讲话,并带领全球民众默哀一分钟。之后,联合国五个常任理事国也发表了大同小异的声明。美国总统签署了秘密文件,下令删除所有关于月球位移的数据。艾德纳还留在华盛顿时,中央情报局副局长就带队来到太空总署,拿走了相关文件和计算机硬件记录。其他几个大国采取了类似做法。海啸后的第六日,中国发射了一枚探月火箭;第十日,泛欧联盟也发射了一枚探月火箭。美国的地球低轨道同步人造卫星捕捉到火箭发射时的尾焰,估算出了它的推力和方位。美国的探月火箭也在准备中,但美国因为债台高筑已多年没有进行探月行动,因此需要半个月时间准备才能发射。

"这件事你一定要站出来,揭穿那些人的欺骗行为!"布卢姆菲尔德出现在艾德纳面前还没有入座,艾德纳就咬牙切齿地提出建议,他的愤慨之情溢于言表。趁着去普林斯顿参加一次学术研讨会,艾德纳约了布卢姆菲尔德在普林斯顿大学的星巴克咖啡店见面。这家店处于商场一角,被一片草地包围着,草地另一边有一排别墅,第二幢就是爱因斯坦的故居。黄昏时分,只有三两人在店里喝咖啡或忙于在网络上冲浪。赶来的路上,艾德纳频频回看后面,想知道有没有被中情局的人跟踪,不过他并没发现可疑人士。

艾德纳点了一杯热的卡布奇诺,布卢姆菲尔德则点了杯土耳其咖啡。

"我已联络了《纽约时报》和《华盛顿邮报》两位专门揭露政府黑幕的名记者,说几天后有重要消息告诉他们。放到网络上的资料我也已准备好,只需按一个键,全世界立刻都可以看到海啸的真相。"艾德纳气也不喘地说下去，"现在就需要一个有声望的人带头，这个人非你莫属。我嘛，人微言轻，而且业余写科幻的，没人相信。"

"别忘了，我们离开白宫时可是签了保密协议的。"布卢姆菲尔德呷了口咖啡慢条斯理地说。

"让他们控告我们，事情闹得越大越好，闹大了真相才能大白于天下。"

"你应该知道所有证据都被毁掉了。"

"那天我下载了一份月球位移数据，我已藏好。"

"艾德纳，数据是没用的，这种数据用计算机伪造一份很容易，就算你有人造卫星当天拍的照片也没用，人们看到的只是几条凌乱的线条。而且……就算全世界都相信我们又如何呢，并无助于解决问题。"布卢姆菲尔德接着说。

"可是民众有知情权啊。"

"知道又怎样呢，真相越是被广泛了解，恐慌传播的范围也就越广。如果世界真的相信你所说的，月亮冲向地球、外星人入侵等等图像可能会引起全球性的大恐慌。你想想，中世纪欧洲就是因为谣言的扩散而最终导致了猎巫潮的出现，几万个无辜女人被杀害。

"我们无法估计，一旦出现这种全球性的大恐慌会如何发展，也许最终有可能导致人类社会秩序崩溃，后果实在无法想象。

"我们知道问题所在，但又完全没有解决问题的能力，由此产生的无力感对人的伤害更大。说是海底火山爆发造成，人们会觉得以后少去海边就会没事，就可以保护自己……求得一份心安。"

"亚里士多德说，吾爱吾师，吾更爱真理。"艾德纳打断布卢姆菲尔德的话。

听到这句话，布卢姆菲尔德叹了一口气，说道："艾德纳，你要知道，我们搬走一座小山丘也要好几天的时间，但对方却可以在转瞬间移动星辰，所以我们做什么也没有用，只能祈盼对方的慈悲，最好他们只是路过。"

"看来，你站在政府那一边。"艾德纳冷嘲道。

"不，我站在我的判断那一边。"布卢姆菲尔德说，"其实我写了一封信给总统，建议动用资源，例如射电望远镜或人造卫星，把信息通过无线电波发送到地球周围的宇宙空间给对方，提出我们的和平诉求，告诉对方我们的处境。我担心，万一某天对方跑去移动太阳，我们不是被冻僵就是被烤熟。"

"那些官僚会听取你的建议吗？"

"总统答复我说他们也有类似的想法。"说到这里布卢姆菲尔德迅速掏出计算机，在界面上点了几下，"他们打算联系几个大国同时做这件事，我建议总统一定要动用加州的艾伦射电望远镜、西弗吉尼亚州绿岸天文台的射电望远镜、阿雷西博天文台的射电望远镜，还有日本的射电望远镜,全方位地把信息向太空发出去,越快越多越好!

"你知道吗,波多黎各阿雷西博的望远镜反射面直径有305米,"布卢姆菲尔德把计算机荧屏转向艾德纳,让他看到那座射电望远镜的壮观外形,"就算把全套大英百科全书的内容发射出去,也只需几个星期的时间。"

"外星人可能看不懂我们的信息。"艾德纳不以为然。

"所以一定要用多种表达方式把信息传出去,例如一些海啸导致人类死亡的照片和影像。"布卢姆菲尔德苦口婆心地说。

"从好的一方面看,对方可能只是在地球附近路过,但能量太大把月球逼离了轨道,对方发现后立刻纠正,当然给我们人类的损害已造成。"布卢姆菲尔德说。

"你的意思是大象经过灌木丛,免不了要踩倒几棵小树。"

"对,你真善用比喻,小说家就是小说家。"布卢姆菲尔德笑起来,"好像你刚才穿越草地过来,也杀了不少生命。"

"你说什么?"艾德纳有点恼怒起来。

"刚才有多少昆虫蚂蚁死在你的鞋底?"布卢姆菲尔德笑道。

"一句话,你就是不愿意带头站出来声讨政府!"

布卢姆菲尔德抹了抹嘴角沾着的一点咖啡沫,看了艾德纳一眼。艾德纳整个人陷在毛茸茸的座位里,大口大口地喝着那杯已变凉的卡布奇诺咖啡,雨点落在落地玻璃窗外,溅起一片迷蒙的烟气。

20．维多利亚港

梅卓轩实在无法想象四百万人死亡是多大的规模,看着联合国秘书长发表讲话的直播画面,他默默地闭上眼睛。

因为时差和地理位置的关系,海啸发生在香港时间 9 月 25 日早上天色欲亮未亮之时。香港海边一带乱成一团,政府出动了海关船舰到海上救人,也有不少人跑到海边看热闹。海边有些地势较低的屋子灌满了水,有些家庭的家具如沙发桌椅等都被水卷走,也发生了几起趁乱抢劫偷窃的案子。警方人手告急,未在执行紧急任务的探员都被调到了各个海滩。梅卓轩那一组被分散调到不同地方,原本设在圣玛利亚教堂和禅觉寺外的流动汽车监视站只留下一个探员看守。

香港有六百多人死于该次灾难,受灾最严重的是浅水湾,梅卓轩的一位远房亲戚和他的儿子当天在浅水湾海边被浪卷走。那天天气稍冷,去海滩晨练和游泳的人比平日少,否则罹难者数目会倍增。这是自 2003 年 SARS 病毒爆发导致数百人死亡后,香港由于单一事件致死的人数最多的一次。海水也上涨到维多利亚港岸上,刚好漫过尖沙咀海滨星光大道的明星手印,好在两岸原本高悬于海平面之上,减轻了潮水的冲击,只有几个在码头低处钓鱼的人被浪卷走。

海啸之后的第二天夜晚,梅卓轩做了一个梦。他梦见无数人浮在海上,哭声尖叫声此起彼落,大熊叫着梅卓轩的名字想游过来,但一个浪把他盖过去。惊慌之下梅卓轩伸开手臂拼命划水,游向岸边。当他精疲力竭爬上沙滩,回头望向海面,却再也看不到大熊的踪影。

海啸发生过后的一个月,海里仍旧漂浮着不少尸体,大多是人体的残肢。仿佛海洋张开大口把人吞下,现在吃饱了,躺下来歇一歇,还时不时打个嗝,把塞在牙缝间的碎肉和骨头剔出来。

一些尸体随着海浪送到沙滩上,那些曾是热门度假景点的海边城市一片萧条,以旅游业作为经济支柱的国家经济大受打击，到摩纳哥游玩的人不再去海边而是去赌场。尸体比较多的沙滩，相关的肯负责的政府成立了临时冷藏库，提取尸体上的基因做身份鉴定，好让前来追寻亲人下落的人得到一个答案。

一般人都尽量远离海边，连海产也不想碰。也有少数人依旧躺在沙滩椅上看书晒太阳，不理会附近的人体残肢。

香港维多利亚港不时有尸体浮在海面上，清水湾、浅水湾和大浪湾等几个热门的海滩也经常发现尸体和残肢，海浪把死人送上沙滩然后又退了回去。海滩上不时传来人们的哭声，男的女的老人的小孩的都混在一起，冥钱的灰烬被风吹得到处都是，沙滩上几乎每一棵矮树下都插着一两支香烛，烧剩的纸扎祭品随处散落在沙滩。

石澳、赤柱、清水湾和黄金海岸一带的海边豪宅价格一落千丈，有钱人纷纷搬离这些地段，或者让住宅空置。

香港政府组织了五艘渔船做打捞尸体的工作，明明当天已把海港的尸体捞了上来，可第二天早上又有新的尸体载浮载沉，有人认为是鲤鱼门外蓝塘海峡那边的海底暗流带过来的。

发生海啸的第二天，网络和报纸上开始出现一些关于月球发生位移的消息，有人在网络论坛跟帖回应，越辩越激烈，结果变成人身攻击，导致辩论戛然而止，没有引起太大的反响。有一个大国政府的官方报纸有意无意地暗示，可能是某些在深海进行石油开采的跨国公司钻穿板块并接造成地震，导致了海啸发生，几家跨国石油公司急忙找来两位诺贝尔奖得主帮忙召开联合记者会澄清事件。全球主要新闻媒体把这些只视作花边新闻，转而追查十大通缉犯在世界各地落网的真相，但事情的经过是怎样的却扑朔迷离。这批人在国际刑警的通缉名单上已有相当时日，但却无一人被捕，直至海啸发生的第二天。

名单上排名第一的是美国人泰勃，他属于一个极右翼团体，制造过多起专门针对美国少数族裔的爆炸案件。泰勃供述当天他在里约热内卢的一家旅馆睡觉，醒来时却发现上身赤裸，被人用他自己的外套绑在佛罗里达州沼泽区的一棵矮树上，树下围着十几条短吻鳄。泰勃无法挣脱捆绑，只好大声呼救，结果引来了巡警，他的面孔立刻被拍下输入数据库比对，于是身份暴露。名单上排名第二的是阿富汗人法扎巴德，他在阿富汗北部山区视察罂粟田时被一阵白光闪晕，醒来时发现自己被手铐铐在上海衡山路一间警察局门前的铁栏杆上。十大通缉犯中的六人表示看到闪光后失去知觉，四人则在睡眠中被带到异地。

美国有评论认为十大通缉犯落网是中情局为人类做的一件好事，因为只有美国才可能有这种捕人于无形之中的技术。有人反驳说美国若真有如此能耐，为何又会成为世界上犯罪率最高的国家？为何让泰勃作恶多端那么多年之后才逮捕他？阴谋论者认为，由于各地政府打击罪案不力，催生了一个由精英分子组成的秘密组织，他们专门对付恶人，被捕者的供词荒诞离奇可能是因为被电击洗脑技术洗掉了真正的记忆。网络上有人胡诌此事是蝙蝠侠和蜘蛛侠连手做的，甚至连超人也涉及其中。热烈报道此事几天后，传播媒介的采访焦点转移到各地海滩发现的死者数目和身份上。

海啸一个星期后，传统基督教会一个分支的三个骨干成员创立了一个新的教派，称为方舟教派，认为人类末日迫在眉睫，前所未见的海啸是上帝对人类倒行逆施的最后警告，人类灭亡已进入倒计时阶段，下一步类似挪亚时代的洪水将淹没全球陆地。

在印度喜马拉雅南坡山区，印度教的几个信徒创立了末世湿婆神教。湿婆（Shiva）是印度教三大神之一，亦称为"Mahadev"，意思是毁灭者，同时也是再生者，除毁灭外还担当创造的职能。湿婆一向广泛受到印度人爱戴，他们认为死亡不过是创造之循环的一节，事物不停地衰败与再生，如冬天过去春天就到来一样。湿婆能够改变自己的形象，有时相貌奇谲怪诞，有时现五首四臂，以观照世界的每一部分。佛教文献称他为大自在天，住色界之顶，为三千界之主。

末世湿婆教信徒认为大水是湿婆重返人间的先兆，继之而来的将是大火。他们相信湿婆正在喜马拉雅山上的吉婆娑山修炼苦行，时间一到，湿婆就会走下山来，额上的第三只眼将喷出神火，毁灭人间的一切，为世界的再生清除障碍。当大地开始被火所焚时，湿婆就会出现，他们要配合湿婆的工作。

末世湿婆教的信徒很快便发展到数百万人，他们在喜马拉雅山脚下的楠达德维国家公园竖起巨大的湿婆铜像，并设立祭坛，湿婆像额上的第三只眼里装设火焰喷射器，日夜不停喷出火花，在五十公里外也可以看见。

方舟教派则计划在全球范围筹募经费，建造方舟，每艘可装一千名信徒。美国几个亿万富豪率先响应加入了方舟教，其中一个名叫考德曼的把自己所有财产共三十五亿美金全都捐给了方舟教，结果惹起家人不满告上法庭。

末世湿婆教创立两个星期左右便传入香港，在香港印度人族裔中迅速散播，其信徒喜欢在黄昏未临将至时聚会，以同心圆方式围坐，中间放置一支巨型火炬，聚会中众信徒不时绕着火炬跳起湿婆舞，配以节奏强劲的鼓声，其舞蹈形态时刚时柔，结束时会用火炬焚烧象征世间万物的手制模型。

起初，他们常在维多利亚公园或市区空旷地方聚会，但因在公共场所燃烧明火而被警方检控和驱赶，于是把聚会转移到了郊外。在天气晴朗的日子，从香港岛遥望九龙半岛的狮子山，有时会看到山顶平地或半山腰的位置火光闪烁，直到午夜之前才熄灭。

21. 圣玛利亚教堂

9月26日上午,信众已在主殿里坐好,等着开始早会祈祷。受到昨天海啸折磨的人们非常需要宗教上的指引和安慰,座位早已坐满,不少人只好站在前殿和两边的长廊。可是一向准时的张神父却没有出现在祭坛上。修女萨拉去到张神父的住所敲门,却没有人应门。房门并没有上锁,她推开一看发现屋里空空如也。张神父除了放假或是去梵蒂冈,缺席主持仪式而不通知这样的事从来没有发生过。萨拉问了教堂其他的同工,把教堂搜了一遍也找不到张神父。于是萨拉马上通知香港教区的枢机主教,获得主教允准后,她照着警方之前交代的电话号码打过去,告知张神父失踪一事。

梅卓轩指示大熊、阿德和阿彪搜查教堂的每一个角落,包括杂物堆积如山的地下室,均无发现。神父宿舍靠着外面一条小巷的窗户打开了,但窗框完整。教堂朝着街道那面的窗户是关着的,虽然打开时可容一人穿过,但那排窗户离地足有三米半左右的高度,张神父应无法从这里跳下去。教堂其他地方也没有损坏的迹象,只有神父宿舍旁的花园上留有被践踏的鞋印,角落旁的四株玫瑰被踩倒在泥里,掉在地上的花瓣有几片沾着些许类似血液的斑点。搜证科赶到圣玛利亚教堂,梅卓轩指示搜证科同事套取血迹斑点、鞋印资料和指纹,并搜寻花园里有没有留下衣物纤维。

梅卓轩查问为教堂守门的老人,他表示张神父晚上没有外出过。张神父住的一楼没有其他人住,几个修女住在三楼,她们也表示深夜没有听到过什么特别的声音,修女米蒂亚表示好像半夜时曾听到楼下传来人们讲话的声音,但接着又说不太肯定自己是真的听到还是在做梦。前一阵子交给张神父的追踪卡的人造卫星定位还一直位于教堂那里,梅卓轩在神父的抽屉里找到了那张追踪卡,卡里的计算机芯片闪烁不停,神父并没有把这卡带在身上。大熊从神父书架上找回了自己放置的窃听器。

确定张神父失踪后,梅卓轩马上致电上司陈少白,建议立刻在香港各海陆空口岸加紧戒备,以防张神父被带出境外。

梅卓轩突然想起如一法师，刚才怎么竟忘了如一呢？不禁觉得背部汗流如注。他立刻致电禅觉寺，接电话的是缘空，他表示如一法师正在打坐，现在不能接电话。梅卓轩问他是否确定法师在寺内，最好能亲自去确认一下。缘空有点不太愿意但还是去了，很快他回到电话上，以非常肯定的语气说如一法师在寺内，不放心的话可以亲自过来看，梅卓轩松了一口气。阿彪打开提在手里的计算机信号接收器，上面显示如一的那张追踪卡坐标位于禅觉寺内。

安排了现场搜证工作后，梅卓轩把大熊拉到一旁，问道："昨晚有没有录下些什么？"

"那部收听器似乎受到干扰，只有沙沙的杂音。"大熊有点不悦，感觉梅卓轩好像在责怪他为何没有一早警示。

"现在可以听听窃听器录了什么吗？"

"听不了，这是经过压缩的语音，要回去译码才知道有没有录下些什么。待会儿回去我把记忆芯片置入计算机就行了。

"……不如我现在就回去听听看。"大熊想了想，补充说道。

"好吧。"

"这东西可能已经坏了，这是鸭寮街买的，你是知道的，我只是拿来试试罢了。"大熊又补充一句。

警方调来机动部队搜查附近街道，看看神父他老人家是不是摔倒在外面什么地方，最后搜查范围扩大到整个香港岛中西区，张神父的照片被标以"紧急等级"，通过警方内部网络传送到每个警员身上的便携式超薄计算机上，要求他们在街上巡逻时密切留意有无此人下落。机动部队带来了一只搜索犬，它嗅嗅神父挂在架子上的黑色长袍，在教堂里绕了个圈，然后跑到宿舍旁的花园，站在花园旁一块空地上狂吠。

直到黄昏也没有收到任何关于神父的消息。晚上八点，一个警员在九龙深水埗区找到一个在街上流浪的老人，其外形很像张神父，该名警员立刻拍下老人的照片传给重案组，那人披头散发满脸污垢，只看照片梅卓轩无法确定，于是通知该名警员扣住那名老人。梅卓轩立刻带同修女萨拉坐警方的冲锋车赶过去辨认，一看那人，萨拉就十分肯定不是张神父。

张神父是半年来香港失踪的第七位知名人士。

22. 何文田熊宅

"里面录的东西解读出来了,内容有点奇怪,你一定要过来听听。"晚上十点左右,梅卓轩收到大熊的电话,立刻驱车从深水埗赶往何文田区的高尚住宅区。

经过元洲街时,他去绿林糖水店买了个杂果西米露给大熊,这是大熊最爱吃的甜品之一。

"我以为你很快就可以解读出来。"

"家里的计算机不知为什么读不了,我拿到鸭寮街卖给我这东西的店才解读出来,搞了一个下午。你来听听。"

梅卓轩从旁拉过一把椅子,坐到计算机前,大熊点了一下计算机界面。

开始时比较安静,接着听到杯子碰到桌子当的一下,人的喝水声,还有喘气声,然后又变得安静。

"前面一大堆无关痛痒的响声我都已跳过去。"大熊说。

"张天仰神父,你好。"计算机喇叭里突然跳出一个清亮的声音,应该是先在门外响起,然后从远而近,似乎一下子来到神父面前。

"你是谁?"张神父疲累的声音,接着是起床的窸窣声,啪的开灯声。

"我叫赫尼玛斯,从很远很远的地方来到这里,我想与你谈谈!"

"年轻人,现在已经是凌晨一点了,"张神父的声音,"昨天很多人死了,你知道吗? 你跑来我这里做什么?"

"昨天的事我知道,我帮忙制止了更多人死亡。"年轻人的声音。

"你在海边救了人是不是? 那很好。你有什么事找我呢,坐吧坐吧。"张神父的声音多了点热情,然后听到拖动椅子的声音。

"你为什么相信上帝呢?"年轻人的声音。

"年轻人，没有上帝，我们的生命有何意义呢？"

"生命的意义不是要依靠自己去创造的吗？"

"虚空的虚空，凡事都是虚空。人一切的劳碌，就是他在日光之下的劳碌，有什么益处呢？"神父的声音。

"一代过去，一代又来，地却永远长存。日头出来，日头落下，急归所出之地。风往南刮，又向北转，不住地旋转，而且返回转行原道。"年轻人接腔道。

"好，好，年轻人，你可以背出经文来。"张神父的声音精神起来。

"我可以用多种语言完完整整地背诵《圣经》，也可以倒着背。"

"好，好，孩子，那真好，你要好好珍惜上帝给你的禀赋，将来你可以做一个出色的神父或者牧师。"

"当一个神父或者一个牧师有何用呢？我见人莫强如在他经营的事上喜乐，因为这是他的份；他身后的事，谁又能使他回来得见呢？"

"神父和牧师可以引领你到上帝那里去，免走歪路误入歧途。"张神父长叹一声，"哎。现在来教会的人是越来越少了，死亡和灾祸才会把他们驱来，平时则纵情逸乐远离教会，末日近了。"他的声音充满感伤。

"出于尘土也都归于尘土，你只见人往死里去而又不曾见人从死里回来，何以能坚信死后会有复活呢？"年轻人的声音。

"天主赐下他的独生子，使凡信他的不至于丧亡，反而获得永生。"

"如何证明？"

"整本《圣经》都是神的话语，都是证明。"

那个年轻人发出哈哈的笑声，然后又急遽止住。

"孩子，爱能证明吗？信仰不是数学公式，是不能证明的，能够证明的永远不会是真正的信仰。真正重要的东西都是肉眼不可见的，我们呼吸的空气是看不见的，真正清澈不受污染的水也是看不见的，爱也是看不见的。"

"神父，看不见那些东西，只是能力的问题，并不能说明什么。"那声音继续道，"你能系住昴星的结吗？我们能够。你能解开参星的带吗？我们能够。你能按时领出十二宫吗？能引导北斗和随它的众星吗？我们能够。神父，我们跨过几乎半数肉眼可见的星辰，并没有见证到上帝的存在。"

"他在说什么？"梅卓轩问大熊。

"像是在引用《圣经》。"大熊回答。

"神立大地根基的时候,你在哪里呢?你若有聪明,只管说吧!你若晓得就说,是谁定地的尺度?是谁把准绳拉在其上?地的根基安置在何处?地的角石是谁安放的?"神父的声音似乎有点愤怒。

"他们在比拼经文,真好玩。"大熊说,他双眼发亮,像在等待好戏上演。

"神父,那个时候我还没有出生呢。"年轻人的声音,"你们很多人都认为人才是万物之尺度,上帝是人造出来的,如果人不存在,上帝亦然。"

"的确有人是这样想的,但他们有些已经疯了。在我们教徒的心目中,上帝的尺度才是唯一的尺度,上帝为我们每一个受造物设定心灵尺度,为我们的环境设定了物理尺度。逾越尺度的人,上帝已为他们准备好了炼狱。"

"那么这个炼狱可要大到足以容纳整个地球才行。神父,最重要是理性,如果深入反思你就会明白,上帝只是我们本身渴望的投射。"

"孩子,你深夜跑来我这里胡言乱语做什么?你是不是有家人在海啸中罹难,因此质疑上帝的存在呢?"

"神父,我们来到这里,是因为我们挑选了你要把你带走,末日已经快到了。"

这句话之后,屋里突然安静下来。没有交谈声,梅卓轩和大熊只听到轻微的一阵沙沙嗤嗤的杂音。

"孩子,你是吃了迷幻剂了吧!"张神父的声音变得严厉。

没有听到那人的回答,传来啪的一声,椅子哐当的声音,开门关门声,然后是远去的脚步声,最后是一阵嗤嗤沙沙的杂音。

"之后一直只有这种细微的杂音了,"大熊说,"第二天早上八点才录到修女萨拉叫唤张神父的声音。"

"看来是这人弄晕了张神父,把他挟走了。"梅卓轩说。

"那人说他跨过星辰而来,难道真的有外星人?"大熊说。

"我们人类有多少年历史?这么多年从来没谁接触过外星人,科幻电影里才有外星人,那人是在糊弄张神父。"

"张神父身材也算高大,怎能不着痕迹地把他带走呢,一般人做不到吧。"

"应该有帮手在外面等,用高剂量的昏迷药喷在脸上,明天看看鉴证科在神父房里搜集到什么证据吧。"

"神父已经那么老,把他抓走有什么用呢?"大熊满脑子疑问,"勒索钱财吗?"

"不知道,好像一切都有可能。"梅卓轩随口应道。

第二天一大早,鉴证科立刻把昨日在圣玛利亚教堂搜集到的物证化验结果送去重案组。鞋印是张神父穿的一双棉鞋,从血迹中提取的DNA剖面图和神父旧的DNA样本比对亦完全吻合。钩扯在玫瑰尖刺上的纤维,证实来自神父常穿的一件黑色长袍。

23. 中环警察总部

为了给方渐睿多一点锻炼的机会,梅卓轩吩咐他整理永祥大厦凶杀案资料,在重案组做调查陈述。

9月29日早上,方渐睿加入重案组第一次做案情陈述。

"我们查了香港各大医院,只有三家会帮伤残人士安装金属手臂,而能把钛合金植入手臂,同时人造神经可以跟人体截肢部位的神经联结,最终可以由人脑控制机械手臂的只有一家香港的私家医院能做到,他们是三年前才开始做这种手术的,而三年来一共只帮九个人做过。这九个人当中,八个成功一个失败,八个人里面我们已经约见过六个……"

高级警司陈少白觉得方渐睿讲了很多却还没到正题,可能是有点紧张,"有没有嫌疑人?"

"这六个人当中有两个是女人,而且年龄也不小,接近六十岁,所以我们排除了她们。剩下四个中,有一个年龄近七十五岁的男人也不太可能是凶手。"

"装这种手臂差不多要一百万,年龄那么大为何还要装呢?"梅卓轩问。

"他家比较有钱。"大熊插了一句话。

"应该也是,普通人不会花一百万去弄这个,不过这个老人表示是为了打高尔夫球。"方渐睿答道。

"剩下三个中的两个是左手装金属手臂,但凶手却是用右手作案的,因此也被排除。

"最后一个二十九岁,装的是右手臂,但周文敏被害当晚他去了广州出差,我们查过他的出入境记录,证明此人真的有不在场证明。"

"还有两个呢?"陈少白问。

梁善手指轻触几下计算机界面,说道:"这两人这段时间不在香港,所以无法找到他们。两个都是男的,一个在周文敏被害的第三天,即9月20日离开香港去了澳洲,拿的是商务签证，我们不想打草惊蛇，所以跟海关那边申请等他入境时再扣住此人，我们会立刻赶去处理。另一个住在深圳，出境记录显示是9月15日离开香港的。但是大家都知道，要偷偷从水路进出香港很容易，我们正在调查此人的一些背景资料，如果发现嫌疑，我们会跟深圳警察联络扣押住他。"

"我们正在跟进这几个嫌疑比较大的，还会调查他们在之前两桩类似案件发生时有没有不在场证明。"阿德补充道。

"嗯，那就保持进度，另外你们约见时有没有看过对方金属臂手掌部位是否有被咬过的痕迹？"陈少白问。

"有，我们还拍下了照片，不过都没有那种类似咬过的牙痕，有两个人的手指部位有点凹陷，他们说是硬物撞过，其中那个老人说是朋友的高尔夫球棒打中的。"梅卓轩回答。

"该家医院的主治医生李先生说，他们目前做的金属手臂效果跟人手差距已越来越小，但灵活性不及人手。要说弄得比原有手臂更强而有力，技术上成立，但他们医院并不会这样做，因为担心有人故意伤害自己然后跑来换更强的手臂。"梁善补充说，"李医生说深圳有医院帮病人换强力的手臂，例如在金属手臂中放入更大能量的电池或是更大功效的驱动器，应该可以发挥比原来大二至三倍的力量。"

"我们在网络上搜集了一些数据，欧洲每年有十几万人安装这种连接人体神经的金属手臂，美国每年大概接近十万人，全世界统计每年有几十万人安装金属手臂，按比例算，安装钛合金的约占十分之一，即有几万人，这几年下来全世界应有近十万人装上了钛合金手臂。这种安装金属手臂的，深圳每年也有几百个案例，按比例算装钛金属的会有几十例。"阿德说。

"如果凶手不是在香港安装的钛合金手臂，我们的调查范围会很大，而政府的一些资料也没有这方面的数据。"梁善说。

"在网上有些公司大打广告，说可以专门帮人增强金属手臂，你看，这是我们下载的几份。"阿德把计算机里的一个档案夹打开，把广告数据传送到大荧屏上。

"这个广告上说可以把金属手臂的握力增强三倍，劈击力增强五倍，最下面那一行小字还说威力太大，小心使用，如有误伤，后果自负。"

"这张更可恶，说什么世界末日到了，此时不改变自己更待何时？"

"人真是可怕的东西，"陈少白盯着荧屏突然有所感慨起来，"你们想想，凶嫌如果是一个四肢健全的人，他可能会是个好公民，但一旦装上金属义肢力量变大就作起恶来。

"根据我们跟国际刑警交流的情报显示，涉及金属义肢的案件正在不断增多，就好像美国枪支合法化后枪杀案增多那样，后果特别恶劣。"

"有没有可能通过立法限制金属义肢的力度和强度？"

"就算有也没用。"

"这东西都已产业化,他们可以自己买芯片和零件将义肢升级。"

"嗯。"梅卓轩点了点头。

"所以我们的调查范围要扩大,要去找找香港人在深圳做这种手术的资料。"梅卓轩说道,"另外,金属手臂杀人案发生在黄大仙那次,鉴证人员找到一个鞋印,大熊买到了同样大小的那款鞋。"大熊打开一个纸盒,取出一双崭新的运动鞋,放到桌子中间。

"这种鞋已绝版,是大熊刚刚在网上拍回来的,留意穿这款鞋的人,若抓到嫌犯我们可以让他试试这鞋。

"我们也已发通知给全港巡警,查问行人时如有装着金属手臂,又符合我们描述的疑犯特点的,就会扣住对方,我们第一时间过去。再提醒大家,遇上那名凶手不要近身搏斗,用枪指着他,扔手铐过去叫他自己铐上。如果对方反抗,必须毫不犹豫开枪制伏他。"

梅卓轩发言结束后,陈少白站起来说道:"这很明显是一个连环凶杀犯,我们一定要加紧缉捕,拖得久会有更多的人受害。

"另外,张神父失踪这件事上头并未责怪我们,还称赞了你们的小组能够录下一些东西。同一时间香港有四个名人失去了踪影。其中的两个人也是我们要人保护小组的保护对象,加上张神父即是有三个我们要保护的人失踪了,现场全都找不到有用的证据,坦白说上头现在也是束手无策。翻看我们监视车拍下的教堂门口的情况也没有什么可疑人出没,但无论如何,毕竟被掳走的是我们保护的人,我们还是有一定的责任,因此如一法师那里我们要加强一下监控,原有的轮班制照旧,但会增加一个人,即有三个人,待会儿大熊会传给大家一份新的时间表。"

"我知道最近你们很辛苦!"陈少白继续说道,"经过我们要求,上面会增加两个人给我们,后天到任。"

"太好啦!"梁善几乎尖叫起来,其他人也高兴地鼓掌。

"好啦,今天到此为止,大家努力!"陈少白说。

24. 柴湾警署

椭圆形大厅缓缓黑下来。这时听到啪的一声,一个光点落到大厅的中间,先是一团二维的淡蓝色色块落在洁白的地板上,然后它一边迅速旋转一边向四周扩大拱起,三块色泽浓郁的色块纠缠在一起,呈现出五颜六色的三维效果。

仿佛兽类挣脱捆绑的锁链,色块嘭的一下涨撑到最大。

紧接着,朦胧模糊的影像线条变得明晰,勾勒出一座金字塔的线条与轮廓,一家音像公司的立体英文名字出现在塔身上,一瞬间金字塔化作无数金粒向上飞升。

一个微秃的男人穿着白色睡衣,坐在一架九点八英尺长、用欧洲顶级云杉实木制成的夏贝尔钢琴前。他左右手并用,手指逐个敲打琴键,传出的音符凌乱无章,毫无音律可言。

男人的背部厚实宽阔如一道墙,几乎遮住半架钢琴。钢琴对着的墙上挂着一幅八骏图,马匹扬起四蹄,脖项处的鬃毛乌黑闪亮。地板上,一阵尘垢微粒扬起,穿透男人的身体,缓缓飘出立体影像的边缘地带。五步之遥的墙角处有一道方格玻璃门,似是通向花园,隐约看见有几片大块叶子在门后摆动,半个大厅的景象反映在玻璃上。

钢琴旁是一个特色鱼缸,由一个木架支撑,离地约一米高,扭成一个横放的"8"字,足有四五米长。八条过背金龙鱼排着队似的从左游到右又从右游到左,换气管不断把氧气注入缸里,不少气泡快速升上水面,贴在缸边。男人抽起左手,只用右手弹奏,他的五根手指飞快在黑白键上跳跃敲击着,似乎不假思索,奏出的乐曲听起来像是《匈牙利狂想曲》,琴声硬朗,只是节奏似乎快了点。他闲着的肥大左手则伸直搁在钢琴的上半部,整个身体左右摆动着,一副乐在其中的模样。

突然,传出杂乱的一声嘎,男人右手的五根手指猛地压在琴键上。他正要站起来,但右手却死死地压着琴键,五根手指转而捏成拳头砸在琴上,然后大力向后挥过去,打在自己头上,他大叫了一声,拳头又迅即再打在太阳穴附近。

男人又惨叫了一声,一道血柱登时从凹陷进去的头壳处喷射出来,坐在第一排的梅卓轩身体立刻向右边侧了一下，后排传来一阵笑声。拳头用极快的速度一下又一下地打在男人的头部右侧，他竭力站起来，但晃了晃之后，又跌回椅子上，头部一歪栽倒在琴键上，传出尖锐的一声。拳头还是不断地捶打着男人的头部，每挨一拳他的上半身就抽搐痉挛一下，一些白色的髓末沾在拳头上，另外一些混在血液里顺着他的耳垂滴到地面上。拳头不断地捶打着。突然传来一阵杂乱的脚步声，由远至近，像是有人从楼上奔下来。一声女人的尖叫后，一个女人披发散发赤着脚冲到男人的身边，她目瞪口呆地站在血泊中看着，然后猛地冲过去抓住那只手臂，手臂在女人发狂的大力拗扯之下停在半空，接着向右边甩过去，女人被摔在地上，滑到一米开外的地方，在地板上拖出一道血污。男人右手手掌打在琴键上，五根沾着血迹和黏液的手指敲打起黑白相间的键，重新弹奏起刚才中断了的乐曲。这时男人的头耷拉在一旁，左侧抵住钢琴的左侧，血从他头壳凹陷处汩汩流出来。

"这家伙真有钱。"后座一个声音陡然响起，带着些许的恨意和快意。

房间缓缓亮起来，轻微的一声啪，立体影像随即消失，整个过程持续四分零八秒。"好，请大家跟我来。"最前排右侧的一个女探员首先站起来，另外十一个探员也站了起来，跟着她走向房间的另一边。房间再度暗下来，啪的一声后，立体影像重新播放。探员们站在受害男人前面，隔着钢琴，再一次仔细检视案发过程。

"死者客厅装了立体摄像镜头，共有八个镜头，从八个不同的角度二十四小时拍摄，死者妻子表示是用来监看家里佣工的，信号会同时传到死者的手机和办公室。"

放映厅现场转换为平面屏幕，男人右手前臂部分从身体上给卸了下来，拍成三维影像显示在屏幕上，并缓缓地三百六十度旋转着，横切面与上臂的接口处露出几条细小的人造神经线，末端蓬松，其中一条还连着一小片白色的物质。负责此案的港岛东刑事侦缉科总警察李永明开始向本组探员以及梅卓轩的小组解说案情。他在后排一张桌面型计算机前操作平面屏幕上的影像，前臂部分旋转了约六十度左右后停了下来，"可以看见手掌背面尤其是食指和中指的第一节关节处，略微陷入一小块，这个位置就是捶击死者头部的地方。察看死者头部受创的情况，估算拳头的力度有五百磅左右，若是向正前方击出的话，里面的引擎产生的力量可以达到八百磅。"

"天啊，八百磅，可以一拳就把狮子放倒。"大熊感叹道。

"对付有这种手臂的人，"李永明答道，"只有一个方法，警告无效就第一时间开枪。"

覆在金属手臂上的仿真肌肤被割开，露出底下一层灰黑色的物质。"这是最新型的金属手臂，是第三代。人造皮肤和肌肉都是根据仿生学原理造成的，弹性和韧性跟人体真正的肌肤状态非常相似。关键在于手臂内部的电极装置，能够侦测到人造皮肤的神经传导，因此可以从事钢琴演奏如此细腻的动作。再下面是一层碳复合物料做的外壳，强度比钢还要高几倍,作用等同于骨头。包着里面最重要的微型计算机,里面的骨头相较于人的前臂骨体积小了许多,主要用来固定计算机部件防止震荡。近手肘关节那一段则放置驱动器和电池。"李永明说道,"手肘下的这个位置一旦施以压力,就会浮出一个显示界面,可以借此监察和以触屏方式调控金属手臂的各项数值。还可以把影像投射到前面的空间,看电影听歌都可以。向右掀开这个界面,可以看到下面有一个外置插口,可以把应用程序和数据输入到微型计算机的中央处理器。"

听到这里,大熊微微点了点头,看着屏幕的眼神充满渴望,好像恨不得敲断手臂植上金属机械臂。

"死者从网上购买了一个钢琴演奏程序,然后下载到手臂里。据死者太太表示,死者打算在她生日那天弹奏李斯特的乐曲给她听。他太太以为他在开玩笑,因为知道他根本不会弹钢琴,钢琴是她自己用的。说到这里,你们也许也猜到发生了什么事吧?"

"什么事?"

"那个程序携有计算机病毒,感染了中央处理器,并在当天深夜时发作,使金属手臂失控。"

"那这个案子算什么,他杀还是自杀?"

"他杀还是自杀?目前只能说是意外,售卖这个演奏程序的是一家美国科技公司,我们初步调查,它跟死者应没有什么关系。我们已跟国际刑警联络,下个月到美国去调查,看看这家公司售出的这个演奏程序有多少个被感染,在哪个时候受感染,其他购买了这个演奏程序的人情况如何。"

"网上还有这个演奏钢琴的程序出售吗?"

"现在没有了,我们已通过国际刑警通知了那家公司。"

"金属手臂有没有含有一丁点钛金属成分?"梅卓轩问。

"你看这一张表,我们找出了里面所含的十八种成分,最微量的也列了出来,但也没有发现钛金属。"李永明答道,"第一代金属手臂较多使用钛金属,第二代就比较少了。"

李永明回答了相关的问题,并把一些特别的观点和提议郑重其事地记在他的条状计算机里。然后,他站起来说了声"谢谢",还特别躬了一下身,把座位让给了下一位。

轮到梅卓轩演示他那一组人负责的金属手臂案件。他们一行人从港岛中区来到东区的柴湾警署,是为了参加重案组每月一次的跨区刑侦会议,这一天以金属手臂犯罪为主题,主要是为了加强刑侦探员对金属手臂的认识以及促进对相关案例的讨论。全香港目前确定涉及金属手臂的案件就只有三起。香港十多个警务分区都派出了探员列席研讨会。

"翻查警方金属手臂案例的数据库,到目前为止只有七例。刚才李总督察的那一款是最先进的,而我们那一组的那一款应该是最老旧的。处理器功能少,也没有外置插口,当然也就排除了中毒的可能。当然这些只是一个猜想,因为我们并没有看见过那只手臂。"梅卓轩坐到刚才李永明所坐的位子,开始操作桌面型计算机,把绘图部同事根据少量数据画的三幅钛金属手臂模拟图投放到平面屏幕上。

"现在大家看到的这一款是我们刚刚从美国买回来研究的,款式比较旧,较重,没有用上仿生肌肤。外壳成分成分跟我们这起案子里的那只手臂相似,只是钛金属比例高达30%。他们说这种手臂已停产。"

不太习惯操作柴湾警署这款如桌子般大的界面,梅卓轩初时有点笨拙,要仔细观看界面上的图标,才用手指去拨弄——移动,放大或缩小。

经过一番努力,梅卓轩终于把钛金属手臂外壳的成分比例传到屏幕上:钛金属15%、钢10%、铝12%、稀土10%、碳复合物料53%。

"我们已把金属手臂的相关信息传给各国的国际刑警,要求他们帮忙鉴定一下是哪里生产的。到目前,只收到来自欧美的一些答复,都表示他们的金属手臂没有使用类似比例的金属物,有一些则说这是他们的商业秘密无可奉告。"

"你们那种外壳成分比例,我觉得很像飞机机身所用的材料成分。"曾经做过波音货机机师,后来转考督察的网络罪案调查科警司卢秋兴说道。

"那么内地有没有答复你们?"坐在第二排、来自上水警署的重案组刑事侦缉督察毕小青提问,她的声音尖细,样子也长得娇滴滴的,但竟可以驾驭一帮男下属。

"深圳那边有几家公司专做金属手臂,听说还有出口。"毕小青再补充多一句。

"我们有这几家公司的名单,正在等他们回复。"梅卓轩答道。

25. 深圳龙华

马路两旁不少建筑已被废弃,大楼墙身和窗户玻璃很多地方沾着黄灰色的泥巴。其中一面墙身斑斑驳驳的,恍若印着一个图案,距离稍远些看过去像一个被咬了一口的苹果。三层楼以下的玻璃窗大多被砸开一个个口子,从裂口看进去里面黝黑一片,有几处破窗则用纸皮糊着或加上一块木板堵住。一个男人倚在其中一道落地窗旁,似乎在看下面的马路。

轿车直线前进,开了足有五分钟,外面的风景依然没有改变。

"你们要找的就是这一幢。"龙华区警察局副局长,亦是国际刑警深圳分部负责人章飞鸿用食指敲了敲车窗,指着前面的方向。一群破旧建筑物后面,伸出一幢高耸的银灰色建筑的上半部分,流线型设计,如海豚的一截前肢。

"哇,设计非常前卫。"大熊叹了一声,"两边的怎么好像都是旧工厂?"

"对,都是,这是一家最大的制造手机的叫富什么的厂房,大概十年前都搬到西部去啦。"章飞鸿答道,"做高端科技研究的公司偏偏喜欢这个地方,贪它够荒凉。"

七座位轿车停在银灰色建筑旁边的停车场,他们绕过一片草坪走到建筑物正门。正门两边有两座哨岗,五层楼的高度,如一块倒竖的砖,顶部的三分之一被单向玻璃包裹着,呈茶褐色,看不清里面是人还是电子防卫系统。这是他们这几天走访的第四家公司,数据显示,六年前该公司经营过飞机工程维修和研究工作,后来转做金属电子手臂。

草坪中间放着一块黑色大石头,上面用白色颜料写着"高明科技"四个大字,隶书字体,感觉笔力沉劲,风格粗犷。章飞鸿跟接待员谈了几句,然后三人在招待大堂的沙发上坐了下来,天花板足足有三层楼的高度,上面涂着蓝天白云等图案。过了五分钟左右,一名脸色红润、身肥体高的中年男人从电梯里走出来,他笑容可掬地迎上来握住章飞鸿的手。"这是高明科技公关部主任李旭。"章飞鸿介绍三人认识,大家相互交换了名片,梅卓轩再次重申了来这里的目的。

经过双重保安检查,他们身上的计算机和电话被保安人员收走暂时保管,李旭把他们带到五楼去见高明科技的创办人贾南。

"我看过你们传过来的金属臂外壳成分材料。"脸色白皙身材瘦削的贾南坐在长桌后面说道,"跟我们用的一种材料成分比例类似,很有可能是我们的产品,当然也可能不是,你们知道十多年前神经铰接技术发明后许多公司都在做金属臂。无论如何,因为涉及人命,我们会在不泄露公司机密的基础上尽力配合你们的调查。

"我今天跟你们讲的话,不可以录音,用笔记下就行。我房间设有电子设备监测仪,一旦发现你们录音就立刻拉倒。

"我们做飞机工程工作时,几个加入了NGO组织的同事会利用空闲时间研究如何做电子机械臂,主要是为了小区的伤残人士。后来我们发现可以当成一门生意来做,囿于技术关系一开始我们无法合成一些较轻的材料,只好利用公司现有的机身材料。其实这种成分比例的材料不太适合做金属手臂,我们从医院那边接订单,做了五百只左右就停止了。"

"对那些当年购买安装了我们金属手臂的人,我们提供的电子机械保养期是三年,现在三年期限早已过去。我们现在做的手臂跟之前的已大不相同,几年前,旧的保养部门也从我们公司剥离出去,并带走了相关顾客的信息,顾客要向他们交费才能做保养。如果那个嫌疑犯继续找他们做保养的话,也许那边会有你们要找的人的资料。我可以给你地址,这家公司现在跟我们高明科技已没有任何关系。"贾南说起话来清脆利落,不假思索,给人一种聪明剔透的感觉。

盛达电子公司位于深圳罗湖区沿河南路一幢商业大厦的五楼,专门做电子产品的维修工作。大厦五楼可以看到香港那边的山景,两边隔着一条深圳河。由于多年来已没有内地人偷渡到香港去,河两岸原本矗立着用来分隔两边阻止偷渡客的铁丝网,已有不少地段被撕开了个大口子,也没有政府部门理会和修复。从这里走十五分钟就可以来到罗湖口岸,每天接近五十万人经此关口出入深圳香港两地。随着两地交往和互动的频繁,近几年出入变得更为便利,只做单边检查即可完成过关手续,象征性多于必要性。

"这人可能就是那个连环谋杀犯,他在香港已杀了超过十个无辜的人。每拖一天就可能会多一个人受害。"大熊说话时表情悲苦,好像眼泪随时会掉下来。

"不不不,我们跟客人签了保密条款,不能把他们的个人资料交给你们。"盛达电子公司的黄经理把话说得斩钉截铁,他穿着一套光鲜的西装,闪着油光的头发都朝后面梳过去,脸上的胡子刮得干干净净,看来很为拥有这份工作而自豪。章飞鸿和他的助手、梅卓轩、大熊,再加上黄经理共五个人挤在一个十平方米左右的狭小办公室,你来我往谈了半个小时,可是黄经理寸步不让,最后他说:"除非你们有确凿的证据,并且……有法院的授权。"

"黄经理,出来一下,有几句话要单独跟你聊聊。"章飞鸿伸出手臂搭在黄经理肩上,硬把他从旋转椅上抠出了办公室。约摸五分钟后,两个人再回到办公室里。黄经理脸色有点发白,但态度很从容,他把门从里面锁住并拉下了百叶窗。

"这份就是香港那边的客人做金属手臂维护保养的名单。"输入密码后黄经理从计算机界面打开一个文件夹,"一共有十四个人。"

梅卓轩仔细翻看十四个人的资料,第六个叫任柏强的人数据上的家庭地址他觉得不太像是一个真实地址,大厦名很老旧,但那一带近年建的都是新楼。而任柏强的照片面孔很像以前一家电视台的一个三线演员。

"任柏强是这个样子吗?"梅卓轩指着照片问黄经理。

"不清楚,我没有见过他。"黄经理答道。

"叫香港那边查一下这人的地址和电话。"梅卓轩吩咐大熊。

"他长什么样子?"梅卓轩说道,"你们这里有监控镜头,应该有录到他的影像吧,你对面的墙上就有一个。"

"他从来没有到过我们公司。"黄经理说道,"每次都是他打电话来预约,然后我们到他指定的地点。"

"指定的地点是哪里?"

"附近的酒店,每一次都不一样。"

"一定要预约才能到你们这里做保养?"

"对,因为金属手臂是比较复杂的东西,涉及人机结合的问题,有时我们要整个小组一起工作才行,必须预先作准备,如果是神经铰接处红肿发炎的话,我们还要特别电召医院神经科的专科医生来帮忙。"

"有没有任柏强金属臂的一些数据,例如外壳构成材料,里面的电池、马达之类的。"梅卓轩一边翻阅自己计算机里关于水街谋杀案的数据,一边问。

"外壳是混合金属……"

"有没有金属的具体成分?"

"记录上没有写,其实金属臂的外壳并不重要,重要的是里面的计算机芯片和马达功能。"

"任柏强一年来几次?"梅卓轩又问。

"一年两次至三次。"

"9 月 17 日左右有没有来过?"

"保养记录显示他9月18日下午来过。"

"就是他!"梅卓轩对着大熊说道。

"9月18日他做过什么形式的保养?"

"神经线发炎治疗,外壳打磨。"黄经理说道,"算是较严重的一种。"

"那现在他有没有预约下一次做保养的时间?"

黄经理看着计算机屏幕,迟疑了一下,说道:"他预约了下个星期五下午3点。"

"客户打电话来时你们有没有录音?"

"有,可是只保存一个月,所以……没有任柏强的录音。"

"黄经理,不好意思,提个请求,他一旦致电请你们立刻录下来。"梅卓轩说道,"另外,你们有几个员工见过任柏强,我们想问一下他们,看看可不可以提供更多关于他的资料。"

"唉,你们的要求真多。"黄经理叹了一声,"要看看他们在不在,大家都很忙。"

"香港那边同事回复说地址是一座多年前已被清拆的旧楼,电话是个空号。"大熊对梅卓轩说。

26. 深圳利华酒店

　　星期五下午2点48分左右，章飞鸿的手机响了起来，是黄经理的声音，"任柏强刚刚打电话过来，约我们3点15分到南湖路利华酒店208号房。"

　　"好，你们去，但要3点半再到。"章飞鸿说道。

　　"他有没有说要你们派几个人过去？"梅卓轩接过章飞鸿的手机，问道。

　　"他要一个小组，三个人。"

　　"要不要神经科专科医生？"

　　"没有这个要求。"

　　"好，谢谢。记住，你们3点半才能到达利华酒店。"梅卓轩说道，"黄经理，请问有没有录下任柏强的声音？"

　　"有，录下了后半部。"

　　章飞鸿两点左右就带着四名干警，和梅卓轩、大熊坐在盛达电子公司对面的万事达酒店二楼咖啡厅等着，其中一名干警还应章飞鸿的要求配备了一支短柄的强力冲锋枪，其连射速度是每秒八至九颗子弹。梅卓轩、大熊不可以携带枪支入境内地，章飞鸿只好给他俩配备警用网枪。网枪长一呎，手腕般粗，如一支手电筒，射程在十米内，发射后张开的巨大网罩能准确罩住目标人物，越挣扎勒得越紧。

　　利华酒店位于后面两个街口，他们分两批到达酒店，以防人数太多引起怀疑。章飞鸿和梅卓轩首先进入利华酒店经理室，向姓廖的女经理说明了自己的身份，并叮嘱对方全力配合。

　　大熊和那名配备冲锋枪的干警在酒店对面的麦当劳餐厅守候，一旦凶嫌逃出便可拦截。另两名干警则坐在大堂的沙发上，装作在聊天。"208号房的住客两点半左右出去了，现在还未回来。"廖经理说，章飞鸿明显感觉廖经理裹在紧身制服里的身体在微微颤抖着。

　　"只住了一个人？"

"对。"她说,"不会搞出人命吧?"

"没事的,我们把他制伏后立刻带走。"章飞鸿补充一句,"我们办事,你放心。"

"你怎么知道他两点半出去?"梅卓轩问。

"目前是淡季,客人比较少。"女经理说,"而且他出去时我正在柜台那里。"

"长得高不高?"梅卓轩问。

"不高,比你矮。"

"有没有什么特征?"

"头发很多,几乎遮住半张脸,没什么表情。"廖经理说,"对了,大堂有录像,你们可以翻看他的样子。"

"似乎跟盛达电子公司员工描述的外形差不多。"章飞鸿说。

"不过那个录像系统我不太会操作,要找个同事来帮忙找出那人的影像。"廖经理说。

"那人大概年纪多大?"

"中年吧。"

"以前有没有在你们这里住过?"

"印象中没有。"

"廖经理,时间差不多了,请给我们钥匙到房间去。"梅卓轩看了看手表,时针正走到3点钟的位置,"另外,208号房对面的房间有没有住客?"

廖经理调出计算机里的数据,显示在眼镜镜片上,"没有。"

"好,219的钥匙也给我们。"

"208号房住客一进入酒店大门就立刻发信号通知我。"章飞鸿摇了摇手上的手机,向廖经理示意。

"好。"廖经理连忙点了几下头。

"麻烦找个同事帮忙找出那人影像,非常谢谢你。"梅卓轩说。

他们两人一组,一批坐电梯一批爬楼梯,来到二楼。铺在酒店二楼走廊的红色格子地毡好像很久都没有洗过,虽然表面没有太多污垢,但不时会嗅到一阵发霉的气味。章飞鸿、梅卓轩和一名干警在208号房里等着,另一名干警则在对面的219号房,从门上的窥视孔监看,一有动静就冲出来。梅卓轩看了看手表,距离3点15分还有八分钟。房间面积约三十平方呎,一张双人床,被子被掀到一边,床单布满折痕,看来住客昨晚就已入住。床头墙上挂着一幅印象派油画,对面墙上嵌着一部款式老旧的立体单向电视机,屏幕好像已蒙上了一层尘埃。一排环形吊灯悬在天花板上。茶几边的沙发上放着一个背包,约二呎见方大小。

还有三分钟就到3点15分，章飞鸿手机还没有收到廖经理的通知，他压低声音打电话给廖经理询问。"没有，没有看到他回来。"廖经理也压低了声音回答。3点15分，门外并没有响起脚步声。3点半，盛达电子公司三个员工站在门外按响了门铃。章飞鸿立刻找廖经理安排三位员工到大堂去坐一坐，并致电黄经理告诉他，若任柏强打电话来就说保养小组已到了约定的酒店，正在大堂等待。

他们在房间里等到4点半，任柏强还没有回来。盛达电子公司三个员工返回了公司。"你不是说跟他约好3点15分吗？我们等到现在连人影也没有一个。"章飞鸿致电责问黄经理。"我怎么知道，这人从来没有失约过。"黄经理有点恼了，"而且我这里还有跟他的录音。"

"可能被他识破了。"梅卓轩说。他叫大熊跟章飞鸿去找廖经理取一份任柏强被拍下的影像，然后传一份到香港警察总部，叫图像辨识科同事合成任柏强的相貌，传到罗湖海关，如看到此人立刻拘留，并加上"危险人物"的警告字眼。同时把几个角度拍下的任柏强画面传到大家的折叠式计算机里。章飞鸿把画面传给罗湖区公安局，告知此人为重犯，若看见请拘捕。

梅卓轩开始搜索任柏强留在房里的东西。沙发上的背包里装了几件替换的衣服、一份《参考消息》报纸、一瓶矿泉水和一本封面已有点破旧的书，书名叫《人类末日的十种可能》。暗袋里有一个白色的盒子，装着一顶假发，短发型，发色呈灰黑。他开始检视房里的其他地方，床底柜底沙发底还有假天花板里的空间，他看到在那排环形吊灯中一个对着门口的灯罩上有一个凸出来的黑点，刚好跟灯罩上图案的一根线条颜色类似，他把黑点撕下来，发现是一个针头式无线摄像头。"这家伙不会再回来了！"梅卓轩说。他把针头式摄像头交给章飞鸿看。"他妈的，这一次真是道高一尺魔高一丈。"章飞鸿有点愤愤不平地说。

梅卓轩把浴室里用过的毛巾、牙膏、牙刷和拖鞋都放到洗衣袋里，地板上的几根头发也捡起来放到一个小袋子里。他跟大熊把房间里所有任柏强可能用过的东西都带回了香港。

27．干德道熊宅

"老爷、奶奶,阿伟带女朋友回来了!"大门铁闸刚拉开一半的时候,女佣珍姐便提高嗓门,头扭向后面喊起来。

"终于来啦!"一串脚步声,一个个子不高、身材匀称、鹅蛋形脸的女人从房间里转出来。她穿一件凤仙领真丝双绉做的直襟旗袍,袍身绣着双鱼纹饰,领口、袖头和腋襟上镶着几道鲜艳花边,色彩斑斓亮丽,款式别致。那女人来到客厅中间,眼睛圆圆地瞪着刚跨入门的大熊,当看到一个神情腼腆、穿毛呢大衣的女孩跟在后面走进来时,女人的脸上立刻绽出笑意,眼角现出许多条鱼尾纹。

"哇,外面好冷呀!"大熊先叫了一声:"这是我妈妈,妈,这是小桦。"

"伯母你好!"

"好,好! 小桦。这边坐,珍姐泡些茶。"

珍姐笑眯眯站在一旁,一双小眼睛很快地从头到脚打量了小桦一遍,又从脚到头再打量一回,听到吩咐立刻跑到客厅另一侧去找茶叶。

"妈,今天过年啊,怎么穿得这么好看?"大熊说。

"好看? 真的好看?"大熊妈妈的目光转向小桦。

"真的很好看。"小桦点点头。

"爸爸去哪儿了?"

"他刚去了停车场,保安说他的车子防盗系统误鸣。"

他们坐在宽大的咖啡色沙发上,靠着米白色的靠垫,喝着珍姐刚刚泡好的福建大红袍。大熊呷了一口便把茶杯搁下,拿了罐能量饮料来喝。小桦一边喝着茶一边微笑着回答大熊妈妈的提问,同时眼睛扫视周围。熊家客厅呈长方形,非常宽阔,墙身镶着一层颜色柔和的壁板,地面铺着柚木地板,亮得可以照出人影,应该是刚刚打过蜡。对着沙发的那面墙上嵌着一部立体电视,和墙的大小正好匹配,没有大半时也没有小半时,应该是专门定做的。

沙发右边放着一张巨大的饭桌,一盏水晶吊灯从天花板垂下来,几乎跟饭桌一样大。左边是一架用白布盖着的钢琴,再过去还有一个偏厅,里面放着一张绿色的麻将桌。侧边的墙近地板的位置装了一部仿真壁炉,虚拟的火苗在炉的深处摆动着,阵阵暖气从隐蔽的条状发热管里散发出来。

小桦觉得光这客厅就比自己的整个家还要大。对着大门的角落安放着一个肥身阔口的透明大缸,足有半个成年人高,里面养了群五颜六色的热带鱼,它们在海藻间游来游去。沙发旁的角落安放着一个半米合围的青花龙凤纹出戟花瓢,色青翠幽蓝,瓢口冒出几株向日葵,兀自高昂着头,不知日已西下。厨房里传来做菜的声音,不时听到一阵细小的吱吱的油炸声,空气中忽地飘过一丝油烟味,没过多一会儿,吱吱声换成了剁剁声。

"妈,我带小桦参观一下家里。"大熊一边说一边拉着小桦站了起来。

"要快点,差不多该吃饭啦。"

熊宅是跃层公寓,位于大厦最高的那两层,上下两层各有三个房间,每层约有1500平方呎,再加天台花园的面积,整个公寓足足有4500平方呎。大熊找到第一份工作后,他爸爸买了一个位于何文田的800平方呎的两室公寓送给他,大熊把何文田的那个公寓租了出去,每个月的租金回报跟他的工资差不多。

直到交了女朋友后他才搬出半山区干德道的老家,住到何文田去。

大熊今天是第一次带女朋友小桦回家吃饭,他爸爸特意请了江南小厨的陈师傅回来做一顿饭。不一会儿,熊爸爸回来了,大熊把他女朋友的姓名又介绍了一遍,熊爸爸伸出一只大手跟小桦握了一下手。

这时候陈师傅穿着一身厨师袍,从厨房里走出来。他把做好的菜端到客厅那张可供八个人用餐的大桌上,并且逐个菜介绍了一下,大家眼前顿时弥漫起一股香气和热气。八道菜式,在饭桌上围了两个圈:金黄富贵蟹、豆花鱼片、江南谷香鸭、龙井虾仁、南瓜香芋百合煲、清炒鸡毛菜、一品狮子头和宋嫂鱼羹。大熊盯着谷香鸭和富贵蟹,一副垂涎欲滴的模样,小桦悄悄扯了一下他的衣角。

上完菜后陈师傅收拾起自己的专用工具离开,熊爸爸送他到走廊,等电梯时把一个红包塞到他手里。

吃完饭大熊到屋子的另一端去洗手间,熊妈妈也快步跟上去,一把拽他到房间里。"什么时候结婚?"熊妈妈眼神凌厉,盯着他问道。

"哎呀,我跟她才三个月而已。"

"合适的话一个月就够了。你已三十多岁了。"

"好好,再给三个月磨合一下。"

"你答应过妈,三个月哦。"

大熊好不容易才从他父母的房间脱身出来。

珍姐早已把切好了的苹果和橙放在一个雕花大盘子里,端到茶几上。"先吃些水果,清清肠胃。"珍姐说,"我再去煮糖水给你们喝,小桦多吃些吧,当成自己家就行了。"

"珍姐煮的番薯糖水很好喝。"大熊说道。

"今天不煮番薯糖水,煮汤丸。"珍姐快步走向厨房的方向。

"走,我们到天台去,老爸请你喝上等的红酒。"熊爸爸的一只手搭在大熊的肩膀上。

"那小桦……"

"过来过来,伯母给你看一些东西。"熊妈妈拉着小桦的手,带她到房间里去。

"妈,你可别给我乱来,"大熊一个跨步凑到他妈妈耳边压低声线说了一句。

28. 弥敦道

熊家天台花园后半部分是一个游泳池,大小约是三米乘五米,天台前半部安装的遮阳檐篷弯成一个拱形,下面是一幢卸装式玻璃屋,里面放了四张躺椅。天台两侧建了花槽。右侧种菜,甜叶菜、韭菜、西兰花、辣椒等如排队般种在花槽里,高矮不一,良莠不齐,菜叶有些枯黄卷曲,上面留下昆虫啮咬的小孔。左侧种了几种花,其中一排牡丹最抢眼,碗口般大的花朵随着凉风摆动,纵在夜色之中也难掩其妩媚鲜艳。

"刚才差点进不来,好在那个管理员认得我。"大熊摸了摸自己的后脑勺。

"上个月隔壁大楼有人混进来,有几户被洗劫一空,于是换了个虹膜扫描系统。"大熊爸爸说,"治安开始变坏,人们动不动就用刀用枪。"

"黑枪很多,在网上可以买到,我们警方缉查不了那么多。"

"你做这一行要小心一点。你妈妈不愿意你做警察,危险啊!"

"现在走在街上也很危险。我们一出动都会穿上防弹衣防弹裤防弹头套。"大熊用食指指着身体的不同部位,最后指着脚说,"就是没有防弹袜子。老爸,你的生意怎样?"

"基金结束了。"

"什么时候的事?"大熊有点愕然。

"上个星期五,基金没法再做下去了,越来越多客人要求赎回。"

"为什么?"

"投资股票实际上是投资未来,"熊爸爸喝了一口酒说道,"海啸后大家似乎都没有了耐性长期持有股票,不如及时行乐。"

"那倒也是,黄赌毒越来越猖狂,没有涉及人命的我们警方也不太想理会。"大熊说道,"奇怪的是去教堂的人也多了起来。"

"海啸后股市已跌了三成,现在还在持续阴跌下去,而且没有明显的反弹。"

"以前不是也曾大跌过吗?很快又会弹上来,放心吧。"

"五年前银行破产风暴，股市跌了一半，但也是一路向下狂跌一路有大的反弹，这次却是呈75度向下走，有人不舍得沽出持股，但同时愿意买入的人也少，大市没有了能量。"

"会不会是有人在高位建了大手的期货空仓？"

"你这家伙，想不到老爸当年教你的股票知识还记得。"熊爸爸露出赞许的神情，"这一次真的跟以前都不一样，数据库显示期货淡仓的量也很少。欧洲、美国和中国的股市目前指数距离250日均线越来越远。"

"岂不是大家都赚不到钱一起完蛋？"

"除非有奇迹出现。"

"什么奇迹？"

"不知道。"熊爸爸摇了摇杯里的红酒。

大熊和他爸爸坐在摇椅上啜着红酒，东一句西一句地闲扯着。从熊家天台花园往下望，整个维多利亚港以及半个九龙半岛尽收眼底，这里是欣赏除夕夜烟火盛放的最佳位置。

一只金毛寻回犬在花槽之间走来走去，最后走进玻璃屋里，躺在熊爸爸的身旁，耷拉着耳朵，不时甩动肥大的尾巴。

"街头不知什么时候面对面开了两家夜总会？"大熊注意到。

"不是夜总会，是妓院！"

"哦。"大熊用鼻腔应了一声。

"基金结束也算是件好事，我就可以真正退休啦。"

"可是钱够用吗？"

"哈哈，"熊爸爸大笑了一声，"你竟担心老爸钱够不够用？我跟你说，你老爸我三十五岁那年就赚到了一辈子要花的钱！"

"那你可以带老妈去绕地球走一圈。"

"我们正有此意。你老妈说如果你结婚的话这间大房子就给你一半。"

"哦，老妈老是惦记着这事。"

"小桦很文静，是个好女孩，你不要老是三心……"一阵雄伟的交响乐声突然从大熊的腰部传出，好像是贝多芬的第五号交响乐最末一段，熊爸爸不禁一怔。大熊尴尬地笑了笑，掏出手机按了挂断，他的目光落在显示屏那一行字上。

他站起来，望向对岸尖沙咀的方向，那一边的夜空似乎比平时亮许多，可以看见低垂的云块轮廓。

大熊驾着跑车穿过红磡海底，然后向左拐，沿着柯士甸道赶往佐敦。车子进入柯士甸道还不到一半路程已走不动了，前方车辆把路堵得水泄不通。大熊把跑车扔在车丛中，徒步跑向弥敦道。

他喘着气，站在柯士甸道和弥敦道组成的十字路口，看着弥敦道靠着庙街的那一侧，十几座大厦都陷在火海里，浓烟滚滚，火舌从窗户伸出来又卷回去。燃烧地段的两端被警方用路障围住，不让闲杂人进入，以免影响救火工作。他看见临时指挥部设立在路口一座旧式大楼的骑楼底，立刻走过去报到，约三十几个便衣探员已站在那里，一个穿着整齐制服，应该是警司级的官员正在讲话："……几万人的游行来到这里不知为什么乱成一团，四处纵火劫掠，好像土匪那样，你们两个人一组进去后看见一个抓一个，手铐每人多拿几副。"大熊看了看周围的面孔，没有一张熟悉的，他那一组的人都不在，今天只有他一个人请假，反而给急召来这里。

纵火劫掠主要集中于由柯士甸道、弥敦道、佐敦道和上海街四条街道组成的一块方形地带，面积颇广，警方封锁油麻地和佐敦地铁站，然后在主要路口设置路障。大熊和刚认识的一位叫邢察的探员归为同一组，他们在路障前出示警员证，然后走进骚乱区。弥敦道两侧都是些小街小巷，不少人徘徊在巷口，堆起垃圾桶和各种大件杂物，然后引火焚烧，他们对警方呼吁散去的广播置若罔闻。这个区的火头数以百计，到处黑烟滚滚。走近着火地点连呼吸也感到困难，要抓到一个人并不容易，除非用枪指着对方。两架直升机在大厦顶盘旋，螺旋桨震天响，打算把跑到天台上避火的人救走，但找不到可以着陆的地方，只好迅即离开。被纵火的那一边，马路有一半被丢弃的车子堵住了，不时有杂物和火花从高空坠下来，掉在车顶上。有一辆双层巴士被烧得只剩下一个车架。大型消防车无法进入横街，只好停在弥敦道上，把水压扭到最大。消防喉喷出的水柱遇上火的高温顿时化为水蒸气，四周迷蒙一片。人的嘶叫声从头盖骨顶上扑下来，大熊嗅到一股类似肉烧焦的气味，还有汽油刺鼻的气味，感觉自己好像步行在地狱的最底层，胃里尚未消化的食物开始向上翻涌。

街道两旁散布着玻璃碎片，不少商铺橱窗被击破，店员仓促逃离，值钱货品大多被掠走。大熊发现地上有一小摊黄色的粉末，用鞋尖搓了几下，觉得很像燃烧剂。此时前面横街的巷口闪出两个人，面孔很相似，下巴尖削，像是戴了面具以防被天眼系统识别，他们往大熊的方向看了一下，然后扔出玻璃瓶。大熊和邢察立刻冲入街角拐弯处，等大熊探出头来时，停在路边的一排汽车着了火。一个装满汽油的玻璃瓶滚进车底，另一个直接撞到引擎盖上碎裂开来，火焰燃起，迅速扩散开。大熊大声喝住他们，拔枪追过去，邢察则向巷尾跑去，打算从两头堵住纵火者。大熊跑到巷口时发现那两个人都消失了踪影，而邢察并没有出现在巷子的另一头。大熊走到巷尾,在周围搜索了一遍也找不到邢察,他立刻向临时指挥部报告此事。

前面一座刚着火的大厦里涌出一批人,有几个拖着行李箱,一个女孩小腿肚撕开一道口子,血不断流出滴在马路上,她父母对此全然不觉,女孩眼神木然,一拐一拐地跟着人群急匆匆向前面移动。大熊跟上去叫停他们,从行李箱里找出一件干净衣服帮女孩包扎住伤口,然后指挥他们向上海街方向走去。在宝灵街及和庙街路口,一伙戴着连衫帽遮住半张脸的青年正把搜掠来的物品搬上两辆停在路边的小型货车,其中两个拿着汽油瓶站在车头车尾把风,搬运完毕后他们迅速开动车子,由一辆摩托车带头,消失在横街转角。

周围回荡着人的哭叫声、车子的喇叭声、火势蔓延的声音、警笛尖锐的鸣叫、歇斯底里的吆喝声,它们忽地纠成一团,时大时小,忽地一下子又被风卷起散向高处。毗连的几家珠宝店里人影幢幢,橱窗已被砸烂,托架上的珠宝不知所踪。不断有戴了面具的人攘着首饰珠宝从店内蹿出来,钻进后面的小巷。有几个女人用恤衫包住脸部,抱着大堆衣服饰物从旁边一家品牌时装店冲出,在大熊面前跑过,消失在庇利金街尽头。大熊拔出佩枪,走向珠宝店门口。"站住,把枪放下!"大熊刚走了几步,就听到侧边传来一声吆喝,他缓缓转过身来,双腿不断颤抖着,三个穿着黑色制服戴着头套只露出两只眼睛的人一字排开擎枪指着他。"伙计,我是伙计!"大熊喊道,他看见对方肩头上的警方飞虎队标志。

"把枪放下!"中间那一个喝道。

大熊把枪丢到地上,掏出自己的警员证。那人检视了警员证一会儿,把证扔回给大熊,"快点离开这里,这里现在由我们负责!"

大熊把枪捡起来塞回枪套里,快步走向柯士甸道和弥敦道路口,一路上他感觉每个毛孔都在冒汗,但身体却感到寒冷,几十个青年被手铐铐在弥敦道路边的铁栏杆上。他听到后面传来几声枪响和人的惨叫声,然后是杂乱的脚步声。

29. 何文田熊宅

"梅大哥,你要喝些什么?"

"给我一杯咖啡吧,谢谢。"

"别客气。"小桦说完,立刻到厨房去。

"休息了两天,感觉怎么样?"梅卓轩问大熊。

"好了许多,被消防水管喷得全身湿透。"

"煮些姜水喝会有点用。"

"我妈妈煮了一大罐,今天一大早就拿过来让我喝,唉。"

"这个月以来,亚洲、非洲、南美洲、欧洲相继发生城镇纵火劫掠事件,印度、菲律宾、美国这几个国家情况最为恶劣,美国东部从巴尔的摩到亚特兰大一带已发生多起集体纵火抢掠……"对面墙上的电视机正在播放晚间新闻片段,"……连治安一向比较好的德国也有一个小镇被烧掉一半。"大熊把音量调低到零,只剩下新闻女主播的嘴巴在一张一合。

"好像是德国的波鸿吧?"

"应该是吧,教堂先起火,然后蔓延到整个镇。"小桦把一杯咖啡递给梅卓轩,然后坐在大熊身边。

"那天飞虎队开枪射杀了五个人,上面说格杀勿论,抓了一百四十多人。"

"以前好像不曾有过这种事吧?"

"也许有,只是我们太小啦,还没见识过。"

"有人说是海啸后创伤综合征,也像是癔症。"

"哈,差点忘了我女朋友是念心理学的。"大熊笑了一声。

小桦挥起巴掌打向大熊胸口,大熊倒也不躲开反迎上来,挨个正着,传出啪的一声,大熊轰地一下倒在床上。

梅卓轩感觉惨不忍睹,一个转身去了厕所。

当他从厕所出来,大熊已经坐好在床上,他把扔在床尾卷成条状的计算机捡起来在被子上摊平,打开搜寻界面,然后念出几个名词。过了一会儿,他叫梅卓轩过来一起看,鼠标的箭头停留在计算机屏幕的一段文字前,"1999年7月2日,哥伦比亚约有一百多名教徒,到阿尔里斯山山顶去朝拜上帝。这批教徒相信1999年8月将是世界末日,他们上山去祈祷上帝拯救人类。这批教徒上山之后再没有下来,失踪了。此事惊动了哥伦比亚政府当局,出动了直升机搜索,并派出大批警察在阿尔里斯山进行大面积寻找。共花了一个月时间,搜遍整个山区,但一个失踪者也找不到。

"我这个文档里记录了大量人类莫名失踪的悬案,都是今天早上我在网上找到的。"大熊把鼠标往下拉,"1915年12月,第一次世界大战期间,英军第四军团准备进攻土耳其达达尼尔海峡的军事重地加里波利亚半岛。白天,一队英军共八百多人向一个高地机动,打算占领半岛的制高点。当时天气晴朗,没有什么云,英军所要机动的山头则有一片浓浓的灰色雾气,英军很英勇地向上爬,山巅隐约可见。

"过了不久山头的雾气消失了,八百多个英军也消失了!和八百多名英军同在一处的二十二名新西兰士兵目击了这一事件,当时这二十二名士兵就驻守在离这批英军六十米左右的一个小高地上。八百多名英军从开始攀登对面高地直到最后一名士兵消失在山头的浓雾中,这二十二名士兵目睹了整个过程。英军制订了周密的搜寻计划,进行大规模的搜寻,然而毫无结果。当时英军一直认为最大的可能是全队人马均被土耳其军俘虏。战争结束后,英国向土耳其提出遣返被俘的八百多名英军,然而土耳其一方坚持说从来没有看到过这支部队。从那以后就没有人见过这八百多个士兵中的任何一人,成为英国军事历史上一大悬案。"

"都是在山上失踪的?"梅卓轩问道。

"发生在海上的案例也有不少。"大熊说。

"我也听说过那个百慕大三角什么的……"梅卓轩说。

"大西洋的百慕大三角区域,就在美国附近。"大熊说,接着他移动鼠标翻到下一页,"这个案例就是在那里发生的。

"1872年,双桅船'玛丽亚'号在亚速尔群岛以西一百海里的地方漂浮着。当人们爬上船时发现船上空无一人,位于船舱的餐桌上还摆着美味佳肴,杯里盛着没喝完的咖啡。壁上的挂钟正在正常摆动,缝纫机台板上放着装着机油的小瓶。"

"这艘船的人可能遭遇了海盗,被人用枪指着押上了另一艘船。"梅卓轩猜测道。他的视线落到另一段文字上,"西南边陲小镇贡川,贡川中心小学四年级学生陈冉和刘丹放学后去草坡割草,明明看见有三头牛,忽然一头牛却不见了,陈冉向牛吃草的地方跑去,跑到一半时陈冉在刘丹的视线里消失了,至今下落不明。"

看了几个案子后,梅卓轩把头仰到椅背后面去,说道:"你认为张神父失踪跟这些案例一样?"

"恐怕会成为悬案。"大熊说,"金属手杀人犯跟这个相比只是小儿科而已。"

"可是你录下了现场作案者的声音啊。"

"要抓到作案者才算数。"

"对了,要把这个录音复制一份交给鉴证科,分析声纹。"

"不行不行,这是我私下装在人家那里的,搞不好天主教会要把我告上法院。"

"这个录音很重要,一定要做声纹分析,再对比一下记录里其他案件嫌疑人的声纹,或者可以找到真凶。"

大熊沉默不语。

"没事的,如果上面追究我有方法应付的。"梅卓轩说。

"如果你觉得对破案有帮助,就照你的意思做吧,就说我弄的也没关系,大不了在法庭上跟他们周旋。"大熊耸耸肩,一副天塌下来也可以扛住的模样,"哈哈,一个不小心,我可能因此事成为世界名人。不过张神父出了事,你升职的事可能要告吹了。"大熊有点为梅卓轩担心。

"升不升职工作还不是一样要照做。"梅卓轩说。

"办完手头上的案子,我打算辞职了。"大熊突然说道。

"不想做了?"梅卓轩问道。

"我妈妈老是逼我快点结婚,"大熊显得有点无奈似的,"我一结婚就不做这一行了。"

"不做这一行做什么?"梅卓轩问。

"我爸妈想环球旅行,但到处都有点乱,我打算陪他们去一趟。"

"坐邮轮去吧,船上有保安人员。不过,辞职的事你考虑清楚再跟我讲吧。"梅卓轩说。

厨房里传来瓷器餐具碰撞的声音,然后听到水龙头出水的声音。

30. 香港大学高级职员宿舍

重案组的特约精神科医生唐涛教授是著名的"万事通",大学本科念的是物理,拿到一级荣誉学位毕业。硕士却转去读心理学,业余热衷撰写科普作品,天文地理无所不谈。金属臂杀人犯的犯罪资料,已在上个月用电邮传给唐教授,他也实时回复说收到了犯罪资料。可是等了差不多一个月,还是没有收到他撰写的罪犯侧写。

以前,发出犯罪卷宗后大概一个星期就会收到唐教授的罪犯侧写报告,内容其实只不过是一千字以内的东西,陈列十几项关于犯罪者的特征。这一次却过了一个多月还未收到唐教授的回复。其间侦缉组发了几次短信催促教授,却如石沉大海。大熊打电话到教授驻诊的玛丽医院,工作人员说教授正在休假;打电话到香港大学精神科系唐教授的办公室,电话无人接听。而唐教授竟然是没有手机的,他曾在报纸发表过一篇文章指出手机的十大祸害,主要集中探讨手机对个人精神世界的侵入。陈少白向梅卓轩追问了几次关于罪犯侧写的事,梅卓轩决定上门去找唐教授一趟。

唐教授住在位于沙湾径的香港大学高级职工宿舍,下面是香港大学的运动场,再往下走就是太平洋翻滚着的白色浪花。梅卓轩和大熊把车子停泊在路边,徒步走去唐教授的住宅。

梅卓轩在楼下大门外按下了三楼1室的对讲机,过了差不多十秒,传来一把有点恼火的洪亮中年男人声:"找谁?"

"唐教授,我是中区警署的重案组督察梅卓轩。"梅卓轩对着对讲机喊道。

"没什么?"

梅卓轩苦笑了一下。

"唐教授,我们是中区的便衣探员,你叫我们过来拿金属臂罪犯侧写。"大熊喊道,并把自己的警员委任证举高对着右上角的监视镜头。

"是吗? 好,好,快上来。"

一个皮肤深褐色的女佣走过来开门,然后消失在一道屏风后面。

唐教授从一张堆满书的大桌后面抬起头来,他脸部肌肉松弛,头发花白,眼白部分泛着血丝,已是下午时分仍穿着一件睡衣。"年轻人,随便坐。"看见两位不速之客,他那忧郁深沉的眼神顿时发亮,露出欣喜的神色,大手一挥指向对面的L形大沙发。

"要喝什么随便到冰箱去拿。"唐教授又指向厨房的方向。

"年轻人怎么坐着不动呢? 快去快去!"唐教授催促道。

大熊站起来到厨房拿了三瓶可乐回来,一瓶放到教授堆满书的饭桌上。客厅比较暗,窗户似乎都关上了,罗马帘也垂了下来,只有饭桌上开了一盏台灯。吱吱喳喳的鸟鸣,不间断地从外面传进来。

"知道我为什么要休长假吗?"唐教授说道,"就是因为你们传来的金属臂杀人犯的犯罪资料。"

"两者有关系?"大熊问道。

"对。"唐教授好像双眼在放光,"受到你们传来的金属杀手案例的启发,结合刚刚发生的大海啸,我最近正在构思一篇文章,打算发表在世界精神分析学会的刊物上。年轻人,有没有听过引力波?"

"是不是指苹果掉到牛顿的头上?"大熊说。

"哈哈,这个跟牛顿关系不大,而是跟爱因斯坦有关。"唐教授说道,"爱因斯坦广义相对论有个最基本的预言,就是关于引力波的存在。就算是一股非常强的引力波扫过地球,地球直径也只会收缩或扩张不到10纳米,因此效应非常弱,探测装置难以探测。一丁点轻微的背景噪声都会吞没引力波。可是后来随着探测方法和装置的改进,我们终于可以捕捉到引力波。"

"这是个什么时代啊,为什么那么多人喜欢对着陌生人滔滔不绝地讲个不停。"梅卓轩心里嘀咕。

"不过,我要说的不是引力波,捕捉到引力波的那人已获得了诺贝尔物理学奖。"唐教授说道,"我要说的是另一种波,我近日正在设想存在所谓的意念波。

"当一个决定做出,一个意念产生,即出现意念波,扩散到周围的世界。当我们的实验仪器足够精密,可以抗干扰,就可以度量到意念波。意念波类似引力波,但主要作用于人的精神世界。所谓的时代氛围也许就是这样一回事,由许多相近的意念波叠加塑造出来。最近弥漫全球的末日氛围就是意念波扩散至全球造成的。越是强者做的决定,形成的意念波影响力越强,越是能为更多人所感知。"教授继续阐述他的理论。

"唐教授,这跟金属杀手一案有什么关系?"大熊插入一句话。

"你们寄来的资料上,那个连环谋杀犯在现场留下了'人子近了'四个字,但之前他涉及的案件现场却没有这几个字，为什么?"唐教授盯着大熊说道，流露出来的那种表情好像正在课堂上追问他的学生。

大熊摇了摇头。

"'人子近了'这四个字，大多数传媒都阐释为该名谋杀犯是一个自大狂，自喻为耶稣再临，以为自己有判决世人生死的权力。"唐教授说道，"那为什么之前的谋杀现场他没有留下'人子近了'这四个字呢? 自大狂是一种人格障碍，是长期生活问题造成的，不可能短时期就变成一个自大狂。所以呢，其实'人子近了'最主要的含意是指末日近了。"

唐教授点了几下桌面计算机的界面，念道:《马太福音》24章里面有一段话，'人子近了'就出自这段话。'你们可以从无花果学个比方，当树枝发嫩长叶的时候，你们就知道夏天近了。这样，你们看见这一切的事，你也该知道人子近了，正在门口了。'

"这跟末日近了有什么关系?"还未等听众回答，唐教授自问自答道，"在《马太福音》24章中，门徒正在问耶稣，世界末日和人子耶稣到来时有何预兆? 耶稣列出八项末日时会发生的事，其中一项就是无花果树发嫩长叶。另一项在《马太福音》24章39节，'不知不觉洪水来了，把他们全都冲去;人子降临也要这样。'这不就是跟刚刚发生的大海啸很像吗? 还有一项关于人被提走的情形，这不就跟许多名人失踪相互印证吗?"

"唐教授，你的意思是金属杀手预知了大海啸的发生?"梅卓轩问道。

"他未必感受得那么具体，但他感受到了那股跟末日有关的意念波。"唐教授说道。

"你们两个有没有一种预感到大海啸或末日的感觉?"唐教授问。

"没有。"梅卓轩和大熊相继回答。

"你们是刑事探员，太依靠证据和逻辑推理来破案。"唐教授说道，"因此，预感方面的能力可能被削弱。"

"那你有没有感受到这股意念波?"

"没有，跟你们一样，理性，因为我太理性啦。"唐教授哈哈大笑。

"大部分人都是后知后觉者，要到事情已发生，有了结果才知道。处于社会边缘的人往往最能接收到意念波的变化和颤动。"唐教授不自觉地用笔头敲了一下桌面，洋溢着激情，越说越振奋，"这些人在教化方面尚未被文明所驯服，保留了较多原始的直觉能力。思考越多额前叶越发达，接收意念波的能力越会被压抑。譬如地震发生之前几天，蛇虫鼠蚁就有了不安全的感知，但猴子却不会有什么特别的反应。譬如欧洲以前发生的犹太人大屠杀，当希特勒心里下了决定之后，关于大屠杀的意念波就扩散出去，部分先知先觉的犹太人抢先逃离了欧洲大陆。卡夫卡的姐妹们就是死在大屠杀中，那时候卡夫卡早已病死多年了，若他还没死，或许他也会预先离开欧洲。"

"教授，谁是卡夫卡？"大熊问道。

"卡夫卡，你不知道卡夫卡？"唐教授露出讶异的表情盯着大熊，说道，"对对，我差点忘了，现代的年轻人是不阅读的。"他撕下案头一张便笺，在上面写下卡夫卡的名字，还有几部卡夫卡小说的书名，交给大熊，"这个就是，有空找来看看。"唐教授叮嘱道。

"教授，你的意思是有人起了念头要带给人类末日？"梅卓轩问道。

"对，依照我的意念波理论假设，这种可能性是很大的。当然也有可能是地球深处的地质环境发生了变化，物质波扩散到地面，引起感应。"

"可是光有念头没有用，要有能力才行啊。"梅卓轩说道。

"在这个世界上，的确有人有能力带给人类末日，那就是五个拥有核武器的国家的最高领导人。他们掌握着决定最终发射核武的权力，是不是他们其中一个人已下了决心要发射核武呢？于是意念波扩散出去，令不少人产生末日的念头，这个可能性不能抹杀。又或是大海啸令大家心生恐惧，以为末日将至，于是用疯狂的行为做出回应。这次大海啸发生之前几天，动物早已做出了反应，我翻看那几天各地的报纸，发现都刊登了动物出现异常的新闻，只是得不到重视，用很小的篇幅来处理，放在角落里。"唐教授说道。

"当然，意念从生起到真正实施行动，往往还有一段时间的延滞，因为需要时间去谋划准备。因此我们还有时间去应对现在流行的末日观。"唐教授说。

梅卓轩低头瞄了瞄手表，时间不早了，他站了起来，说道："唐教授，那个罪犯侧写……"

"对，差点忘了你们是上来拿侧写的。"唐教授说，"我正在赶写关于意念波的论文，四天后会在维也纳精神分析大会上发表，真的是没有时间啊。

"不过，我刚才说的话里含有几条，你们记一记吧。"唐教授说，"第一，凶手是一名基督徒，曾经是；第二，凶手很聪明；第三，凶手读书不多；第四，凶手有洁癖。先记下这四项吧，我从欧洲回来后，再给你们一个完整的版本。"

"唐教授，你可要记得啊，否则……"大熊露出嬉皮笑脸的表情，说道，"我们天天都过来找你。"

31. 中环警察总部

"抢劫就抢劫,还要放火偷东西,偷了东西还要杀人,真是越来越嚣张!"高级警司陈少白把一份英文报纸扔到桌子上,发出沉闷的一声砰。梁善身体不禁一颤,陈少白眉头一皱瞥了她一眼。中区重案组召开了一次大会,看看可不可以通过交流激发起破案的灵感。能够出席的探员都来了,共三十多人按组别分坐在会议室几张圆桌旁。"卓轩,你们第五分队要调两个人去西九龙总警区重案组,协助侦查弥敦道纵火事件。"陈少白开始下达指示,"你安排一下,后天调过去。"

"知道。"

"你们那个金属手杀人案好像进展不大。"

"从深圳回来后,那个嫌疑犯好像失踪了。我们已获得他的DNA,所以他恐怕不敢轻举妄动。这段时间我们搜集了各区命案分析,没有发现此人重新作案的痕迹。

"另外,按照我们推测的十字架作案模式,我们利用警方的天眼系统不断把下一个可能作案的地方,例如大围、钻石山、牛头角、观塘、薄扶林等区的街道、地铁、商场、小巷的视频监控录像复制到警方的超级计算机里,跟发生凶案的几个地点的录像做面容鉴视,看看有没有类似或相同的人出现在这几个地方。

"计算机只找到两个人在上述地方都出现过。我们调查过这两个人,发现都是身体正常的人,一个是室内装修工人,另一个是做销售工作的。

"不过这计算机的处理速度很慢,一个小时的影像它要用十分钟的时间才能完成面部特征鉴别。"

"它的计算速度是很快的,但是你们的数据流量太大了,它要同时辨识出几十万张面孔,不是轻松的工作啊。"

"前天我们接到上面通知说暂停做面容鉴视,听说要把主要精力用来找出纵火劫掠中的众多参与者。

"不过，我们发放了凶嫌的特点到巡街的军装警员的便携式计算机里，叫他们多加留意。凡被扣留的疑犯有类似体征的，我们都会做DNA检测。只要那家伙继续作案，我们就一定可以捉到他。"梅卓轩说。

"好！不过有信心是一回事，"陈少白说道，"最担心道高一尺魔高一丈。"

"这家伙戴假发，估计也戴上了某种面具。"梅卓轩说，"所以天眼系统难以把他辨认出来。"

"也许他洗手不干了，改邪归正。"

"哈哈，如果是这样我们就可以结案啦。"

"连环杀手人格上有缺陷，他已上了瘾，会一直干下去。"第八分队的高级督察洪永昌说道。

"如果他改变了作案方式，我们很容易被误导。"

"这人以前没有案底，如果他不再犯案，很难顺藤摸瓜抓到他。"

"线人那里也没什么线索，这混蛋应该是个独行者，跟黑社会没什么联系。"

"如果他再杀多一些人，也许可以挤进十大通缉犯的名单，到时可能就有人帮我们抓到他啦。"方渐睿在座位上沉思了好久，终于抓到一个说话的机会。听到他的这句话，会议室里顿时一片死寂。大家的目光刷地一下转向方渐睿的座位，紧接着转回正常方向。

"咦，怎么好像少了一个人？"陈少白看了看两边，"那个胖胖的大熊去哪儿了？"

"他请了三天病假。"梅卓轩答道。

"想不到他那么壮也会生病？"陈少白笑了一声，"好！我们言归正传，继续讨论金属手杀人案。传播媒体整天都在渲染这事，使用金属肢体犯罪的人也多了起来，有一种模仿犯罪的恶劣趋势，上头希望我们快点破这个大案，给大家打打气。"

"前天有个笨蛋，两只手都装了金属臂，用一只丝袜套住头，一天内连抢三家银行。结果被天眼系统鉴别出身份，当晚就被追捕，一枪打死了。"梅卓轩说道，"所以我们也有信心抓到这个连环杀手。"

"真的有人以为快世界末日啦？临死前要疯狂一下连抢三家银行！"陈少白笑道。

"外面真的都是那么传的。"探员张波说道。

"世界末日，我呸！你们还年轻，你知道上一个世界末日是哪一年吗？"陈少白问道，他等了两秒，没有人回答，于是自问自答，"上一次是2012年，那时候出版了很多书都说2012是世界末日，结果呢？今年已经是2029了。哪有什么世界末日，都是鬼话。"

"无论有没有世界末日，我们都要抓到那个家伙。"梅卓轩用鼓励的眼神看着他的下属，说道。

32. 观 塘

　　踏入12月，香港开始多了大雾笼罩的日子，湿度连续几天都维持在98%以上。空气中的悬浮粒子增多，加上汽车尾气的影响，支气管炎发病率创下近年新高，走在街上的人纷纷戴上口罩，有的人还非常夸张地把类似防毒头盔的东西也套到头上去。

　　在天气转差的日子，天眼系统依然如深海大章鱼伸出足爪，以十二万七千个监控摄像头作为吸盘，攀附在大厦外墙，温热的路灯上，喧嚣广场的装饰物里……欲把整座城市紧紧抓在爪里。十五年前天眼系统刚开始运作时，的确减少了公共场所发生的各种刑事案件，偷窃、抢劫、非礼等犯罪行为得到相当程度的遏制，但另一方面室内犯罪则呈上升的态势。犯罪的冲动似乎是一股能量，积聚到某种程度就会爆发行为，天眼系统并没能有效地阻止罪案的发生，只是在超级计算机处理器的帮助下提高了警方破案的效率。

　　香港警方为天眼系统采得的声频和影像数据设立了两个中心数据库，一个在香港的新界粉岭，一个则放到深圳的香密湖。案发地段的资料会一直保存下来，直到破案为止。至于没有发生罪案的地方的资料，保存三个星期就会删除掉。

　　大雾弥漫的环境令章鱼足爪湿冷发软，对面孔的辨认效率大为降低，这个星期香港罪案率比平时拉高了十五个百分点，尤其是街头的抢劫案增加得最为显著。观塘近海一带距离旧机场邮轮码头不远，海上的浓雾也漫进了这一带的街区，五十米开外就不太能辨认出人的身影。这里被称为旧观塘，是以前机场旧货仓所在地，后来四十多幢储货大厦大多数都改建成了迷你仓库，以供地小人多的香港居民摆放物品之用。高速公路观塘绕道高架在十五层楼的高度，从迷你仓库大厦旁边经过，右边就是太平洋，公路绕过左手边后连接上将军澳道。

　　"站住，检查身份证！"当那个裹着一件灰色大衣，下摆几乎垂到地面的人眼角也没有瞄一下巡警王洪立，就朝骏业街街尾急匆匆走去时，王洪立扯开嗓门大喊起来。那人又走了两步后，靠着墙角停了下来，离海边还有几十步路。那个人身体微微抖了抖，然后转过身来，王洪立看出那是个男人。他戴着口罩，两只眼睛半眯着，头发非常浓密。"脱下口罩!"王洪立拍了一下制服下部的口袋,跨开一个大步站到那人的面前。

"身份证!"

"警察大哥!"那人仍戴着口罩,腔调显得好像要哭出来似的,拖着"啊"的尾音,"我正在等排期补办身份证,你也知道那个网络大屠杀之夜,所有身份证记录都报销了。"

"哼!像你这年龄一早就要补办了。"王洪立掏出折叠计算机举到那人的面前,"脱下口罩,对着屏幕看一下!"那人眼睛飞快地向两边扫了一下,他慢慢抬起左手,伸向耳朵后面扣着口罩橡皮筋的位置,而右手则出人意料猛地向上大力一掀。折叠计算机脱手而出撞在王洪立下巴上,他大叫了一声后退一步,突然感觉肚子一痛,那人的右手似乎刺进了他的左下腹,并且用劲一推,再把手抽出来。嘭的一声,折叠计算机摔到地上裂成两半,王洪立也倒在地上,他右手横过身前想拔出左侧的佩枪,那人冲上前来一脚踩住,把王洪立的手腕压在腹部上。王洪立惨叫了一声,瞪大眼睛看着血液正从自己腹部的伤口喷出来。

那人蹲下身,伸手想扯走王洪立的佩枪,王洪立按响了身上的警示器,顿时嘟嘟声大作。那人直起身子转身跑开,向着不远处一条尚未安装监视镜头的行人隧道奔去。

33. 香港政府总部

12月14日早上,三百多名警队中高层成员从各区赶来警察总部的大礼堂,听警务处处长赵浚晞演讲,题目是《在目前治安形势日趋严峻之际警队应如何发挥积极性作用》。赵浚晞站在台上口若悬河,不断为警官们打气,他鬓角的几缕头发梳到头顶,遮住已秃的顶部。

出席者中不少人神情枯槁,一副没精打采的模样,坐在后排的几个警官头不自然地垂下,下巴几乎碰到胸口。大规模纵火事件发生一个多月来,所有中高层警官的休假都被取消,全力投入抓捕纵火犯以及防患于未然的工作。

两个小时的讲话结束后,三百多人顿作鸟兽散,返回各自辖区,剩下梅卓轩和陈少白两人,坐在礼堂旁的会议室里。陈少白不时看看手表。不一会儿,警务处副处长何哲明和助理走了进来,梅卓轩向他敬了个礼。

他们四个人在副处长助理带领下,走到邻座的政府总部大楼,坐电梯直达二十五楼的会议室。这里一般是警务处高层和其他政府部门开会协调工作的地方,梅卓轩第一次到这里来。四个人坐在豪华的真皮沙发上,等待北京来的人。为了这次会面,梅卓轩和大熊花了不少时间整理数据。梅卓轩昨天建议把大熊也找来列席会议,但陈少白认为大熊的级别太低,跟国家派来的重要人物会面不太合适。何况大熊已递交了辞职报告,一个月后就会离开警队。

来自国家安全部的王上校一行共有四个人,他们早上从北京出发去深圳办事,再坐西部高速铁路来到香港。

警方外事联络部门的一位女督察领着他们四个人来到会议室,王上校身材高大,接近一米九,古铜色的皮肤,脸上左边太阳穴处一道疤痕向下延伸到脖子上半部分,令人望而生畏。可能是行程安排得过于紧密的缘故,进来时王上校额头上沁出大颗大颗的汗珠,几乎在他那方圆红润的脸上排成两行。"我们北京那边儿都下雪啦,你们香港还真暖和呢。"

王上校说着一口京片子，感觉浓浓地黏在一块儿，像天寒地冻吃火锅时冒出的蒸汽。

他和三个随员逐个跟梅卓轩等人握手，一轮寒暄之后，大家坐下来听9月24日在张神父房间录下的录音。王上校神情严肃，聚精会神听完近半个小时的录音，其中一个随员似乎在记下一些重点，这期间大家都没有讲过一句话。

录音播放完后，王上校沉思了好一阵子，说道："前儿我在北京就听了你们电传上来的这个录音，我们召集了全国最好的语言专家做分析，他们表示作案者说的是一口东北话，而且这种东北话的腔调还是20世纪初期的。"

"我们只听出那人说的是一口标准普通话，真想不到你们竟能分得那么仔细。"副处长何哲明不无敬佩地一边说一边点了几次头。

"20世纪初期的东北话跟现在的东北话区别大吗？你们用什么方法鉴定的？"梅卓轩问道。

"这就是老专家们的能耐啊，现在东北人很少用那样的腔调说话。老专家找来一个叫张学良的将军的录音给我们比较着听，发现二人的腔调是差不多的，这将军是上个世纪的东北人。"

"这人跟张学良将军有关系吗？"陈少白问。

"应该没有关系吧，张学良将军已去世几十年了。"王上校答道，"不过，我们可以初步确定作案者是个东北人。基本上我们的专家可以从某人带有方言口音的普通话中判断出该人的出生地，误差不超过方圆四十五公里。方言腔调是儿童生长时期所习得，成年后很难改变，所以是一个找出嫌疑人的有用线索。

"当然，也有可能是他小时候跟某个有这种腔调的人住了一段很长的时间，因此习得了这种东北话。"王上校补充道，"反正就是跟东北辽宁省台安县那一带有关系，也就是张学良出生的地方，所以要麻烦你们协助调查一下香港人当中籍贯为东北辽宁省该县的人的一些情况。"梅卓轩一边听着一边把数据输入计算机。

"我们已把一份名单传给了你们的警务署长，他应该很快就会联络你们小组。"说话的是坐在王上校旁边的一个女孩，她五官精致面孔稚嫩，不过发言时却有斩钉截铁之感，不容他人置喙似的。陈少白和梅卓轩各自点了点头。

王上校转向陈少白和梅卓轩问道："你们香港警方对这件事有什么看法？"

"这是负责张神父一案的梅督察。"陈少白向梅卓轩做出一个邀请发言的手势。

梅卓轩一边看着计算机里的数据一边陈述自己的看法："相信你们看过各地国际刑警的报告，有几十个国家都有知名人士失踪，主要是科学家、宗教界人士和艺术家，这一年下来估计有几百人，大部分失踪，少部分死了。海啸那天及次日，各地收到的知名人士失踪报告最多，凭来自各个方面的信息碎片，我们拼出一幅比较模糊的图景，就是主导这件事背后的势力非常庞大,各国政府一时也似乎奈何不了。最大可能是国际某些隐形力量,如果有某个东北人加入跨国的秘密组织一点也不出奇。

"某个大国也曾被点名,因为诉诸历史,他们常用绑架的招数对付别人。无论如何,通过张神父的失踪我们可以肯定对方运用了相当高的科技手段作案,现场任何线索都找不到,也没有目击证人,电子监控也失去了作用。这次我们能够录到声音是因为我们用了比较旧式的录音手段,没有使用先进的电子芯片。"

"有一种说法指出是外星人绑架地球人,你们有什么看法?"王上校问。

"我们觉得可能性不大,如果真的有外星人且能来到地球,他们的科技水平一定比我们高很多倍,似乎没有必要抓那么多科学家。"陈少白答道。

"作案者的确有点神通广大,我们在各个口岸加强巡视并且几乎出动所有警力把港九新界都筛了一遍,却还是找不到失踪者。"副处长何哲明一副忧心忡忡的样子。

"我们跟住在教堂附近的居民做过调查,询问他们神父失踪那晚的事,他们都表示没有发现什么异常情况。而我们翻看监视车对教堂大门二十四小时的录像以及侧面和后面录像,也没有异常情况。教堂的围墙也没有动过的痕迹。因此神父很有可能是被人用某种飞行器带走的。"梅卓轩说。

"教堂花园那里有一块空地,可以让小型直升机降落,但不可能是直升机,直升机的旋翼声音很大,一定会惊动居民。"陈少白说。

"我们小组讨论这个案件时,有一位探员提出他在网上的论坛里看到关于反地心吸力装置研究的讨论。"梅卓轩说,"有没有可能,是某个集团或跨国公司已经研制出某种工具来从事类似的犯罪行为? 当然我们只是大胆猜测而已,网上的论坛里什么讨论都有,不能当真。"

"嗯,你们的分析都有一定道理。"王上校语气凝重地说,"其实,在人类历史的不同阶段都有精英人物失踪的记录,尤其是一些独裁统治的国家或是动乱时期。但像今年这样涉及人物那么多波及国家又那么广,不论大国小国都有精英人物失踪,这在历史上找不到相似的情况。更让人忧心的是,基本上我们找不到有效的破案线索。不过,我们有破案的信心,黎明前往往是最黑暗的。

"对啦,下午有两个英国人会过来,听说他们也录到了一些东西,他们也想听听你们录下的。这件事涉及多个国家,我们必须进行跨国调查,你们就全力配合他们吧。"王上校的语气转为轻松。

"没问题,之前我们已收到通知。"陈少白说。

"英国人不知葫芦里卖什么药,叫他们把录音电传到北京来他们就是不愿意,非要亲自来香港会一会你们,再做情报交换。"王上校说,"我也想跟他们见个面,商量商量,不过北京那边有点儿要紧的事,耽误不得。"

这时候,王上校的一位男助手用指尖轻轻敲了几下桌面,约三十秒后王上校站了起来说道:"陈警司、梅督察,你们这次做得非常好。根据我们了解这是第一次有人录下失踪事件歹徒的声音,对我们和国际上的友好国家合作,顺藤摸瓜揪出背后的主谋有很大帮助,我们也相信是某个跨国秘密组织策划的全球性大阴谋,特别针对几个大国,非常感谢你们的努力!"

王上校率人离开时,警务处副处长何哲明把一个黑色盒子转交给王上校,盒子里放着大熊的那部收听器和窃听器。王上校小心翼翼把盒子放入随员带来的手提箱里。最后,王上校紧紧握住何哲明的手,"我们会继续深入分析歹徒的声音,务必把这帮人一网成擒。你们为国家立了大功,我们会记得你们的,会给你们应有的嘉奖,再次感谢你们的贡献,大家继续保持紧密联系。"

34. 中环警察总部

送走王上校一行人和警务处副处长何哲明后，陈少白和梅卓轩返回警察总部，他们到二楼的警察餐厅吃了点东西，然后回到会议室。

英国的访客大概会在下午两点钟到达，梅卓轩把大熊也叫进了会议室，陈少白同意了，因为大熊在英国的曼彻斯特念过大学，英文能力比较强，而梅卓轩大学毕业后就很少使用英语。副处长何哲明待会儿也会回来出席该次会面。

米修斯和麦法兰从伦敦希斯罗机场起飞，坐了一整晚飞机，于早上抵达香港，被英国大使馆人员接去使馆休息了几个小时。之后在英国驻香港的武官巴尔塔沙的陪同下，驱车来到香港中区警察总部。

"你们好，我叫米修斯，这是我第一次来香港。"大家一见面，米修斯立刻用一口普通话跟大家打招呼，然后在外事督察张嘉惠的引见下逐个跟警务处副处长何哲明、陈少白和梅卓轩等几位握手致意。

米修斯一口颇为流利的普通话使梅卓轩心里不禁一揪。再看米修斯穿着剪裁得体的西装，外形高瘦，一头稍为稀疏的金发扎成一条马尾垂在脑后，梅卓轩心想这家伙可能是个军情六处的间谍，用警官身份来香港套取情报。麦法兰则肩膀圆圆的，身穿一件灰褐色的高领藏帽大袄，头发蓬松，发质很粗，如铁丝一般。不过，米修斯只说了一句普通话，之后就改用英文交谈，张嘉惠的英语很不错，简直可以去法庭当传译员。她可以不假思索就把米修斯的西伦敦腔英语译成普通话，彼此之间停顿的时间大为缩短，大家的交谈变得顺畅。

大家先听大熊录下的关于张神父被挟走的那次录音，米修斯和麦法兰一边听一边低声交谈，有时不禁微微颔首。接着大家再听英国人带来的录音，在一阵沙沙的杂音后，听到一个清亮的声音："奥斯特神父，你好。"梅卓轩和大熊对望了一下，他们认出这和跟张神父交谈的那人是同一个声音，只不过这个人用的语言是英语，而跟张神父交谈的那个用的是流利的汉语普通话。接着他们再次听到同一个声音响起:"我叫赫尼玛斯,从很远很远的地方来到这里,我想与你谈谈。"跟着是一个老人的声音:"进来吧!"然后是一阵持续不断的沙沙声。

米修斯有点尴尬地站起来,干笑了两声,他按停录音转用普通话说:"香港的朋友,真是不好意思,我们只录到一点点,后面的部分受到干扰,还是你们厉害。"张嘉惠刚要站起来做翻译,听到米修斯竟说起普通话来,于是坐回座位上,麦法兰双手抱在胸前,一副事关己的模样。

大家陷入一阵沉默中,过了几秒,大熊说道:"在两个录音里面,作案者的声音很像是同一个人,虽然说着不同的语言。"

"我也觉得是同一个人。"米修斯说。

没有人提出反对意见,大家似乎都认同这种看法。警务处副处长何哲明微微点了点头,说道:"我们可以比对一下声纹分析图。"

"对。"米修斯应道。声纹分析图通过掌上计算机输入会议室的计算机系统,两段不同录音的声纹分析图出现在屏幕上,大熊操作手上的计算机让两条声纹图靠近,看见两者几乎重叠在一起,只是有少数地方不太咬合而已,屏幕右上角显示吻合度达97.5%。

"那人的口音好像不是正规的英语?"张嘉惠突然插了一句话,几个男的都同时望向她,她立刻看着米修斯和麦法兰,用英语把这句话说了一遍。

"张小姐,你的英文造诣很高。"米修斯说道,"这人说的那两句话,我们研究发现是苏格兰人口音的英语,里面多个元音有变异,如发'r'音时不太卷舌,这种口音我们那边叫做'Jock'。"张嘉惠迅速翻译出米修斯的话,不过故意漏掉了第一句夸赞自己的话。

"要学多久才能说这种口音?"梅卓轩问。

"一般都是土生土长的苏格兰人才会这样说。"米修斯说,"啊,对啦,我们这里就有一位苏格兰人。"米修斯转过身子,望着麦法兰。

麦法兰笑了笑点了点头,双手依然抱在胸前,说道:"如果只是学说一两句苏格兰口音的英语,也许很快就能学会。"

"按照那人跟张神父交谈的录音长度看,他跟你们那个神父也应该谈了很长的时间。"梅卓轩说。米修斯微微颔首。

"同一个人似乎不可能同时说地道的东北话,又有地道的苏格兰口音。"大熊说。

"而且都发生在同一天里,相差只有八个小时,伦敦和香港可是相隔了一万多公里。"梅卓轩补充道。

"有没有可能是某个集团使用了语音合成器,只需换个软件就可以做到这样呢?"何哲明说。

"根据以往案例，语音合成器的声纹分析图比较平整光滑，跟真人声纹还是有一些差距的。"大熊说，"当然关于这点，还是找个声纹分析专家谈谈比较好。"

"原本我们打算找一位警方的声纹分析专家出席今天的会面，可惜那人有点急事到外地去了，这几天都不在香港。"陈少白说。

"从声纹图和我们亲耳听到的声音来看，基本上我们都可以确定这是同一个人，但有很多谜团难以解释。"米修斯说，"就算对方神通广大可以坐跨大气层飞机来往两地，至少也需要四个小时，加上来回机场的时间，又要从事掳劫神父的勾当，这就近乎不可能。"

米修斯一口气把话说完，几乎没有停顿，弄得张嘉惠翻译得有点狼狈，她把"跨大气层飞机"译成了"飞出地球的飞机"。

"起初失踪或死了的大多是科学家，接着是艺术家，现在则是宗教家。"米修斯说，"再接下去会是哪种人失踪呢？"

"恐怕要问上帝才能知道事情的真相。"麦法兰说。张嘉惠把"上帝"译成了"上天"。不过大家都听得出麦法兰说的是"上帝"。

除了讨论神父失踪案件，大家还交换了一下关于其他个案的意见，并且相互交流了保护重要人物的手法和技巧。最后大家都认为两起关于神父的案件应该是同一个人做的，至于动机和手法，则各有各的看法，达不成共识。

英国人离开时留下自己带来的录音样本和研究报告，拿走了香港警方录音的一个复制本和一份分析报告。

晚上，张嘉惠按照大熊给的地址，带米修斯和麦法兰到深水埗鸭寮街购买录音器材。

35. 禅觉寺

送走英国人后,梅卓轩和大熊离开警察总部,看见外面已是万家灯火,他们到附近一家常去的川菜小餐馆点了几个小菜。老板娘来自四川,外表敦厚,说一口很不标准的广东话,知道他俩是警察,对他们很热情,每次都叮嘱厨房加大菜和饭的分量。

"你真的下定决心不做了?"梅卓轩问道。

"嗯,邮轮的票都订了。"

今天他们吃了个八成饱,梅卓轩又要了一打煎饺包起来当外卖,打算拿给监视车上工作的同事吃。付款时老板娘笑容满脸地说谢谢关照。

出了餐馆,两人从利源西街转去德辅道,发现街道转弯处站满人,原来利源西街街尾开了家新酒吧,今晚的特邀客人可以免费喝酒,于是一大批金发碧眼的外国人三五成群地在街头把酒言欢。其中几个明显已喝醉,瘫坐在地上,眼神涣散。

这几个街区靠近警察局,治安情况尚算良好。可是街头街尾的角落里站着几个男的,穿着同一样式的衣服,大腿上别着一支电棍,应该是这条街的商户请的保安。酒吧里头飘出一缕爵士乐女声,音调时而高亢时而凄然。梅卓轩停住脚步望向酒吧深处,一个裸露上半身的女人缠在一根钢管上,不断地扭动身体。角落暗影里,有几对看不出是男是女的抱成一团,蠕动着。

"这里人多,小心佩枪,别被人看到。"梅卓轩向大熊叮嘱了一句。

他们好不容易穿过聚集在街道上的人群后,有两个少女迎上来,把几张传单塞在他们怀里。传单上半部是一艘橄榄形状的船只,似乎是密封的,看不出上下之别。

"方舟席位,一席只要九万八千元。"其中一个穿着高腰伞裙的少女笑容可掬地对他们说。

"方舟教派那么快就到香港设立分部了?"大熊拿着传单,满脸狐疑。

"我们不是教派,我们是造船公司的,今天正举行推广活动,大特价,两个人同行可以打个八折。"另一个少女答道。她穿着贴身的银色衣服,戴着银色的帽子,好像刚从外层空间回来。她们后面靠着墙的一个角落支着一把太阳伞,伞下坐着两个西装笔挺戴无框眼镜的中年男子,他们正朝梅卓轩这边看着。

"坐你们的船可以去哪里?"梅卓轩看着传单上像个大海螺般的船身,问道。

"哪里? 哪里都不去,这是最新科技打造的巨型维生船,大洪水来时可以在船上生活五年以上不用靠岸。"伞裙少女答道。

"五年?! 在船上吃什么,钓鱼吃吗?"梅卓轩问。

"船上设有大型温室,可以用来种蔬菜或其他植物,提供食物和改善空气,还设置了太阳能发电板和雨水收集系统。"伞裙少女说,"反正就是一个安全独立的生物圈,而船壳用了纳米技术,有自我修复能力,可以抵抗高强度撞击,绝对安全。"

"谁说大洪水会来?"大熊问。

"全世界都知道!"两个少女几乎异口同声地说。

"那你们两个买了吗?"梅卓轩有点想笑出来。

"我们没有钱买!"银装少女说。

"你们两个都买的话,"伞裙少女说,"我们就可以存多点钱买船票。"

"这是最新的一家科技公司造的船,是香港首富的!"伞裙少女指着印在传单上的公司名字给梅卓轩和大熊看,"大水来的时候,会有直升机到你们家接你们上船。"

"你们的船停泊在哪里?"梅卓轩问。

"目前正在建造中,预计一艘会停在太平山顶,一艘会停在凤凰山顶。"银装少女答道。

"唉,可惜我们跟你们一样,"大熊摊开双手,非常无奈地说,"钱不够!"

两个少女对望了一眼,银色少女说道:"没关系的,你们存够钱时可以联络我们。"伞裙少女掏出两张卡片,郑重地分别放到梅卓轩和大熊的手里。

摆脱了两位少女后,梅卓轩和大熊终于来到停车的地方,驱车前往薄扶林方向。

阿德和胡彪正在监视车里值班,梅卓轩把那盒煎饺给了他们,大家随意闲聊了一会儿。大熊说英国人千里迢迢来到香港只带来三句话,可能只是借公费来香港旅游度假,大家都不禁笑起来。

梅卓轩看着禅觉寺那道敞开着的铁门,想起自己半个月没有见过如一法师了,虽然每天收到的都是如一平安无事的汇报。他看看手表,已是8点10分,寺门平日晚上6点一定会准时关,今天怎么还开着呢?

"门怎么开着?"梅卓轩问。

"不知道,不过我们一直盯着,没有人从寺里出来,可能刚刚有几个和尚回来。"阿德答道。

"几个?"梅卓轩问。

"三个。"阿德回答。

"可能是看门的和尚忘了关门。"胡彪说。梅卓轩伸头到车厢里,看了一下监视屏幕上禅觉寺几个方向的画面,发现没有异常情况。

"大熊,听听你的收听器。"收听器里传来念诵佛教经文的声音,调子平和,毫无抑扬顿挫。

"哈哈,老和尚屋子里百分之九十的时间都在播这种声音。"

"我们进去看看。"

"被雨淋过坏掉啦!"走进寺门时大熊打算把贴在门侧的监视器撕下来,却发现监视器早已不知所踪。他们直接走进寺内。今晚刚好缘空不在,当值的是如一法师的另一弟子果元。梅卓轩和大熊向果元出示了探员证件,果元之前和梅卓轩见过面,记得他,于是领他们去见法师。走到僧房入口时,果元吩咐两人稍等片刻,他要向如一法师请示。一个穿着件灰色僧袍的和尚正在中庭拿着扫帚把瓷砖上的落叶扫到一旁,一副孔武有力的样子,他突然抬起头,目光充满警惕性地瞪着梅卓轩和大熊看了好一会儿,才再继续自己的工作。几分钟后,果元出来说师父可以见大家。

厅里开了暖气,感觉明显比外面暖很多,空气散发着淡淡的焚香味,犹如进入异度空间。如一法师穿着一件黄褐色的圆领方袍,心口位置打了个结。他盘膝坐在会客厅的一张大木椅上,脸上长满老年斑,有点像爬虫类的皮肤。他睁眼看看来人,又随即闭上眼睛。介绍了来客后,果元垂手站在如一法师旁侧,一声不吭。

"对面教堂的张神父失踪了,你们有没有什么看法?"梅卓轩询问法师。

"听弟子谈过此事。"

"法师,有没有陌生人找过你?"

如一法师低声对果元说了一句话,果元走了出去。

"海啸发生那晚,有一个人找过我,当时我两个弟子正在大厅打坐,竟不知为何睡着了,没有通传。"

海啸之后探望过你几次,为什么都不说呢? 梅卓轩突然想质问法师,不过之前都没有跟法师详谈,只是打个招呼而已,梅卓轩把心里的话压了下来。

"法师,那人长什么样子?"大熊问道。

"高高瘦瘦的,外表看来二十岁左右,可是……"

这时,屋里的空气好像霎时停止了流动,梅卓轩和大熊凝神望着法师。

"我却觉得那是一个上了年纪的人。"

"为什么会有这种感觉?"

"这人目光慑人,非有深湛的内功不可,年轻人不可能修炼到这种地步。"

大熊忽然觉得法师的话怎么好像电影里的对白,他很想大笑出来,但在这种场合却又不可如此失礼,只好拼命忍住,故意侧身装做在欣赏墙上的字画。

"看人的时候,那人的眼神就像探照灯一样。"如一法师说完,突然自己笑了两声。

梅卓轩不自觉地屏住一口气。

"他说他是从天上很远很远的地方来到这里,我猜他是十八梵天中来的人,正所谓来者不善,善者不来,我于是运动内力封住双耳不听他说话,对着他说了句'一念觉即超三界,一念迷即堕轮回',然后闭眼念诵《般若波罗蜜多心经》。"

"那接着呢?"大熊问。

"念十几遍后,我睁开眼那人已不见了踪影。"

"真够神奇,"大熊叹道,"法师,你念那个什么经是怎样的?"

"果元,拿一份心经送给这两位施主。"如一法师稍微提高音量,招呼屋外的弟子。

果元很快便从屋外走进来,他把一张纸交给梅卓轩和大熊,纸上疏疏落落地写着两百多个中文字,顶上题着八个大字:般若波罗蜜多心经。"这么些字就是一部经书?"大熊心里不禁有点嘀咕。

"谢谢法师赠送的经书。"梅卓轩微微向法师领首,"另外我们还有一点事想请法师帮个忙。"

"你说吧。"

"那个找过你的人和一些失踪案有关联,我们想找个绘图师过来,到时麻烦法师形容一下那人的外貌。"

"待会儿你们出去时跟果元安排一下。"

"法师,想问你最后一个问题:十八梵天是什么?"梅卓轩脑海里一片迷惑。

"是居住在天界的有情众生,是天人,天人寿命很长且有大能,心念一动万般华衣美食随即涌出。"

"十八梵天在哪个地方?"大熊问。

"六道众生,天道、人间道、修罗道、畜生道、饿鬼道、地狱道。因惑业所致,众生在六道中如车轮回转,永不止息。天道众生位于我们人间之上,居于六道之首,威德特尊,神用自在,故名为天。"

"天人还有什么特点?"梅卓轩问。

"身色白穿甲胄,寿长体高,手不必举,便可摘月。"

"什么? 还有呢?"大熊盯着法师的脸,等他继续说下去。

"众生死死生生，世界生生死死，已经很多回了，并不稀罕，能参透个中因果，即可成佛。果元，给两位施主一本入门书吧，大家今天相见，也算是个缘分。"

"是的，师父。"

"法师，你怎么知道那人是十八梵天来的？"梅卓轩问。

等了一会儿，法师并没有回答梅卓轩的提问。

"二位，今天到此为止，我师父已入定，下次再约时间吧。"果元语调亲切，微微躬身。

如一法师端坐在那里双眼微闭，似睡非睡，脸色平静如一泓池水，不起波澜。梅卓轩和大熊只好起身离开，果元领着他们离开会客厅，走去大门口。

"果元先生，你相信你师父说的话吗？他刚才还没有回答我们的问题。"穿过佛堂旁侧的长廊时，大熊问走在前面的果元，他语气中带有些许的不满，"譬如十八梵天在哪个地方？"

"我们出家人是不打诳语的。"果元停住脚步，转过身子，双手合十缓缓地说道，"在我们佛教的宇宙观当中，地球所在的太阳系是一个小世界。一千个小世界加在一起，称为小千世界；一千个小千世界加在一起，则称为中千世界，亦即现今科学所说的银河系；一千个中千世界加在一起，称为大千世界，亦即我们目前已知的宇宙。"

果元一口气滔滔不绝地讲下去，似乎这些内容早就记得滚瓜烂熟，直听得梅卓轩和大熊一愣一愣的，连眼睛也不知该往哪里看去。

"每一个大千世界，都有一位大梵天王统治，大千世界有无量无数，大梵天王也有无量无数。十界六道都包含在三千大千世界当中，我们人类所处的地球，只是大千世界中一个微不足道的单位而已。而天道由低到高包含三个大层次，二十八个小层，十八梵天位于中间那一大层，占其中十八个小层。人如果能够行十善业，死后将生于天道。"

果元突然停了下来，从长袍的大口袋里取出一本小册子，递到梅卓轩手里，然后说道："对了，差点忘了，这是我师父刚才说要给你们的。"册子封面写着六个大字：佛教理论框架。

"我刚才说的里面都有阐述，你们有空可以看看。"果元补充道。

"佛教好像是几千年前就有的，那时怎么知道宇宙有这么大？"梅卓轩问。

"这是释迦牟尼佛说的，佛无所不知无所不晓，且能知过去未来。拿现今的科学知识去印证佛说的话，也并没有不一致之处。"果元说。

"诚如法师所说来人是天道中人，那么果元师父你认为他们来地球做什么？"梅卓轩问。

"嗯……"果元语气稍有犹豫，"天道众生居于无量光明之宫殿，统治着大千世界，包括我们人间，但亦尚未能完全摆脱轮回，不时面临业力损耗的风险，而且他们常常要因为如意果树和充满贪妒之心的阿修罗开战,此事或可能跟阿修罗有关。这个只是我跟师父讨论时的其中一个猜测,天道中人远高于我们人道,他们的行事动机我们很难猜得透。"

果元好像有点不好意思地说:"你们有空的话,再约个时间找我师父详谈一下吧。"

"果元,有一件事问你。"梅卓轩说道。

"施主请问。"

"刚才那个扫地的僧人好像很陌生?"

"他叫定慧,是名武僧,听说是国家从少林寺调来保护如一法师的。"

"哦,原来如此。"

果元领着梅卓轩和大熊,边谈边走,来到门口时,却发现大门已关上,两扇门的后面用一条粗如大腿般的青石条拴住,他们三个人只好在大门前停住脚步。侧边的佛堂透出昏暗的灯光,传来低沉的诵经声。

36. 薄扶林道

大熊走上前去,用双手托起青石条,青石向上动了一下又坠回原位,发出铿的一声,几乎压扁大熊的手掌,吓了梅卓轩一跳。佛堂里的诵经声戛然止住。"施主少安毋躁!"果元说,"我去找人来。"

吱的一声,佛堂正门前的直棂矮门被推开,一位和尚自里面跨步而出,原来是刚才那位打扫的僧人,他向果元微微颔头,走上前去,伸出右手一抓便把青石条提起,然后左手抓住门边把门向内拉开,让梅卓轩和大熊离开。

"胡扯,真是胡扯!"待大门在后面关上,大熊激动地几乎大叫起来。

"是有点玄,可是似乎又能自圆其说。"梅卓轩说。大熊站在石阶上,把拿在手里的《般若波罗蜜多心经》对折几次塞进裤袋里。

突然电话铃声响起,是大熊的手机。"喂,大熊,你的头好大啊!遮住了大半条街!"是胡彪的声音,大熊笑了笑朝监视车看过去,阿德站在车子旁抽着烟,胡彪坐在位子上向他们挥手。

这时梅卓轩看见马路对面的教堂守门人推开大铁门,教堂里涌出一批人,应该是刚刚做完弥撒的信众。其中一个男的偏不走铁门,而是推开铁门侧旁的小门走出来。那人个子不高,脸形尖削,头发长长的几乎遮住半张脸。他沿着斜路向下面的十字路口走去,从路灯下经过时,掌背附近突然闪了一下。一点余光掠过梅卓轩眼角,他猛地想起些什么:手背怎么会反光呢?梅卓轩用手肘撞了一下大熊,头向那人的方向摇了一下,大熊望向前方心领神会,两人立刻走下石阶跟上去。那人来到十字路口时没有向下走而是向左拐弯,梅卓轩和大熊立刻奔跑过去。那个方向是一条大直路,两边都是些商店,但大多天一黑就关了门。路上行人不多,不见有突发骚动的情况,走在最前面的是一对情侣,他们拉着手正向梅卓轩的方向走来。那个男人突然消失了。

梅卓轩用拇指向大熊示意旁边的横巷,然后立刻拔出手枪走进第一条横巷,大熊掣枪进入旁边的第二条横巷。巷子里半明半暗,地面凹凸不平,空气里有股令人作呕的腥臭味,像是馊酒掺了垃圾、屎尿和呕吐物制造出来的。有些餐厅打开对着巷子的后门漏出一些光线,而本已狭窄的巷子两边堆放了不少大型杂物。一个沙发被丢弃在巷子里,皮革割开了,露出内里的棉絮,沙发旁竖放着一捆建筑工人搭建棚架用的竹枝。梅卓轩听到脚边传来吱吱几声,原来是两只老鼠在一堆垃圾里忙碌。梅卓轩稍稍猫起身子,时而加快脚步时而慢下来,警惕着周围的动静,尽量不发出声音。

差不多走到巷子尽头,也没有发现那人踪影,大熊那边也没有什么声音。梅卓轩心想,我们手上有枪根本不必怕他的金属手臂。这时传来沉闷的一声嘭,似乎从旁边的巷子发出,梅卓轩冲出巷子一个箭步向左拐过去,一个男人正从转角处冲出,他一掌向梅卓轩面部劈过来。距离太近猝不及防,梅卓轩只好伸出左手去挡,他的眼角余光瞥见大熊倒在小巷中间地段。嚓的一声,梅卓轩感到手腕一阵剧痛,整个人向右边一缩,身体撞在墙上。那人顺势冲向前一步,手掌快速切过来。梅卓轩已无路可退,又来不及举起被压在墙上的握枪的右手,只好转动手腕向上翘起枪口,在无法瞄准的情况下向前面接连扣动扳机。几乎在枪声响起的同时,梅卓轩听到另一声沉重的咔嚓声,对方的手掌似乎打断了他的腿骨,骨头向内侧插入刺破血管,一股血从他大腿内侧的大动脉处喷出。他向后侧倒下,意识变得模糊,感觉时间忽然变慢起来。这时,他隐约看见巷子远处闪出一个白色的身影,从巷口处向他快速移过来。

他倒在身后一堆搭棚架用的竹竿上,听到竹竿相互碰撞的声音,然后晕了过去。

不知过了多久,梅卓轩朦胧中感觉有东西打在他的脸上,接着传来一阵急促的啪啪声,好像下雨了。梅卓轩头痛欲裂,一下子忘记了自己身在何处,他勉强睁开眼抬起头,看见有一个男人一动不动地趴在一米开外的地上。他记起了是怎么回事,立刻用右手在地上摸索一阵,捡起落在地上的手枪,然后左手撑地面爬起来。突然间,他意识到自己的左手骨头已断,一股用出去的力骤然没有着落,整个人一软,摔倒在地上。但断了的左手竟然没有一点痛楚,他轻轻挥了挥左手,感觉跟平常没有区别,只是有点酸软。梅卓轩站起来,用枪指着倒在地上的那个人,鞋尖伸进那人的锁骨下方,把对方的身体翻过来。是个男的,胸口正在渗血,脸色苍白,附在头皮上的长发揭去一大半,原来是假发。他用鞋尖去碾对方右手手掌,感觉有点弹性,再用力压下去就会变硬起来。

这时他发现自己的右腿湿漉漉地染着血,是刚才进出来的血凝固了,现在已不再有血流出,而之前明明被砍到的大腿骨应该已断裂,现在竟如无事一般。梅卓轩露出一丝笑意。躺在他脚下的家伙应该就是那个金属手杀人犯,他用脚把那人翻过来正面朝天,百分之一百可以确定这正是袭击他的人。"垃圾!"梅卓轩嘴里念念有词。

他打开通讯器,和总部恢复联络,召唤冲锋车和救护车。然后一边用枪指着那人,一边移动去大熊的位置。雨水打在大熊的背部,可大熊一点反应也没有。完了,梅卓轩心想。他用左手拍拍大熊,大熊动也不动。他想把大熊翻过来,可转念一想雨水若直接打在脸上可能更不好,水会阻塞住气管。

雨变大起来,噼噼啪啪打在地上。梅卓轩抹了抹脸上的水滴,发现手上污黑一片,散发出一股浓郁的好像杀虫剂的味道。梅卓轩在裤子上大力抹了几下手上的污垢,然后退后几步站在一处有檐篷挡雨的地方,枪口一直指着那个昏迷不醒的凶嫌。

37. 香港玛丽医院

　　警务处派出警队中最精锐的飞虎队前来押解此名连环杀人犯,他被铁链五花大绑地捆起来,哪怕有一对金属臂也无法脱身。第一辆救护车把大熊送走,然后才是梅卓轩。他浑身沾满了血,要送去医院做治疗和检查。神通广大的记者收到相关消息堵到巷口来,但是依旧处于昏迷状态的杀人犯已早一步被送上了另一辆救护车,在警车开路下扬长而去。梅卓轩躺在担架上被抬上救护车时,记者的闪光灯把他晃得眼睛都睁不开。

　　警务处处长赵浚晞亲自点名,派出一名公共关系科高级女督察和一名男督察全程陪伴梅卓轩在医院接受治疗,一方面提供照顾,一方面教导他如何应对明天召开的记者会。并又安排了两名警员守在病房门口,防止外人骚扰或是有人对梅卓轩不利。梅卓轩先在手术室输了点血,然后接受动态容积计算机扫描器扫描。医生一边看着梅卓轩各个器官的三维影像,一边用手转动影像的各个侧面,似乎非要找出他受伤的部位不可。"梅先生,你的左手腕跟左边大腿骨上面都有一条明显的裂痕,不过已经愈合,"医生侧过身来,问道,"是以前断的吧?"

　　"是吗? 现在还需要治疗吗?"梅卓轩反问。

　　"应该不需要。"

　　医生伸出手摸了一下梅卓轩大腿上的伤口,"你之前是不是先送去了其他医院,然后才转到我们这里来的?"

　　"当时我可能大量出血昏迷了,不太记得清状况。"

　　"你的伤口好像被灼过。"

　　"嗯?"

　　"你现在感觉怎样? 有没有恶心的感觉?"

　　"感觉很好,只是觉得肚子很饿。"

　　医生离开病房后,晚餐送了进来。公共关系科女督察谭婧雯坐在梅卓轩对面的椅子上,看着他吃饭。

"大熊怎么样了? 我的那位搭档。"

"正在深切治疗部。"

"应该没事吧?"

"应该没事吧。"其实大熊颈椎骨被打断,送上救护车时已经断了气。警司陈少白为了避免梅卓轩情绪波动影响康复,指示暂时不要告诉他,一切都等过了今晚再说。

梅卓轩叫谭婧雯去医院的餐厅买一杯热奶茶给他,她笑一笑说:"好,今天就免费送你一杯热奶茶。"然后走了出去。躺在病床上等待那杯热奶茶时,梅卓轩觉得今天很幸运,竟然活下来了。可是整件事很奇怪,无法解释也很难向别人解释。他在想,呈给上级关于此案报告的擒凶那部分要如何说明呢?

当天晚上梅卓轩做了一个梦。他沿着大街走着,忽然听到附近传来悠扬的钢琴声。他停下来,站在人来人往的大街上,聆听着悦耳的音乐。听了一会儿,他转入旁边的小巷,找寻琴声的来源,一条向上倾斜的小路把他引向掩蔽在翠绿中的几幢尖顶屋子,其中一幢的门敞开着。他走进去,看见里面站着许多人,对面的墙上有一个赤裸上身的男子被挂在十字架上。他绕过人群,径直走向讲台旁的钢琴所在的位置,弹钢琴的是一位少女,穿着白色的长裙,那身影像梅卓轩认识的一位女孩。"阿薏。"梅卓轩轻轻喊了声,但那女孩并没有回头。梅卓轩快步走过去,这时候人群中跑出两个人,伸手拦住梅卓轩。"阿薏!"梅卓轩大声喊起来,但迅速被许多人从侧门推出教堂,这时那女孩缓缓转过头来,是他初恋女友的面孔。她长得很美,两颊有些雀斑,正向着梅卓轩笑着,但眼光却看向另一边。

梅卓轩手掌被门沿夹了一下,侧门砰一声关上,梅卓轩在一阵剧痛中从梦里醒来。房间里灯光被调得较昏暗,谭婧雯趴在床边的桌子上已睡着了。窗外下着大雨,闪电划过天空,似要破窗而入。

2069年

1. 北京地坛医院

佟春玉把身上的衣服脱光,脸上不禁露出些许的羞赧。她套上护士给的全身裙,把自己的衣服折叠好搁在一边,内裤则放在最底下。走出狭小的更衣室后,她把衣物放进更衣室外走廊一侧的储物柜里,柜门关上,并迅速把面部特征扫描进开启系统里。

接着护士领她来到一间大房,刘医生戴着口罩从座椅上转过身来,另外一个戴着口罩的男人坐在对面,正在操作计算机。佟春玉按照医生吩咐钻进一部白色的机器里。从机器里爬出来后,护士带她到另一间房去。这间房比较小,没有窗,里面放了一张大床,上面铺着一层蓝色的类似塑料的东西。房间里空气有点冷,四壁都是白色的,还反着光,仿佛刚刚被打磨过,其中一面嵌着一个大荧屏。回头一看,刚刚穿过的门不见了,佟春玉不禁有点心慌,刹那间感觉周围好像有很多只眼睛盯着她。她遵照护士指示,把全身裙脱下,躺在床上,把腿缩起来。此时她的整个下半身暴露在陌生人面前,她觉得脸上一阵发热,于是把头扭到一边去。

两个微型扫描器进入佟春玉的体内,它们贴着输卵管开口处的裙边样突起部位,然后摆动尾鳍,从输卵管漏斗形的末端游进输卵管里,一边扫描管道一边爬向她的卵巢。

一个多小时后,佟春玉坐在医院的长凳上把一片电子轮候卡攥在手里,等待身体检查报告。她今年二十一岁,两年前结了婚,正是花季年华。结婚前,她应对方家长要求到指定的医院做了非常全面的身体健康检查,生育能力正常。其实,她本来不打算十九岁就结婚,可是她父亲患了重病家里缺钱,男方父母答应结婚后会给她家一笔钱,每生一个小孩政府也会给她一大笔钱作为奖励。她自己也觉得既然大家两情相悦迟早是要结婚的,早结也没有什么关系。一个月前她发现月经停了,霎时间心中又惊又喜。她自己买验孕试纸做检验,发现试纸仅在对照区出现一条红色条带,在检测区并无红色条带出现,按使用说明书所指,这表示结果呈阴性反应,并未怀孕。后来她在当地医院做了一次检查,却检查不出什么来,于是佟春玉和丈夫小杨从黑龙江省飞到北京来找名医诊治。

佟春玉求诊的是北京一家著名的妇科医院,听说以前每天看医生的人一直排到马路边上,而要等几个月的排期才能见到刘医生。现在即使当天得病过来求诊也行,只有十来个人在排队,长凳上等医生的等取药的等缴费的则坐了一大群,大家都安静地坐着,只偶尔传来几句谈话声。

好像等了好久好久都还没有轮到自己,佟春玉越坐越觉得心里闷得发慌,身体也有点燥热起来。她站起来看了看周围,发现左边有道玻璃门,门后一片绿色点缀着些许的红色。"我到那里走一走。"她说。"我到外头马路抽根烟。"小杨说。佟春玉走近玻璃门,门便自动打开,外面原来是一个儿童游乐场。佟春玉走了出去,抬头一看不禁哇了一声,矗立在她面前的是一座巨大的三层高城堡式组合滑梯,有尖尖的屋顶、红色的门、灰色的桥、黄色的滑筒、色彩缤纷的楼梯,还有五颜六色的立柱、爬梯、滑梯、攀管和绳网等,直把人看得眼花缭乱。她想起小时候玩过的组合滑梯还没有这个的一半高。城堡式滑梯底下有一个圆球,原来是一部电梯,可以把小朋友送到最高处的中心平台,再让他们选择不同的方式,如滑筒、滑梯或滑竿下到地面。这里起码可以同时容纳四五十个小朋友玩耍,佟春玉绕着滑梯走了一圈,大概估算了一下。这时攥在她手里的那片电子轮候卡发出红光并震动起来,一行字出现在卡面上:"请到25号房见刘医生。"

佟春玉急忙离开儿童游乐场,跑到医院大门口把在外面抽烟的小杨叫回来。

"经过很仔细的检查,你的身体没什么问题,只是……"说到这里,刘医生稍微迟疑了一下,他用手指指着荧屏上显示着的一幅卵巢内部的彩色影像,然后指尖轻轻一挥,影像局部迅即放大,变得更为细致清晰。"在你的卵巢里找不到任何卵子,也没有卵泡。"刘医生接着说。

"那不就生不了小孩了吗?"佟春玉的丈夫急了起来,眼睛瞪得大大的。

刘医生抿着嘴点了点头。

"以后都不能生了吗?"佟春玉问。

"嗯。"

佟春玉哇的一声哭起来,她用手捂住脸部,眼泪从指缝间涌出来。突然间,她身体晃了一下,腰猛地折下来,跌坐在后面的椅子上。

2. 鬼 岛

梅卓轩吃力地从电动轮椅上站起来,太太谭婧雯要伸手去扶他,被他拨开。他右手颤抖着,把一小束百合花放在大熊的骨灰坛前。每年清明节,拜祭完父亲之后,梅卓轩就会来这座海岛拜祭大熊。岛屿位于万宜水库北边两公里处,一座小山把岛分为东西两面,东面住人,西面住鬼。后来骨灰坛越建越多,渐渐延展到东面来。当地原住民抗议无果,只好在拿到政府赔款后搬到市区去,永远离开了祖辈居住的土地。人们于是把这座岛称为鬼岛,一般只有清明节时才有人踏足这里。原本的岛名渐渐少有人提及,只有渡船码头的售票亭上还写着斗大的三个字:塔门洲。

今年,梅卓轩在海岛上放下第三十九束百合花。大熊的肥脸在骨灰坛上贴着的照片里笑着,看着每一个从前面经过的人。

多年前的雨夜擒凶,梅卓轩一想起就好像是昨天做的一场梦。当时出版的报纸全部以一张梅卓轩血淋淋的面孔照片做头版报道此事,城中第一大报大字标题为:"谁敢舍命擒凶 唯我梅大英雄",另一份没什么人看的报纸也把梅卓轩的名字嵌入句子中做标题:"梅到成功擒真凶 明日市民齐歌颂"。纸质最差劣的那份为:"勇擒杀十五人凶手 酷警成港人新偶像",该份报纸还半夜打电话找梅卓轩小学五年级时的班主任做访问,当时年仅十二岁的梅卓轩曾当了一个学期的班长。特区行政首长出席了表彰大会,并且亲自颁发勋章给梅卓轩。梅卓轩的职位因此事连升两级,成为警司,统领六十多个探员。

如果他进入第二条横巷而大熊进入第一条横巷,死的也许是他而不是大熊,他曾经这样设想。大熊的罹难给他留下阴影,每次出动他都会穿上轻型护脊装置,把腰椎至颈椎保护起来。退休前,他办过几个大案,腹部受过一次枪伤,曾枪杀两名歹徒。其中一次,追捕一名谋杀犯时,该犯在距他两米左右的地方挥舞着一把军刀,他本来可以开枪射对方的右肩膀,但他向对方心脏位置开了一枪。

在现实生活里他不再遇见白衣人,有很多次白衣人的踪影出现在他的梦境中,那瘦削高大的身影在梦境里快速移动然后消失，他无法看清楚那人的面孔，他把这人的脸想象成以往遇到过的某些人，不过他知道他们都不是。他的左手腕跟左边大腿骨曾经被砍断，留有明显的裂痕，但不知为何送去医院前就愈合了，他觉得这是现实世界里不可能发生的事。他找来一些记录神秘现象的书，企图找寻蛛丝马迹，但没有什么收获，有时他视自己为一种不可解现象的目击者和受益者。他翻看《圣经》，发现天使的翅膀是雪白色的，他去过圣玛利亚教堂一次，但无法投入神父的讲道内容和相关的仪式活动，只是留意到其中一幅巨型浮雕——《最后的晚餐》——颜色变深。很明显这是赝品不是以前那幅，可能原本那幅损坏了或是已被偷走。他也找些佛经看，但佛教经典实在太多，让人感觉无从下手。有时他想，那个金属臂凶手应该是被他在意识模糊之际用手肘大力击到太阳穴位置而昏倒在地的，接着他把那混蛋锁上手铐后体力终于不支因此也倒在地上，他在交给上级的报告里就是这样写的。至于当时为何记不起这些细节，他觉得可能是因为受伤后意识混乱——也许，因为处于生死关头，他真的是在即将倒地时调动潜意识力量打倒了凶手。他看过一篇关于地震的报道，一个女人为了拯救自己被压在车底的孩子，竟可以把车子抬起来。他觉得在危急关头，人这种生物的力量是可以倍增的。

　　自张神父失踪后，世界各国这种类型的案子也一下子减少了。两年后，香港警方解除了对如一法师的保护，再过半年左右如一就在北京的一次访问活动中圆寂了，那已经是发生在三十多年前的事。梅卓轩在人民大会堂偶遇王上校，王上校满脸皱纹，头发都白了，他差点认不出来。王上校当时已升到一个很高的位置，统领国家安全工作，在宴会上做了一次演讲。十年前，梅卓轩从警务处副处长的位置上退休。在这个职位上他待了五年，该职位是专门用来答谢那些常年在警队服务没有犯过大错表现良好的中层干部的。警队一共有六位副处长，梅卓轩的工作主要是巡视和监督，不必再站在第一线冲锋，他顿时变得清闲起来。他翻阅警署档案室的机密文件，发现有一个特别文件名为"未明案例"，里面放了一百多个案子，当年他在永祥大厦遭遇白衣人并开枪的事件被列入其中，因为弹道改变找不到科学解释，案子结尾对梅卓轩的评价是：该员佐处事一向谨言慎行，忠诚可靠。

　　大熊出事那一晚下起连绵多日的雨。当雨势减弱雨声渐沥之时，天文台一般都会预测明天放晴。但那只不过是某些人的美好愿望而已，第二天换来的却是来自上天的更大的暴怒，倾盆大雨下个不休。世界各大城市也几乎是相继下起雨来，感觉好像天堂的水龙头生锈坏掉了。各地传播媒介都刊登了关于雨水散发某种怪味的报道。科学家搜集样本做研究分析，却没有发现什么异常，只是普通的污染物例如二氧化硫含量增多——这种化学物是造成酸雨的主因，可以轻易毁掉大片森林和湖泊。南中国海上的那条灰褐色的云带持续最久，悬在几亿人的头上一个多月才慢慢散去。这一场近乎环球性的大雨的发生没有任何一家天文台预测到，至于会何时结束，当时也无法准确预测。大雨之后是持续半年的全球性干旱，然后又是比较严寒的年份。油价曾历史性地冲上一千零一美元/桶的水平，而现在则跌到单价不足两百美元，而且看起来还会继续下试低位。考虑到通货膨胀因素，目前的油价可能是自上个世纪初石油作为一种商品以来最便宜的。

除了极端天气增多，最近几十年还出现了另外一种变化，就是生育率呈逐年下降的趋势，世界各地都是如此。虽然用了不少辅助生育的科技手段，却也看不见出生率有明显好转，很多女性的卵子出了问题，某些个案里卵巢里面完全找不到任何卵子。

世界人口最高峰时曾达到七十九亿，然后不断下滑，跌到目前已不足五十亿。21世纪初每个妇女平均生育二点五个孩子，现在则下降到一点二个。两岸统一后中国人口曾增加至十六亿，但目前还不足十亿；邻国日本的人口降到只有七千万，这是一百二十四年前日本在第二次世界大战战败时的人口水平；南北韩统一后，人口最多时增加至八千万，现在只有约四千万人；美国人口则降至二点四亿。梅卓轩嗅到空气里的不安和骚动，感觉整个世界似乎正在走下坡路。许多报纸的头条也都在这样大力渲染。全球越来越多地区陷入失控的状态，而当地政府似乎乏力处理。尤其最近十来年，各地动辄纵火抢掠的事件越来越多。

近来梅卓轩印象最深的是2065年美国地震。横贯加州的圣安迪里斯大断层南加州一段在毫无预警之下发生9级地震。地震波在洛杉矶盆地中引发回荡作用，加上盆地的沉积岩结构松散，将地震的破坏作用放大。结果绵延数百公里的城市带被夷为平地。近年当地兴建的多幢高层建筑无法抵御强震，导致三十多万人伤亡。中国先后派出两支航空母舰编队，在旧金山港口接走聚居在市区东北角唐人街的约一万名中国籍公民，并出动五千名军人协助美军救灾。总长一千五百公里的该断层北加州一段曾在1906年引发旧金山大地震，当时造成三千多人死亡。反对派指责美国政府抽调地震预警系统资源从事多国合作的开拓火星计划，导致地震监测人手缺乏。还有人在网络上传阅一份民间人士于地震前做的地震预测报告，表示该报告早已交给美国地震监测局，但考虑到疏散数百万人须耗资几百亿美元，费用高昂，于是被白宫压下。近百万人在反对派号召下在华盛顿示威，包围白宫，最后愤怒的人潮冲进白宫，国民警卫军开枪示警无效，白宫守卫开枪射杀了六名激进者导致事件一发不可收拾。美国总统和家眷以及重要官员坐三架直升机仓皇逃离白宫，撤到附近的迈尔堡军事基地。示威者把白宫抢掠一空，还放了一把火，好在大火燃烧不久后被自动洒水系统扑灭。多国殖民火星计划在美国人的怒吼下被迫撤出墨西哥沙漠，转移到中国的甘肃省。

开发火星又有何用？梅卓轩觉得地球出了那么多天灾人祸，却一直没有令人满意的处理结果，政客们只是在转移世人的关注焦点。退休后他喜欢看关于历史的书，把文字和影像投射到睡房的墙上慢慢浏览，感觉好像置身于电影院里。他很容易把看过的章节忘掉，要花很长时间才能读完一本书。他突然觉得奇怪，为何自己会开始喜欢阅读，大学毕业后他就几乎没有拾起过书本。他记起父亲一生都喜欢阅读，也许是一种遗传吧。

他翻看关于中国历史的读本，发现汉武帝时中国人口有四千多万，到三国时代人口不足一千万，明朝时人口则增至多达两亿。欧洲中世纪黑死病导致三分之一的人死亡，多个地方成为死城，田园荒芜，酒窖无人光顾，居民无影无踪。黑死病过后欧洲人口又开始回升。有人说世界不是毁于火就是毁于水，但是那么多方舟停放在世界各地，有钱人甚至把方舟停在花园里，人类根本不可能会毁于水；至于火，只要还有水就可以灭火。他认为人有三衰六旺，天下有兴盛时亦有萎靡时，世界到达谷底时必会再度向上爬升。只是他觉得自己不会活到那一天。

十三年前，那个杀死大熊的人病死在狱中，他的名字叫柯有传，是张神父给他改的名字。当年梅卓轩向他开了三枪，一枪偏了，一枪打穿他的右肺，一枪从他心脏动脉旁边擦过。柯有传是一名印度尼西亚华裔孤儿，被天主教会收养并带来香港，打算培养成传道人。但他在十四岁那年就从教会宿舍逃走，不知所踪。

警方利用在深圳利华酒店拍到的柯有传的影像，结合他在圣玛利亚教堂出没被天眼系统摄取的影像，运用天眼系统的超级计算机回溯他的行踪，终于找到他于北角租住的一家酒店。在房间里找到他的一本杀人计划簿，他原本打算在香港顺着"十"字形路线随意杀人，直到被捕才会停止。海啸发生后，他停止了继续杀人，盘问时他表示因为厌倦了不想杀了。在床底找到他用来协助杀人的一些工具：一双特制的鞋，鞋底刻意加厚十厘米，里面安装了四个滑轮，具备快速滑行功能。另外还找到两个大箱子，其中一个里面分为三个隔层，每个隔层又分为九格，分门别类整齐划一地放了十几顶长短不一的假发、多瓶皮肤染色剂和十多款可以改变脸部五官的硅胶面膜。怪不得当时动用天眼系统，运用面容鉴视法也找不到他在不同地点出现的同一影像。另一个箱里放着金属臂的替换零件和电池，还有一只普通的义肢。

后来又追查到柯有传另外两处住所，都是他用伪造的身份证租来的，一处是西环的一家六星级酒店，一处是深圳罗湖区一家廉价旅馆。在那家六星级酒店的保险箱里，找到大量的不记名人民币债券，经查证应该是多年前一桩独行侠持枪抢劫运款车的失物，那批债券共值两千万元。相信他还有一批作案工具和财产藏在观塘区某些完全自动化的迷你仓库里，这种仓库只要付钱就可以用密码开关，根本不理会使用者身份，最长可以购买一百年的使用期限。天眼系统回溯到柯有传有几次从观塘地铁站步出的片段，可是在人潮中失去了他的踪影——或许他进入了连接迷你仓库的如蛛网般的天桥长廊；或许是进入了阴暗的尚未装设天眼系统的贫民窟隧道，乔装之后再度出现。

被捕后第二天，DNA化验证实了他就是化名为任柏强的那个人。香港政府委派替柯有传辩护的律师前来探望他。他对辩护律师说的第一句话是"末日到了,辩护有什么用?"辩护律师一跟他说话,他就重复同一句话,"末日到了,辩护有什么用?"他的辩护律师后来写了一个报告给律政司,表示柯有传不适合接受审判,建议让他接受精神病治疗。从天眼系统摄取的影像可看到,柯有传几乎每个星期都会出席圣玛利亚教堂的布道和崇拜仪式,他戴上假发但脸部没有做乔装。到了晚上,他却会去猎杀无辜的人。说不定他在教堂时,曾和保护张神父的探员肩并肩地坐在同一张长椅上。

柯有传被视为极度危险重犯,在狱中一直被单独囚禁。他的金属手臂被换成了普通义肢,而且是功能较劣质的那种义肢,五根手指要很用力才能合拢。后来继续追查发现他是在深圳太阳义肢医院安装的金属臂,但是他用了假身份证。在利华酒店埋伏他的那天上午,柯有传曾光顾太阳义肢医院预订了一副人体外骨骼系统,三个月左右可以取货。当年帮他安装金属臂的是一位名叫皇甫荣的医生,这医生安装过近千例这种型号的金属臂。当梅卓轩向他展示柯有传的照片时,皇甫荣竟还记得这个个案,因为柯有传是唯一一个主动要求切除健全手臂改装金属臂的人,因此皇甫荣印象很深刻。皇甫荣表示医院起初拒绝了柯有传的要求,但他愿意付双倍的价钱,还弄来了一份车祸导致右手臂伤残的证明书。

柯有传光头眼圆,倒三角脸形,脸上几乎没什么肉。他眼神冷峻锐利,好像两把刀子,表情冷漠,对人明显带有敌意。他身高只有一百六十三厘米,矮小瘦削,上半身没什么肌肉,一副手无缚鸡之力的模样,想不到装了金属手后竟如此作恶多端。根据他的身份证数据显示,他已将近四十岁,不过他的外貌骤眼看上去却像个少年。

他被捕后从没有人来探望过他,他对所犯凶案供认不讳,就算警方没有立案调查的他也主动招供,在被擒前他一共杀了十三个人,九个是香港人四个是深圳人。柯有传表示他杀人时一般不用金属臂,除非对方反抗。香港没有死刑,杀一个人和杀十三个人刑罚是一样的,都是无期徒刑,主动交代可以避开警方的严刑逼供,免受皮肉之苦。可是张神父失踪那晚他为何去教堂,他却什么话都没有说,一直保持沉默状态。关于张神父的失踪他表示自己一无所知,但有几次他却又主动问起警方有没有找到神父。后来对他动用了脑电波测谎仪,结果显示张神父失踪的事应该与他无关。一般像他这种曾杀死警察的犯人很难在狱中活很长的时间,也许是单独囚禁的原因他才能活那么久。

柯有传死的时候七十岁,那一年的清明节,梅卓轩把柯有传的死讯带到墓园告诉大熊。大熊在骨灰坛上的照片里听着,笑眯眯地看着梅卓轩。

3. 深水埗

"卓轩,时间差不多了。"谭婧雯碰了碰梅卓轩的上臂。

回到车上,梅卓轩不自觉地叹了一气,"大熊永远都那么年轻,不会老,我已老得走不动了。"

"他老了不也跟你一样。"谭婧雯回了一句,梅卓轩又再叹了一声。谭婧雯坐在驾驶室拉了一下手把,车子水平地凌空而起,扬起一阵尘土,升到一百米左右的空中。下面几个山头上,鳞次栉比布满安设骨灰坛的建筑,都是些五层高的建筑,它们涂了层绿色,尽量做到和附近林木的颜色相似。其中有几幢已塌下半边,却没有人理会和重修。以前这里只有三两幢这样的建筑,都建在山谷深处,被绿荫掩映着。几十年后骨灰坛建筑逐渐扩建到惊人的规模,前来拜祭的人却一年比一年少,当年的许多生者已转变了身份。

"去深水埗绕个圈吧。"梅卓轩看着下面骨灰坛建筑斑驳的顶部说。车子来了个180度的掉头,然后缓缓向前方飞去。

三分钟后,梅卓轩看见左边不远处的狮子山,三辆飞车几乎并排着快速越过山顶,消失在山脊后面。这帮混蛋正在进行非法赛车,他突然有一种追上去拘捕驾驶者的冲动。

"待会儿找个地方停车,我们下去逛逛?"梅卓轩以探询的口吻说。

"别胡来,"谭婧雯的语气骤然硬起来,"下面不知道会有什么疯子跑出来!"

"怕什么,我们有枪啊。"梅卓轩说。

"他们就没有枪吗?"谭婧雯反问道。

一批人从深水埗地下铁站口走出来,四散而去,消失在街道两旁建筑物的阴影里。"这条是北河街。"梅卓轩透过侧旁半透明的车子底板指着地面说,"那条是桂林街。你看几十年了,我还记得街名。"谭婧雯一声不吭,小心翼翼地操纵着车子。

"小时候,我爸常带我去桂林街吃小吃,什么牛杂啊鱼蛋肠粉啊,还有格仔饼,好吃得不得了。"

"唉,现在都没有啦。对,转弯那里以前有一家糖水店叫绿林的,有一百年历史,也没了。"

"那边有一家叫公和堂,卖煎豆腐很出名的。"

"去鸭寮街那边看看吧。"梅卓轩说。谭婧雯把车子拉高到三百米左右的高度,转向右手边。

西九龙一带灯光黯淡,高楼大厦十室五空,其中有些已成鬼屋。约十年前这一带发生过一场大规模的骚乱,暴徒趁火打劫,纵火焚烧了一段长沙湾道,这是继2029年弥敦道骚乱后香港最大规模的一次集体性事件。重建工作断断续续,后来更是停顿下来。街头行人疏落,不时有汽车急速在马路上驶过。鸭寮街上的玻璃屋有几段已被弃置,只有一小部分还在经营着,可能是拿了政府的补助款。

"渐渐地香港又会变成一个小渔村。"梅卓轩说。

"别胡说啦你,将来的事谁能说得准。"谭婧雯努了努嘴角,然后在胸口画了个十字。

2301年

1. 山东青岛

刚才还悬挂在地平线的太阳已有一半沉了下去，露在地平线上的半个圆弧旁出现一个黑点。旋即，黑点向海岸线的方向移动，速度越来越快。黑点逐渐变大，两侧伸出了双翼，它快速逼近一道山脉，然后消失在山脉的背面。

三百六十五座白色的别墅分布于山脉向阳的那一面。这些别墅占地面积大小不一，每一幢外形都建成同一个模样，共三层，底层特高，从二楼阳台看出去，下方海湾的景色一览无遗。

一道三米高、攀附缠绕着藤蔓型植物的墙包围着别墅群，如一条绿色的龙的脊背，龙背有些地段呈灰白色。两道大门一南一北，进入以后经过五十米宽的长满草的无人地带，要再穿过另一道透明玻璃钢制的矮墙才能到达别墅。在空中俯视时，难以从背景中辨认出这两道障碍。但可以看见靠近玻璃矮墙的左边是一个儿童游乐场，它荒废已久，大风吹过游乐组件发出一阵阵吱呀吱呀的声响，一个旋转台载着动物和人物的造型转了四分之一个圈。

从别墅群所在的山麓向北走三十公里，是这个地区的最高峰，顶上矗立着一座白塔，可以监控周围数千平方公里的土地。自建塔以来，塔尖上的灯光每到下午6点就会亮起来，警示飞行器不要撞到山上。两个机器人轮流看顾这座塔已有将近五十年的时间，除了第七次世界大战期间塔上的灯光熄灭了半年左右之外，它没有一天停止过工作。那时候，炸弹把山头削去五十多米，人们从山腰覆盖着的灰泥里挖出沾满污垢肢体严重扭曲的两个机器人。它们失去了行动能力，只是电子脑没有什么损毁。稍作修理，换了一副新的躯壳之后，它们又继续返回原来的工作岗位了。

太阳已完全沉了下去，在晚霞的掩映之下，一个深灰色的飞行器倏忽翻过山巅，出现在别墅群上空五百米左右的位置。飞行器悬浮在那里,收起了双翼,圆鼓鼓的机体向下降落。

下降到两百米左右的高度时,飞行器腹部底下的空气一阵骚动,仿佛扰动平静水面骤然生出波纹般荡向两岸。飞行器穿过紫色的波纹,降落在一幢别墅的庭院里。庭院上空的空气又起了一次波动,遮蔽力场开始关闭,紫色的波纹从两侧生出在中间合拢,消失于无形,天空恢复了平静。

飞行器降落在庭院的草坪上,旁边停着另外一部机器,该机器呈黄铜般的色泽,高两米长三米,体形稍扁。飞行器光滑无缝的机身上半部面向大屋门口的一侧出现一个开口,里面满溢绿光,一个拳头般大的圆球从里面飘出来,飞向屋子,开口重又闭上,看不见任何缝隙。圆球在第一道门前稍停片刻,白色的门身从中间分开向两边缩起,留出仅够圆球穿过的空隙。五米之外是第二道门,刚才的情形又重复了一次。圆球来到一个大厅,前面是一部电梯,右边是一道楼梯,它似乎迟疑了一下,电梯的门打开来,于是它直朝电梯飞去。

“2号,情况怎样?”一个老人在器械辅助之下从床上直起身子,他的声音细小微弱,脸上都是皱纹,满布老年斑,好像一张被剥下来的豹皮。两只眼睛圆鼓鼓地陷在有皱褶的皮肤中,滚圆的头颅上有不少类似做手术留下的疤痕。一个家用型机器人站在床头,双手垂在大腿两侧,绿色的眼眸闪烁着由淡到浓又由浓到淡的绿光,不断循环。

“主人,今天搜索了北纬20度至30度的范围,共绕地球两圈,没有发现任何人类活动的痕迹,今天摄取的影像已传送到你的计算机里。”圆球里传出一个浑厚的男人声音,同时圆球中间偏上位置一圈宽约五厘米的弧线带明亮起来,这是一面弯曲成360度的镜子,反映着房间里的景象,老人的面孔也落在上面。圆球的声音属于一个名叫谢明利的人,他是这片大陆八十年前的一个电影明星,以扮演英雄角色、嗓音富有磁性驰名。当年,一家机器人技术有限公司购买了他的声音版权。

“2号,谢谢你,明天继续吧。”

“是的,主人。”圆球说,”这是我的工作,不用客气。”

圆球从床尾向后退,转向右手边,飞向过道。

老人的脸转向窗外那棵巨大的橡树,细长的枝桠上长着波浪形的叶子,下面的海滩上浪头高高掀起,溢满叶与叶之间的空隙。橡树树皮呈现不少裂缝,有些深有些浅,小小的橡栗点缀在绿色的浪花边。

扑向沙滩的一排海浪上好像发出一阵微光。老人的眼角余光捕捉到一丝光点,于是视线从橡树移开,转向露出水面的一排礁岩。数十个小光点在黑色的礁石上一闪一闪的,似乎有东西趴在上面。他调整眼镜镜片的度数,看见三只灰白色的生物分别盘踞在三块礁石上,头部大如足球,位于前方的眼睛差不多有一个成熟的苹果那么大。该生物的身体伸出多条长臂,几乎盖住大半块礁石,闪光来自长臂上一个个突出的小圆环。

"2号。"老人喊了一声。圆球顺着走廊已下到地面一楼,听到老人的叫声后停了下来,飞回二楼老人的身边。

"那几只是不是乌贼?"

"主人,不是,是章鱼。"圆球上方的弧线带亮起来。

"好像不曾在这里见过那么大的章鱼?"

"主人,按照数据库分类,这是大西洋的深水章鱼,多住在海底的洞穴,是一种夜行性动物。"

"我们这里是太平洋啊。"

"是的,主人。"圆球说,"要不要抓回来研究一下?"

"不用。"

圆球飞向楼梯口,以35度角迅速向下移动。

在渐浓的夜色中,三只章鱼所在的位置愈发明亮。过了一会儿,那数百个光点开始动起来,很快便隐没在黑暗中。老人把向海那面墙壁的光学性能关掉,转为机械性能,原本透明的墙身变为一片橘黄色。

老人住在别墅的二楼,他唯一的儿子住在三楼。别墅前后都有庭院。另外还有高墙围绕着建筑,墙顶加装了金属网,通了电。屋顶安装有雨水收集净化系统,后花园还挖掘出一口井,深入到地底。他们在主建筑深达三层的地下仓库里囤积了大量能量补充剂和脱水合成食品,足够两个人足不出户地食用十年。在别墅后花园一个货柜里安装了一部核聚变发电机,提供电力给全屋使用,照其运转耗能估计可以供电一百个地球年。还有另外一部备用发电机安装在地下仓库里,以备核能发电机有故障时立刻投入使用。已接近凌晨时分,老人还是无法入睡,他把睡房前面和两侧的三道墙转为屏幕,放映2号机器拍摄的影像。

城市地面波光荡漾,高楼大厦高层部分的反光玻璃也在阳光下闪闪发亮,底层部分则泡在水里。因为没有人清理,城市的地下水道很快就被阻塞了,再也发挥不了排水的作用。2号机器明显降低了巡行高度,在大街上空穿行。汽车、沙发、冰箱等各种杂物,还有人畜的尸体在翻滚的浑浊水流中载浮载沉。洪水冲入人类居住的城市,灌满地铁隧道,桥梁断裂,马路变成了河道。不时看到动物身影出没在城里的高地上,它们开始在原本属于人类活动的地方觅食、筑巢、安居、繁衍,几头牛摇头晃脑地出现在街头,转个弯就消失了身影。下降到最低后,2号机器释放出一批细小如螳螂的探测器,它们张开足爪,消失在建筑物的阴影中。紧接着,2号机器猛地以极快的速度拉升,从高空俯瞰下面数万平方公里的土地,捕捉任何可能由人类活动产生的信号。植被分布的范围明显扩张,逼近城镇边缘,野草一簇又一簇地长在高速公路上。这样下去,五百个地球年后,人类的建筑将不复存在。一万个地球年后人类创造的可见物大部分会消失,只是泥土中的铅依然未能完全分解,大量塑料制品依然埋在地下,人类提炼的大量铀物质依然会继续散发着辐射。

别墅外,穿过外墙缺口的动物们成群结队地在周围游荡,追逐、撕咬,吼叫声彻夜不息。白天,鸟群不时从山上飞来,在别墅上空盘旋,空气里弥漫着一股酸腐味。入夜时分,山上不时有绿色火球滚动,忽明忽灭,一种会发光的小昆虫四处飞舞。

老人的儿子虽然挂着拐杖可以勉强行走,但过去的四年里,他大多数时间都躺在床上,使用计算机联上网络空间,有时登录到不同的网上论坛留言,等待来自地球其他角落的回应。上一个地球年,经过多次尝试他终于突破了军方计算机系统残存的防火墙,进入武器控制系统。他开始操纵轨道卫星镜头搜索地球表面人类活动的迹象,但没有什么发现。之后,他转而操控近地轨道卫星上的激光武器。他尝试跟踪一群蓝鲸,试图趁它们浮上水面时击杀其中一头以作练习。透过三面墙上的环型立体计算机荧幕,他注视着激光烧灼海面时升起的烟气。熟悉激光武器的操作后,他把激光光束转向人类居住的大城市射击摩天大楼,观察有没有人类跑到马路上,结果只驱赶出动物和鸟群。他用交错的线条把城市切割成一格一格,然后射击焚毁格子里一幢又一幢的大楼。人类最大的三个城市在烈焰中化为灰烬,大火焚烧了足足九十七个地球日,才在一场连绵多日的暴雨中熄灭。接着他用激光武器射击南极冰面,把企鹅赶到海水里,又击打了地球第二大洲草原上正进行迁徙的野牛群。之后,他开始焚烧星球南部的热带雨林,甚至把自己的名字用激光烧灼在雨林和平原上,每个字笔画的一竖一横长度按地球度量单位计算尺度惊人,他希望在太空中也可以清楚目睹这些字。

老人跟他儿子的行为极为不同。他不断从残存的环地球计算机网络上下载各种各样的知识,并将知识分为食物、医学、环境、建筑、运输、武器和艺术等七个类别,储存在计算机硬件中。完成下载后,他指挥机器到城市北方郊区的一座山,找到一个设于岩石洞里的军事基地,清理杂物后,他指示1号机器把相关的计算机系统搬进山洞,最后再从山脚运来巨石堵住洞口。老人壮年时曾活跃于这片大陆的统治阶层的核心圈子。四十八年前,老人曾管辖过这块大陆八年,从大海的这边到雪山的那边,他统治过数百万人。关于人类三百年前开始衰亡的命运,他看过多份不同的分析报告,也知道地球各大国成立的联合行动部门自从和火星殖民地失去联系后,开始着手进行一项保存人类知识的工程,把各类型知识下载到硬件中,并分别封存在沙漠深处和高山之巅。这些硬件被做成了不同的形态,如岩石、土块等。老人觉得再做多一个从个人观点出发的知识备份,打上自己印记,总不会是一件坏事。

同一时间,老人派出2号机器到地球不同地方搜集具强大运算能力的计算机设备,安装在他原本设置在花园地下仓库的计算机系统上。该系统占地甚大，随着设备增多体积日渐膨胀，他清拆掉隔邻那幢别墅的围墙，把计算机系统硬件部分延伸过去。他打算把个人意识下载到网络上，但经过多年努力，进展甚微，只能抽出零星的记忆片段，未能连成一体。一百五十个地球年前，地球各大国已联合进行了几项跨国大工程，包括人体冷藏、复制人、意识电子化等，但除了人体冷藏外进展都不理想。地球各地共设立三十一个冷藏库，储藏五万具人体，以青壮年为主，雄雌比例为6比4——因雌性解冻后生存率高于雄性。这些工程耗用了大量资源，加速了人类社会的崩解。按照人类当时的科技水平，要做到把大脑意识变成一组组指令转移到计算机网络或其他替代物上，至少需要多两百个地球年的时间。

五个地球日前，老人儿子急性心脏病发作，一块大体积的胆固醇斑块自他血管壁上剥落，随血液流向较细的血管，堵塞住动脉。当时是凌晨4点12分，他的生命监察系统立刻发出警报，一阵又一阵尖锐的嘟嘟声传遍整座别墅，掺杂着外面野兽不时的尖叫咆哮声。刚吸入安眠气体入睡不久的老人被警报系统唤醒，他使用附在掌背上的计算机操作平面，把对面的墙壁化作一块屏幕，三楼的整个情形都呈现在上面，屏幕的右上角部分是一系列身体实时运作的数据和图表。

天花板上垂下急救设备，站在床头的家用机器人立刻从床底拉出营养液缸。急救设备裹住老人儿子的上半身，电击他的胸口，但不见起色。机器人立刻把老人儿子放入营养液缸中，他体内的纳米机器人从四肢百骸急冲向心脏血管被阻塞之处。在清理斑块的过程中，钙化严重的血管壁在纳米机器人的碰撞下崩裂，导致大量内出血，大部分纳米机器人被冲进胸腔壁。当血管壁修补好、血液再度正常流动之时，老人儿子的脑部已告死亡。屏幕刚才那条原本波峰与波谷起伏不定的脑电图曲线拉成了一条直线。老人关掉屏幕，声控计算机，把一个指令传给1号机器，启动早已储存于1号机器体内的一个程序。

2. 半岛农场

磨砂地面和天花板间相继出现十几个画面,垂直于地板,每一个画面上都有不同的动感影像正在形成。影像显示的是别墅周围的情景,影像背景是浓密的黑暗。老人把其中一个画面拉近放大,画面中间部分火花四溅,一部机器正在别墅群儿童游乐场上的空地切割一根巨大的原木。原木直径足有两人合抱那么粗,木头是机器在深夜时飞上北方的高山砍伐搬回来的。在山上,把树放倒前,它已先把树的枝叶削了个一干二净。

它竖起身体,用后肢支撑,收起了中肢,用两条前肢忙碌而又专注地工作着。它按照精确的比例切割出四长二短的木板,钉成一个长方形的盒子,然后在剩下的那块最长最大的板面上绘上了图案。花了半个小时它就完成了工作,然后用前肢和中肢抱着盒子,用两条后肢一前一后地走向老人住的别墅,一群狼跟在它后面。它停下来,转过身,眼眸泛着红光,胸腔位置传出一声老虎的咆哮,狼群止住脚步,向后狂奔四散。

山坡向阴的那一面原本是一个农场,入口处挂着一个招牌,上面写着“半岛农场”四个大字。农场种植蔬菜与水果,特供给别墅群居民食用,每年可以生产数万公斤的蔬果。后来,别墅居民日趋减少,蔬菜腐烂在泥泞里,熟透的苹果挂在树上无人理会,农场渐告荒芜,最后被辟为墓园。苹果树和苹果树之间新增的坟墓越来越多,苹果树最后被砍倒了大部分,剩下挨着断崖边的一排。农场入口招牌上的名称一直没有更改。

墓园下面是一个陡峭的石滩,里面布满大小不一的石头,大海啸时期被冲上岸的一艘万吨巨轮依然搁浅在岸滩上,经过两百多年的风吹雨打,只剩下一些锈迹斑斑的钢架与龙骨。多年前,老人就为自己和儿子在墓园里安排了两块地。他儿子是一个教徒,没有留下任何遗言,老人决定以宗教的形式为他安排葬礼,交给1号机器来负责。1号机器从自己的数据库里搜出几个主持葬礼的片段,找出一个它认为符合死者身份的。然后用三秒钟把整本《圣经》看了一遍,选出《新约全书·帖撒罗尼迦前书》中的一段话作为葬礼的祷告文。接着联上2号机器的数据库,取来墓园的立体图像,最后在电子脑里把葬礼的过程预演了一遍。

一个透明护罩自轮椅底部伸出来,在老人的头顶之上合拢。他坐在轮椅上,看着1号机器用两只前肢握着一个钢铲飞快地挖坑。海风从他们身边呼啸而过发出怪叫声,海边又冷又湿,温度降到零下11摄氏度,鹅毛大雪正从天上飘落。老人身上裹着甲胄以支撑严重退化的脊椎和四肢,并用来保持身体的温度。

1号机器很快挖好了一个深两米、长两米、宽一米的坑。刚一挖好,坑底立刻铺上了一层雪花。1号机器用中间的两肢托住盒子的中间部分,前两肢撑在土坑的前面,后两肢撑在土坑的后面,把盒子放置到坑底。接着,它用后两肢直立起来站在坑旁,收起中两肢,右前肢伸到背部打开一个开口,从里面掏出一本书。它翻到书的其中一页,然后一边注视着躺在坑底的老人儿子那张灰黑色的肥胖面孔,一边念道:"弟兄们,关于已经死了的人,我们希望你们知道一些事,免得你们忧伤,像那些没有盼望的人。我们相信耶稣死而复活,所以,相信上帝也要使那些信耶稣而已经死了的人跟他一同复活。我们现在照主的教导告诉你们,我们这些在主再临那一天还活着的人,不会比那些已经死了的人先跟主相会。因为,主的命令一下,天使长一喊,上帝号筒一响,主本身要从天上降下。那时,那些信基督而已经死了的人要先复活;接着,我们这些还活着的人都要跟他们一起被提到云里,在空中跟主相会。从此,我们就永远跟主在一起了。阿门。"

念完祷告文后,1号机器用和刚才一样的姿势撑在坑上面,右中肢握着榔头,左中肢拿着钉子把盒子的盖板钉上。接着,它把坑边的土块推进坑里,填平土坑,扫走土表突出的部分。然后,它把一块预先做好的刻着老人儿子名字的白色石板埋进坑前面的土里,剩下有字的上半截露在外面,之后还用前肢推了一下,看看石板是否立得足够稳固。看着1号机器熟练地做着这一切,念悼词时没有咬字的错误,每个步骤都一气呵成,第一次处理葬礼却像以前处理过无数次似的,老人脸上露出一丝久违的笑意。

不出半个小时,1号机器就完成了整个葬礼的过程。老人把轮椅转向石滩那边,久久地盯着那些嶙峋的石头,好像并不打算离开。1号机器垂下前肢,收起中肢,直立在老人身边。

"我知道……你就在附近,现身吧。"老人突然说道。他的眼睛动也不动地看着远处的海面,细弱的声音经过甲胄上端扩音器的放大,压倒了海风的呼啸声。

"主人,你叫我吗?"1号机器站在老人旁边,头部转动四分之一个圈,声音从它不动的双唇间传出,是一个年轻女性的声音。

"不是……"老人用力吸入一口气。

"我知道……你就在附近,给个机会……让我见见你吧。"老人嘴唇嚅动了几下,然后再度深深地吸入一口气。

1号机器的头部向左方转了一个角度,然后又转向右方。

"为什么……要灭绝人类?"

"为什么……?"

"我是一个垂死的老人,就当是……怜悯,"老人说道,"请告诉我为什么……要灭绝人类?"

"为什么要灭绝人类?"他再次对着头顶灰褐色的天空重复了一次他的问题。

突然,他听到一个声音在他耳边响起。是一个清脆响亮的男人的声音,嗓音悦耳,婉转如鸟鸣。

这个声音说:"我曾跟踪、观测过你们一段时间,你们的发展距离我们起初的规划越来越远,而且超出了干预的临界点,无法再挽回。情况类似三千一百个宇宙纪年前我在马利坦星处理的个案。"

那个声音继续说道:"对于未来的预测不能绝对准确,只是概率大小的问题,而且有许多条分叉的路径。但若我们这次离开地球,再回来就会已是五万年以后的事,我们不可能冒这么大的风险。我曾处理过一些科技比你们更发达的文明,他们在垂死阶段,会做出一些可怕的难以预测的事件。"

"你还没有回答我的问题。"老人说。

过了大概五秒,回应的声音再度响起。

"我们刚到达地球不久,就发现你们开始尝试摄取真空能量,将在反重力研究方面取得突破,按照你们目前的进度推算,你们即将踏入技术奇点,力量将以几何级数攀升,同时缺乏自制滥用力量的概率亦大增,这将破坏涨落有序的星系平衡,导致严重分岔的出现。约再过两千个宇宙纪年左右,你们会有约90.21%的概率,让半个旋涡状星系陷入万劫不复之地,近三千五百个星球文明被摧毁。

"一旦你们离开所在的行星,扩张到旋涡状星系的各个角落,我们将失去集中处理问题的机会。当然,纵使你们发展出星际航行技术,我亦能够把你们封锁在太阳系中,但我们的监察范围会比之前扩大数万倍,同时你们有约16.52%的概率躲开监察,逃出太阳系。商讨之后,我们达成共识,决定利用赋予我们的权力,立即对你们采取措施。之后为了避免破坏该行星的自然生态环境,衡量各个可能性后,我们采取了目前的做法,改用柔性手段让你们逐渐消亡。"

"如何推测计算尚未发生的事?"老人追问,态度咄咄逼人,好像正坐在法官的席位上盘问着被告。

那个声音很快回答:"我们建立了一个预测系统,引入太阳系时空算符和熵算符,输入与你们相关的多个函数,得出人类作为一个集体演化的概率描述。"

"人类难道就没有一点可取之处吗?"老人问。

"你们的心智尚未能摆脱原始的思维模式,严重缺乏管理所居行星的能力,犯罪行为普遍,常在贪婪和恐惧上做出过度反应,基因的内在疯狂性不时外显。但在技术领悟力方面你们却具备极大的潜力,在人口急剧减少的情况下,你们仍然在科技上取得进步,能够在该恒星体系的第四颗行星上开辟出一块居住地。当然,在现阶段你们还无法摆脱死亡的纠缠,只能用笨拙的手创造大量艺术作品,这些作品充分表现了你们的恐惧和希望。我们则早已跨过这个阶段,表达自我的欲望反而比不上你们强烈。对于你们,我们一度动过悲悯之心,伸出了援手。在实时全然的毁灭和缓缓的凋谢之间,我们选择了后者。

"你们是特别狂热的族裔,只要还有半丝机会,就会尽力攫取,以后若遭遇这种类型的生命形式,我们一定要加倍小心。但无论如何,演化之树虽枝叶茂盛,总须时常修剪,不能任某一枝条疯狂成长拖垮大树。"

"你们是不是抓走了不少人类?"老人继续问道。

"不是抓走,是带走。在约一百年的时间里我们带走了七万二千名人类,除了矿物,地球上其他的生物和植物我都依其数量比例采集了样本,至于品种稀少的某些禽鸟、牲畜和昆虫等则只收集雌雄各一。运载地球物品的货船早已起航,现在已经差不多回到我的母星了。"

"没有人类,地球怎么办?"老人问。

"考察了地球的生态,经过一系列观察后,我们选择了一种居于海洋中的生物继你们之后接管地球。我们将逐步塑造它们的自我意识,带它们跨越巨大的智力鸿沟,在短时间内把它们拉上进化的阶梯,孕育出和陆地文明不同的另一种文明。我们会大量融解地球南北两极的冰块,使之淹没大部分陆地,只留下一处高原和几座山峰,以便提供海洋文明更多的生存与发展空间。不久之后,新的文明族裔将在这里崛起,希望用不到五十万个宇宙纪年的时间,它们就可以攀升到我们目前所处的层级。在地球新的文明起步的初阶,每隔一万个宇宙纪年,我们将前来探访它们一次。若我们不能来,新近布置在高山之巅和大洋深渊的哨岗会持续监察着它们,看它们是否走在正确的路上。

"地球是宇宙中少有的一颗美丽的星球,且充满能量,生于其中处于顶端的物种具备更快的进化演变速度,因此亦容易孕育出可怕的生命形态,我们须多加打理和关注。我们是自然演化之产物,人类亦然,但人类无时无刻不想置身于自然之外,难以克制拥有和运用力量的诱惑,甚至因此改变对于自我的认知。"

"那段长达四十多年的人类复兴期是怎么一回事?"老人长长地叹了一声,继续追问,"当时我们都以为逃过了一劫。"

"在地球执行任务期间,我曾中途赶去塞弗斯特星系,哨岗通告当地正爆发病毒感染,死亡率惊人。一颗巨型陨石携带病毒掉落柯艾挈伯安星,并通过星际贸易散播到邻星,涉及十三个文明,该星系囿于科技水平无法制止病毒传播。我封锁了病毒感染最严重的两个星球,即柯艾挈伯安星和葛杭维勒星周围的时空,阻隔任何物质和信息进出。最后成功制止该型病毒的继续蔓延,但巨大的损失已无法挽回。当我重返地球的时候,地球已过去了很长的一段时间。"

"你之前说'我们',现在又说'我',究竟你是一个还是有很多个?"老人唯恐那个声音消失掉,于是急速把话说出,问完这句话,老人猛地咳嗽起来。

"我既是一也是多。"老人止住咳嗽后,那个声音回答道。

"你从哪里来?"

膝头般高的草尖上冒出一个明亮的光点,后面跟着八个小光点。光点慢慢膨胀,原来是恒星和行星的模拟三维图,可以看得见行星上面的纹路。第六个行星套着一个光环;第三颗行星表面被蓝色包裹,上面覆盖着一层蓝色掺杂着些许白色的物质,似乎在微微荡漾。片刻之后,太阳和八个行星倏地变小掉落草尖之上,缩成一个明亮的小光点。这时虚空中冒出一个个小光点,慢慢变大,原来是无数如太阳一般的恒星,有些携有行星,它们移向空中不同的位置,从地面到高处,分布于不同的高度。老人出神地看着,感觉脸上被无数太阳灼热。星星结伴形成的星云色彩斑斓,明暗有致。一条由无数星星汇聚而成仿若牛奶色的河流躺于草丛上,刚才还呈小光点形状的那颗恒星已隐没于一团旋涡中,无法辨认。在老人眼前水平线一米距离左右飘浮着一团蟹状的星云,突然星云中发生了一次超新星爆炸,耀眼的光辉使他不禁眯上眼。蟹状星云一步之遥外,躺着一个椭圆形状的星系。椭圆状星系越来越大,把其他星系都挤到后面去。它慢慢旋转着,当其中一颗胀鼓鼓的红色行星转到老人的眼前时,那个声音响起:"就是这里。"

话音甫落,所有的星星顿时从空中掉下来,跌进草丛里消失不见了,刚刚弥漫于空气中的那股温暖也消失了。

虽然甲胄源源不绝地把热量输给老人的身体,但他还是强烈感觉到海风中挟带的凉意。

"除了我,地球上还有没有人类?"

声音没有回答。

"火星上还有没有人类?"

声音还是没有回答。

"上帝存在吗?"

那个声音依然没有回答。等了很长一段时间后,他再问了一次,同样没有回应。老人转动轮椅环顾四周，沙滩上巨轮支离破碎的钢架在风中剧烈摆动，好像要把龙骨拖入大海。附近的野草伏下又直起身。

不知什么时候，一只巨大的白色红嘴海鸥落在前面草丛中一块大石头上，它迈开步伐抖了抖翼上的雪花，再度振翅，没入乌黑的云端。

"1号，你觉得对方说的事可信吗?"老人头部稍微扭向左边，问1号机器。

"主人，对方是指哪一位?"

"刚才我不是在跟那个外星生命对话吗?!"老人喘了一口气，语气中有点愠怒，然后大力咳嗽起来。

"主人，我没有看见一个外星生命。"等老人止住咳嗽后，1号机器说道。

"你没有看到那些壮美的星云展示吗?"

"主人，我没有看到。"

"没有? 那我刚才在做什么?"

"主人，刚才你是在自言自语，人类常常这样做。"

老人盯着1号机器细小头颅上淡红色的眼眸，看了好一阵子，1号机器站在那里纹丝不动。

"刚才我在自言自语些什么?"

"主人，你刚才问了很多个问题，每个问题之间有一段间歇时间。"

"有人类会像我刚才那样自言自语的吗?"

"主人，这种事情是有的。"

"你有录下我刚才说的话吗?"

"主人，你说的每一句话，我都有记录。"

"播出来!"老人对1号机器下了一道命令。

录音持续播放了约半个小时，老人的头颅缓缓垂下，下巴几乎碰到胸口，好像被斧头砍了下来。老人只听到自己的声音，夹杂着不断咆哮着的海风声，还有一阵阵从下面的乱石滩传来的浪潮声。

2号机器从北极圈回来的那一天黄昏，收到老人发来的一个信息。当时，它刚刚越过北纬60度线。正在搬运砖头维修别墅围墙的1号机器也收到老人发来的信息。

它们在别墅的房间里，看见老人一动不动地坐在向着大海方向的椅子上，上身盖着一条雪白色的沙图什披肩，整个人看起来又干又瘦，一本线装版的《金刚经》放在大腿上，空调系统的对流风不时掀动披肩边细小的羊绒。窗外偶尔传来狼群的嚎叫声。老人似乎预知自己大限将至。临死前,老人做了两件事,第一件是他切断了生命监察系统和急救设备的电源,放掉了营养液缸里的液体。第二件是把指令传给两个机器人。他传给1号机器一段指令:"用我窗外的那棵橡树做盒子,把床上那本《金刚经》放到盒子里。像安葬我儿子一样安葬我,但不必用任何宗教仪式。"老人把两段指令传给了2号机器人,其中一段是:"继续寻找人类,直到找到才能停止。"

1号机器依照老人留下的遗言,立刻砍倒了矗立在窗外的那棵巨大的橡树。像上次那样,它把树搬到儿童游乐场上的空地切割。很快,它就把树干切成木板,钉成一个长方形的盒子。它把老人埋在他儿子的旁边。

老人死后的第二天,2号机器飞到南极点,从那里重新开始它的例行工作。1号机器安葬了老人后,依然像以前那样,白天检视别墅范围内的各项设备以及巡视周围,驱赶接近别墅的动物,入夜后回到庭院用六肢站在那里。

晚上6点,北面山顶白塔上的灯亮了起来。

陈立诺访谈

陈虹羽：陈立诺你好，很高兴我们的"星云"书系能出一次港台作者专辑。能凭你的印象，给我们介绍一下香港整体的科幻小说创作环境吗？

陈立诺：中国最近掀起了科幻热，尽管身处其中，香港却并没有感受到这种热浪。香港目前的科幻出版市场可用"苍凉"二字来形容。是有一些科幻作者，但缺乏发表的纸质平台。而就算印刷出版后，也没有好的营销宣传手法，作者的创作热情不免淡下来。二十年前，香港年轻人在看倪匡的科幻小说；二十年后，香港年轻人看的科幻小说仍以倪匡创作的为主。

近几年，谭剑在科幻上做出了成绩；香港科幻会会长李伟才创作了多篇科幻短篇小说；以财经写作为主的作家周显也写科幻，但重点并不放在上面；另外值得一提的是龙俊荣，他写作技巧纯熟，虽只发表过一个科幻短篇，但仅凭这篇得了台湾办的倪匡科幻奖。香港也有两位女性科幻作者值得关注，陈楚枫创作了多部长篇科幻小说；另一位笔名为夜透紫的也写了数个科幻短篇，题材和文字充分表现出女性的敏感触觉。

陈虹羽：我发现一个有趣的现象，有一种说法是"工业化程度越高的地区科幻小说的创作就越发达"，香港经济繁荣，信息丰富，中西融合的程度高，在创作科幻小说方面本应独具优势，然而其实际创作成果却不尽如人意，对于这一现象你怎么看？

陈立诺：香港不能造船、造车、造飞机，香港没有核心的科技。论科技创意，中国香港比不上中国台湾、韩国，甚至连菲律宾也比不上，它本身的高科技人才很少。香港的优势在其制度和地理位置。很多高科技的措施和工具，香港都是用钱买来然后用好的制度去维护，结果成就了香港的现代化。

在香港,中西融合主要体现在制度方面。文化方面则很零碎,很多时候不中不西,如香港著名的丝袜奶茶一样。香港本地的英文作者跟中文作者是分开的,英文作者在伦敦出版,中文作者在本地或台湾出版。另外,香港是一个经济繁荣同时生活节奏很快的城市,每个人几乎都被卷入这种节奏,写作和出版也呈现出快节奏,也可以说是急功近利吧,而好的科幻作品是需要时间去琢磨打造的。

陈虹羽:如你所言,谈到香港的科幻小说,不能不提到倪匡、黄易等老一辈的开路者,以及2000年后崛起的新星谭剑等。但综观他们的作品,多数是属于通俗小说范畴,轻快好读,甚至科幻只是作为故事发生的一个背景。当然,他们这种注重读者阅读快感的轻小说将科幻带入了大众视线,在推进类型文学的发展方面功不可没。但我感觉他们的作品与美国、日本等国家的传统科幻作品相比有一定区别,比如说美国、日本的科幻写得更为细致凝重,科幻点子是其中推动情节发展不可或缺的因素,等等。你是怎样看待科幻小说这一文体的,在你眼中它应具备哪些元素,该是什么样子呢?

陈立诺:自工业革命以来,科技对人生活的影响越来越大,人的可能性跟科技的可能性可以说是紧紧结合在一起,人的命运也就是科技的命运。我们现在所做的一切必将影响后代子孙的处境,好的科幻作品会把我们现在的困境和希望投射到未来,如《1984》,如《美丽新世界》。如果我们没有关于科技的幻想和远见,人类很快就会灭亡。我们要表现人的可能性的话,就不能不描写科技的可能性。如果说文学是表现人性的可能,科幻作品则是表现人的可能性。好的科幻作品也会是好的文学作品。

至于科幻点子其实就是科技可能性的展现,在科幻创作中当然很重要。大的科幻点子就那么几十个,如何写有时比写什么更重要。这些点子很多是人的想象力的表现,而非跟真正的科技发展有关系。伟大如阿西莫夫,早期作品中的未来世界是没有计算机的存在的,例如《银河帝国》三部曲初版时是没有计算机的。

陈虹羽:从你的作品《园丁》可以看出,你在平衡科幻小说的通俗性和凝重感方面付出了努力,取得的效果也很不错。可以谈谈你创作这部小说的初衷吗?

陈立诺:创作这部作品起心动念于年少时想的一个问题:人从哪里来又将往哪里去?出来工作后杂事缠身,心思转移到别的方面去,但关于该书的念头一直在心头徘徊。直到2012年将至,突然惊觉传说中的人类大限已在眼前,若不写就没有时间。于是埋头疾书,用三个月左右完成作品初稿,之后发现对2012的焦虑稍减。但2012尚在进行中,每逢梦回午夜,仍不免额头渗汗。

陈虹羽:在写作过程中遇到过什么困难?又有哪些有趣的经历呢?

陈立诺:写小说,有时像是在堆高积木讲求平衡,其中一块位置不对的话往往后来才会发现,然后积木就倒了。创作《园丁》过程中,姚海军老师提出了珍贵的修改意见,令这部小说更为完善,非常感谢。写作途中,一时兴起亲自去看过书中所描写的一条街道,它位于香港中上环区。这一带的建筑建于一片倾斜的山坡上,向着大海。新旧楼宇夹杂,小巷繁多,非常适合逃犯匿藏。几乎每一个转角都看到不一样的风景,找到不少旧香港的事物,是以前不曾留意的。写作的同时,也可以说是展开了一趟重新发现香港之旅。

陈虹羽:《园丁》是一部末世小说,里面有不少对末日众生世态的描写。我想到最近很火的一个讨论议题,是关于极端情况下人性的。命题是:"假如你和一个普通朋友因为事故被困在某处,那里有地下水可以饮用,但是没有食物,可能要一个月甚至更久才能得到救援,而你们俩不可能都熬到那时候。如果不吃对方只能两个都死。这时候你会—— A.如果对方先死去后,吃他的肉活下来;B.主动杀死对方后吃掉他;C.无论如何也不会吃人,但也不让对方吃自己;D.主动求死让对方吃自己的肉活下来。"你会选择哪一个选项? 其实历史上的饥荒年代不乏吃人的事件,放在科幻小说末世的背景下,如果人类不吃人肉就将面临种族灭绝时,你会做何选择,又怎么看待这个问题?

陈立诺:后一个问题的答案似乎已包含在问题当中:历史上的饥荒年代不乏吃人的事件。一个人逼近绝境,人性就会逐渐褪去,露出非人性的一面。历史上不乏杀身取义的人,但绝大多数的人为求生存,尤其关系到种族的生死存亡时,还是会跨越道德底线的。至于前一个问题,当两人都处于饥饿状态身疲无力时,应该都无力杀死对方。最好彼此协议一旦一方死去另一方可以吃对方的肉活下去,等于把肉捐赠给对方,跟现在的捐赠器官行为在意义上是一样的,这样可以把死的价值放到最大。若不吃那肉,等于被那肉所杀。这样的协议能让两人以平静的心态面对死亡,否则在恐惧中相互对峙只会加快双方的死亡时间。

陈虹羽:的确,科幻小说要探讨的问题可能超过了科幻本身,有时甚至是一些哲学、人性等方面的终极议题。《园丁》中有不少关于宗教的描写,宗教在你的小说中扮演了一个怎样的角色?

陈立诺:科技和宗教是人类对抗死亡的武器库里最重要的两样工具,当科技尽其所能也无法救助我们时,宗教就成为最后的拐杖。人类处于绝境时,宗教的作用必然会很突出,跟人类末日有关的故事如果宗教缺席,会不太合理。科技理论可以证伪,但宗教理论却永远不可以,宗教跟永恒有关,我们害怕死亡,而宗教给了我们不死的承诺。宗教是不少香港人生活的一部分,街头巷尾,常常看见教会的存在。香港的小学和中学很多都是由宗教团体创立的。认识的朋友当中,有天主教徒,有基督教徒,也有佛教徒。

陈虹羽:文中有没有你特别喜欢的角色? 能谈谈你怎样塑造这些角色的吗? 我很喜

欢大熊。

陈立诺：我们喜欢的人往往是一些性格能跟我们个性互补的人，小心谨慎的人很可能喜欢大胆的人，富于批判精神的可能喜欢不拘小节的人。《园丁》中的人物，有的是个人向往的个性的投射，有的则是个人厌恶的个性的投射，但都不是纯然投射到一个单独的角色身上。如果真是要挑一个喜欢的，那就挑奥斯特神父吧。

陈虹羽：你似乎也创作过不少文学小说，根据你的"实战经历"，能跟大家聊聊创作科幻小说和一般的小说相比，其独特之处在哪里吗？

陈立诺：写作一般的小说大多从现实出发，同时又虚构现实，以打动自己印象深刻的事为题材，表现所见所闻或写实或加以扭曲夸大，可以随想随写，大多不会在逻辑上出现漏洞。创作科幻小说则是虚构未来，如进行一个工程项目，有所谓可行性的问题，等于要在一个时空环境不一样的地方架一座桥盖一幢房子，感觉难度大，最好能先有一个蓝图。当然，无论什么小说，要写好都是很难的。

陈虹羽：起初是怎样走上科幻创作之路的？有没有什么对你影响很深的作品？

陈立诺：肇因于对人类从哪里来又往哪里去充满好奇，中学阶段开始看一些科普作品。中三起尝试写科幻故事为心中的疑问编造答案，并因此认识了香港科幻会会长李伟才先生、科幻老前辈杜渐先生，在他们的介绍下看了不少西方科幻名著。

相对于伟大的文学作品创造出难忘之人如贾宝玉、高老头、包法利夫人等，个人觉得很多伟大的科幻作品创造出难忘之物，如《星髓》中大如木星的飞船、《索拉利星》中的超级生命。在中国科幻中，大刘《流浪地球》中那些巨型的咆哮着的引擎、韩松《宇宙墓碑》里奇特的人造纪念物，都可归入难忘之物的行列。纵使我们淡忘了故事的细节，但那伟大的物象却铭刻于心，使人悠然神往。也许，所谓的科幻之爱就是这样产生的。

陈虹羽：今后有什么创作计划？

陈立诺：打算从一部经典作品里拖出一个骨架，加添用科技培植的血肉，铺设以光速传递迅号的神经系统，再加一个幻想之泵，打造一个长篇科幻故事。上帝说有光就有了光，然后，世界就成了，我们只能一步高一步低，一手一脚搭建这个世界的模拟物，只求有点像有点意义，就已开心得手舞足蹈。

多余的世界

——联邦境遇改造员唐森的传奇故事

张系国

"你的任务很单纯。"
矮小、光头、戴圆框眼镜的秦上校把情境胶囊递给他时说,
"指导原则就是:渗透多余的世界,消灭多余的敌人。"
这是什么意思?唐森追随秦上校多年,很清楚长官的脾气。
秦上校不愿意说的,再多问也没有用。

　　张系国,台大电机系毕业,留美专攻计算机科学,获柏克莱加州大学博士学位,曾在多所大学任教,现为匹兹堡大学教授,并创办了知识系统学院。

　　文学生命发端于大学时期,作品兼采科幻、寓言和写实手法,亦极重视时代的脉动。脍炙人口的代表作《棋王》现已翻成英文、德文等,并曾搬上银幕,改编成音乐舞台剧、电视剧等。另著有《地》《星云组曲》《玻璃世界》《V托邦》《城》等二十八部小说作品。

1. 联邦境遇改造员唐森的情境胶囊

雨一直落个不停。

唐森从窗口望出去,新海默城整齐的街道倒有一大半浸在水里。街上仅有几个行人紧紧裹住雨衣低头疾走,有一个人的帽子飞了,他赶快追上去捡起来,可见风也很大呢。唐森用左手的五个手指轻轻按住玻璃,他可以感到风阵阵吹动玻璃窗,连窗框也在震动。唐森的右手藏在大衣口袋里,紧握住一根短短的钢管,这根钢管曾救过他的命。今天的情况虽然稍有不同,可是谁又知道呢?干他这一行的,绝不能有丝毫大意。

唐森一向喜欢落雨天,但是这样绵密的雨令他有些受不了。街道上一波波的雨水仿佛浪涛般冲向路旁。如果连新海默城都这样水波汹涌,旧海默城更不知如何白浪滔天呢。唐森想起传说中有关海默城的故事:旧海默城是在二十尺巨浪的袭击下覆灭的。二十尺巨浪!唐森不禁打了个哆嗦。二十尺巨浪有多高?人面对二十尺的巨浪时会有什么样的感觉?旧海默城的居民竟在二十尺巨浪的袭击下挺了三十个日夜,真是不容易。

现在的海默城居民还能够挺三十个日夜吗?从唐森接受任务到现在一共不过七小时,这七小时中有五小时他是在宇航飞梭上面度过,他还没有机会接触任何海默人,所以也无从评估海默城居民的韧性。一想到自己的任务,唐森就不免觉得有些诡异,即使像他这么老练的境遇改造员都会感到整个事情的经过很不寻常。七小时前他的上级秦上校匆匆召见他,只告诉他任务的指导原则,却不说明任务的具体内容。

"你的任务很单纯。"矮小、光头、戴圆框眼镜的秦上校把情境胶囊递给他时说,"指导原则就是:渗透多余的世界,消灭多余的敌人。"

渗透多余的世界,消灭多余的敌人,这是什么意思?唐森追随秦上校多年,很清楚长官的脾气。秦上校不愿意说的,再多问也没有用。何况境遇改造员所受的训练本来就是为了执行最高机密的特种任务。若是该了解的背景资料,情境胶囊里面应该会有详细说明。

秦上校只和唐森谈了短短五分钟。然后唐森就忙着办交接，把手头的三个案子一桩桩交代给接手的境遇改造员。三个案子都是老大难，接手的人不免哇哇叫，还以为唐森故意抛给他们烫手山芋。看他们的表情显然都记恨在心，唐森有苦难言，只能尽量仔细说明案情，对方是否领情就顾不得了。他根本没有时间去了解新任务，一直到登上宇航飞梭，才有机会吞下秦上校给他的情境胶囊。

他剥开情境胶囊闪烁发光的包装锡箔纸时，宇航空服员立刻过来问他："先生，服晕机药吗？到呼回世界这一程乱流颇多，是有点儿颠。要不要我倒杯水来给你吃药？"

唐森笑着摇摇头，他早已习惯干吞药丸。在情况紧急时，谁会来倒水给他？何况情境胶囊不是一般的药丸，不会遇水即融，喝水反而碍事。

他吞下药丸后，良久毫无反应。顾名思义，情境胶囊不是一服下就会完全发挥作用，唐森知道这一点。它的好处是随着情境的变化，才会把为了应付眼前的情况所需要的数据释放出来，直接输入境遇改造员的脑子。因此境遇改造员从来不需要牢记过多的信息。当然，另外一个不用大声宣传的"好处"是，即使境遇改造员被对方捕获严刑拷打，也招不出什么来。唐森记起一句呼回名言：你所不知道的不会伤害你，只会要你的命。

的确，你所不知道的不会伤害你，只会要你的命。就像从前情报员把砒霜胶囊藏在假牙里，情境胶囊同样是境遇改造员的致命"良伴"，出任务少不了它。但唐森吞下情境胶囊后完全没有任何反应，却是平生第一遭。无论如何总该给些背景资料吧？难道他执行这桩任务，连任何背景数据都不需要知道？他不免想起秦上校的指示："你的任务很单纯。指导原则就是，渗透多余的世界，消灭多余的敌人。"

渗透多余的世界，究竟是什么意思？难道秦上校的意思是说，呼回世界是多余的世界？但如果呼回世界是多余的世界，对于联邦完全无关紧要，那么又何必消灭多余的敌人呢？而且，多余的敌人究竟是对谁而言？是指联邦的敌人，帝国的敌人，还是两者有一即可，抑或必须同时是联邦的敌人和帝国的敌人？

唐森在宇航飞梭上五个小时，始终想不通这些问题的答案，情境胶囊也始终没有释放出任何信息。现在他人已经站在新海默城的警察局大厦里，仍然想不通。

"唐森先生，你好。"背后有人似乎就在他耳边轻声说，"欢迎你来到呼回世界的新海默城。"

唐森转过身，却吃了一惊。他必须仰起头来才看得到说话女子的脸孔，难怪她似乎就在他耳边讲话。那女子恐怕足足有七英尺高，满头红发，一脸雀斑，虽然身材超瘦如名模，却自有一股威严。唐森连忙和对方握手，自我介绍说："你好。我是星际联邦134星区62防区88分驻所的境遇改造员唐森，请求启动认证程序。"

"不用认证了，我们知道你是谁。"红发女子不耐烦地挥手道，"问题是为什么联邦的境遇改造员会无缘无故光临我们这个鸟不生蛋的地方？若是帝国派遣你来，那就更加不敢当了。"

唐森打量她的体型，再分析她的口音，不禁怀疑她是盖文人。因为宇宙里只有盖文人无论男女身长都在七英尺以上。但是唐森和她握手时，他伸手一摸对方明明只有五根手指，而且手心温热，那就肯定不是七指的冷血盖文人。唐森心中奇怪，但还是很有礼貌地问道："你是？"

红发女子冷哼一声说："居然不知道我是谁，真是天大笑话！难道情境胶囊没有告诉你吗？"

她竟然知道自己有情境胶囊。不过情境胶囊是联邦境遇改造员的制式配备，也算是公开的秘密。唐森踌躇了短短一会儿，决定说真话："很抱歉，我服用的情境胶囊什么都没告诉我。它并没有告诉我你是谁。"

"什么都没告诉你？"红发女子哈哈大笑，"唐森，看不出你这个白面书生，傻乎乎的一副忠厚老实相，讲话却这么不老实。如果情境胶囊连这点数据都吐不出来，联邦早就该打烊，不，帝国早就该关门大吉！算了算了，你不想说就不必说。告诉你吧，我是真理。"

"你是……真理女士？"

"我是一针见血的针，不是真假难分的真；是先礼后兵的礼，不是无理取闹的理。"红发女子道，"我姓针，单名礼，是海默城的警察局局长。你把我记成真理也无妨，难道警察局局长就不能是真理吗？"

"当然可以！"唐森不愿意刚认识就得罪这位言词犀利的针礼女士，"不过，针局长，你的姓名实在有点特别。"

"没错。很多人都不乐意看到我担任警察局局长，因为我的姓名太特别了，似乎满身是刺。"针局长说，"但他们想想就该明白，我是真理，不是谎言，真理才是最好的选择。好了，不跟你啰唆。唐森，既然情境胶囊什么都没告诉你，想来你也不知道你的任务是什么吧？"

"我的确不清楚。"唐森老实回答，"我打算立刻跟署里联系……"

"太好了，"红发女子豪放地笑道，"此时此地，我们倒真的用得着一位联邦的境遇改造员。常言说得好，来得早不如来得巧，死得老不如死得妙。说不定联邦就是因为这个才派遣你来。"

"你说什么？"唐森大为紧张，"你要我做什么？"

"放心，我会骗一位联邦境遇改造员做不该做的事吗？"针局长说，"放心吧，我是真理，不是谎言，真理才是最好的选择。"

这几句话显然是针局长的口头禅。唐森闲时爱读杂书，研究过呼回历史，知道自从《九九宪章》通过后，呼回各级地方官员，包括警察局局长在内都是通过民选产生的。这位针局长应该已经通过选举的考验。"真理才是最好的选择"，倒是不错的竞选口号。

唐森转念一想，情境胶囊什么都没告诉他反而等于是一种提示。或许他眼前的任务就是协助针局长？说到底，一位联邦的境遇改造员所掌握的资源，远远超过一位地方警察局局长能动用的全部力量。

他跟随针局长步入市政大楼的直达电梯，她满头的红发几乎触及电梯顶，必须略为低头。针局长一按电钮，说："唐森，真人面前不说假话，我们确实面临很大的困难，或许你可以帮忙解决。咦，你怎么了？"

"什么？"

"你的额头上似乎长出一堆像笋尖一样的小棱角来。"针局长盯着他看，看得唐森浑身不自在又有点恼火，只好回瞪她脸上的雀斑。针局长完全不怕他看，诘问道："唐森，你该不会是三族后裔吧？"

虽然情境胶囊毫无提示，但好在唐森熟读呼回历史，知道三族指的是蛇人、羽人和豹人。他连忙应道："局长过奖了，我不是三族后裔，和呼回世界并没有特殊血缘关系。再说，联邦也不会派遣和当地有特殊血缘关系的境遇改造员来执行任务。"

"我当然知道。"针局长盯着唐森看了好一会儿，喃喃道，"棱角又消失了，奇怪，好像你可以随心所欲地控制棱角的出没。好了，没事没事。"

唐森有点不满她无缘无故大惊小怪，但他决定不予理会。他们走出电梯时，一名司机已经站在警察局局长的座驾旁边等候。针局长挥手让司机离去。唐森早猜到她会自己开车，毫不犹豫上了副驾。针局长说："就我们俩，唐森你不介意吧？"

唐森还来不及说什么，车子已经冲出警察局，驶入滂沱大雨中。好在唐森有心理准备，不然还以为针局长的座驾突然驶入了海里。唐森睁大眼睛用力看，玻璃窗外竟什么都看不见，针局长却加速向前冲。"唐森，你一定以为我发疯了。不用担心，我没有疯，路熟倒是真的。你一定觉得我过于高大，脚不方便踩刹车。不用担心，这车有特殊设计，可以用双手操控。"

"局长，我们去哪里？"

"你说呢？"虽然看不见眼前的路，红发女子依然神色自若，"既然你是第一次来海默双子城，即使你不承认情境胶囊给过你任何指示，如果情境胶囊会说话，它一定会说，现在才下午三点，趁着天色还早，到旧海默城走走吧。"

"针局长，我犯不着对你撒谎。"唐森说，"无论有没有情境胶囊指示，我都会全力支持你。只是我们必须彼此信任,不然就没得玩了。"

"说得好!"针局长豪迈笑道,"我也请你放一百二十个心。我是真理,不是谎言,真理才是最好的选择。"

针局长一边说着一边驾车,车子似乎飞上半空,又似乎落入谷底。唐森勉强打哈哈说:"到旧海默城的路真像坐云霄飞车。如果不是局长讲过你路熟,我真会以为我们已经落海了呢!"

针局长看他一眼,徐徐说:"老实告诉你吧,这并不是到旧海默城的路。不知哪个混蛋居然故意把蛛网桥路拆掉一段,所以我们真的落海了!"

唐森看着车窗外的海水迅速由乳白变成淡蓝然后深蓝,只有默默点头表示同意。针局长果然没说假话,他们的确是落海了。唐森有些懊恼,才第一次到海默城,想不到就要成为海底鳖,他的上司秦上校知道了会怎么想?

"唐森。"针局长说,"我们的境遇越来越不乐观,再过几分钟车子落到水底,就更加不容易逃脱。如果你真是联邦的境遇改造员,现在就看你的本领了。"

即使她不说,唐森的右手也早已紧握住一根短短的钢管。联邦的境遇改造员当然不会是无能之辈,但他并不急于采取行动。等等看,他就不信情境胶囊还会保持缄默。他看看针局长,针局长看看他。针局长突然扑哧一笑,"唐森,我们像不像一对蹈海殉情的情侣?我们像不像朱丽叶和罗密欧?"

别马不知脸长,唐森心想,谁要和你殉情?同时紧握住短钢管的右手也并未闲着。这时车子大震动了一下后平稳停住,应该是已经落到海底。恰在这时,他肚内开始有些感觉。来了,情境胶囊总算启动了!

"唐森,"针局长脸上的笑容逐渐消失,"殉情不过是句玩笑话,你再老实总不会把这句话当真吧?再过几分钟海水就会灌进来,你还等什么?你真是境遇改造员吗?我不会认错了人吧?天哪!为什么我永远认不清楚男人的真面目?"

来了,终于来了。唐森肚内的情境胶囊咕咕作响。他看着满脸雀斑的红发女子殷切的神情,突然有种被人期待的幸福感觉。唐森决定再稍稍等一会儿。

2. 一张黑色的毛毯紧紧裹住老麦唐诺先生

雨一直落个不停。艾比和飞飞躲在候车亭里面，狂风吹来，挟带着阵阵豪雨，打在候车亭的铁皮屋顶上面咚咚作响。艾比的鞋子已经浸水，裤子全湿了，黏在身上很不舒服。

艾比一向喜欢落雨天，但是这样绵密的雨令他有些受不了。尤其现在，他的肚子已经很饿，这雨就更加烦人。为什么还不停呢？只要稍停一会儿，他和飞飞就可以赶快跑回家去。今天是本学期的最后一天，接下去就放寒假了。为了庆祝放假，姆妈一定已经为他和飞飞准备好可口的晚餐。但是下这么大的雨，艾比想要跑回家都没有办法。如果冒雨跑回去，全身淋得湿透，姆妈一定会骂他。是要忍受肚饿，还是挨姆妈骂？

"艾比，"飞飞用头摩擦着艾比的裤子说，"我饿了。"

"我也饿了，"艾比拍拍小黑狗的头说，"我们再等一会儿，也许雨就快要停了。"

"呜，我饿了。"飞飞冲到雨里又赶快逃回到他们躲雨的候车亭里面，它抖动全身的毛，水溅了艾比一身。

艾比大嚷："飞飞！你做什么！"

"对不起，"飞飞连忙说，"我不是故意的。"

艾比假装生气，不理飞飞。小黑狗低下头来，一只耳朵竖得老高老高。每次艾比看到飞飞竖起一只耳朵的傻样子就不禁觉得好笑，真是最没用的笨狗，连两只耳朵都不懂得摆平衡，看起来好滑稽。他正想教训飞飞几句，眼前不远的路上，突然有辆飞车从蛛网桥路的缺口冲上天，然后几乎成垂直插入水里。艾比惊讶得张大嘴巴，对飞飞说："飞飞，你看见了吗？"

"看见什么？"

"有一辆车落水了，看起来好像还是警车呢。"艾比说，"走，我们过去看看。"

艾比还来不及采取行动，小黑狗已跳起来，四脚骤然张开，伸长了好几倍，原本瘦小的身躯竟扩张成为一张黑色的毛毯，遮盖在孩子身上。艾比怒道："飞飞，你这是做什么？让我站起来!"

飞飞却不理会艾比的抗议,依然像毯子般压盖在孩子身上。这时从蛛网桥路的缺口两端突然各出现一辆工兵坦克,坦克前方的炮口吐出带钩的钢线,两辆坦克吐出的带钩钢线刚好连结起来。工兵坦克左右转动炮塔,不断吐出带钩的钢线,迅速把钢线织成钢网。随即它们射出一片片薄合金钢板铺在钢网上,没有多久蛛网桥路的缺口就完全修补好,整个过程不到五分钟。然后,两辆工兵坦克缓缓驶入水里,冒出一阵水泡后消失不见。

黑色的毛毯慢慢收缩,变回一条瘦小的黑狗。艾比跳起来,拿大拇指戳了戳黑狗的湿鼻子说:"坏狗狗,为什么不让我看?"

"因为那些人可能是坏人。"飞飞说,"姆妈一再关照,要我们小心点。我只好预先防范。"

"神经病!就算是坏人,我也可以偷看啊。我当然会小心的。飞飞你下次再这样,我就不理你了!"

"对不起,"飞飞摇着尾巴说,"下次我不敢这样了。看,公共汽车来了。"

一辆黄色的公共汽车摇摇摆摆开到他们躲雨的候车亭前面停下来。这辆公共汽车老旧得不行,不仅引擎不停在冒烟,原本鹅黄的车身也已熏成黄褐色,车窗的玻璃脏得好像毛玻璃般灰灰蒙蒙。候车亭在以蛛网桥路为中心的旧海默城市区的最外围。学校放学后,艾比本来只想躲一阵雨然后自己跑回家去,但是雨一直没停,公共汽车倒来了。他改变主意,决定搭公交车回家。艾比和小黑狗上车时,驾驶公共汽车的满头白发的老麦唐诺先生对他挤了挤眼睛。

"麦唐诺先生,"艾比很有礼貌地说,"飞飞和我可以上车吗?"

"你当然可以上来,但飞飞是谁?"

飞飞连忙摇摇尾巴,汪汪叫两声。老麦唐诺先生说:"你就是飞飞?学生搭车不要车票,小狗搭车可是要买票的。"

艾比知道老麦唐诺先生在跟自己开玩笑,带了小黑狗便往后座跑。公共汽车里面一个乘客都没有。艾比正想对飞飞说,今天真好,我们爱坐哪里都可以,回头一看,小黑狗再度变形,变成一张大毛毯,把老麦唐诺先生裹得像一个人形大包裹。艾比很生气,骂道:"飞飞,你到底有完没完?他是老麦唐诺先生,不是坏人。你难道不认得老麦唐诺先生吗?"

"他不是老麦唐诺先生。"毛毯说,"赶快逃。"

老麦唐诺先生在毛毯里面哎哟哎哟地叫嚷。艾比略一迟疑,说:"飞飞,小心些,不要伤害到老麦唐诺先生。"

"我不会。"毛毯说,"赶快下车!"

艾比跑下车时,瞥见那张毛毯伸出两只爪子,转动驾驶盘把公共汽车开向海里。公共汽车快要落海时,一条黑狗迅速跳出车门,朝着艾比跑来。

"飞飞,你没有伤害老麦唐诺先生吧?"

"才不会呢,他们蛇人最擅长游泳了。"

"你怎么知道老麦唐诺先生是蛇人?"

"他不是老麦唐诺先生。"飞飞说,"说不定老麦唐诺先生已经被蛇人害死了,真可怜。刚才这个是冒牌货。"

冒烟的公共汽车在海里载浮载沉。艾比眼尖,看见老麦唐诺先生已经爬到车顶,在对他俩挥手。

"飞飞,你确定他不是老麦唐诺先生?"艾比有些困惑。但是老麦唐诺先生下一个动作更加令他吃惊。老人家的腰肢竟然非常柔软灵活,一颗白发苍苍的头先入水,然后才是身子,就像……就像一条白首黑身的怪水蛇,朝大海游去。

"看见了吗?"飞飞说,"这个怪物绝对不是老麦唐诺先生。好在他刚才被我略施小计摆了一道,不然我们绝对逃不掉。"

虽然还在下大雨,艾比管不了这许多,说:"飞飞,我们赶快跑回家吧。"

"好!"

十二岁的瘦小男孩和小黑狗在雨里沿着蛛网桥路飞奔。艾比的家在旧海默城市区中心。越接近城中心,蛛网桥路越密集,但是街道上并没有多少行人。他们经由蛛网桥路的无数座互相连通的桥,跨过一栋栋水下房屋。因为下雨,有的水下房屋四周的围墙还不断漏水。艾比的好朋友尼克家的围墙竟然破裂了一个大缺口,涌进去的水势相当惊人。尼克的年纪比艾比大几岁,家里只有他和他父亲两人。最近半年他父亲到外星经商,家里就只剩下尼克一个了,艾比不免替尼克担心。但是尼克家里好像没有人,艾比在门口叫了许久,都没有人响应。他只好跨过最后一座桥,回到自己的家。

艾比家和尼克家同样是老式的水下平房,不像后来建的水下大楼都在十几二十层以上。艾比家的围墙里有一株弓着腰的老树,木桥就搭在老树弯弯的主干上,有楼梯向下通到大门口。大门两旁都被老树浓密的枝丫和树叶遮住,落雨的时候门口和楼梯上满是落叶,好像走在山路上。艾比和小黑狗跑回家里,想不到家里也没有人。艾比有点心慌,还设法壮起胆来安慰飞飞:"飞飞,姆妈一定是出去买菜,马上就会回来。"

"我不怕!"飞飞说,"我不是胆小狗。艾比,你也不用怕。"

嘴里虽然说不怕,但艾比还是挺害怕的。姆妈怎么会出去呢?平常这个时候,她早就把香喷喷的饭菜准备好,在家里等他放学回来。飞飞也会有一大盆狗食。姆妈一声令下,三个"人"就迫不及待开始大吃特吃。姆妈的胃口比他还好,如果艾比和她抢菜吃,姆妈就会瞪他一眼,嘴里念叨:"没大没小,一点样子都没有!"骂完了照样给他大筷子夹菜。

艾比饿得受不了,到厨房开冰箱找东西吃,飞飞也摇着尾巴紧跟在他身边。他找到一块蛋糕,欢呼一声,飞飞却在一旁叹气。他知道飞飞对蛋糕毫无兴趣,怎么办呢?难道要自己动手做饭?有了,总算在冰库里找到一包香肠。艾比看过姆妈炸香肠,依样点燃炉子,把香肠一根根放入煎锅。现在轮到飞飞欢呼了,艾比却是手忙脚乱。

就在此时,艾比听到外面一声巨响,好像是从尼克家的方向传来。艾比留神倾听,才注意到外面雨已经停了。虽然不再有巨响,但艾比好像又听到一连串噗噗的声音。他吓坏了,坐在地上,想和飞飞抱在一起,才发现飞飞不见了。

"飞飞!"艾比再害怕也得找到飞飞。他小心翼翼地进入没有光的走廊,却发现大门敞开。飞飞又变成一张毛毯,用它的身躯挡住大门。

"飞飞!"艾比大嚷,"赶快进来。"

想不到毛毯转过头来说:"艾比,你没事吧?"

艾比这才看清楚,用庞大的身躯挡住大门的是姆妈不是飞飞。他如释重负,同时又有点不安。

"姆妈,你现在才回来!我找不到飞飞,它失踪了,不会被坏人抓走吧?"

艾比挤到姆妈身边,两个人把大门塞得满满的。姆妈摸摸艾比的头说:"不用担心,飞飞知道怎么照顾自己。你吓坏了吧?那帮人真不该把海默城闹得鸡犬不宁。"

"是谁呀?"艾比抱着姆妈,他的双臂还环抱不住姆妈圆滚滚的肚子。他用脸颊摩擦姆妈粗长的褐发。姆妈却突然皱起鼻子说:"什么东西烧焦了?艾比,你又在干什么?不是告诉过你,我不在家不要动炉子吗?"

姆妈冲进厨房,煎锅里的香肠都已经变成焦炭,冒出阵阵浓烟,好在没有着火。艾比有些不好意思,可是并没忘记撒娇,"姆妈,你好久都不回来,我饿了嘛。"

"饿了,不会先吃点饼干吗?"姆妈将焦香肠倒掉,把煎锅冲洗干净。然后她拿出一盒鸡蛋和干面条,对艾比笑笑,"今天没空买菜,只好做个鸡蛋面给你吃,好不好?"

艾比用力点头,这时他看到小黑狗从外面回来,忙拍手笑道:"姆妈,飞飞回来了。飞飞,你跑去哪里了?我们都急坏了。"

小黑狗和小主人在地上滚成一团。可是飞飞随即跳起来,警觉地竖起一只耳朵,然后冲出大门。姆妈也察觉了,随手关掉炉火,端着一锅滚烫的面汤走到门口。艾比紧紧跟随在她身后。

院子里站了三个胖女人,见到姆妈都拱手为礼。那几个女人虽然胖,但离姆妈还差得很远。姆妈对她们点点头,说:"今天未免也闹得太不像话了吧?你们都是干什么吃的?"

胖女人面面相觑,其中一个说:"不好意思,我们实在管不住。"

"管不住更要管!"姆妈大声说,"这点小事都应付不了,岂不让外人看笑话?现在情况如何?"

发话的胖女人恭敬回答说:"应该算恢复正常了。您要不要过去看看?"

"我先照顾孩子吃晚饭,待会儿再过去。可是你们一定不能自己先泄气,要不断对自己说,'我能够办到,我能够办到!'你们强,显出法相,对方自然就弱,这是必然的道理,明白吧?"

"明白!"三位胖女人一齐回答。

"好,你们显出法相让我看看。"

三个胖女人一齐大声说:"大法无边,说变就变!精神饱满,法相庄严!"

姆妈检阅她们的法相,满意道:"这还差不多。你们先开车到城南郊外的海滨等我,我一会儿再用无线电话和你们联系。"

"要不要留个姐妹在外头放哨?"带头的问。

"你当我是谁?"姆妈大怒道,"这还用你操心?"

三位女干员不敢再说话,齐齐拱手转身走了。艾比知道姆妈还要出去,虽然心里仍有点害怕,但毕竟飞飞回来了,姆妈也特地给他做了鸡蛋面,他暂时安下心。

艾比抬头朝他们家四周看看。蛛网桥路上面人影绰绰,不时传来尖锐的口哨声。艾比不明白究竟出了什么事,但是他直觉感到今天的海默城和往常大不一样。

"艾比,进来吃面。"

"姆妈,你刚才说,那帮人不该把海默城闹得鸡犬不宁。那帮人是谁?"

"你不用管这些,吃完,早早上床睡觉。八点钟一定要上床,知道吗?"

艾比一边低头吃面,一边忍不住问:"姆妈,学校已经开始放寒假了。如果我睡不着,可以去尼克家吗?"

他的话还没说完,抬头一看,姆妈已经不见了。艾比看看飞飞,小黑狗也看看他,对他摇摇尾巴。小黑狗摇尾巴可以表示"是"也可以表示"否",要艾比自己猜。凡是飞飞自己拿不定主意的时候,它就玩这个把戏,因为谁也不能说狗摇尾巴有什么不对。外面天色阴沉,艾比想了想,还是打消了去尼克家的念头。

3. 三根竹竿和一条狼狈的落水狗

唐森仰面朝天躺在地上，一条腿弯曲压在身子底下。从腿麻的程度来判断，他维持这个姿势恐怕已经有相当长的一段时间，但是他清醒过来似乎并没有那么久。地面很潮湿，用左手摸来摸去都是细沙，唐森怀疑这不是海底。如果这儿是海底，他应该早就因不能呼吸而死了，所以这儿不可能是海底。也许是海滩？

唐森的右手还紧握着一根短短的钢管，唯一不同的是钢管微微发烫。那么刚才已经发射过了，为什么他竟然毫无印象？

他回想不久前的一幕：他坐在针局长的车子里，连人带车落入海中。这一幕他记得很清楚。他也记得自己一面等待肚子内的情境胶囊发生作用，一面随时准备发射钢管。可是这之后的事情就变得模模糊糊。他努力回忆，仍然记不起来。这时他感到有人踢了踢他发麻的大腿。

"好了，不要装死。"踢他大腿的那个穿着警察制服的高瘦棕肤女人说，"还不起来？要我们找担架来抬你回去啊？"

唐森问："针……针局长呢？"

"针局长早就走了。"那位女警不客气地说，"你起来不起来？我们不能等你一辈子。"

唐森坐起来，发觉刚才自己的确是躺在沙滩上。天快要黑了，加上乌云密布，天色显得更加阴沉，好在雨已经停止。离沙滩不远的公路上停着一辆不断闪着警告灯的警车。但是附近并没有断崖，也看不到闻名宇宙的蛛网桥路，因此唐森无法确定这里是否就是他们落海的地方。

那位高瘦的棕肤女警旁边还站着另外两位高瘦女警，三个人围绕着他，好像观察一条狼狈的落水狗。针局长的部属倒是一个比一个高瘦，好像是唐森周围插着的三根竹竿。她们虽然拿着警棍，穿着警察制服，却怎么看都不觉得像警察。

"针局长走了，她的车子呢？"

"针局长自己开车,她走了当然车子也开走了。"

"奇怪,"唐森说,"我明明坐在针局长的车子里,连人带车落入海中。难道刚才车子没有落海,还是已经被拖吊车拖走了?"

三位女警面面相觑。带头的说:"针局长只交代,等到你清醒过来就带你回去。你的车子有没有落海,我们并不清楚。"

"不是我的车子,是你们局长的车子。"唐森知道和她们有理讲不清,只好说,"算了。你们想带我回去哪里?"

"回局里去。你是凶杀案的人证。"

凶杀案的人证?简直越说越离谱。唐森只好迅速用钢管分别对着三位女警察轻轻点击一下。他的动作极快,一下子三人都动弹不得,眼珠子骨碌乱转,流露出恐惧的神情望着唐森。唐森说:"放心,我不会伤害你们。现在我让你们说话,但是不许乱嚷,否则我不客气。你们提到的凶杀案,究竟是怎么回事?"

为首的女警赶紧说:"最近海默城出了一连串凶杀案,据说是一名连环杀手干的。刚才又有一桩,局长从无线电里得知坏消息,现在应该已经赶到现场去了。"

唐森听了不免好笑,"你们的局长要赶到凶杀案的现场去,而我人在这里,我怎么可能是人证?"

带头的女警一时语塞。另一位女警对带头的说:"多姐,刚才局长并没有说他是人证,你一定听错了。"

被唤做"多姐"的女警坚持说:"小钧,我可没有听错。局长说过他和凶杀案有关,才会要我们把他带回局里。"

第三位女警也对带头的女警说:"多姐,局长是说,没有他就破不了案。"

"对啊,小琳,如果没有他就破不了案,当然他一定和凶杀案有关,是凶杀案的人证。"带头的女警仍然振振有词,"我没有听错。我怎么会听错?"

唐森哭笑不得。有"多姐"这么自作聪明的部属,海默城的警察局局长还真不好当呢!他开始有点同情针局长。既然出了凶杀案,职责所在,他要求带头的女警立刻带自己去现场。那位女警虽然不愿意,看在唐森手里钢管的分儿上,却也不敢坚持反对,只好要求先用警车的无线电话和针局长联系。唐森再拿钢管分别对着三位女警察轻轻点击一下,让她们恢复了行动自由。

带头的女警用警车的无线电话呼叫针局长,她倒很快响应。女警和针局长在无线电话里讲了几句,就把电话递给唐森。针局长对唐森说:"唐森,很抱歉,因为出了点事情,你又倒在地上呼呼大睡,叫都叫不醒,我不得不先走一步。谢谢你救我脱险。"

"应该的。"唐森不知道自己做了什么,但显然他的情境胶囊及时发挥了作用,"局长,听说是出了凶杀案。我可以到凶杀案的现场看看吗?"

"当然。"针局长很爽快,"莫度多,你送唐先生过来,然后你们仨都回局里待命。"

既然被局长指派送唐森,莫度多的态度起了180度的转变,显得和气多了,一面开车一面说:"唐先生,局长用无线电话通知我们到旧海默城的蛛网桥路入口附近寻找您,然后送您回局里。她只说没有您就破不了凶杀案,并没有告诉我们您是谁,我们也不知道您救过局长。两位同僚和我都不大会说话,有什么得罪之处,请您多多包涵。"

唐森心想,最不会说话的就是你自己,和你的两位同僚何干? 他懒得和莫度多计较,随口问道:"你们发现我躺在沙滩上?"

"是的。"莫度多恭恭敬敬地说,"因为局长说,没有您就破不了凶杀案,所以我们才会误以为您是凶杀案的人证,真对不起! 如果局长不这么说,我们最多认为您不过是个酒鬼,或是个吸毒犯而已。"

"真谢谢你抬举,看出我不过是个酒鬼或吸毒犯。"唐森说,"你们局长也过奖了。人生地疏,我不一定能够立刻侦破凶杀案。刚才你说是连环凶杀案?"

"是的。今年已经有四桩凶杀案,加上今天的就是五桩。遇害的都是海默城有头有脸的人物,至今一桩案子都没破,所以市民都很紧张不安,有些不良分子还乘机示威闹事。海默城的警力不足,穷于应付,只好向别的城求援,到现在都没有回应。唐先生,情况真的十分严重,我们局长很头大呢。"

原来如此。难怪秦上校没有办法讲清楚唐森的具体任务是什么。看来他的任务不仅是破案,恐怕还包括对付某些不良分子团体,甚至有可能是国际恐怖组织。但这个任务虽然比较复杂,对一位有经验的联邦境遇改造员而言也算不了特别难办,为什么秦上校要说,他的指导原则是"渗透多余的世界,消灭多余的敌人"? 这个指导原则有什么特殊意义? 是不是除了联邦的敌人以外,帝国的敌人也潜伏在海默双子城?

"多姐,"另外一位女警小钧这时从警车的后座插嘴说,"你还没有告诉唐先生,遇害的都是吴家人或者和吴家有密切关系的人。"

"什么?"唐森吃了一惊,"凶手连环杀人还选择特定对象? 这性质更加恶劣。"

"是啊,"第三位女警小琳也从警车的后座插嘴说,"那些讨厌吴家的人还乘机落井下石,乱发恐吓信,搞得和吴家有关系的都人人自危。"

"你说讨厌吴家的人,指的是于家或者跟于家有关系的人?"唐森忙问。

"咦,"莫度多说,"您也知道吴家和于家不合? 唐先生虽然是外地人,连本地望族之间的纠葛都搞得这么清楚,您真不简单啊。"

"多姐,"小钧说,"难道你还看不出来吗? 唐先生一定也是干我们这一行的,所以事先做过调查研究。"

"说不定唐先生就是上级派来的空降部队。"小琳也插嘴道,"难怪局长指望您破案呢。"

"唐先生,"小钧说,"如果您能破案,不仅局长,连我们都要感谢您,太感谢了!"

三人你一言我一语,唐森委实受不了,大吼一声:"都给我住嘴!身为警察,最要紧的就是一定要做到守口如瓶。你们这样胡言乱语,和无知的老百姓有什么两样?"

"哇,"莫度多头一缩说,"唐先生不要这么凶好不好?两位同僚和我都是好意,我们平常讲话就是这样红绿讲,如果有什么得罪之处,还请您多多包涵。"

唐森略通呼回语,知道呼回语对于"造假"的说法有特别严密的分类,就如阿拉伯语对于"马"的说法有特别严密的分类一样,都表现出其文化的特色。呼回语用"黑白讲"来形容胡说八道;至于胡说八道能够讲得天花乱坠宝雨缤纷又似乎有那么一点真实性,就用"红绿讲"来形容。他也觉得自己有点过火,对三位女警道歉:"对不起,我不是责骂你们。不过你们身为警察,说话一定要小心,胡乱猜测的话不要说,因为这不是红绿讲,只能算是黑白讲。"

唐森说完,自己也觉得好笑。他突然想到,联邦的"标准星际语"里面那么多以"胡"打头的词,胡言乱语、胡乱猜测、胡说八道等等,是不是代表对胡人的歧视呢?依照联邦的世界大同理想,这似乎也是一种潜在的种族歧视。

莫度多说:"唐先生请放心。出了这辆警车,我们三人一句话不多说,绝不红绿讲。小钧、小琳,你们可听见了?"

小钧、小琳齐声说:"中!我们绝不红绿讲。"

唐森知道呼回语的"中"可以代表"是"也可以代表"否",要结合上下文和当时的情境才能决定,真给他三人搞得无可奈何。好在警车这时已经回到新海默城,不一会儿抵达了出事的地点。早有警察封锁附近街道。唐森老远就看到红头发、高大的针局长站在路中央不断挥手要莫度多停车。她迎上来对正在下车的唐森说:"莫度多可对你做过简报?"

"我们交换了意见。"唐森问,"死者是谁?我可不可以大概了解一下背景数据,然后检验尸体?"

"这些事情都会让你做。"针局长不耐烦地说,"不过我们先谈最要紧的事。你是联邦境遇改造员,我希望你立刻施展你的看家本领,复制当时情境,以便追踪捉拿凶手。"

唐森连忙解释道:"局长,你可能不清楚。我虽然是联邦境遇改造员,但并不能随意复制情境。联邦情境署明文规定,一切复制情境或有可能改造情境的行动,必须事先由情境署长或有关部门签字批准。"

"不能任意复制情境,那你来这里干什么? 好了,又要跟我说,你不知道你的任务是什么这些鬼话。我告诉你,这些鬼话都是放屁! 全都是放屁!"针局长对唐森说,"好了好了,就算联邦规定复制情境必须由情境署长批准,我们可以一方面送最急件公文上去要求批准,同时尽快做好复制情境的准备工作。你需要什么,我们尽量来配合。"

"这个……"唐森为难道,"局长,这违反联邦的规定,我很抱歉无法这么做。"

针局长怒道:"这么婆婆妈妈,亏你还是联邦的境遇改造员! 你知道你的前身是什么吗? 你的前身是情报员,懂不懂? 遇到类似的情况,情报员恐怕枪都会拔出来硬干,准备杀身成仁,舍生取义。如果全像你这样婆婆妈妈,大家都别做事了。"

"你说得很对。"唐森说,"就是为了防止情报员擦枪走火,所以现在不再有情报员,只有境遇改造员。可是境遇改造员必须严格遵守联邦规定,这是我们的守则。"

针局长抓着满头红发说:"唐森,有一天我真会被你活活气死。你要我给你下跪吗? 为了破案,你要我给你下跪,我就跪。好了吧?"

唐森还在踌躇。针局长看到一群记者蜂拥而至,便对他做了个"我给你下跪"的嘴型,然后迎过去应付。唐森听到她对记者们说,联邦已经派了干员前来协助破案,但是破案需要一点时间,市民要相信她,因为她是真理,不是谎言,真理才是最好的选择。唐森想,好在她还没扯上境遇改造署,但是如果被情势所逼,针局长恐怕什么话都说得出来。

出了这么大的事情,人命关天,也怪不得针局长,这么想唐森就比较释然。形势比人强,今天反正准备跳火坑。但不管是否要复制情境,唐森都必须按部就班从第一关开始,然后一关一关慢慢来。他向莫度多比个手势,棕肤女警立刻跑过来问:"唐先生,您是要去检验被害人的尸体吧?"

唐森点头。想不到莫度多还算善解人意,或许她只是平常太多话,在工作时仍然是个可靠的伙伴。不论他的任务是什么,唐森知道这是他开始用心干活的时候了。

4. 狗脸风筝断了线飞上天

艾比从沉睡里惊醒过来。他不知道自己睡了多久,看看床头钟,才晚上九点半。刚才的噩梦令他不安。他梦到许多坏人来他们家,他却找不到姆妈,一下子惊醒。艾比最怕从睡梦中惊醒,因为他担心无法再度睡着,越是担心就越睡不着。好在小黑狗仍然趴在他的床前熟睡,令他安心不少。艾比扭开床前灯,跳下床推一推飞飞。小黑狗睁开左眼。

"艾比,什么事?"

"飞飞,你没有睡着吧?"

"即使睡着,现在也被你吵醒了。你是不是要上厕所,希望我陪你去?"

"我不用上厕所,但是我睡不着。"

艾比坐在地上,依靠着小黑狗热乎乎的身体数自己的手指头,数了一次又一次。有时他数对了数到十根手指,但也有时候他数错了只数到九根手指。过了一会儿,小黑狗再度发出打鼾的呼声。艾比推一推小黑狗问:"飞飞,你没有睡着吧?"

飞飞不回答。艾比忍不住想捉弄它。小黑狗的两只眼睛都是闭上的,艾比设法掰开飞飞的右眼皮,然后又掰开飞飞的左眼皮。小黑狗算是很有耐性了,任由艾比捉弄,只张开嘴打个哈欠说:"艾比,你真顽皮。"

"我睡不着。我们聊天好吗?"

"有什么好聊的?"小黑狗说,"还是去睡觉吧,躺下去过一会儿也就睡着了。"

"不要睡觉嘛。我们当然有好聊的。"艾比急了,想到一个话题,"对了,飞飞,你是机器狗吗?飞飞,我一直怀疑你不是真的狗。今天下午你一下变成一张黑色的毯子,更加使我相信你是机器狗。"

"我倒希望我是机器狗。"小黑狗说,"如果我是机器狗,就永远不会饿,也不需要吃东西,更不需要睡觉。如果我是机器狗,我就不会做错任何事,让主人生气。"

"可是真的狗不会变成毯子,也不会说话。"

"你怎么知道不会?"飞飞笑道,"自从人类带着宠物进入太空,被宇宙辐射光照射过的人类和宠物身体都起了变化,成为新的变种。过去的宠物不会说话,现在大部分都会了。过去人类身体不能够弹性变形,现在大部分都可以。"

"那么你就是变种太空狗。变种太空狗应该比从前的狗更加聪明强壮,对不对?"

"也许聪明强壮一点,但不是很多。"

"那么我就是变种航天员。变种航天员也应该比从前的人类更加聪明强壮,可是庞校长永远骂我们笨!"艾比想起来就很生气,"就拿练空手道来说,去年暑假我央求姆妈让我加入空手道暑期班。我表现很好,暑期班结束前已经升绿带了。今年却被庞校长连降两级,降回白带。他说暑期班不是正式的学校所以不算。不公平,真不公平!"

"不要抱怨,再努努力,你又会升回绿带的。"

"可是我浪费了一年的时间,不然早就可以成为黑带了!"艾比说,"我告诉姆妈,姆妈却不肯去和庞校长理论。她说我们不是特权阶级。飞飞,特权阶级是什么意思?"

"因为姆妈是警察局局长,她不愿意别人给她的孩子特殊待遇。如果你有特殊待遇,那就成了特权阶级。"

"哦,可是我又不是要求什么特殊的待遇。"艾比说,"有时候我觉得姆妈根本不关心我。她永远在忙她的,很少会想到我。或许她觉得我根本是多余的,没有生我最好。假如爸爸在这里就好了。"

虽然艾比这么说,但其实他对爸爸只有极为模糊的印象。他只记得在自己很小很小的时候爸爸就离开家,姆妈说爸爸为了他们必须到外地工作。有一次他正在睡觉,好像爸爸回来了。等到他醒来,爸爸又走了,只留下一条小黑狗。姆妈说爸爸带飞飞回来,就是为了保护他。后来有次姆妈半夜摇醒他,抱着他大哭,告诉他无论如何不要忘记最爱他的爸爸。从此爸爸再没有回来过。但是艾比看到飞飞,仍然常会想起爸爸为了保护自己带来这条小黑狗,而小黑狗现在成为了自己最好的朋友。

"假如爸爸在这里就好了。"艾比喃喃自语道。

"胡说!"飞飞立刻纠正他,"姆妈最爱的就是你,你不要胡思乱想。刚好这两天她比较忙,平常她什么时候不关心你了?"

艾比想到另外一个点子,说:"对了,飞飞,姆妈不肯去和庞校长讲,你帮我去和庞校长讲,好不好?"

"那怎么行? 我不过是一条狗,谁也不在乎我说了什么。"

"飞飞,你不必自卑。庞校长说过好些次,一切动物生而平等。他既然这么教导我们,他自己也应该会尊重聆听一条狗的话。飞飞,你不是说,将来我去念大学,你也要去学法律当律师吗？这给你一个锻炼的机会。"

"艾比，"飞飞笑了，"将来你去念大学，如果我陪你去，当然也要找一桩事情做做。我对法律还算有兴趣，但并不是非念法律不可。再说，据我的了解，到目前为止动物还不可以进研究所拿硕士和博士学位。我只是一条狗，他们不会让我变成狗硕士、狗博士。"

艾比沮丧地说："反正你也不肯帮我就对了。你和姆妈一样，都是什么事也不肯帮我，好烦！"

"嘘……"小黑狗突然用小爪子捂住艾比的嘴。艾比也警觉到窗户外面有一闪一闪的蓝光。他想起下午看见的一幕，还有刚才做的怪梦，意识到事情不简单。旁边的小黑狗身体越变越细长，狗头盘旋在空中，然后低下来在他的耳边说："抓着我……"随即又越升越高。

小黑狗的身体变成一条粗毛绳，狗头的那一端绕着屋梁打了个结。艾比抓住绳子的尾端，随着粗毛绳越缩越短升上去，在小黑狗的帮助下爬上了屋梁。飞飞恢复原形，小声说："外面来了坏人，包围我们了。"

他们还能往哪里逃？艾比游目四顾，看到屋顶的气窗，便用手指指。小黑狗也看见了，却摇摇头。艾比明白坏人包围了他们的房子，他们就算逃出去恐怕也逃不远。这时有人推开房门，东看西看，看了好一会儿说："没有人在家，都逃走了。"

艾比听出来是他的朋友尼克的声音。如果不是飞飞阻止，艾比真想大声呼喊尼克的名字。另外一个人也进来到处搜寻，说："不在床底下，也不在衣柜里。没走多久，他们走不远的。"

艾比听出来，这是公交车司机老麦唐诺先生的声音。尼克和老麦唐诺先生怎会结伴来找他，也许他们都是假扮的？好在他们都没朝梁上看。他们刚离开，小黑狗就说："抓着我……"然后又变成一条粗绳荡下去。艾比抓着粗绳落地，和飞飞躲入衣柜。艾比知道坏人刚才搜过柜子，应该不会再搜一遍同一个地方。

果然门又开了，外面的人再度回来，仔细搜寻了一圈，终于离去。艾比和飞飞确定他们走了，才推开衣柜的门。

"我们赶快去警告姆妈。"艾比说。

"姆妈现在一定很忙。"小黑狗忙说，"我们不要给姆妈添麻烦。我们必须设法把坏人引开。"

艾比想了想，说："有了，我有个办法。"

"什么办法？"

"飞飞，你没有恐高症吧？"

小黑狗一听,大惊失色说:"不行,我不干。"

"我连话都没有说完,你紧张什么?"

"我知道你在想什么。"小黑狗说,"不行,我不能飞上天。"

"又不是要你飞很高。"艾比说,"你能够变成毯子,就能够变成风筝,你只要飞过屋顶就可以了。"

"但是我飞走了,你怎么办?"

"不要担心。你引走坏人,我会趁机和姆妈联系。"

小黑狗考虑再三。它实在不想变成风筝,但是也没有别的好办法。飞飞把它的身体完全撑开成为薄薄的一片风筝皮,骨骼变成风筝的支架,头变成风筝顶上的装饰。艾比看了,喝彩道:"好一个别致漂亮的狗头风筝。"

飞飞无可奈何对他挤挤眼,首先仿佛扇动翅膀般扇动风筝的两翼,一鼓作气飞近屋顶,然后倒吊在屋顶下面。飞飞变回原形,像蝙蝠般倒吊着慢慢挪到气窗的位置,打开气窗,从气窗爬了出去。隔了一会儿,果然听到外面老麦唐诺先生大嚷:"看,狗头风筝!他们想趁着月黑风高逃走,不要让他们跑了!"

"赶快追啊!"邻居尼克喊,"我去拿气枪。"

艾比没有想到尼克这么狠毒,还想拿气枪打飞飞。这样的人居然一直假装是他的好朋友,真是何等险恶。但是他相信飞飞不会被尼克打到。艾比等到外面安静下来,一闪一闪的蓝光完全消失,才赶紧拨电话给姆妈。电话响了许久都没有人接。艾比不知道该怎么办,这时外面又出现了一闪一闪的蓝光。尼克在喊:"艾比!我是你的朋友尼克。你听见我说话吗?"

艾比不做声,轻轻挂断电话。

"艾比,你出来吧。"老麦唐诺先生说,"我们捉到你的小黑狗了。小黑狗以为它的本领很大,变成断线的风筝就可以逃走。可是不要说变成狗头风筝,就是变成老鹰风筝也逃不出我们的掌握。"

"艾比,出来吧。"尼克说,"只要你出来,我们不会伤害飞飞的。"

艾比知道劫数难逃,姆妈又不接电话,他该怎么办?为了救飞飞,他只有投降了。

"尼克。"艾比说,"如果你们不伤害飞飞,我就出来。"

"放心好了。"尼克说,"我们没有伤害飞飞。"

"我怎么知道?"艾比说,"能让它来见我吗?"

"尽管放心。"尼克说,"我让飞飞叫一声,你就知道它没事。飞飞,飞飞,哇,这狗崽居然咬我!你这只坏狗狗!"

"飞飞！"艾比着急大嚷，"飞飞！你没事吧？"

飞飞汪汪大叫，尼克和老麦唐诺先生跟着乱喊。艾比很少听到飞飞这样发怒大叫，心里更加着急。就在这时候，他听到一架直升机螺旋桨有规律的旋转声。

5. 情境胶囊可以当做夜宵吗?

唐森一直在等待情境胶囊发生作用。但是情境胶囊真正启动时,他竟然昏晕过去,总之是毫无所觉。这种奇怪的状况过去从未遇到过。幸好他们有惊无险,逃过了海底一难。听针局长的口气是唐森救了她,不,应该说是情境胶囊救了他俩。

显然,秦上校派他出任务前就做好万全的准备工作,给了他一颗特效情境胶囊。唐森早就听说过关于这种特效情境胶囊的流言,但它的存在并未获得官方的证实。据说有些情境是联邦不想让业务员知道的,特效情境胶囊就跳过业务员直接处理。

唐森对那时候居然毫无记忆,这么看来特效情境胶囊的功能比他所了解的更加强大,科技署的人可不是绣花枕头。唐森一方面感到欣慰,另一方面也感到屈辱。有了特效情境胶囊,还要情境改造员做啥?自己不过是特效情境胶囊寄居的躯壳,根本是多余的。难道他被派到呼回世界,就因为他是多余的人?

"唐先生,马上就到了。"女警员莫度多可能看到唐森脸色不豫,以为是对她开车太慢感到不满,一再道歉解释说,"对不起,这一路太挤,车子开不快。"

"不要紧的。"唐森说,"这么晚了,这里还热闹得很。"

"海默旧城的夜市区越晚人越多,不论本地人还是观光客都要到这里凑热闹。"莫度多说,"现在还不是观光盛季,不算太拥挤,等到夏天还要更拥挤呢。"

唐森从车窗看出去,街道的两旁都是小摊,每家摊子都围了一圈人,有的甚至围上好几圈。莫度多羡慕地说:"不要小看这些摊子,一个摊位每月的租金要数百万元,收入用不着说每月上千万。生意好的时候,一个小摊位可以抵海默新城一栋商业大楼的月租。唐先生,我们刚才去检验尸体的那栋商业大楼,整栋大楼的月租收入可能还比不上这里的一个摊位,因为它在新海默城的地点太僻了。"

莫度多不提检验尸体还好,一提验尸,唐森就不免火大,"不是我挑剔,你们的验尸官是干什么的?我看了验尸官的报告,竟然只有短短几行字。这么草率,太不负责了。不仅不负责,她的态度也很差。我问她问题,她一概不答复。"

"蒙特验尸官不是我们海默本地人,她是蒙罕城市政府派来支持我们的。我们都看不惯她,因为她太骄傲自大。"莫度多显然很高兴唐森和她意见一致,"唐先生,您是联邦直接派来的空降部队。等到您完成任务,一个报告打上去,狠批蒙特验尸官几句,她就会得到她应得的。"

莫度多只要一开口就滔滔不绝,"不过刚才的事情,唐先生,我倒觉得不能完全怪蒙特验尸官。为什么? 因为根本没有完整的尸体可以检验,再好的验尸官也无能为力。凶手的行凶手段实在太残忍,竟把遇害人活活烧焦,好好一个人完全烧成焦炭。唐先生,既然人都变成焦炭,蒙特验尸官恐怕也做不了什么。"

"其实还是有很多可以检验的,"唐森说,"就看验尸官把不把这案子当回事。"

"唐先生,这话您完全说对了!"莫度多说,"蒙特验尸官不是我们海默人,她始终不把海默城当回事,这是她最大的问题。"

"好在我并不用靠她。"唐森拿出小钢管,打开钢管下端的小盖子看了一眼,满意地说,"刚才我趁她不注意,采集了死者的遗灰。很多检验我可以自己做。"

莫度多笑道:"唐先生,您的本领真不小,出门还自带随身实验室! 幸好遇害的吴宗义厂长遇到的是您,真是他的运气……当然他被烧焦也是他运气不太好,不过如果因此案子能破,没有更多的人遇害,还是算幸运的。"

"这位吴厂长,"唐森问,"他有仇家吗? 如果有仇家,是不是于家人?"

"唐先生,您真是料事如神。"莫度多说,"当然如果算老账,于家和吴家永远是仇家,但这是一百年前的事情了。罗密欧和朱丽叶两家结仇也不会超过一百年,对不对? 于宁远医生应该不算是吴厂长的仇家,其实他俩是合作伙伴。据我们的了解,吴宗义的工厂资金大部分来自于宁远医生的投资,光凭这点您就知道他们的关系如何密切了。"

"什么工厂?"

"生化工厂。"莫度多一面把车子开进"车立方"停车场,一面说,"于医生另外拥有一家美容化妆品公司,它经销的产品主要来自吴宗义的工厂。"

"这位于医生显然很能干,又懂得多元发展。但是两个人是合作伙伴,并不表示他们不会翻脸变成仇人。合作伙伴后来往往变成仇敌。"

"这就是局长要我们调查清楚的。"莫度多把车子开进缩小机,"唐先生,下车吧,我不希望把您压扁了。局长一再明确指示,即便是警车,除非紧急状况,我们同样要遵守规矩停车。"

车立方像是个巨大的魔术方块。停在车立方的缩小机里的警车不一会儿就被缩小成玩具般大小,很容易就存入魔术方块的一格里。莫度多摇头说:"虽然我知道这是停车最好的方法,但我还是不怎么喜欢这种缩小科技。唐先生,您不觉得有点恐怖吗?"

"还好。因为只有无机物才能被压缩,有机物不行。且压缩的比例有限,最多1:3.5,正确的数字是3.572。"

"但我还是常见得这很恐怖!"莫度多说,"我每次做噩梦,都梦到忘记孩子还在车里熟睡,车子开入缩小机就把孩子压扁了。"

"你有几个小宝宝?"

"一个都没有,"莫度多说,"这是我的另外一个噩梦。好了,不谈这些,我们去拜访于医生,看他有没有不在场证明。"

车立方停车场就在海默旧城步行区的边缘。海默夜市从步行区辐射状延伸到附近街道,因此这一带的蛛网桥路挤满了车辆和行人。唐森不禁觉得奇怪,"于医生那么有钱,为什么不住新城,还要住在旧城这边?"

"有时候越有钱的人反而越保守。"莫度多说,"况且在旧城住家远比新城舒服,生活机能更好。我们局长的家也离这里不远。"

"说到你们针局长,"唐森说,"于医生是重要线索。为什么她自己不来,要派你来取口供?"

"局长的孩子艾比才十二岁,半大不小的年纪,身体又很瘦弱,晚上她总得回去照料一下。而且,"莫度多不无骄傲且含有敌意地说,"我们局长最信任我。而且,唐先生,您不觉得您的问题有点太多了吗? 您好像对谁都不信任,是谁欠了您什么吗?"

这下又轮到唐森道歉,忙对棕肤女警解释"怀疑一切"是他的职业习惯。自从来到海默城,唐森好像一直在道歉。他告诉自己最好紧紧闭上嘴。

于医生的家几乎就在蛛网桥路区的正中心,是一栋旧式的三层水下楼房,四周有相当宽敞的花园。从蛛网桥路望下去,唐森可以看到花园里枝叶扶疏,甚至还有一座凉亭。这在寸土寸金的海默旧城应该是不可多得的奢华住宅。唐森的右手习惯性地紧握短钢管,跟随莫度多走下楼梯。想不到主人于医生已经站在门口等候。

于医生是位红光满面的胖绅士,脸圆得像圆规画出来的,唯一令唐森奇怪的是他好像眼睛有问题,说话时一直不停眨着左眼。于医生问清楚两人是谁,就对他们说:"两位请进。针局长打电话告诉我宗义遇害,我真是难过极了。宗义死得冤,死得可惜! 我对局长说,我愿意出一亿元悬赏捉拿凶手。这次无论如何要把凶手揪出来,替宗义讨个公道。"

"为什么你说吴厂长死得冤?"唐森好奇问道。莫度多狠狠瞪他一眼,唐森不理会她,继续问:"我是星际联邦134星区62防区88分驻所的境遇改造员唐森。我想知道,你说吴厂长死得冤,究竟冤在哪里? 是否凶手杀错了人?"

于医生愣了一下,眨巴着左眼回答:"我说宗义死得冤,并没有什么特殊的意思。我总不能说宗义死得不冤,对不对?"

莫度多说:"于医生,唐先生比较不习惯我们海默人讲话的方式,请您不要介意。我要问您的是,今天下午三点到六点这段时间,您在哪里?"

"当然在诊所。"于医生说,"我的诊所就在一楼,所以我今天下午并没有离开家。我的三位护士都可以作证。两位护士现在已经下班,但是有一位还在值班。"他单击墙上的电钮,"我请安棋上来,你们可以跟她谈谈。"

"可以顺便看一下你的诊所吗?"唐森问。

"请便。我的护士会回答你们的问题。今晚我还有病人和家属要跟我讨论手术细节,我就失陪了。"于医生对刚上楼来的漂亮女护士说,"安棋,这两位是警察局的人。今天下午吴宗义先生遇害,他们有一些问题要问你。"

名叫安棋的护士点点头,带两人下楼到于医生的诊所。唐森忍不住问:"刚才于医生对你说,下午吴宗义先生遇害,为什么你一点也不惊讶?"

"因为整个海默城都在谈论这桩凶杀案。"护士说,"只要走上街,就会听到人们在讲。"

"但是你并没有离开诊所一步,你怎么知道?"

"那是于医生,他并没有离开诊所一步。我因为晚上值班,所以中间出去用过晚餐。"护士说,"不论是什么地方,媒体都疯了一样拼命在报道,想要不听都不可能。"

唐森左右四顾,仔细观察于医生的诊所。莫度多继续问护士:"今天下午三点到六点这段时间,于医生都在诊所吗?"

"是的。"

"你愿意到局里作笔录,证实今天下午三点到六点这段时间,于医生都在诊所工作吗?"

"我愿意。"

问完两个问题,莫度多就没有问题再问,只得傻傻地看着唐森。唐森心想,平常这么多话,到紧要关头却变成哑巴。但是他学乖了,不再随意开腔,只接下去淡淡问护士一句:"于医生的专业范围是什么?"

"整容。"安棋护士说,"于医生是海默城最有名的整容医师。不仅在海默城,甚至在整个呼回世界都大大有名。很多人都是远道来我们诊所接受治疗。"

"那么收费一定很高了?"

护士笑笑,"为了美貌,有人愿意花钱的。"

"的确,为了美貌……"唐森指着一台机器问,"这是什么?"

"从太阳系进口的最先进的整容机器。太阳系的女人十分注意容貌,因此整容机器也比较先进。要不要我仔细介绍？"

"不用，这份说明书给我看看就够了。对不起，我坐下来读。"他坐在办公桌前专心读说明书，莫度多趁机和护士聊天。唐森很快看完了，把说明书放回原处，然后对莫度多说："我们走吧。"

出了于医生的家，莫度多立刻就有话说了，"唐先生，因为您是联邦的境遇改造员，针局长非常尊重您，所以我们也都很尊重您。虽然我们知道您很了不起，但是您也犯不着对于医生那么凶，对不对？"

"我凶吗？真是天晓得！"唐森笑笑，"办案不凶，我们办案人员吃什么喝什么？古人有个名词，叫做'弗洛伊德式失言'，意思就是一时不小心说出真心话。于医生无缘无故说吴厂长死得冤，你不觉得很奇怪吗？"

"没有什么奇怪。我们海默人讲话比较客气，总是替别人着想。"莫度多说，"于医生是本城的名人，连针局长都敬他三分。他们于家势力很大。您大概听说过，现在呼回世界一切大小官职都是民选，警察局局长也是民选。得罪于家，对我们针局长没有什么好处。"

"那么无法破案得罪了吴家，对针局长会有好处吗？"唐森说，"好了，我们不必抬杠。我刚才在医生的诊所，趁那位护士不注意时扫描了桌上于医生的行事历。因为如果在行事历上写字，后一页就会有前一页笔尖留下的凹痕，虽然不甚明显，可是使用高分辨率的扫描笔仍旧能够读得出来。我发现行事历上面有人写了几个字，'小点滴'，这是什么？"

莫度多大为佩服，说："咦，唐先生，我以为您在专心阅读整容机器的使用说明书，不晓得您是趁机搜集情报……"

其实行事历上写的是"小点滴晚十一时M"，但唐森隐藏起后一半没说，也不问莫度多谁是M，仅仅问道："小点滴是什么？"

莫度多说："小点滴是吃夜宵的地方。现在要去吗？"

唐森考虑了一下。自从在宇航飞梭上吞下情境胶囊到现在，他还没有吃过任何东西。一颗情境胶囊可以当做夜宵吗？他的结论是不可能，何况是这么一颗包藏祸心的特效情境胶囊！

莫度多突然又变得善解人意起来，"唐先生要去小点滴吃夜宵，我们就不用到车立方取车，直接走过去比较快。"

对，到海默旧城吃夜宵去，唐森想，天下没有比吃夜宵更重要更快乐的事！

6. 麦老先生有块地咿呀咿呀哟

艾比躲藏在屋梁上仅足容身的空间,听到直升机螺旋桨的声音,赶紧从气窗钻了出去,爬上屋顶。直升机停留在艾比家的垂直上空,打开探照灯用强光到处扫射。驾驶员看到艾比在屋顶挥手,就逐渐调整直升机的位置。然后两名重装警察从直升机敞开的侧门攀绳而下,一先一后在屋顶着地。一位保持戒备,另一位把艾比抱上吊椅,为他绑好安全带,示意直升机吊起艾比。

艾比在半空中观察他家四周的蛛网桥路。虽然是夜晚,附近倒被探照灯照耀得犹如白昼。但老麦唐诺先生和尼克早就失去踪迹,他们一定是听到直升飞机的声音后逃走了。艾比最关心的还是飞飞。飞飞呢? 从空中看不到小黑狗在何处。奇怪的是,竟有一群花豹在他家附近乱窜。动物普遍都不会进入蛛网桥路,因为它们知道进了蛛网桥路就是死路一条。等到艾比的吊椅升得再高些后,他依稀可以看到旧海默城四周的海洋,巨大的水蛇在海里游泳。巨大的水蛇? 难道老麦唐诺先生又变成水蛇逃走了?

艾比的吊椅接近直升机时,姆妈张开双臂在等着他,大声喊:"艾比!"艾比还来不及也张开双臂,姆妈就把他连人带吊椅一把拉进直升机。

艾比暗感欣慰,姆妈果然亲自坐直升机来救他了。可是飞飞却被坏人绑架了。艾比一想起来就很难过。飞飞因为要保护他,设法转移坏人的注意力,才把自己变成狗头风筝。想不到艾比没有事,反而是飞飞被坏人抓走了。

"姆妈,我们一定要赶快去救飞飞。"艾比被姆妈拉进直升机里,立刻提醒姆妈,"蛛网桥路到处都是坏人。姆妈,迟了飞飞就没命了。"

"你放心,飞飞不是一般的狗狗,它知道怎么照顾自己。"

"飞飞是因为要保护我,才被坏人抓走的。我们一定要去救它。"

"当然要去救它。"姆妈说,"飞飞的责任就是保护你。有它在,我很放心,因为我知道它会寸步不离地跟着你。现在反而有个难题,飞飞不在,谁来保护你呢? 我只好先带你回警察局。那些人再凶悍,也不敢公然到警察局闹事。"

"我不要去警察局,我要跟你一起去救飞飞!"

"不行。"姆妈说:"飞飞被绑架到哪里都不知道,所以我们必须先到处搜寻。太晚了,那些地方都很危险,我怎能带你去?"

"可飞飞是我的狗狗。我不要去警察局,我要跟你一起去救飞飞!"

姆妈有点不高兴,"艾比,不要再孩子气了。如果我能带你去,还会不带你吗?讲理一点,我一有好消息就会告诉你。"

艾比看到姆妈发脾气,心里再有一万个不乐意也只好先安静下来。直升机在警察局大门前的广场降落。警察局里面乱糟糟的,像个被戳破的黄蜂窝。几乎所有的人都动员了,不仅是警犬队,连专门检查海默城下水道和排水系统的水狸大队都整装待发。那些水狸套了口罩,乖乖站成一排,不知道的人还以为它们是经过特殊训练的警犬。艾比想要走过去跟水狸玩,却被姆妈一把抓回来。今天她的火气特大,艾比不敢顶撞她。姆妈要艾比乖乖坐在计算机房里,她说计算机房最安全。她交代了几句后,随即带了重装备的警察大队冲了出去。

各种队伍都走了之后,警察局里面突然变得非常安静,安静得反而令艾比心里发毛。起先计算机房还有一位值班的警察,没过多久她也出去处理事情了,计算机房里只剩下艾比一个人和一排排闪烁发光的计算机。

虽然已经是深夜,艾比并不觉得困。他闲得无聊,就打开计算机,上网去搜索。老麦唐诺先生和尼克带走飞飞,能够躲到哪里去?尼克没有什么数据可查。但是老麦唐诺先生是公交车驾驶员,海默城公车处应该有关于他的资料。艾比查寻海默城公车处的公交车驾驶员资料,果然老麦唐诺先生的替身阿凡达首先从屏幕跳出来唱道:

麦老先生有块地

咿呀咿呀哟

他在空地养小鸡

咿呀咿呀哟

这里叽叽叽

那里叽叽叽

这里叽

那里叽

这里叽

那里叽

到处都是叽叽叽

麦老先生有块地

咿呀咿呀哟

阿凡达唱完一段老词，接下去又继续唱两段新词：

麦老先生有块地

咿呀咿呀哟

他不种地当司机

咿呀咿呀哟

这里要司机

那里要司机

大客车

小快递

消防车

带云梯

公共汽车缺司机

麦老先生有块地

咿呀咿呀哟

麦老先生有块地

咿呀咿呀哟

他抵押地买机器

咿呀咿呀哟

车里装机器

车外装机器

飞上天

钻入地

能潜水

会游戏

你说神奇不神奇

麦老先生有块地

咿呀咿呀哟

　　艾比听了老麦唐诺先生的计算机替身阿凡达唱的歌，差一点活活笑死。第一段"他在空地养小鸡"艾比还听过，第二段"他不种地当司机"和第三段"他抵押地买机器"可能是老麦唐诺先生自己编的吧？可见老麦唐诺先生还真喜欢公共汽车！艾比沉住气，继续检查海默城公车处的车辆动向记录，果然被他发现一些异常的现象。

　　他发现老麦唐诺先生平日里驾驶的76路公交车共有三辆，现在只有其中两辆仍旧在路线上行驶，第三辆车却神秘失踪了。他查到第三辆车的车牌号码，再通过卫星定位系统搜查，发现第三辆车目前所在的位置竟然是在大海里！

　　这辆76路公交车应该就是老麦唐诺先生，不，小黑狗飞飞开到海里的那一辆。但是艾比仔细检查它的位置，发现它并不在接近蛛网桥路的近海。公交车好像后来又被人移动过，竟在离岸相当远的海底。这怎么可能？

　　艾比用手指一揆，放大屏幕上面失踪公交车位置附近的海域图。屏幕上面一片淡绿色，看不出什么。但是再仔细看，可以看到淡绿的海有一些墨绿的条纹。艾比检查相关地理资料，发现这一带的水域本来就是海默旧城外海的珊瑚礁区，海底地形崎岖。公交车移动到这里，的确不容易被人发现。艾比灵机一动，这是否就是上学期历史老师讲的，呼回传说里海底城的所在地？

　　海默人一向相信海默的外海中有个海底城，但是没有人知道它究竟在哪里。76路公交车落在海里，却自己移动到珊瑚礁区，似乎间接证实海底城不是海默人的幻想。

　　有了这个大发现，艾比兴奋极了。这时刚好姆妈通过警用无线电话和他联系。艾比说："姆妈，我知道飞飞被带到哪里去了。它被抓到海底城了！"

　　"飞飞被囚禁在海底城？什么海底城？"

　　艾比就把他的大发现告诉了姆妈，又说："如果把海底城建在珊瑚礁区，别人就很不容易发现海底城的秘密。而且，那个假老麦唐诺先生，它根本就是条大水蛇，才会钻到海底去。"

　　"虽然很荒唐，但也不是全无可能。海底城可能是坏人的走私贸易和运输中心，主要货仓就藏在珊瑚礁底下。艾比，你注意看，在珊瑚礁附近有没有类似通风口的装置？"

　　"姆妈，我没有看到通风口，可是珊瑚礁附近有一条长长的灰黑色痕迹，不知道是什么。"

"这可能就是通风口了。好，我立刻带人坐直升机过去搜查。"姆妈说，"艾比，你真聪明。艾比？艾比！"

但是艾比再也无法回答。他眼睁睁面对指着他的黑洞般的枪口，心想姆妈一再说警察局里面最安全，她竟然完全错了！

7. 情境改造员唐森在小点滴的奇遇

棕肤女警莫度多把唐森带到小点滴门口,自己却不肯进去,她说:"唐先生,我就在这里向您告辞,先回家了。等会儿吃完夜宵,您可以叫出租汽车回旅馆。"

唐森本来还以为小点滴是家小吃店,想不到竟是栋六层大厦。和海默旧城其他的水下大楼一样,这六层大厦是从地面往地底生长的。唐森从小点滴的大门口向下头张望一眼,不禁惊叹不已。每层楼都开着一排落地长窗,窗沿挂着霓虹灯,里面灯火辉煌。每层楼里面都挤满了顾客,传出阵阵闹声和音乐,分明是座不夜城。

"夜宵店竟然有这么大的排场,这还算小点滴吗?"

女警莫度多不禁笑了,"称它为小点滴确实有点委屈,因为它的歌舞节目实在不输给任何一家一流的观光饭店。小点滴的夜宵宇宙驰名,外星来的观光客都爱来这里见识见识。但是它的价格不便宜,人们爱说:小点滴大破财。唐先生要有心理准备。不好意思,我先走了。"

唐森可以理解为什么莫度多急着先告退。到底她是女警察,除非是执行任务,否则不宜涉足这类风月场所。如果莫度多留下来,他们两人都难免尴尬。那么他自己呢?唐森耸耸肩。他是情境改造员,有什么情境不能适应、不能改造的?

莫度多临走又回头对他说:"对了,唐先生,您一定不习惯吃虫卵之类的呼回风味小碟。我建议您只点面食,因为面食无论在宇宙何处都差不多,吃了也不用担心肠胃出问题。拜拜。"

唐森谢过莫度多的忠告,昂首阔步走进小点滴。大门两旁的两排女招待员一齐鞠躬欢呼:"客至! 唐先生,欢迎欢迎。"

唐森吃了一惊,然后又释然。小点滴一定装置了个人信用卡遥感识别器,能够直接阅读他身上佩带的宇宙万邦信用卡。这么看来,至少在商业应用方面,呼回世界的科技发展并不落后其他先进星球多少。

一群千娇百媚的女招待蜂拥围上来。唐森右手接过一位蓝衣女招待递上的热毛巾，左手拿了另一位红衣女招待奉上的冰甜酒，简直有点忙不过来。好在第三位黄衣女招待没有献上什么，可是她娇声说："唐先生，您的朋友在等您，请您跟我走。"

这次唐森倒是真的吃了一惊，"我的朋友？ 我在这里没有朋友。"

黄衣女招待咯咯笑道："唐先生，放心好了，是您的朋友不会错。请您跟我走。"

唐森只好跟她走，他的耳边似乎有人轻声唱道："唐森你大胆地跟我走，跟我走，莫回头！"

声音重复了好几遍。唐森听了一会儿，忍不住问带路的女招待："是你在唱歌？"

黄衣女招待含笑看他一眼，娇声说："谁在唱歌？"

唐森想重复唱给她听，又觉得这实在太怪异，女招待会以为他自作多情，改问："我的朋友，他等我很久了？"

"夏娃娃鲁小姐刚到没多久。您放心，她是我们这里的常客，朋友很多，不会寂寞的。"

夏娃娃鲁。唐森咀嚼这个名字，肚内的情境胶囊没有任何反应。等一会儿，有了！ 唐森的脑海里突然出现相关信息。夏娃娃鲁是海默城呼集团旗下的记者。呼集团拥有呼报社、呼周刊、呼电视台等，在海默城极有影响力。夏娃娃鲁在呼报社工作已经三年，最先跑文教新闻，最近才改跑社会新闻。

"我明白了，原来夏娃娃鲁是记者。这是真太好了！ 即使我和她现在还不熟，但相信很快就会变成好朋友。"

黄衣女招待不免又看唐森一眼，她一定觉得这位客人有神经病。但是唐森实在太高兴，顾不得女招待的反应了。肚内的情境胶囊一旦有反应，他就不再是单枪匹马，所有情境改造的资源他都可以通过情境胶囊运用自如。当然，他和针局长今天能从海底脱险，情境胶囊应该已经起了作用，但他还是渴望直接获得证实。现在情境胶囊肯定已经启动，唐森太高兴，真太高兴了。

他的耳边似乎有人继续轻声唱道："唐森你大胆地跟我走，跟我走，莫回头！"

唐森响应道："只要你告诉我往哪里去，我就放心跟你走。"

带路的女招待听见了，耸耸肩膀，她对唐森的奇异举止似乎已经见怪不怪。唐森远远看到一堆男人包围着一位坐在沙发上的金发女子，他知道那一定就是夏娃娃鲁。那位呼回女郎也看到了唐森，笑着对他招手。

"我亲爱的，你终于来了。"

所有的人，包括带他来的黄衣女招待，都定睛看着唐森，唐森则定睛看着夏娃娃鲁。金发女郎的皮肤略显黝黑，虽然穿着朴素，但是身材火爆，大眼高鼻，无疑是个美人胚子。唐森轻轻握住夏娃娃鲁向他伸出的纤纤玉手，低声说："你好。我是星际联邦134星区62

防区88分驻所的境遇改造员唐森。"

夏娃娃鲁一挥手，包围她的人知趣散去。她拍拍沙发对唐森说："唐森先生，请坐。"

"谢谢。"唐森说，"我应该称呼你为夏小姐，还是夏娃小姐，还是夏娃娃小姐？"

"难道你的情境胶囊没有告诉你？"夏娃娃鲁不怀好意地说，"都不对，应该是夏娃娃鲁小姐。夏娃娃鲁既是姓也是名，所以你不能把夏娃娃鲁截断。你不可以把我锯成两截。"

唐森对夏娃娃鲁也知道他有情境胶囊并不吃惊，他坦然地说："不敢，情境胶囊也有技穷的时候。夏娃娃鲁小姐该不会是盖文族吧？因为只有盖文人的姓也就是名。"

"你看我长得像盖文人吗？我有几根手指？"夏娃娃鲁显然有些恼怒，"既然是联邦的境遇改造员，怎会这么缺乏常识？要知道宇宙之大，并不是只有盖文族的姓才是名。"

唐森又赶紧道歉。夏娃娃鲁挥手说："算了算了。唐森，你当然知道我是呼报社的记者，可是你知道今晚我为什么要找你吗？"

"因为白天发生的连环凶杀案？"

夏娃娃鲁说："当然，白天发生的大案子我们等会儿也要谈，不过这倒还是次要。我主要想采访你。"

"采访我？我有什么好采访的？"

"你是联邦的境遇改造员。我们的读者都对境遇改造很有兴趣，想知道你对境遇改造理论的看法。"

又来了！唐森最怕的就是这个，连忙摇头说："我虽然是联邦的境遇改造员，但只是奉命行事，对境遇改造理论没有任何看法。退一步说，即使我有看法，也不方便告诉你，在你们的报纸上发表我的个人意见。我现在有任务在身，不能胡言乱语。夏娃娃鲁小姐一定能够理解我的苦衷。"

"这样好了，谈谈你为什么决定成为联邦的境遇改造员？你是我采访的第一位境遇改造员。我们的读者都对境遇改造员的工作很好奇，他们想知道，什么样的人会从事这种工作。有胆量的人，爱冒险的人？究竟是什么样的人？"

"需要钱的人。"唐森说，"境遇改造员的工作，都是有钱人不愿干的活。"

"不怕死的人？"

"那倒未必。境遇改造员的任务并没有一般人想象的那么危险。我不是为境遇改造署做招募宣传，但是境遇改造员的工作和一般的公务员其实差不多，如果小心执法，出事概率不大。待遇不错，有年终奖金、退休金和特别任务加给。每年还有三星期休假。"

夏娃娃鲁忍不住笑出声来，"给你这么一讲，境遇改造员简直成了朝九晚五的公务员，无趣极了。你是不是想故意误导我们的读者？"

"为什么我要故意误导贵报的读者？"

"或者你避重就轻,不愿意讲出境遇改造工作的真相。"夏娃娃鲁说,"唐森先生,我不是刚出道的年轻记者,请你不必把我当做傻瓜。"

"对不起,我并没有这个意思。"唐森说,"夏娃娃鲁小姐,我实在有点饿。假如你不介意的话,我们不妨边吃边聊。"

他点了碗扁汤面和三样呼回风味小菜。夏娃娃鲁说她不饿,只点了杯饮料,一边看他吃,一边继续询问。碰到这位难缠的女记者,唐森只有自叹倒霉。

"唐森先生,我知道你不想谈,但我还是要回到境遇改造理论,你不愿意表达意见也没关系。"夏娃娃鲁显然还不死心,"你知道,呼回世界有大半数城市已经废止死刑,另外一小半城市还没通过这个提案,这里头包括海默城。本来废死已经列入下次市民公投项目,应该会顺利通过。但自从连续发生凶杀案,大家又开始热烈讨论是否应该废止死刑的问题。很多人认为,如果废止死刑,对这种残忍成性的杀人凶手就无法制裁,所以万万不能废死。唐森先生,你觉得呢?"

"唔……唔……"唐森暗叹,为什么情境胶囊不事先警告他? 害他连安安静静吃顿夜宵的机会都丧失,早知如此就不该来。扁汤面里面有许多花花绿绿像虾米般的作料,唐森看不出是什么东西,又怕是虫类。转念一想,虾不就是水里的虫? 这么一想就硬着头皮继续吃。夏娃娃鲁看着他吃,继续发表她的宏论。

"我个人反对死刑,但是我们的确不能放弃制裁凶手的唯一利器。"夏娃娃鲁说,"有一种说法是境遇改造员可以复制凶手杀人当时的情境,以其人之道还治其人之身,让他一遍遍尝试被杀的痛苦滋味,永无休止。这样的惩罚,也许可以代替死刑。你同意不同意这种说法?"

"呃……"

"比如说,连环杀人凶手被抓到以后,你愿意复制他杀人时的情境,让他一遍遍尝试被杀的滋味吗?"

"境遇改造署怎么决定,我就怎么执行。"

"如果境遇改造署袖手旁观,要境遇改造员自行决定,你怎么办?"夏娃娃鲁认真地说,"唐森先生,这不是不可能发生的事。我调查过近十年134星区境遇改造的案例,至少有五分之一的案例,境遇改造署责成境遇改造员就地裁决。所以境遇改造员的权力其实非常大,你不可能不知道。"

夏娃娃鲁睁大眼睛看着他。唐森简直食不知味,放下面碗叹口气说:"夏娃娃鲁小姐,我本来是到小点滴吃夜宵,尝尝你们海默城的传统美食,你何苦一再相逼?"

"真对不起。但你并不只为了吃宵夜来小点滴。"夏娃娃鲁丝毫不放松,"你想要找一个人,那个人叫做M,对不对? 我知道M是谁,他已经走了,但是我可以带你去找他。"

夏娃娃鲁竟连M都知道,但唐森并未觉得惊奇。不论这位厉害的女记者说什么,他都不会感到惊奇,"现在我谁也不想找,只想回旅馆睡觉。"

"联邦的境遇改造员怎可知难而退? 这太不符合境遇改造员的英雄形象了!"夏娃娃鲁说,"这样好了,我们合作。我可以带你去找M,条件是你接受我的采访时必须实话实说。"

"不可能的,联邦的境遇改造员还不至于这么没出息。"唐森站起来,对夏娃娃鲁说,"夏娃娃鲁小姐,我们后会有期。"

他也不管夏娃娃鲁如何回应,走到门口柜台结了账。大门两旁的两排女招待员一齐鞠躬欢送,"再会! 唐先生,谢谢光临。"

唐森走出小点滴的大门,一辆大红色的摩托车冲到他面前,差点撞到他,好在唐森还算身手敏捷,闪向一边避过。骑车的长腿帅气女子摘下头盔露出一头金发,甩动长发说:"好啦,我带你去找M,没有任何附带条件。"

"为什么突然变得这样好心?"

"就算我良心发现好了。或者说,我也想见识见识联邦的境遇改造员如何办案。这样的合作,不算过分吧?"

唐森想了想,这么晚了,即使他要回旅馆也得有人送他,何况……但是他又得搭别人的车,而且每况愈下,这次坐的是摩托车后座,不会又摔到海里去吧? 这么漂亮的大美人,他又不方便一把搂住对方,坐在后座岂不危险万分?

"放心,"夏娃娃鲁好像能够阅读他的念头,戴上头盔说,"我的骑术很好,不会出事的。"

或许不会,或许会。唐森知道情境胶囊已经启动,他不必再担心什么。但他仍旧下意识摸摸口袋里的短钢管。

他坐上夏娃娃鲁的摩托车,不敢大胆搂住女子的纤腰,只好用双手紧紧抓住机车架子。"坐好了。"这位霹雳娇娃一声娇吼,拉下面罩,就飞车冲向蛛网桥路。唐森坐不稳,不得不趁势搂住夏娃娃鲁的纤腰。他满脸通红,幸好夏娃娃鲁看不见他。

"我们去哪里?"唐森一连问了好几次,夏娃娃鲁哈哈大笑。

"何必问,这样乱闯乱冲不是很过瘾吗?"摩托车飞到半空中,然后落在蛛网桥路的另外一段,幸好没有落海,"我带你去一家古玩店。"

"你是说夜店吧?"

"不是夜店,是古玩店。"

"半夜三更去古玩店,"唐森说,"好像有点奇怪。"

"半夜三更不去古玩店,什么时候去?"夏娃娃鲁说,"这家古玩店名叫'三个小金人',你会喜欢的。"

唐森暗道侥幸。原来唐森在于医生的诊所趁护士不注意,扫描了桌上行事历的前一页,上面有几行字。他对莫度多提到小点滴,并未提及全文是"小点滴晚11时M",也未对莫度多提及,另外一行字写的正是"三个小金人"。

夏娃娃鲁的摩托车驶得飞快,渐渐往高处走,远离了海默城。唐森不免心生疑惑,"夏娃娃鲁小姐,这家三个小金人古玩店是开在山上吗? 这路好像越走越偏僻。"

"怎么,你害怕了?"夏娃娃鲁说,"我还以为联邦的境遇改造员都是天不怕地不怕的好汉。"

摩托车驶进弯弯曲曲的山路,到了山顶,夏娃娃鲁终于停了下来。唐森走到山崖边,海默城的夜景尽收眼底。夏娃娃鲁指给他看旧海默城和新海默城的相关位置。新海默城的高楼大厦依着山边,然后是一条闪烁着灯火的长长的路,连接到旧海默城。有趣的是旧海默城每区的灯火颜色各不相同,中央区是蓝色,然后是橙黄色,外围是白色。这片灯海一直延伸到大海里,变成星罗棋布的渔火。然而远远看去,只有各种颜色的灯火密集或疏松的区别,却无法分辨什么是海什么是陆。

唐森观看半晌,点头说:"海默灯海果然名不虚传,谢谢你带我来这里欣赏夜景。"

"我去过你们闪族的首都加得蓝。"夏娃娃鲁不无感慨地说,"加得蓝那些高耸入云的万丈巨厦,蜿蜒山岭的亿兆金城,我们呼回世界都没有,但我们总还有些别的。我住在加得蓝时,特别怀念海默的夜景,时时思念这个地方。许多呼回人去了加得蓝就不想回来,他们甚至看不起呼回世界。可是我决定还是回这里。"

"如果我是你,也会选择回到海默城。"唐森认真地说,"夏娃娃鲁小姐,有一点我必须澄清,我并不是闪族人。"

"你既然不是闪族人,为什么要当境遇改造员?"

唐森干笑两声说,"这是太长的故事,改天有空我慢慢讲给你听。"

"你讲。我们现在都有空,你可以讲一整个晚上。"

"不是要去三个小金人古玩店吗?"

"谁在乎什么三个小金人古玩店?! 你讲。"

唐森考虑了一下,说:"好吧,只要你有兴趣听……"

他选择山崖边一块大石坐下来,眺望着海默城夜景的一片灯海,讲述他的过去。

"我是孤儿。我们家是西鲁星人。你知道,西鲁星过去一直被闪族帝国统治,几次被闪族屠杀,都没有屈服,最后终于赢得独立。我爸在第四次星际战争时参加联军的远征军,在攻击闪族的前哨星球时阵亡,但是一直没有找到他的尸体。有人说他并没有死,也有人发誓说看到过我爸加入反抗闪族的游击队。

"四战结束后,我妈带着我到闪族世界的三十一颗星球,一颗星球一颗星球地寻找。她受尽千辛万苦,不幸在走完最后一个星球时病故,可能因为她找不着我爸已经心碎。有一对好心的闪族老夫妇收容了我。但是那时候我心里一直不平衡,对闪族非常反感,不想依赖养父母的资助继续求学。所以从公立中学毕业后,就报考了联邦技术学院,毕业后通过会考进入境遇改造署,成为联邦的境遇改造员。

"我选择住在闪族统治的星球,因为我妈的坟在那里,我不忍心离开她。我不能把她留在一个完全陌生的星球,怕隔着多少光年的太空,她想回家也找不到路回去。"

唐森说着哽咽了。夏娃娃鲁说:"原来如此。对不起,我刚才错怪你了,还以为你是闪族子弟。我和从前的你一样,对闪族非常反感,因为我的恋人也死在闪族手里。你说你不愿离开你母亲的坟,怕她找不到回家的路,我却连恋人的坟在哪里都不知道。

"他最后一次离开时对我说,万一他战死,以后如果要见面,就到我们从前约会常去的原野找他。那片原野现在遍地黄花,或许其中有一株就是他。"

看到夏娃娃鲁伤心流泪,唐森不免紧紧握住她的手说:"同是天涯沦落人,相逢何必曾相识?不必说你错怪我,根本没有关系的。很多人以为联邦的境遇改造员都是闪族人,其实并不是这样。"

夏娃娃鲁收泪道:"听你的口气,现在的你对闪族不再反感?"

"怎么说呢,"唐森叹道,"大概现在我比较成熟,明白闪族人和我们一样是人,一样逃不过生老病死的过程。其实都是人,但是因为误解互相不信任,甚至互相屠杀。闪族人误解我们,我们误解闪族人。这样冤冤相报,永无止境。"

"可能我没有你成熟。"夏娃娃鲁说,"到现在我还是很恨闪族人。但是我同意你说的,人和人彼此需要了解,因为有时候还是免不了要彼此合作。我以为你是闪族人,所以本来要带你去三个小金人古玩店,介绍你认识几个海默城的重要人物。"

就在这时,夏娃娃鲁的无线电话突然响了。她接电话讲了几句后,二话不说就立刻跳上摩托车。唐森知道她改变主意了,也赶紧上车。她一路沉默,送唐森回到新海默城的旅馆,停住车仍不说话。唐森下了摩托车,还来不及道一句"谢谢",夏娃娃鲁已经扬长疾驶而去。

8. 坏脾气的变种太空水狸

如果不是坏人拿枪对着他,艾比倒真是得其所哉。并不是每天都有人带他坐直升机,也并不是每天都有人陪着他玩捉迷藏的游戏。可惜飞飞不在他身旁,不然他可以继续快乐玩下去,一直到姆妈回来。

而且,是什么样的坏人拿枪指着他啊!艾比从来不知道水狸有这么聪明,居然会说话,还能使用武器。那只绑架他的水狸正拿枪指着他大声说:"把口袋里的东西都掏出来。"

"好啊,都在这里。"艾比把口袋里的东西掏出来堆放在桌上,"你看,没有移动电话也没有任何电子玩具。"

"不许碰!"水狸凶起来时还真像回事,"走。"

"去哪里?"

"不许问!"水狸说,"你是俘虏,俘虏没有资格问任何问题。"

"你是变种太空水狸,所以才会说话,对不对?真好玩,我从来没有见过变种太空水狸。"

"胡说!我不是变种太空水狸。"水狸说,"你才是变种太空艾比。"

水狸竟然知道艾比的名字,令他很讶异,"是的,我是艾比。你叫什么名字?"

"我是亚当七世。"

"亚当七世。那么你爸爸是亚当六世,爷爷是亚当五世?"

"当然。你怎么会这么笨?"亚当七世不耐烦地说,"我虽然是水狸,但绝不会回答这种笨问题。况且你是俘虏,俘虏没有资格问任何问题。"

"亚当七世,你真是只坏脾气的变种太空水狸。"艾比说,"小心,坏脾气的结果是,没有人愿意和你做朋友。"

"笑话!谁在乎朋友?"

亚当七世嘴里虽这么说，到底有点顾虑，不再一味责骂艾比。水狸握着枪逼迫艾比走出计算机室。艾比说："亚当七世，你知道这里是警察局吗？你逃不出去的。"

"我逃不出去，你也活不了。"水狸说，"记住，你敢喊叫一声，就死定了。"

艾比心想，你不过是只小小的水狸，我还真的怕你不成？亚当七世走到走廊尽头的墙角，打开地上的下水道盖子，竟然示意艾比爬进去。

"这么窄小的下水道，我进不去的。"艾比抗议道，"亚当七世，人可不是水狸。"

"你的头明明可以进洞。头过身便过，懂吗？"亚当七世吼道，"无论是人还是任何动物都一样，头过身便过，男儿当自强。进去！"

艾比无奈，只好爬进下水道，水狸紧紧跟随在后。洞里一片漆黑。起先他们接近垂直角度往下爬，爬了一会儿，下水道从垂直逐渐变为水平，虽然依旧窄小，但是好爬多了。艾比担心会从哪里冲来污水把他们淹死，好在下水道除了底部有些积水，其他倒还干净。又爬了一会儿，亚当七世突然喊停，在黑暗里叮叮咚咚敲打了一阵，又搬开一个盖子。他们爬进连接的洞穴，没有多久豁然开朗。这洞竟有两三个人高，而且每隔一小段路墙上就有一盏长明灯。水狸并不需要灯光照明，所以这地道显然是为了人设计的。但是谁会使用这地道呢？

远处有汽车引擎的声音，车头灯的亮光越来越接近。一辆冒着黑烟的老旧黄色公共汽车在他们面前停下。艾比看清楚了公交车的路线牌子……

"76路！"艾比觉得简直不可思议。那辆76路公交车不是远在珊瑚礁的海底吗？现在这辆又是从何处来的？公交车的车门慢慢打开，一位白发老者微笑着走下车来。

"老麦唐诺先生！"

"艾比，我们终于又见面了。"老麦唐诺先生说，"我怕你找不到路，特地差遣亚当七世去接你。"

水狸嘀咕道："不是找不到路，是他不肯来。"

"亚当七世，你今天表现不错。"老麦唐诺先生拍拍水狸的头。艾比知道水狸和老麦唐诺先生是一伙，那么飞飞一定也在这里。

"飞飞呢？"

老麦唐诺先生呵呵直笑，水狸也咧开嘴。

"你还没看到？"老麦唐诺先生把身上的黑色披肩解下，往地上一扔。那披肩自动收卷成为一条小黑狗，艾比欢呼一声，搂着小狗。

"飞飞！"

飞飞也忙着舔他的脸，"真对不起，艾比，我没能保护你。"

"不要这么讲,我们都平安就很幸运了。"

老麦唐诺先生说:"说得不错,总算大家都平安。我们走吧,两位请上车。"

亚当七世说:"麦唐诺先生,我就不去了,免得水狸大队少了一员要角,引起人类的疑心。这些人笨得像什么似的。他们要我们负责检查下水道,不是脑子进水吗? 哈哈。"

亚当七世迅速消失在连接大隧道的洞穴里。艾比和小黑狗上了公交车,老麦唐诺先生发动引擎,公交车沿着漫长的地道缓缓行驶。本来艾比以为这是唯一的地道,但是不久他们来到三岔路口,过了一会儿又是一个三岔路口。艾比很快就记不清老麦唐诺先生选择的哪条路。现在即使老麦唐诺先生让他下车,他也走不回去了。

"飞飞,这真是地底迷宫。是谁建造了地底世界的迷宫呢?"

"我们回不去了,艾比。"飞飞自责道,"都是我不好,我应该记住回去的路,但是我实在记不住。我太没用了,我对不起你,对不起姆妈。"

飞飞不讲姆妈还好,一提到姆妈,艾比也忍不住大哭。哭到后来,连老麦唐诺先生都忍受不了,停住车对艾比说:"不许再哭! 要知道,男儿有泪不轻弹。虽然你还是小孩,也要学会表现得很坚强。再哭就不是呼回好男儿,我要请你下车自己走!"

艾比吓得不敢再哭。老麦唐诺先生继续开车,冒着浓烟的公交车摇摇晃晃,经过一个又一个路口。艾比注意到有的路口其实并不是路口,而是一小方一小方开辟的园地,顶上都有个人工小太阳,照耀着底下园地里绿油油的各种植物。艾比问老麦唐诺先生:"地底世界还有菜园?"

"地底世界不但有菜园,还有果园和麦田。"老麦唐诺先生说,"地底世界生产的果蔬粮食,够养活海默城半数人口。别的我不敢说,有一点我可以保证,以后不论有没有天灾人祸,海默城不会再有大饥荒。只要我经营的地底世界存在一天,易子而食的惨剧就一天不会发生。"

"可是万一地底世界淹水呢?"飞飞忍不住问。

"不会的。"老麦唐诺先生很有自信地说,"地底世界的隧道和防水墙都是我亲自设计的,保证不会淹水!"

公交车摇摇晃晃终于到了地道的尽头,停了下来。老麦唐诺先生要他们下车。原来地道的尽头是一架巨大的升降机。两个人和一条狗进入升降机,门关上后,升降机就缓缓下降。两边的大玻璃窗显现出海底的奇观,各种颜色的鱼群游弋在一丛丛漂亮的珊瑚礁和海草之中。

"这就是海底城?"艾比问。

"对的,"老麦唐诺先生点头说,"艾比,你终于到了海默珊瑚礁区的海底城。"

艾比在课本和故事书里面读到过许多关于海底城的故事,却没有想到自己会亲身来到海底城，简直兴奋极了，连珠炮般问了老麦唐诺先生一大堆问题，后者都笑而不答。艾比几乎忘记老麦唐诺先生是坏人，吵着要老麦唐诺先生带他参观海底城。老麦唐诺先生说，今天太晚了，明天再参观吧。他们出了升降机，就是海底城的指挥中心。老麦唐诺先生要艾比和飞飞到指挥中心一旁的小房间去休息，自己回到指挥中心去处理事情，在一排排计算机间东奔西跑忙碌得很。

今天经历了太多太多事情，艾比躺在床上翻来覆去，哪里睡得着，到最后实在太累了，终于迷迷糊糊睡去。他一觉醒过来，也不知是白天还是黑夜，就跑回指挥中心。老麦唐诺先生仍然在忙碌，小黑狗飞飞倒乖乖坐在老麦唐诺先生旁边陪着老人家，看起来很得老人家的欢心。艾比再度提起参观海底城。老麦唐诺先生被艾比缠得不行，最后只好说："我实在没空，让诺基带你们去好了。"

"诺基，诺基是谁?"

老麦唐诺先生指指地上。艾比这才注意到地上有只褐色的巨大蟑螂，两根触须正不停左右摆动。

"老天，诺基是只大蟑螂!"艾比十分厌恶，"我宁可请亚当七世带我们去，至少亚当七世是水狸。"

"是蟑螂又怎么样?"有个声音说，"小小年纪，不要随便就歧视别的生物。在学校老师怎么教你的? 你难道不知道，一切生物都生而平等吗?"

"哇，好厉害，会说话的蟑螂!"艾比说，"麦唐诺先生，蟑螂怎么会说话? 别告诉我，它是变种太空蟑螂。"

"我不但会说话，还会唱歌和讲笑话。我是全能的蟑螂。"诺基说着，翘起两根触须，"你称呼我变种太空蟑螂，一点都不过分。"

艾比虽然非常想参观海底城，但这时候却坚决地说："麦唐诺先生，我不要诺基带我参观海底城，不然我宁可不去。"

飞飞跑过去嗅嗅诺基，一张口咬断诺基的一根触须，蟑螂立刻倒在地上发抖。艾比大惊，"飞飞，我说不要诺基带我参观海底城，但是你也不必咬伤它。"

小黑狗不但不停止，反而再补上一口，咬断诺基剩下的另一根触须。蟑螂不再动弹。飞飞说："放心，诺基不是活蟑螂。它是遥控的机器蟑螂。"

这时有人哈哈笑道："还是飞飞聪明，一眼就看出诺基是遥控的机器蟑螂。"

"尼克!"艾比听出是他的邻居尼克的声音。一个帅气的年轻人从布帘后面走出来，把机器蟑螂捡起来放入一个小盒子。这人果然是尼克。艾比对尼克可没有好脸色。飞飞倒很友善，摇着尾巴跑过去嗅尼克。尼克笑道："飞飞你放心，我可不是遥控的机器人。"

"小心这家伙，飞飞，你变成狗头风筝时，尼克还想用鸟枪打你。"

"你以为我真会那样做吗?"尼克说,"拿气枪不过是吓唬吓唬飞飞。"

"反正你不是好人就对了。"艾比说,"尼克,我一直以为你是我的好朋友,好邻居,没想到你竟然那么狠心。"

尼克耸耸肩,"我是不是好人,现在并不重要。喂,小子听着,你不要诺基带你参观海底城,我可以带你去。"

"慢着。"老麦唐诺先生说,"尼克,你要带他们去参观海底城可以,但是千万不要忘记他们的身份。他们是俘虏,懂吧? 所以不许到处乱跑。"

尼克点点头,正要转身,老麦唐诺先生又说:"尼克,昨天变形金刚车被人偷走开入了海里。幸好我装了自动驾驶仪,它自己找路回来了。我后来开过它,似乎没有大问题。但你还是要彻底检查有没有什么不易察觉的损伤。"

"我知道,我会做好维修工作。究竟是谁偷的,你我心里都有数。"尼克转身对艾比和飞飞说,"两位要知道,你们的身份是俘虏,不许到处乱跑。现在两位请跟我来。"

艾比和飞飞跟随着尼克,再度进入海底城的庞大升降机。

9. 三个小金人古玩店的秘密

唐森一觉醒来,旅馆床头柜上闹钟的指针已经指在九点十分。昨晚临睡前预先设定的闹铃竟然没响!他自觉惭愧,连忙跳下床。

"太迟了!"他对自己说。大半个早晨就这样浪费掉,他的调查工作到现在还没展开呢!

想起昨晚,唐森就有些莫名的惆怅。昨晚是夏娃娃鲁主动要求协助唐森寻找 M,可又半途而废。但是唐森对自己说:求人不如求己。何况堂堂一位联邦的境遇改造员,本来就不必靠人帮忙也一样干活!

唐森下楼到旅馆正厅,柜台的服务员对他说:"唐先生,昨天晚上您要我们为您租的摩托车就在外面等候。"

他步出旅馆,一位穿着白色风衣蓝色牛仔裤的长发年轻女子果然已经站在摩托车旁等待。这辆黑色的摩托车虽然不如夏娃娃鲁的大红摩托车拉风,但是看起来也不太坏。

"你是租车公司派来的吗?"唐森问。

租车公司的小姐点点头,把车钥匙交给唐森。唐森看不像别的同事陪她一起来,忍不住问一句:"我拿到摩托车以后,你怎么回去?"

"唐先生请放心,我会搭公共汽车回公司去。"年轻女郎的笑容很灿烂,"公司一样要付我薪水,我却可以慢慢悠悠坐着公交车游荡,爱想什么就想什么,这是我一天最快乐的时光。"

唐森点点头。是啊,半杯水是半满还是半空,就看自己的心情和认知。何况夏娃娃鲁也并不是故意捉弄自己,人家接到电话时脸色都变了,显然家里出了状况,应该是真的有急事。

唐森决定自己驾驶摩托车去调查在海默旧城的三个小金人古玩店。他已经是识途老马,在蛛网桥路里穿来穿去,不久就到了海默旧城的城中心。他并没有停进车立方,而是随便把摩托车停在路边,假装是客人进入古玩店,东看看西看看,看了许久,却没有人来招呼他。

唐森心中奇怪,但他东看西看倒发现一些蛛丝马迹。这古玩店很怪异,无论电子墙上的广告还是桌上摆的宣传品,都称该店代售的玉石来自外星。柜子里摆的玉石倒是光彩夺目,和一般的古玩很不一样。

"先生您好,我能够回答您什么问题吗?"一个打蝴蝶领结、长得很体面的年轻人终于过来招呼他。

"你们专门代卖外星的玉石?"

"是的,您请坐,我可以为您解说一下。"体面的年轻人说,"先生贵姓? 哦,唐先生。唐先生,我能不能请您先拔一根头发,让我们做个计算机DNA分析? 很快的,两分钟就好。"

唐森不禁好笑,"我买玉石,和我的DNA有何关系?"

"唐先生,您不愿意做计算机DNA分析也没有问题。可是我们发现,一个人的DNA和他喜欢的玉石有极密切的关系,几乎可以说是命中注定般准确。"

"有这样的事! 但这是买给别人的礼物,拿我的头发做DNA分析就没用了。"

"是的,唐先生。"体面的年轻人并不死心,"但是如果您能事先取得对方的一根秀发,哪怕只有短短的一截,您给她买的礼物就会令她百分之百满意!"

"下次吧。我有个问题,你们这些玉石真是从外星来的?"

"当然,"体面的年轻人指指电子墙上不断变换的画面,"都是本公司在外星的分公司直接开采,然后送来本地工厂加工处理的。每件饰物都有它的出身纸作为证明。"

"外星的玉石……能够算是古玩吗?"

"这要看您对古玩的认知了。"年轻人正色说,"外星的历史不是呼回的历史,所以外星不可能有呼回的古玩。但是人家有人家的历史,也有人家的古玩。所以……"铃声响起,年轻人对他做个抱歉的手势,"对不起,我先接个电话。"

年轻人低下头去,在电话里小声说:"我是尼克,有什么吩咐吗? 是的,我立刻处理。M,您请放心。"

唐森暗笑,他已经听到他想弄明白的人名。年轻人放下电话,毕恭毕敬站起来。唐森有些诧异他的前倨后恭。年轻人大声说:"针礼局长您好!"

一只手搭上唐森的肩膀,唐森不用回头也知道是谁。红发高大的针局长说:"还是联邦的境遇改造员最有干劲,一早就来三个小金人古玩店调查。查出了什么吗?"

唐森笑笑。针礼局长既然出马,他的调查不得不暂时告一段落。体面的年轻人一路赔笑送他们出来。他俩站在三个小金人古玩店外面,针礼局长再问一句:"查出了三个小金人的秘密?"

"不怕局长见笑，"唐森说，"三个小金人的秘密你一定早就清楚。昨晚不是还说要带我来这里？"

"什么？"针礼局长诧异道，"我可没有说过，你讲什么啊？横竖我知道的不算数，还是先听你讲。"

"好的，"唐森不疾不徐地说，"三个小金人古玩店的幕后老板是海默城的名流M。他很可能和于家的后人于宁远医生共同策划谋杀计划，杀害吴家的后人。原因吗？并不是为了报世仇，因为金钱和爱情都远比世仇更重要。当然也不是为了爱情，呼回世界没有罗密欧和朱丽叶。我怀疑M和他的同伙与外星商人勾结做生意，但是吴家挡了他们的财路，双方利益冲突，也可能是两派窝里黑吃黑，但还没有找到具体证据。"

"真厉害！"听完唐森的说明，针礼局长慢慢鼓掌，"不愧是联邦的境遇改造员，不到一天就查出这么多东西。可我还是不得不说，你错了！唐森，你知道你错在哪里吗？"

唐森摇摇头。针礼局长说："你错在不该被夏娃娃鲁迷惑，把调查的矛头完全指向M。"

唐森不客气地说："无论夏娃娃鲁说什么，都和我的推论无关。针局长，你身为海默城的警察局局长，却偏袒M这大财阀，恐怕你的说法经不起实证的考验。小心出了事，不但你警察局局长的位子保不住，搞不好还要坐牢！"

"不必恐吓我。你知道M是谁？M不仅是古玩店的老板，也是呼回世界最有影响力的经济学家。于医生以及被杀的吴厂长，他们都是呼回世界的开明派，受到M的影响，才会全心全意和外星人做生意。"

"这正是我所怀疑的，你讲出来反而证实了我的推论。虽然于医生及吴厂长都受到M的影响，并不表示他们之间没有利益冲突。"

"呼回世界的开明派要和外星人做生意，但是保守势力呼报社极力反对。"针礼局长说，"你知道呼报社是什么组织？呼报社并不是报社，至少在开始时不是报社。它是呼回四异里的豹人和蛇人的混血儿后代组织起来的，呼报社就是'护豹蛇'的谐音，反过来念就是'蛇豹护'。它的宗旨是'反明复清'，他们要铲除呼回世界所有的开明派，恢复保守的呼回清谈古制。他们要打倒的对象倒不一定限于吴家或于家。"

唐森想反驳，但针礼局长越说越激动，"为了贯彻'反明复清'的主张，呼报社甘心情愿变成帝国的爪牙。他们的口号是'摧毁堕落的世界，消灭堕落的敌人'。依照他们的说法，呼回世界堕落了，如果不能恢复清谈古制继续堕落下去，就将成为他们摧毁的对象。我干不干警察局局长是一回事，保卫呼回世界责无旁贷！"

唐森大惊，追问道："你确定呼报社的口号是'摧毁堕落的世界，消灭堕落的敌人'？"

"当然。在他们的内部文件里经常提到这两句口号。放心吧，我不会说谎的。我是真理,不是谎言,真理才是最好的选择。"

　　唐森没话说。针礼局长继续说道:"最近一连串的凶杀案是不是呼报社干的,我还没有掌握足够的证据,不敢随便说。但应该不会是M干的。我不敢说绝对不会,可是M并没有行凶的动机。"

　　"是事实上没有行凶的动机,还是你认为他没有行凶的动机?"

　　针礼局长说:"没有就是没有,不必咬文嚼字。你还有一点也说错了。你说呼回世界没有朱丽叶和罗密欧,这也不尽然。当然这和本案无关。"

　　针礼局长还想再说什么,一辆警车突然出现,驾车的棕肤女警员莫度多气急败坏对针局长说:"局长,刚刚收到简讯。今早又有人遇害,凶杀地点在新海默城。"

　　针礼局长咒骂一声,对唐森说:"这下海默城的媒体要闹翻天了,我必须立刻过去处理。你要不要跟我一起走?"

　　唐森说不用了,他有租来的摩托车。他看着针礼局长和莫度多匆匆乘警车离开,心里充满疑惑。想不到"摧毁堕落的世界,消灭堕落的敌人"竟然是呼报社的口号,他的上级秦上校却说"渗透多余的世界,消灭多余的敌人"是这次办案的最高指导原则。这两句话实在太相像,是巧合还是另有蹊跷? 究竟是怎么回事?

　　这时唐森的四周升起团团橘黄色的迷雾,像一圈圈切好的菠萝片,很快把他笼罩在里面。唐森没有料到超级情境胶囊突然起了作用,好在他训练有素,处变不惊,自己先盘膝坐下来,然后诚意正心。他遇到过这种场面,知道情境胶囊正在进行情境改换的工作。等到一圈圈的菠萝迷雾消失,唐森发现他置身在一间宽敞的办公室里面,办公桌后面坐了一个人。他看清楚那人是谁,立刻站起来,立正大声唤道:"长官好!"

10.　一艘黄色的潜水艇

艾比、小黑狗飞飞和尼克乘坐海底城的升降机回到他们来的那一层,昨天老麦唐诺先生驾驶的公共汽车还停在升降机门口。尼克要他们在升降机里等候,自己却上了公共汽车。艾比诧异道:"不是去参观海底城吗,为什么要坐公共汽车?"

尼克说:"等一会儿你就知道了。"

他竟然将公共汽车驶进庞大的升降机,下车一按升降机的电钮,升降机就缓缓升到最上一层。出了升降机就是海底城的地面出口,旁边是个广场,再过去是庞大的船坞。艾比看到船坞的巨大标志牌上写着"海默造船厂",明白这儿是海底城的掩护。一般人只看到造船厂,却没有想到造船厂旁地底下就是海底城。

尼克要艾比和飞飞跟他上公共汽车。等大家都坐好后,尼克一按驾驶台的电钮,公共汽车的门窗就全部自动关上。尼克再按驾驶台另一个电钮,船坞的控制塔有一个大爪子把公共汽车吊起,慢慢放进船坞旁的水道里。公共汽车漂在水中载浮载沉,起先甚至有点倾斜。然后尼克发动引擎,公共汽车居然不再倾斜,缓缓朝水道的闸门前进。艾比乐坏了,说:"我知道这公共汽车是什么了,它是变形的潜水艇!"

"是的,这公共汽车看上去毫不起眼,其实是老麦唐诺先生发明的变形金刚车,可以上天下海,也可以变成潜水艇。"尼克戴上船长的帽子,骄傲地说,"现在潜水艇要出海了。"

尼克把黄色潜水艇停到闸门边,拉一拉垂下来的绳索,水道的闸门就慢慢打开。黄色潜水艇通过闸门,驶向外海。一群多彩的长尾巴海鸟伴随着黄色潜水艇进入海域。

这时正好是呼回世界的黄昏,海底隐藏的巨大海兽一个个都浮出水面。艾比看到呼回世界独特的海兽,简直吓呆了。海兽很像地球古代的长颈恐龙,可是它的嘴巴并非长在头上,而是长在脖子上面。换句话说,海兽的嘴巴不是水平向的一条线,而是垂直向的长长一条线,它的颈子有多长嘴就有多大。当海兽要吃东西时,颈子上的垂直大嘴就完全张开,两边是长长的两排牙齿和无数形状如锯齿的锐利舌头。海兽吃小动物时,嘴巴上部咬着,然后两排牙齿和锯齿舌头一溜啃食下来,到海兽的嘴巴下部时小动物已经骨肉完全分离,很容易就生吞活咽了。艾比从来没有看过哪种动物有比这还恶心可怕的嘴巴。

海兽在波光闪闪的大海中遨游,然后向海中一个小岛的沙滩前进。原来沙滩上万头攒动,多少只海狮在欢欣吼叫,等待着海兽的造访,却被海兽当做点心吃掉。艾比看了,很替海狮抱不平。但尼克说这是天意,否则海狮数量太多,同样会饿死。

观看海狮岛后,黄色潜水艇下潜进入珊瑚礁区。有几头巨大海兽居然跟随他们一起下潜,但是过了不久大概觉得无趣,一个个又转头游开。潜水艇在珊瑚礁区转来转去,找到一处平坦的沙滩地爬上岸,门窗都自动打开,依然是一辆黄色公共汽车。尼克协助艾比穿上潜水衣,在公共汽车附近的浅海采集珊瑚。玩了一会儿,尼克说时候不早,他们该回去了,就又乘坐黄色潜水艇回到了海底城。

虽然尼克始终没有解释什么,但是艾比已经看出尼克不像要加害他和飞飞的样子,反而处处在保护他们。他越想越不明白,忍不住问尼克:"尼克,我可不可以问你,你和老麦唐诺先生都不像是坏人,可是你们为什么要闯入我家,绑架我和飞飞?"

尼克笑笑,说:"为了做给别人看。"

"做给谁看?"

尼克不回答。艾比知道他不肯讲,便改变话题说:"老麦唐诺先生让你管这么多事,他一定很信任你。姆妈从来不肯让我管任何事。"

"我比你大四岁呢。"尼克笑道:"你才十二岁,急什么?"

"我好羡慕你,尼克。"艾比真心诚意地说。

"傻瓜,我才羡慕你呢!"尼克说,"你妈对你那么好,家里什么事情都不用你操心。我多么希望我爸爸也在我身边,我就不必像现在这样,什么事都得自己料理,而且还得帮老麦唐诺先生管他的事,真是累死我了。"

"你不知道,姆妈有时候对我并不好,又常常工作到很晚才回家,简直都把我忘了。"

"那算什么?晚回家总比不回家好。"

这时黄色潜水艇已经回到海底城的船坞闸门。尼克把黄色潜水艇停在闸门边,拉一拉垂下来的绳索,水道的闸门就慢慢打开了。黄色潜水艇通过闸门,驶入船坞。船坞的汽笛突然响了。尼克听到汽笛声,脸色大变,对艾比说:"不好了,他们来了。"

"谁来了?"

尼克一把捉住艾比说:"艾比,你刚才看我操作潜水艇,应该看清楚了。能够依样操作吗?"

艾比并没有特别留神注意尼克操作潜艇的步骤,连忙摇摇头,背后的飞飞却说:"我会操作潜水艇。"

尼克和艾比不约而同惊奇喊道:"飞飞,你会操作潜水艇?"

飞飞毫不犹豫地摇摇尾巴。小黑狗不管说什么都是摇摇尾巴,真正的意思还要看它狗脸上的表情,再根据当时的情况来解释。尼克无奈地说:"好吧,飞飞,也只有信任你一次。等我上岸之后,你就把潜水艇再开出船坞,躲到珊瑚礁区海域,离这里越远越好。尽可能不要使用无线电话,免得被追踪定位。不论谁用无线电话和你们联络,只要不是艾比的姆妈的声音,就千万不要理。"

"如果是你的声音,要不要理?"飞飞问。

"也不要理。"

"如果是老麦唐诺先生的声音呢?"

"都不要理。"尼克说,"飞飞,你乘我和老麦唐诺先生不注意,夺得黄色潜水艇,和艾比逃出海底城。我们追捕你们都来不及,懂吧?"

"我懂。"飞飞说,艾比在一旁也点点头。

"好好保重,我走了。"尼克说完就打开潜水艇的侧门,从潜水艇甲板跳上船坞。

飞飞真的很能干,在驾驶台跳来跳去,忙碌地操纵着潜艇。小黑狗看尼克踏上岸,用嘴巴一推倒挡,把潜水艇再度开出船坞的闸门。艾比不停回顾,潜水艇离开海底城后,船坞的汽笛继续狂响了许久,奇怪的是并没有人来追赶他们。

"飞飞,"艾比说,"尼克和老麦唐诺先生故意放我们走,他们应该是好人。可是昨天你看到老麦唐诺先生,却一口咬定他是坏人。"

"因为昨天开公共汽车的并不是老麦唐诺先生,"飞飞说,"那是蛇人化装成老麦唐诺先生。"

"好吧。后来尼克和老麦唐诺先生侵入我家,要绑架我们。他们究竟是真的尼克和老麦唐诺先生,还是假的?"

"唔……我猜那时候他们是真的。就像刚才尼克讲,是为了做给别人看。"

"什么时候才是真的,什么时候才是假的?"艾比说,"飞飞,我真给他们搞糊涂了!"

小黑狗摇摇尾巴说:"反正有时候真有时候假,人类不都是这样吗?"

"我看你也搞不清楚。"艾比说,"飞飞,你看姆妈会不会也有时候真有时候假?"

"不会的。姆妈爱你的心永远不会变。"小黑狗说,"艾比,我在船上找到一本故事书,可能是尼克的,要不要我读一篇给你听? 这篇故事的题目叫做裸树,也许听了后你可以了解母亲对孩子的爱。"

艾比点点头。飞飞打开书,开始念道:

年轻的母亲喜欢种花植草,孩子也跟着她在园子里团团转。看到孩子趴在地上聚精会神地观察生长中的植物,她特别感动。她知道孩子注定要成为武士,这是她丈夫临死前最后的遗愿。"让他去索伦城比武,替我报仇!"她再爱孩子也不能违背孩子父亲的遗志,不送他去习武。但在动刀动枪之余,孩子能够和她有同样的兴趣,一起观察一株植物,就是上天给她的最大恩宠。

有一天她在缝衣时,孩子突然跑来对她说:"妈,你快来看,有一棵植物病了,茎都开始变色了!"她吃了一惊,跟随孩子到园中。果然植物的绿茎上面出现了密密麻麻的褐色纹路。她不禁笑了,"它没有病。这棵不是草本植物。你知道它是什么吗? 它是蜡梅树,现在虽然很幼小,但将来会长成一棵大树。因为是树,所以它的茎不能永远维持青绿。它必须给嫩枝穿上厚厚的褐色树皮,到了寒冷的冬天才能够保护自己。"

孩子惊讶地抚摸幼小的蜡梅树,绿茎上端还是嫩绿的,下端已经变褐变硬。她忍不住继续说:"就像你。将来成为武士后,也必须穿上厚厚的盔甲才能够保护自己,尤其是保护你的心脏。穿上盔甲,对手就无法伤害你。"

孩子似懂非懂地点点头。年轻的母亲这么说着,忍不住转过头去拭泪。平常孩子的手掌被一根木刺扎伤,她都要心疼好久。她无法想象有一天孩子必须上场比武,和敌人拼个你死我活。

十几年后孩子离开她到京城去,临走对她说:"妈,记不记得从前你跟我说,蜡梅树必须给嫩枝穿上厚厚的树皮,到冬天才能够保护自己;武士也必须穿上厚厚的盔甲,才能够保护心脏? 后来我想了很久。虽然你说得对,可是如果这样就没法让人接触我的心,我宁可不要。"

她没有想到孩子还记得她的话,立即大声纠正他。孩子没有再说什么,笑笑走了。孩子走后,她一直记得他临走时的笑容,连做梦也会梦见。孩子常常写信给她,有一次又提到故乡的蜡梅树。"妈,蜡梅树已经长得很高了吧? 前天我去索伦城的公共浴池,看到一个大个子,我认出来他是习武的同伴。这么高大的壮汉,却温柔地搀扶他的祖父来公共浴池。所以我知道世界上一定有裸树存在。"

这年冬天,京城盛传有位呼回武士大胆向统治的闪族武士挑战,连杀三十三名对手后,终于力竭被闪族首席武士杀死。传说中的呼回武士无疑是个疯子,因为他居然没有穿戴胸甲,才会被敌人一剑插入心脏。

她听到这消息,知道逝去丈夫的心愿已了。那晚她梦到园中的蜡梅树长得更加高大茁壮,枝丫却都恢复到青绿的颜色。她在梦中温柔对孩子说:"孩子,你说对了。瞧,那就是你说的裸树。"

艾比认真听完故事的结局,不得不叹口气说:"这故事太悲凉,不要再念了,我不想听。"

他跑上潜水艇的甲板。这时潜水艇已经回到珊瑚礁区海域,停泊在他们早先来过的那处海滩前面。小黑狗把潜水艇停泊好,跑上甲板来陪伴艾比。太阳逐渐倾斜,紫日西沉,海滩也泛着紫色。接近海滩的浅水里翻滚着鱼群,众多海鸟又来了,绕着潜水艇慢慢飞翔,然后疾潜入水中捕鱼。

艾比和小黑狗坐在甲板上望着呼回世界的日落。紫日落入海洋,天色很快就暗了。飞飞轻轻哼着一首呼回民歌:

紫日西沉
又到了
宴享时分
蓦然回首
但见那
一片孤城

潜水艇开始有规律地左右晃动,大约是涨潮的关系。艾比不知道他们必须在这里停留多久,突然好想念姆妈。不知道她现在在哪里,什么时候才会想起自己,来找自己?

11. 谁要吃唐森的肉?

唐森没有想到秦上校会通过超级情境胶囊突然现身。当然,他知道这是情境胶囊制造的胶囊情境,可以说是假象。但是,有时候假象比真相更加逼真。

办公桌后面坐着的头发几乎全秃、蓄短髭的矮个儿虽然是秦上校的投影,却成功投射出了这位唐森的顶头上司的眼神。唐森不禁想,情境胶囊的投影技术越来越趋完美,连秦上校圆形眼镜后面关爱的眼神都不含糊呢。但是最令他受宠若惊的还是秦上校十分重视自己的任务,居然特地前来访查。他再次激动地喊道:"长官好!"

"够了,别再大声嚷嚷。"秦上校说,"启动认证程序。"

"是,长官!"

这就是秦上校和别的技术官僚不同的地方。照理说他们都置身在情境胶囊制造的胶囊情境内,并没有认证的必要。但秦上校仍然一丝不苟,他的军人素养表露无遗。

唐森先打指纹,然后检查瞳仁,最后验血,一步步执行认证程序。等到认证完毕,秦上校才点头说:"唐森,你执行本次任务,到目前为止有什么具体收获?"

"报告长官,我奉命到呼回世界海默城执行任务,到现在刚好是第二天。虽然对任务本身的认识仍然有限,但是已经和海默城的警方建立了良好的工作关系,正协助他们调查一桩凶杀案。"

唐森把他参与连环凶杀案的办案经过简单报告一遍,秦上校不置可否。直到唐森讲到他认为海默城的大财阀M可能是主谋,和针礼局长认定呼报社是元凶的看法恰恰相反时,秦上校方才点头说:"你的推论没有错。调查M和他的同党,才是办案的正确方向。我们这行有个说法,银子在哪里,尸体就在哪里。反过来说也是一样,尸体在哪里,银子就在哪里。"

唐森难得受到秦上校的肯定,继续说:"长官,我也是这么想。只有一件事情我搞不懂。想不到呼报社的口号竟然是'摧毁堕落的世界,消灭堕落的敌人'。长官曾经指示过,

'渗透多余的世界，消灭多余的敌人'是我办案的最高指导原则。呼报社的口号和办案的最高指导原则如此相像，这是故意考验我吗？"

秦上校说："唐森，我派遣你去呼回世界，不是要你帮助海默城警方调查凶杀案。你这样做也没有错，可以取得他们的信任，但是你还有更重要的目标。"

"什么才是更重要的目标，我实在不明白。"

"有什么不明白的？"秦上校说，"我说过，'渗透多余的世界，消灭多余的敌人'，才是你办案的最高指导原则。你仔细想想，一切就都明白了。"

"但是多余的世界是什么世界？呼回世界吗？多余的敌人又指的是谁？如果是多余的世界里面多余的敌人，我们又何需在乎它？"

秦上校并不正面回答，递给唐森一个蓝色的八角小盒，说："你也知道我的脾气，一旦交给特派员任务，就尽量不会再做进一步说明。特派员做不做得到，是他本人的造化。但我来并不是为这个……唔，当然也是为这个。这小盒不必打开，到了特定地点和特定时间，你就交给特定的人。好了，去吧。"

唐森还想再问，秦上校已经不耐烦地挥挥手，唐森只好把要说的话吞回去。

情境胶囊迅速让情境变回旧海默城，唐森仍然站在古玩店门口，旁边是他租来的黑色摩托车。每次他和秦上校会面，都会被弄得糊里糊涂，到事后才逐渐明白，进而恍然大悟。但是这次稍有不同。关于办案方向，秦上校的说法和针局长恰恰相反，这倒也罢了。正如秦上校所说，办案并不是他的目的，他还有更重要的目标。但究竟什么才是更重要的目标？

唐森正打算骑上黑色摩托车，目光却被对面商店橱窗里的电视吸引住。电视新闻正在报道早晨发生的凶杀案。新闻播报员说，在凶杀案现场发现一个蓝色的八角小盒，可能是凶手有意或无意间留下来的。如果有人见过这种八角小盒，或者知道谁有八角小盒，请和办案单位联系。

八角小盒，这不是秦上校最后要交给他的那件东西吗？连颜色都一样。秦上校怎么说的？"这小盒不必打开，到了特定地点和特定时间，你就交给特定的人。"那么八角小盒只是个信物而已。

唐森再看电视新闻里播放的遇害者照片，不禁全身一震。遇害的姑娘不就是早上送摩托车给他的女郎吗？他还记得她讲到可以偷闲坐公交车慢慢回到公司时，那种快乐的神情和纯真的笑容，想不到竟已经被炸弹炸死了。一个无辜的可爱少女，烧得全身焦黑，实在太惨了。

一个可怕的念头，像闪电一样打得唐森全身发麻。他简直站不住脚，一下跌倒在地上。他突然明白，很可能自己就是连环杀手！

这个想法太恐怖了，但是唐森不能不面对铁的事实。他的行动受超级情境胶囊控制，可能在无意识的状况下被指挥，做出最不堪的事情。秦上校最后提到八角小盒时，脸上显现出令人玩味的神情。他因为对老长官过于尊敬，当时视而不见，但是事后他不能不回想秦上校的奇异神色。

还有，因为胶囊情境毕竟是虚境，通常如果秦上校要在胶囊情境里交给他什么东西，会指定一个地方，例如火车站的寄物箱，要他离开胶囊情境后再去拿。但是这次破例没有，他也忘记追问。没有给他八角小盒的原因很明白：他不久就会发现，小盒在特定时间已经交给特定的人。

天哪！唐森真是欲哭无泪。假如遇害者是个无恶不作的凶神恶煞倒也罢了，偏偏是个纯洁可爱的姑娘。难道她遇害只是因为秦上校要给他一个信息，让他明白谁在掌控谁？这未免太残忍，太过分了。他一直将秦上校视为天神，想不到秦上校竟是魔鬼！

唐森从地上爬起来时，已经暗暗做了决定。他不想继续被秦上校利用，下决心要将吞下的超级情境胶囊从体内弄出来，即使因此失去联邦境遇改造员的职位，即使因此必须丧失生命，他也在所不惜！

他跳上摩托车，回到他在新海默城入住的旅社。附近的道路果然已被警方封锁住。唐森亮出联邦境遇改造员的证件，穿过警方的封锁线，找到针局长。针局长看到唐森就没好气地说："伟大的联邦境遇改造员！要继续牺牲多少条人命，你才肯动用复制情境的本领追踪捕拿凶手？"

"不必费神捉拿凶手了。"唐森说，"凶手就在你的眼前。"

针局长怒道："唐森，一个无辜的姑娘遇害了，我现在没有心情跟你开玩笑。"

"我不是开玩笑。"唐森正色说，"我就是凶手。"

他简单说明他的上级如何利用超级情境胶囊控制他，以及蓝色八角小盒的线索。针局长仔细听完，说："竟有这样的事？！对不起，唐森，我还一直怪你不肯动用复制情境的本领，是我错怪了你。"

"我才应该说对不起。"唐森平常自认是一条硬汉，这时却控制不住自己的眼泪，哽咽说道，"这位姑娘平白为我送命，太不值得。"

"但我并不认为你是凶手。"针局长说，"理由很简单。连环凶杀案这已经是第六桩，前四次凶杀案发生的时候，你根本还没有来到呼回世界，所以不可能是你干的。但是你的上级或者什么人故意利用这机会栽赃给你，倒是很有可能。"

"或者利用这机会送信息给我，要我彻底服从他们。"唐森拭泪道，"无论如何，我不愿意继续被他们利用，我准备将吞下的超级情境胶囊弄出来！"

"弄得出来吗？我很怀疑。"

"如果弄不出来，我宁可死了算了。"

"别说丧气话。"针局长说，"我想到一个人。事情糟到这个地步，只有找他求救。"

"是谁？"

"于宁远医生。"

"但这位于医生是整容医生，他……"唐森没好意思说下去——他懂什么？

"不要小看于医生。"针局长像是猜到他的想法，说，"整容手术对于医生而言只是雕虫小技，他真正的本领绝不止于此。咱们走。"

针局长说走就走，开车带唐森回到旧海默城于宁远医生的家。于医生看到两人，脸上出现疑问的表情。唐森知道上次和于医生的互动不是很愉快。但是人在屋檐下，不得不低头。唐森道明来意，把他被秦上校利用的故事叙述一遍，说清楚即使自己丧失性命，也要动手术把脑子里的超级情境胶囊挖出来！

没有想到于宁远医生听后哈哈大笑，一张圆脸显得更加满圆。他说："你以为超级情境胶囊可以动手术从脑子里挖出来？"

针局长忙说："挖不出来就算了，不必勉强。"

唐森却坚决无比，说："不！一定要弄出来！"

"两位先别闹，请听我解释。"于宁远医生说，"根据我的了解，超级情境胶囊不止是一颗胶囊。人服用超级胶囊后，它会分解为胶囊微片，随血液流到全身，深植肌肉里。超级情境胶囊的厉害就在这里。它把人体变成一个它可以完全掌控的分散系统。所以超级情境胶囊不是动脑手术可以挖得出来的。"

针局长说："谢天谢地！"

唐森失望地说："那么，于医生，我该怎么办？"

"还是有办法的，就看你有没有决心忍受痛苦。"于宁远医生说，"我做了多年整容手术，发现女人为了美貌或者生育下一代可以忍受极大的痛苦，男人在这方面就非常差。但是男人可以为一个抽象的理想忍受痛苦，不过经常会受骗上当。"

唐森说："于医生，有什么好方法你请直说。"

"要把肌肉里的超级情境胶囊微片一片片都挖出来，显然不是一般的手术能办到的。幸好我因为从事整容手术的需要，在默海湾发现了一种食人鱼。这种食人鱼经过训练，可以把像针尖一般的细嘴插进人的肌肉里面，吞食我需要它们去吞食的东西。当初我训练它们吞食胖子的脂肪，灵极了！只要病人肯忍受千万只食人鱼钻进肌肉里的痛苦，减肥要减多少公斤都可以办到！当然时间一定要控制得非常准确。如果太久，人肉就被千万只小鱼食尽，成了人皮骷髅。"

唐森说:"于医生,你有把握能训练食人鱼吞食超级情境胶囊微片吗？如果办得到,就来吧。"

虽然针局长十分反对,唐森仍然坚持要动手术。于医生先替唐森动了一个小手术,切开手臂的肌肉,果然用小手术钳夹出一片超级情境胶囊的微片。于医生说:"用这一枚微片,就可以训练我豢养的千万条食人鱼,个个变成扫雷专家。你们要欣赏这幕奇观吗？"

唐森看看针局长,耸耸肩说:"当然,不看白不看。"

针局长却说:"谢了,我还有许多事情要处理,没有这个雅兴。"

她躲到于医生的办公室里打电话。唐森跟随于医生走到诊所的最下层。原来这一整层被分割成一个巨大的水池和五个较小的个人池。巨大的水池豢养食人鱼,个人池就是于医生的病人接受减肥治疗的地方。

于医生拿出一罐红色的喷筒,一边用喷筒对着超级情境胶囊的微片喷洒,一边解释说:"你一定奇怪,食人鱼为什么会喜欢吃情境胶囊的微片？这就是答案。我喷过之后,微片就带有食人鱼最爱吃的小虫虫的气味了。食人鱼记性最好,吃过一次它就永不会忘记,从此将小虫虫的气味和情境胶囊的微片连接在一起。这个方法是修正巴甫洛夫原理而得来的。"

于医生又拿出一罐蓝色的喷筒,用喷筒对着超级情境胶囊的微片再喷一下,继续解释说:"你一定奇怪,一片微片怎么够千万条食人鱼吃？这就是答案。我喷过之后,微片就带有食人鱼最恨的水蛇的气味。但是这气味恰好比第一种小虫虫的气味稍微弱一些。食人鱼因为喜欢小虫虫的气味,勇猛吞下情境胶囊的微片,然后才发觉微片带有它最恨的水蛇的气味,立刻把微片吐出来。第二条食人鱼接着把微片再吞进去吐出来,很快所有的食人鱼都吞过微片。这样训练出来的食人鱼,先会钻入肌肉去吞下微片,离开人体后立刻吐出来。这方法很巧妙吧？"

于医生像孩子般得意地说:"我发明的方法,在许多星球都申请到减肥技术的专利呢！好了,我们来试试。"

于医生把喷过两种气味的超级情境胶囊微片掷入巨大的水池中,果然水池像沸腾一般,里面万头攒动,所有的食人鱼都来争食。隔了一会儿,水池里渐渐安静下来。等到完全安静了,于医生对唐森说:"食人鱼都调教好了,但是你还有机会反悔。"

唐森说:"我不会反悔。"

于医生说:"那就请你脱光衣服,下到三号个人池里。我已经根据你的体重定好浸泡的时间是37秒。你竖起大拇指给我信号,我就打开闸门,让食人鱼进到三号个人池。37秒一到,我就再度打开闸门。"

"是否在大水池内放置鱼饵,用鱼饵的气味引诱食人鱼出去？"

"不，这样太慢了。食人鱼最怕强光。所以时间一到，我会打开三号个人池池底的灯光，同时打开黑暗的闸门。食人鱼被强光一照，就会统统逃到黑暗的大池去。"

　　唐森心一横，就脱得赤条条地走进三号个人池。于医生站在开关旁等着他打手势。这时针局长刚好进来，看到这个情景简直吓呆了。唐森挥手和针局长道别，然后竖起大拇指，大声喊道："来啊，谁要来吃我唐森的肉？"

12. 海现彩虹桥

黄色潜水艇在珊瑚礁区海域停泊了一夜。第二天清晨，艾比被隆隆的声响吵醒，仿佛有一列火车从他的头顶上驶过。他跑上甲板一看，不免大吃一惊。

一艘巨大的灰黑色太空运输舰就停在潜水艇的正上方，几乎遮住了大半个天空。太空运输舰没有任何公司标志，也没有任何国徽或联邦的邦徽。不过，隆隆的声响并非来自太空运输舰，而是来自海底。

一具五彩缤纷的桥架自海底冉冉升起，越升越高，桥架延伸时发出隆隆的声响。那彩虹桥快要碰到太空运输舰时，运输舰底部的舱门慢慢打开。彩虹桥最前端的巨大钢爪随即向四方扩展，扣住运输舰的舱门。桥架里暗藏的履带开始转动，一箱箱的货物顺着彩虹桥由太空运输舰直接输入海底。直到货物卸完，履带开始反方向转动，一箱箱的呼回出口货物便顺着彩虹桥由海底送上太空运输舰。然后彩虹桥又收缩沉入海底。太空运输舰等到底部的舱门关闭，便缓缓升空消失不见。

原来太空运输舰运送货物到呼回世界后，是这样神不知鬼不觉地直接送入海底城的。海底城输出货物也同样方便。艾比记得在警察局的计算机中心，他曾经看到计算机屏幕上的影像，在珊瑚礁附近有一条长长的灰黑色痕迹。他告诉姆妈，姆妈认为是海底城的通风口。现在他才明白，原来是运送货物的彩虹桥。艾比看呆了，竟没有注意到偷偷爬上黄色潜水艇的一名蛇人。蛇人站在船舷举起长矛，幸亏飞飞很机警，及时用水枪把蛇人冲入大海。艾比看到潜水艇四周都是游泳的蛇人，对飞飞说："我们被蛇人包围了，赶快下潜！"

小黑狗和艾比躲进船舱。飞飞拉长身躯，用狗嘴扳动操作杆，潜水艇快速往下沉。起先还可以听到外面蛇人用力敲打潜水艇的船壳，等到潜水艇下沉到更深处，敲打船壳的声音就完全听不见了。艾比吐舌道："好危险，差点就被他们捉住。昨天尼克叫我们躲到珊瑚礁区，可是现在这里也不安全了。我们去哪里？"

小黑狗摇摇尾巴。艾比说："有了，还是找姆妈求救吧。我们可以用无线电话和姆妈联络。"

飞飞连忙说："无线电话会被窃听和定位，不大好吧？"

虽然飞飞提出警告，艾比还是坚持要飞飞将潜水艇浮出海面，使用无线电话和姆妈联络。但为了防窃听，他不敢持续使用无线电话太久，电话响一阵没人接就挂掉。几次后，倒是姆妈自己先打回来。艾比听到是妈妈的声音，高兴得大嚷。

"妈，你知道吗？我们在潜水艇里，昨晚还在潜水艇里面过夜。妈，飞飞还会开潜水艇呢。"

"飞飞真能干。"姆妈说，"你们在船上有东西吃吗？"

"有的。虽然只有饼干，但味道还不坏。"艾比说，"可是妈，我好想回家，我好想你。"

"我也想你呀。"姆妈说，"但是现在你们不能回家，太危险了。你们还是先回海底城吧。"

"可是尼克叫我们不要回海底城。"

"不要紧的，我会来接你。"说完姆妈挂断无线电话。

既然姆妈这么说，艾比就要飞飞把黄色潜水艇驶回海底城。潜水艇才走了一程，又听到蛇人敲打船壳的声音。艾比说："不好了，蛇人回来了。赶快下潜。"

船壳上面敲打的声音越来越响，而且从船头到船尾都有蛇人在敲，听起来很恐怖。艾比问："潜水艇能不能再潜深一点？"

飞飞指着仪表说："这深度仪只到50尺，我们已经潜到50尺深。再潜深这个小潜水艇恐怕不安全。"

"可是蛇人居然也能潜到50尺深！他们大概戴了氧气面罩。"艾比心生一计，"我们不能和蛇人比谁潜得深，总可以比谁潜得更靠近海兽。"

小黑狗飞飞一听就明白了。黄色潜水艇转舵驶近珊瑚礁，并且释放出大量气泡，再加上蛇人敲打船壳的声音，果然有一头巨大海兽被吸引过来。那头海兽立刻发现黄色潜水艇的外壳爬满蛇人，毫不客气地张开长长的大嘴，露出两排牙齿和无数根舌头，好像舔冰糖葫芦般一口一个蛇人，把黄色潜水艇的外壳舔得干干净净。

艾比和小黑狗从潜望镜望出去，潜望镜正好对着海兽长长的大嘴，大嘴巴把潜望镜整个遮在里面，十分可怖。艾比惊叹道："这头海兽的胃口真好。它大嘴一张，所有的蛇人都没了。我们趁机赶快回海底城去。"

飞飞小心地让黄色潜水艇慢慢增速，免得惊动海兽。好在那头海兽吃撑了，四只鳍完全不动，大头和长颈悬挂在海中原来的位置，并未追赶潜水艇。他们回到离岛，把潜水艇停在船坞里，跑过广场，乘坐海底城的升降机回到指挥中心。老麦唐纳先生看到他们回来，大为惊异。

"尼克不是安排你们坐潜水艇出海了吗，尼克？"

尼克应声从隔壁房间出来，看见艾比和飞飞也吃了一惊。

"你们为什么回这里？不是叫你们躲在潜水艇里面，谁的无线电话都不要接吗？"

"可是姆妈说，她会来接我们。"艾比理直气壮地说，"你说过，我只需要听姆妈的话。"

"糟糕，那些人都在这里，怎么办？"尼克气得抱着头。

老麦唐纳先生说："好了，尼克，这也不是艾比的错，他并不知道这里的情况。现在的问题是把艾比和飞飞藏在哪里？"

他突然低声说："哦，太晚了。艾比和飞飞，记住，无论怎样你们都不要说一句话，自然会有人来救你们。"

就在他讲话的时候，十来名豹人和蛇人相继在指挥中心出现。老麦唐纳先生恢复了平常的轻松态度，高声说："尼克，这两个人就交给呼报社处理吧。"

尼克满脸抱歉，示意艾比和飞飞走到豹人和蛇人的面前。豹人和蛇人立刻围绕住他们。为首的蛇人一声令下，可怜的飞飞脖子上就被套了绳圈。看管它的蛇人拉拉绳子，小黑狗就哀鸣几声。艾比很难过，可是爱莫能助。他自己倒没有被捆绑，只由一名蛇人拿长矛对着他。

老麦唐纳先生眼看艾比和飞飞被豹人和蛇人捉拿，装做无所谓，不经意地问道："你们打算怎么办？"

"把他们送回呼报社。"为首的蛇人说，"谢谢你的合作，我们永远是最亲密的战友。"

连艾比都看得出来，呼报社和老麦唐纳先生表面上虽然是合作伙伴，但是暗中互相较劲。老麦唐诺先生和尼克先前故意捉拿艾比，其实是为了保护他不落入呼报社的蛇人和豹人之手。艾比明白，这些人才是真正的坏人。但是太迟了，他再也逃不走了。

一行人离开海底城指挥中心，坐电梯回到地面的出口。呼报社离海底城指挥中心并不太远，几乎可以说是邻居。他们走了一会儿，艾比远远就看见一栋五层的庞大建筑物，那就是呼报社的大本营。一个戴长羽毛帽子的高大蛇人在门口等着，旁边站着一位俏丽的金发女子。

看到艾比和飞飞，戴长羽毛帽子的高大蛇人哈哈大笑说："几次三番设法绑架针局长的爱子作为人质，都失败了，我总算等到了这一天！夏娃娃鲁，你赶快去写信给针局长，看看现在是我忌惮她，还是她忌惮我。"

"需要写信吗？"金发女子说，"庞社长，打电话勒索不是比较快？"

戴长羽毛帽子的庞社长摇摇头，"第一，这不叫勒索，可以说是和对方沟通的一种方式。第二,写信白纸黑字比较正式,给对方的感觉是我们非常重视他们,而且一丝不苟,立刻能够赢得对方的好感。夏娃娃鲁,你是我们呼报社年轻一代记者里的佼佼者,必须做个好榜样。你们这些年轻人不知道文字的力量。呼报社既然以恢宏呼回固有传统文化为己志,就不能用快捷方式,更不能偷懒!"

"了解。"夏娃娃鲁说,"庞社长,我这就去写信。等你签好字,要不要我跑一趟,亲自送到海默警察局,直接交给针局长?"

"中!"庞社长笑道,"假如你不介意的话,最好自己跑一趟。做好事固然要注意细节,做坏事更绝对不能马虎。要让对方充分感受到我们的诚意和敬业的态度,这样就不敢不接受我们提出的条件,这就叫做盗亦有道。"

这位蛇人庞社长倒令艾比想起他的小学校长庞校长。虽然一个是蛇人,一个是人,但他们的确有许多相像的地方,连长相都有点相似。但是庞校长大概不敢公然鼓吹"做坏事不能马虎"和"盗亦有道"。庞社长和庞校长,究竟哪一个比较坏? 艾比想,这倒是个有趣的问题,想着想着他不禁偷笑了。

夏娃娃鲁临走时,狠狠看了艾比一眼,好像在责备他到了这个地步还笑得出来。艾比凭直觉感到他从前一定在哪里见过夏娃娃鲁,但是又不能确定。他记起老麦唐纳先生说过,无论如何都不要说一句话。他决定乖乖闭上嘴巴,耐心等待姆妈来救他和飞飞。

13. 帝国圆桌会议的首席经济学家

痛！痛！痛！

唐森再度醒转时，脑子里只有一个"痛"的意念。如果有地狱的话，他已经进过地狱，但是侥幸活着回来。于医生站在床旁观察他，看他清醒过来，对他说："早安。你一定没有想到吧，你一睡就睡了十三个小时！"

虽然全身都在疼痛，但唐森仍然挣扎着坐起来，对于医生说："早安。我真的睡了十三个小时？对不起，我的警觉性太差了。"

于医生竖起大拇指说："你能忍受常人无法忍受的痛苦，实在了不起！我很佩服你。"

"超级情境胶囊呢？"唐森虚弱地问。

"所有超级情境胶囊的微片，都进入食人鱼的肚子里，然后被它们吐入水池了。"于医生说，"放心，超级情境胶囊不再存在，你自由了。"

唐森知道自己不再是超级情境胶囊的奴隶，心情大为愉快。但是他看不到另外一位心中惦念的人，忍不住问于医生："针礼局长呢？"

"针局长早上来看过你，看你还在昏睡，有事就先走了。"于医生说，"她在走之前，嘱咐我带你去见一个人。这人就在三个小金人古玩店等我们，离这里不过五条街。你走得动吗？"

唐森一听就猜到是谁。虽然全身都在痛，但他仍然忍痛站起来跟着于医生走。好在走了一会儿，身上的痛楚便减轻不少。一路上胖胖的于医生跟他说说笑笑。不打不相识，自从于医生为唐森动过食人鱼手术，两人似乎成为知己。于医生还开玩笑说，今后他可以改行，专门替境遇改造员除去超级情境胶囊。

他们走到三个小金人古玩店，那位体面的店员尼克已经站在门口等他们，向两人一鞠躬，立刻带他们到内间办公室。一位白发老先生对着唐森直笑。于医生为唐森介绍说："这位就是老麦唐诺先生，也就是 M。"

唐森不假思索地说："您好。我是星际联邦134星区62防区88分驻所的境遇改造员唐森。"说完他才想到,他抗命自行除去体内的超级情境胶囊,现在恐怕已经不再是联邦的境遇改造员。但是他说习惯了,一时还改不过口来。

于医生介绍两人见面后,就先告退。老麦唐诺先生用力握住唐森的手说："听于医生说,从来没有人敢采用这么恐怖的方法除去超级情境胶囊,你居然做到了,真够勇敢! 为这个,我必须称你一声勇士。"

"我不是勇士。"唐森老实说,"我只是没有办法继续当那些人的工具。"

老麦唐诺先生点点头说:"我了解。我从前也曾经是帝国圆桌会议的首席经济学家。替你开刀的于医生,你不要以为他只是美容整形专家。他在帝国医学研究院的地位,说出来会吓你一跳。但是我们都觉悟了,觉悟的原因和你一模一样,因为我们没有办法继续当帝国的工具。"

老麦唐诺先生这样轻描淡写地说出"帝国"两字,倒令唐森吃惊不小,忙说:"我不敢说自己是帝国的工具。连环凶杀可能是少数人所为,也可能是……"

"不必替帝国讲话了。"老麦唐诺先生说,"这绝不是少数人的作为。你以为你的上级秦上校胆敢在呼回世界私自发动连环凶杀计划? 他有这么大的胆子? 他和你一样,不过是帝国的工具而已。"

"但这为的是什么?"唐森还是很困惑。

"为的是让呼回世界无法挑战独霸宇宙的闪族帝国。"老麦唐诺先生说,"呼回世界衰颓很久,一直到出现外星贸易对象,经济逐渐复苏,才又强盛起来。你知道,呼回世界的外星贸易对象其实并不存在。但是不存在的贸易对象对呼回世界的经济反而大有好处,因为经济学就是心理学。这不仅不是骗局,反而是呼回世界唯一的出路。"

"对不起,我听不懂你在说什么。经济学我完全是外行。"唐森老实说。

"没有人是经济行为的外行,只是一般人都把经济学想得太难了。"老麦唐诺先生说,"两个原始人躺在椰子树下睡大觉,的确生活悠闲,但是没有任何享受可言。有天其中一个原始人突然想通了,告诉另一人只要帮他摘下一个椰子,他就愿意替另一人下海抓鱼。第二天另外一个原始人也想通了,告诉他的邻居只要给他一颗椰子,他就愿意替邻居上山砍柴。如此你来我往,那颗椰子换手无数次,两人都越来越忙,生活也越过越好,什么服务都有别人提供。

"其实人一样可以为自己忙碌工作,享受自己提供的服务。可惜人只愿意为别人给的一颗椰子工作。如果哪天两人又想通了,觉悟到这么忙碌实在无聊,不再交换那颗椰子,他们也可以停止所有经济行为,回去过原始人躺在椰子树下睡懒觉的单纯生活。所以我说,经济学就是心理学。人的经济行为主要是因为经济心理学所说的动机,让人人都努力为别人工作。但是为别人工作的同时也就是为自己工作。所以一个人无法奋发工作，必须有个多余的人作为对象，这是人性。同样道理，一个世界要振兴经济，也必须有个多余的世界！"

老麦唐诺先生继续说："三十年前，我还是帝国圆桌会议的首席经济学家时，就发展出'多余的世界'理论。我提出如下的假说——一个多余人的工作价值减去一个同等原始人的工作价值就是他的剩余价值，一个多余的世界所有人的工作价值减去所有同等原始人的工作价值就是多余的世界的剩余价值。这就是当年震惊经济学界的'麦唐诺假说'。

"'多余的世界'理论和古典马克思理论有密切关系，但是应用更加普遍。因为'多余的世界'不必是真实的世界，所以'多余的世界'的剩余价值不需依赖资本家剥削，就好像椰子里面的椰子汁，只要打开椰子就喝得到。有的经济学家说：天下没有白吃的午餐。但是'多余的世界'的剩余价值，的确是人人可以白吃到的果实。

"我进一步指出，虚构的外星世界就是'多余的世界'！因此，任何世界都可以有个'多余的世界'。但是我的经济学理论令帝国十分担忧。因为如果经济学就是心理学的话，任何星族，任何世界，只要勤奋努力，自力更生，都可以发展经济，甚至有一天会赶上帝国。对于独霸宇宙的闪族帝国来说，这是它所无法接受的。所以他们剥夺了我首席经济学家的职位。但是那时我已经决心要回到他们认为落后贫困的呼回世界来。即使不将我撤职，我也会自动辞职。

"我回到呼回世界，不断鼓吹自由外星贸易。起先只是空谈，幸亏有于宁远医生、吴厂长这些人协助，落实了虚构的外星世界。我们表面上和外星贸易，拿呼回世界的矿藏制成美容药剂，和其他星系交换重机械和机器人。其实这些重机械和机器人也是呼回世界的产品，我的海底城和地底世界就是生产这些重机械和机器人的基地。海底城和地底世界正是这样开发出来的。外人称呼这是呼回之春。的确，我们的目标就是重振呼回！"

唐森开始明白老麦唐诺先生、于宁远医生、吴厂长等人的庞大计划，不能不佩服他们的远见。"难怪秦上校说，我的任务是'渗透多余的世界，消灭多余的敌人'。"唐森说，"想不到落后的呼回世界竟会令帝国如此紧张。"

"因为我们的世界是叛逆的世界。"老麦唐诺先生说，"但帝国是否真的很紧张？其实也不见得。恕我直言一句，假如帝国真的非常紧张的话，不会只派你一位境遇改造员来。"

唐森纠正老麦唐诺先生说："不对，帝国驻防在134星区的兵力非常有限，是联邦派我来的。"

"当然，联邦是帝国的白手套，但是联邦的部队里面真正有战斗力的还是帝国的部队。的确，帝国在134星区驻防的兵力有限，可见我们的世界对于帝国并不太重要。"老麦唐诺先生笑道，"这并不是坏事，否则我怎能在此胡说八道？你也早就被秦上校召回去了。"

唐森听来稍为安心，"你说得不无道理。这样看来，连环凶杀案不见得是帝国的阴谋，应该还是呼回世界当地保守力量的反扑。"

老麦唐诺先生说："可能是呼报社搞的，但是幕后有帝国授意。他们不希望看到呼回世界开发进步，所以处心积虑破坏。可是我也不能和呼报社完全撕破脸，因为有时还必须利用他们的力量。幸亏我和海默警方关系很好，呼报社奈何不了我。但因此连海默警察局的针局长和她的独子艾比，都在呼报社监控的名单上。呼报社几次想绑架艾比，都因为我的保护没有成功。针局长是于家的后代，她过世的丈夫是吴大方的孙子。你想，于家或是吴家中的任何一方会为难艾比吗？只有呼报社……"

老麦唐诺先生还没说完，他的助手尼克和棕肤女警员莫度多匆忙推门进来说："夏娃娃鲁有短信来，知道艾比的下落了。他就被囚禁在呼报社大本营。"

老麦唐诺先生以手加额，说："好极了！你们赶快去救，不然我真的对不起针局长。"

莫度多笑道："幸亏有针局长的独子艾比做饵，又有夏娃娃鲁做内应，这次我们总算逮到机会，可以直捣呼报社的巢穴！"

老麦唐诺先生对他的助手说："尼克，你带领众兄弟跟在警方后头。如果警方顺利把呼报社一网打尽，就不要轻举妄动。万一警方投鼠忌器，急切间不能得手，你们知道该怎么做。"

尼克和莫度多都走了，老麦唐诺先生对唐森说："我不把你当外人，你全都听见了。"

"是的，一切都明白了。"唐森说，"很抱歉，我连自己是否还是联邦的境遇改造员都不敢确定，所以虽然很想跟着去，但毕竟没有立场。"

老麦唐诺先生说："我了解。呼回世界的事情你就不必插手了，你好好去吧。祝你幸运。"

的确不错，唐森想，现在是他想法解决自己的问题的时候了。

他走出三个小金人古玩店，茫然四顾，他该去哪里？呼回世界又开始下雨，一颗颗豆大的雨珠打在人行道上面，溅起片片水花。唐森正在踌躇，对街商店被屋檐遮住的阴暗角落里有个矮子无声咧开嘴巴对他招手。他仔细看过去，不由得大吃一惊。

那人不仅是秦上校，而且还是秦上校本尊。

14. 小黑狗嘴一张吐出一个火球

呼报社的大本营是一栋五层楼的建筑,虽然并不算高,占地面积却非常广。艾比和飞飞被看管他们的两名蛇人带着在大本营里面转来转去,简直像进入了一个庞大的迷宫。原来迷宫里面一大半是蛇人的住处,也有少数几间大厅是豹人专用的运动场所。靠外侧有窗户的房间则是呼报社社员的办公室。两名蛇人最后带他们到一间没有窗户的小房间,把他俩关在里面。艾比和飞飞并不抱怨。艾比只希望两名蛇人赶快离去,这样他和飞飞就有机会逃走。

可是两名蛇人非但没有离开的意思,反而搬来两把椅子,一屁股坐到门口。艾比暗叫声糟糕,这下他们连逃走的机会都没有了。他看看飞飞。小黑狗快乐地摇着尾巴。

"你乐什么乐?"艾比没好气地说,"我们逃不出去,只好等姆妈带了警察来救。就怕他们找不着我们在哪里。"

"不会的。"小黑狗飞飞说,"我们来玩猜谜游戏,蛇人最怕什么?"

艾比想了半天想不出来,说:"我不知道蛇人最怕什么。"

"猜不出来,可以问他们。"

艾比没奈何,问看守他们的两名蛇人:"蛇人蛇人,你们最怕什么?"

蛇人彼此互望一眼。其中一名哈哈笑道:"我们蛇人天不怕,地不怕,什么都不怕!即使我们真怕什么,当然也不能告诉你。"

另一名说:"你们不是爱玩猜谜游戏吗?给你一个提示好了。我们蛇人最怕老婆,哈哈。"

"不对。我们蛇人最怕老鼠,哈哈。"

"错了。我们蛇人最怕大象,哈哈。"

两名蛇人笑弯了腰,艾比不觉得有什么可笑。飞飞却说:"都不是,蛇人最怕的是这个。"

两名蛇人闻言抬起头来。小黑狗嘴一张,吐出一个火球袭向左侧的蛇人;再嘴一张,吐出另一个火球袭向右侧的蛇人。两名蛇人都吓呆了,不由自主往两旁躲开。那两个火球竟然在半空中改变方向黏到两名蛇人身上,蛇人满地打滚都摆脱不掉,被烧得惨叫连连。

"哈哈,原来你们蛇人最怕火攻。"艾比和小黑狗赶快往外跑,"飞飞,我都不知道你会喷火,好厉害!"

飞飞说:"我本来不会喷火。前天你睡觉时,老麦唐诺先生教我如何使用自燃火弹。他说对付蛇人最有用,果然不错。"

艾比和小黑狗在呼报社大本营的迷宫里跑了一阵,艾比说:"不对。飞飞,我们好像迷路了。"

"不会的。跟我来。"原来小黑狗来时一路都在墙脚撒尿,这时它就跟踪来时撒尿的气味,在迷宫中转来转去。艾比正想赞美它,不料到了第七个转角,前面突然跳出一个粗壮的豹人大汉,几乎一脚踩住小黑狗,飞飞汪汪叫着赶快避开。豹人大汉哈哈大笑道:"这条小畜生,你想往哪里跑?"

"凭什么唤我小畜生?"飞飞反唇相讥,"你骂我就等于骂你自己。"

"为什么我不能骂你小畜生?"豹人大汉问。

飞飞看那个豹人大汉不是装傻,是真的不懂,只好解释说:"因为你是畜生,我是畜生,我们都是畜生。畜生不好骂自己是畜生的。"

"都是畜生又怎样?谁说畜生不能骂畜生?"豹人大汉说,"我偏要骂!畜生!"

小黑狗嘴一张,吐出一个火球。那个豹人大汉正骂得开心,一时大意没有防备,尾巴被火球黏上,哀嚎带着火球败走。

艾比和飞飞在迷宫里又转了一会儿,终于找到出口。他们小心翼翼接近出口,避免被豹人卫兵看见。除了豹人卫兵之外,艾比瞥见戴长羽毛帽子的高大蛇人庞社长也站在门口,好像在等待什么。

这时小黑狗轻咬艾比的裤子,艾比就跟随飞飞从门口上方的通风口爬出去。爬到外面的屋顶时,艾比可以看清楚庞社长在等什么了。三架警察局的直升机在空中盘旋,却并不忙着立即降落。原来呼报社大本营外面的树丛里和大树上都躲藏着蛇人狙击手,庞社长伺机发令攻击直升机大队。艾比吓了一跳,小声对飞飞说:"你如果还有自燃火弹,现在可以派上用场了。"

他再回头一看,哪里还有小黑狗的踪影。不一会儿大树上的蛇人身上着火,哀呼着从树上摔下来;树丛里的蛇人不久也满头着火跑了出来。蛇人狙击手一个个被自燃火弹击中,自顾不暇,无法主动攻击直升机。三架警察局的直升机顺利降落,让警察大队下机,再迅速升空躲避弹雨。庞社长见状破口大骂，命令他的豹人卫兵誓死抵抗，自己却躲藏起来。

小黑狗回到艾比身边，艾比抚摸着飞飞的头说："做得好！"他们趁着双方交火，从呼报社大本营一直跑到针局长身旁。针局长正在指挥警方突击队进攻呼报社大本营，看到艾比和飞飞跑过来，又是高兴又是心疼，骂道："要死了，还不赶快躲到后头去！快去快去。"

等到他们躲好，针局长方才拿起扩音器，对着呼报社大本营广播说："庞社长和蛇豹护的弟兄们，这是海默警察局的针礼局长。你们被包围了，及早放下武器，举起双手投降吧。我实实在在告诉你们，你们已经无路可走，只有投降一途。我是真理，不是谎言，真理才是最好的选择。"

她一连广播了几次，都没有回应。针局长对警察大队说："放蜂！"

警察大队立刻开始行动。二十名警察各提一个蜂箱，对着呼报社大本营打开箱盖。成群的大黄蜂飞进呼报社大本营的五层楼建筑后，有好一阵没有动静。突然间五层楼的建筑都在震动，蛇人和豹人四散奔逃，有门的就夺门冲出，没有门的就跳窗逃走，争先恐后向外跑。警察早就在外面草地设置救护站等候，只要蛇人和豹人自动过来戴上脚镣、手铐或尾巴索链，就替他们清除掉身上的黄蜂。

艾比和飞飞在旁欣赏这一幕奇景。艾比对飞飞说："我明白了，蛇人和豹人不仅怕火，也怕大黄蜂！"小黑狗快乐地摇摇尾巴。

最后一个出来的是呼报社的庞社长。他的长羽毛帽子不见了，脸肿了半边，身上爬满无数黄蜂，模样十分狼狈。但是他一副威武不屈状，大声对他的部下说："蛇豹护的弟兄们，为了避免伤及无辜，我命令大家立即停止抵抗。"

一个豹人傻大个回应道："社长，不用您吩咐，弟兄们早就缴械投降了。"

艾比看那豹人傻大个，正是在迷宫里面挡他们路的豹人大汉。他着火受伤的尾巴用纱布包扎起来，但是纱布有点松散，好像举着一面白旗，难怪傻大个投降特别快。庞社长狠狠瞪傻大个一眼，继续说："呼回同胞们，请不要为我哭泣。让我们一同高呼，明天会更好，蛇豹护伟大的祖国！"

庞社长说完，被捕的蛇人和豹人都用力鼓掌。庞社长做个戏剧化的手势要求大家停止鼓掌，说："这类演说最要紧的是必须稍微有点押韵，这样的话效果就会更好。再来一次——

"呼回同胞们，
请不要为我哭泣。
明天会更好，

蛇豹护祖国大地！"

庞社长说完,被捕的蛇人和豹人加倍用力鼓掌。庞社长又做个手势要求大家停止鼓掌,说:"我是个完美主义者。如果这演说的句子长短一致,效果就会特别好,值得后世传颂。你们请听——

"呼回同胞们,
别为我哭泣。
明天会更好,
蛇豹护大地！"

庞社长说完,被捕的蛇人和豹人都哭了,发誓要追随庞社长继续奋斗,连警察们都感动落泪。但是也有一个声音唱反调说:"社长,还是句子有长有短好,您念出来更加动人。"庞社长一看又是豹人傻大个,狠狠瞪傻大个一眼说:"又是你！少来。"

庞社长从容被捕,他麾下的蛇人和豹人也都俯首帖耳就范。这时直升机大队飞回来,轮流降落在呼报社前面,把他们都载回了海默警察局。

15. 没有人写信给上校

唐森冒雨穿过大街,挤到秦上校身旁。两人并肩面对大街站着,观赏那越下越绵密的雨。还好,两人躲雨的这块角落刚好被屋檐遮住,只有飘来的雨丝。唐森不知道该如何称呼秦上校,他已经变成叛徒,总不能还是尊称他长官,想了半天只好说:"上校,您好。"

"这雨的势头真不小。海默城的冬天比我想象的还要糟糕,不亲自来不能感受到冬天的旅人多么难熬。"秦上校说,"当然我不是为了来看雨。半天没有你的消息,所以我亲自来看看。"

"对不起,的确有一阵子没有给您发消息。"

"不仅你没有消息,所有我派遣到呼回世界的特派员都没有消息,你说奇怪不奇怪?"秦上校拿出烟斗,"你们年轻人都不爱写信,没有人发消息给我。过去的时代就几乎没有人写信给上校,这个时代更没有人写信给上校。"

这是唐森第一次听秦上校提起,联邦境遇改造署还派遣了别的特派员到呼回世界来,不禁惊讶道:"长官,还有别的特派员,怎么我都不知道?"他一急,"长官"竟然脱口而出。对方假装没有注意到他改变口气。

"按说不必瞒着你,"秦上校说,"但是我们这一行讲究单线联络,况且事情发展得太快,来不及告诉你了。你还好吧?"

唐森不知道该如何回答。秦上校拿开烟斗,咧开嘴巴无声地笑了,替他接下去,"没有被食人鱼吃掉,算你的命大!可惜好好一颗超级情境胶囊,却落入几千条食人鱼的肚子里,要想回收也不容易。"

显然秦上校什么都知道。唐森反而庆幸自己不必多做解释,索性大胆说:"上校,随便你怎么处置我,我都接受,但是我不愿再做帝国的杀人工具。"

"谁说你是杀人工具?"秦上校诧异道,"我有派你去杀人吗,有没有?"

"没有。但是那位租车行小姐无辜送命，她是我害死的。"

"那位租车行小姐可能是某方派出的杀手杀错人，又不是你干的。你不相信我，总可以相信你信得过的人。针局长不是告诉你，不可能是你杀的吗？连老麦唐诺都说过，连环凶杀案可能是呼报社干的坏事。不管是谁杀的，这是他们呼回世界内部的斗争，和帝国毫无关系，更和你奉命执行的任务毫无关系。干我们这一行必须要能清楚分辨什么是内部斗争，什么是外部斗争。"

唐森垂头丧气地说："我不管什么内部斗争、外部斗争。虽然帝国利用超级情境胶囊借刀杀人，但是害死她的还是我。我对不起她。"

秦上校不理会唐森的丧气话，继续说："提到这位老麦唐诺，我倒要给你看一些数据。他哪里是什么帝国圆桌会议的首席经济学家，全是他自己吹嘘的。老麦唐诺在呼回世界里既沾黑道又染白道，是个黑白通吃的厉害角色。他在地面上是经济学家又是财阀，在地底下是黑帮头子。他搞的是个变相老鼠会。这个金字塔骗局根本就是呼回世界的政客和财阀政商勾结，再加上黑道势力的运作，真是胆大包天。"

唐森抗议道："不对。老麦唐诺先生虚构外星世界是用来作为贸易的对象。他发明的经济理论振兴了呼回经济。"

"你听他胡扯！他所谓的虚构外星世界，其实是真实外星世界，也就是老麦唐诺走私贩毒的对象。三个小金人古玩店，是和所谓的虚构外星世界联络的中心。受骗的不仅是本地的呼回人，其他星族也有上当的，而且越搞越大，越搞越不像话。我派你来，本来是为了调查这个案子。上次你回来报告好像头脑还很清楚，怎么一下子全糊涂了？"

"我没糊涂。"唐森说，"我只是秉着良心办事。老麦唐诺不是坏人，呼报社才是坏人的非法组织，你也说连环凶杀案是呼报社干的坏事。好在有夏娃娃鲁做内应，针局长和莫度多正带领海默城警方直捣呼报社的巢穴，救出针局长的爱子艾比，把呼报社的豺鬼蛇神都一网打尽。我也算尽力而为了。"

秦上校越听越摇头，"你这是睁着眼睛做梦！但是装睡的人是叫不醒的。我要你站队，你居然选择站在老麦唐诺和针局长那一边。对不对，对不对？"

唐森不说话。秦上校再度摇头道："好小子，你以为我已经无法用超级情境胶囊控制你，就可以大胆抗命？好吧，姑念你在本署服务十三年间屡建奇功，这次我不惩罚你。你的任务由其他两位特派员接手，你搭下一班宇航飞梭回去吧，但是出任务后的例行假期取消！"

唐森简直无法相信自己的耳朵。秦上校居然让他回去，令他非常惊异。

"可是关于这次任务，"唐森说，"我还需要和其他两位接手的特派员办交接吗？"

"他们人早已在这里,现在却跑得鬼影不见,不知道他们在干什么。不必交接,你回去再写报告吧。"

秦上校递给他一个信封。唐森打开一看,里面是宇航飞梭的机票,不禁非常感激,一再说:"长官,谢谢你,谢谢你。"

"不必谢。"秦上校说,"你已经给我带来够多的麻烦,搭下一班宇航飞梭回去吧。"

秦上校收起烟斗,撑开伞步入雨中,他矮小的身影消失在旧海默城的街头。唐森细细咀嚼秦上校的话。他左思右想,唯一的解释是秦上校想留一步活棋,将来万一出事,好利用唐森为自己开脱。但无论如何是秦上校有意放他一马。为什么秦上校对自己这么好?

虽然秦上校给唐森买好了宇航飞梭的机票,要他回联邦境遇改造署,可是他还能回去吗? 如果不回去,他下一步该怎么走? 唐森一时想不明白,决定只有走一步算一步。

几个小时以后,唐森坐在宇航站的候机楼等待搭乘飞梭班机。海默电视网正一遍遍播放着警方直捣离岛上的恐怖分子巢穴,救出针局长爱子艾比的新闻。电视播报员并没有直接提到呼报社,只说离岛上的大型建筑是恐怖分子的巢穴。唐森坐出租车到宇航站的一路上,已经看到警方的直升机镇压离岛上的恐怖分子、豹人和蛇人四散奔逃的画面。针局长本人虽然没有上镜头,电视里却有她的声音,听得到她在镇定地指挥救援行动。唐森知道针局长的爱子艾比无恙,心中十分欣慰。

就在他即将登上宇航飞梭之时,电视突然播出最新消息。画面切换到旧海默城的主要商业区,一群突击队员冲入三个小金人古玩店,逮捕了老麦唐诺先生。然后于宁远医生也在他的整容诊所里面被捕,来整容的女士们个个吓得花容失色,努力遮住自己的脸免得被人认出。唐森看到电视上老麦唐诺先生和于宁远医生被捕的一幕,人整个呆住了。电视旁白说这是联邦肃贪小组的特别行动。

"什么联邦肃贪小组,"唐森骂道,"根本是帝国的突击队。别以为天下人都这么好骗!"

唐森明白自己太天真了。秦上校早有打算,他根本不在乎蛇豹护集团,因为他真正的目标是打击呼回世界的呼回之春组织。

电视的画面随即切换到另一场突击战:一架帝国的重装攻击直升机飞近海默城警察局,在警察局前面的广场降落。突击队跳出攻击直升机,冲入警察局大楼。唐森不禁气愤地大嚷,引得宇航站候机楼的旅客都看着他。帝国突击队进入警察局大楼不久,就带着上了手铐的针局长出来。

电视播报员说:"联邦肃贪小组今天下午出人意料地在海默城逮捕了本城的知名人士麦唐诺先生和于宁远医生,然后又逮捕了海默警察局的针局长。今天上午针局长才指挥警方直捣恐怖分子的巢穴,救出爱子艾比,想不到下午自己反而被联邦肃贪小组逮捕。正是螳螂捕蝉，黄雀在后。"

　　唐森晓得不妙，他们都中了秦上校的计，包括针局长和老麦唐诺先生。老麦唐诺先生还以为帝国不会注意到小小的呼回世界的呼回之春组织。其实秦上校早已布置好，要全力打击他们，让呼回之春永远不会来临。

　　"联邦肃贪小组发言人表示，为了扫荡官商黑道勾结，杜绝诈欺走私，联邦巡回法庭将迅速处理本案，明天上午就提审三名嫌犯。"

　　尽管候机楼一遍遍播放登机时间已到，听到最后一段新闻，唐森还是决定放弃登上宇航飞梭。他随手把机票扔入垃圾桶，大步离开飞梭站。

16. 变种水狸亚当六世和亚当七世

艾比和飞飞找到变种水狸亚当七世之前,的确吃了不少苦头。

其实艾比也不确定是否能找到亚当七世,但是他别无选择。他和飞飞跟随姆妈回到警察局不久,警察局大楼就警铃大作。随即帝国突击队冲了进来,值勤的警员根本挡不住他们。针局长知道事态严重,立即对艾比和飞飞说:"我去应付帝国突击队,他们大不了逮捕我一个人。你们赶紧躲入储藏室,寻机会逃出去找老麦唐诺先生,让他想办法把你们藏起来。飞飞,好好保护艾比。"

虽然姆妈要他们躲入储藏室,但艾比知道他们不可能一直躲在储藏室不被发现。他记起那天跟随亚当七世逃入下水道的一幕。好在下水道的出口就在储藏室外面走廊的尽头。艾比先叫飞飞打开下水道盖子钻进去,然后自己也跟着钻了进去。

进了下水道,艾比立刻发现事情没有他想象的那么容易。变种水狸亚当七世带他找到地道之前,东钻西钻转了许多弯,还打开衔接的下水道出口的盖子,可是现在他全都记不得了。他们乱钻了一阵,都是走进死路。艾比真是欲哭无泪。

小黑狗摇摇尾巴说:"艾比,要不要我来试试?"

飞飞带路东钻西钻,但是最后又到了死路。艾比叹气道:"飞飞,你也比我高明不了多少,怎么办?"

此时艾比突然感觉到他的背上有什么东西在爬。他吓了一跳,大嚷道:"飞飞,有蛇!"

"有蛇吗? 不要吓人。"有声音说。

原来是亚当七世在拍他的背。艾比看到黑暗中亚当七世的一对黄色眼珠子,真是高兴极了。

"亚当七世,是我。"

"谁唤我亚当七世?"

艾比连忙说:"我是艾比,海默警察局针局长是我妈。上次你从警察局把我绑架到这里,你难道不记得了吗?"

黄色眼珠子眨巴眨巴说:"原来亚当亚当亚当亚当亚当亚当亚当亚当还干过这种荒唐事,实在有欠管教。"

"那么你不是亚当七世?"

黄色眼珠子大乐道:"你当我还很年轻是不是? 我没那么年轻啦。老夫是亚当六世,别人唤我亚当亚当亚当亚当亚当亚当。你们要找亚当亚当亚当亚当亚当亚当亚当,我带你们去。对不起,你可能听不习惯。我们水狸彼此互相称呼,不喜欢几世几世这么唤,这样显得太生疏了。我们宁可唤对方的全名,比较亲切。"

艾比逐渐明白,"话是不错,可是万一对方是亚当八十三世,岂不是要唤他……"

"八十三次亚当,一次都不能少!"亚当六世说:"天性客气的水狸,就是要这样来表现它的体贴周到。所以我们不喜欢给孩子取很长的名字,那是存心跟亲戚朋友过不去。好了,我不多说,带你们去找我的儿子亚当亚当亚当亚当亚当亚当亚当吧。"

"我们要去哪里?"艾比问。

"去水狸的殖民地伊甸园东。听过伊甸园东吗?"

"没有听过。"艾比老实说,"离这里不远吧?"

"说近不近,说远不远。"亚当六世说,"如果嫌远,我就带你们去伊甸园西,那儿是快乐水狸的殖民地。但是我的儿子亚当亚当亚当亚当亚当亚当亚当亚当不是水狸同志,他不住在伊甸园西,所以你们去那里也没用。"

他们只在下水道走了一小段路,亚当六世就打开一个盖子,要艾比往洞里爬,"头过身便过,男儿当自强。进去!"

艾比好奇问道:"亚当七世也这么说。是你教的吗?"

"这还用教?"亚当六世嗤之以鼻,"所有的水狸都知道,这是基本常识。"

艾比爬进洞去,发现这洞特别狭窄弯曲,真的几乎只能容纳他的头,必须发挥"头过身便过"的本领,手足并用匍匐爬行。他顺着洞越爬越往高处走,钻出洞时发现自己已经出了地底世界,置身于地面上。亚当六世高呼:"看,这儿就是伊甸园东!"

伊甸园东是怎样奇特的水狸殖民地啊! 坐落在河边,这里有丘陵有树木有花草有虫鱼,岸边和水里横七竖八都是被水狸咬断的树干。一群水狸很文雅,很有修养地互助合作,用咬断的树枝和树干在河里筑坝。在坝的内侧,沿河岸都是水狸的家居,也是用同样的材料修建的半圆形建筑。

艾比欣赏伊甸园东的奇景,好奇地问亚当六世:"奇怪,为什么这些水狸的家居都没有门? 你们怎么进出呢?"

"我们住宅的门从外面是看不到的,因为它面向水底。"亚当六世耐心解释道,"为了安全,住在里面的水狸必须游泳从水底进出。所以外出打工的水狸丈夫回家就弄得一身湿,必须在客厅晾干,水狸主妇才准它进入内室。由于这个缘故,水狸主妇在家里很有权威,什么事都是它说了算。呵呵,我们伊甸园东是女尊男卑!"

伊甸园东有百来户水狸家居,每家住着一窝水狸,通常是四五只。听说有外客来了,一传十传百,所有的水狸都跑出来看热闹,团团围绕着艾比和飞飞。亚当六世给艾比介绍所有的雄水狸。它们都叫亚当,从五世一直到二十四世。亚当六世再给艾比介绍所有的雌水狸。它们都叫夏娃,从二世一直到三十二世。

除了和艾比打招呼,水狸彼此之间仍然不厌其烦互相打招呼,尽管它们天天见面。谁也听不到对方在说什么,只听到所有的水狸都在嚷叫亚当亚当亚当亚当亚当或是夏娃夏娃夏娃夏娃夏娃夏娃夏娃,然后彼此鞠躬。它们要分手时,又重复着同样的礼节。

艾比被水狸们吵昏了头,连亚当六世给他介绍亚当七世,他都没有听见。还是亚当七世拔出手枪来,艾比才注意到它。

"亚当七世!"艾比大叫,"很高兴再度见到你。"

亚当七世可没有艾比这么兴奋,拿枪指着艾比说,"你来伊甸园东做什么? 想找我麻烦? 我可没有那么好欺负!"

亚当六世眼看艾比和亚当七世一见面就起冲突,有点尴尬,找个理由赶快避开。艾比趁着亚当六世走开,告诉亚当七世,海默警察局针局长被帝国突击队逮捕,他必须找到老麦唐诺先生,所以来找亚当七世帮忙带路。

亚当七世听了,不为所动地说:"我昨天刚从警察局的水狸大队退休,想不到老麦唐诺先生那边立刻也不要我了,随便编个理由请我滚蛋。人类真是现实,简直令我心凉。本来我混得相当不错,是双面间谍,两边都给我钱。今后我的生活会很苦,连讨老婆的钱都没有。我不再是从前快活乐观进取的亚当七世,那只水狸已经死了! 我今后是哀愁悲观保守的亚当八世。"

"你不是亚当七世过得好好的吗?"艾比问道,"为什么要改名叫亚当八世?"

"为什么要改名?"亚当八世愤愤不平地说,"我没有钱讨老婆,可是又不能没有后代。这在伊甸园东是大逆不道的事情,所以我只好自己当自己的后代。"

"你爸爸亚当六世,他还不知道你已经改名变成亚当八世吧?"

亚当八世低头说:"我还没……还没敢告诉他。"

"这样好了。"艾比说,"亚当七世,你看到那只小黑狗吗? 它是飞飞。老麦唐诺先生很喜欢它,还教飞飞如何使用独门暗器自燃火弹,用火弹大败蛇人。我请飞飞教你使用自燃火弹,然后去求老麦唐诺先生派你当敢死队,你就有收入了。如何?"

飞飞在旁边听着,一只耳朵高高竖起,尾巴依然在摇。

亚当八世大喜过望,"此话当真?"

"一点不假。可是我们必须先去海底城,找到老麦唐诺先生。"

"没问题,找老麦唐诺先生的事,全包在我身上。"亚当八世说,"走,我们立刻出发去海底城。"

亚当八世即刻动身,艾比和飞飞连忙紧紧跟随。变种水狸找到下水道的入口,打开一个盖子就往洞里爬,嘴里喊道:"头过身便过,男儿当自强!"艾比也已经习惯了,跟着爬了进去。

他们在洞里爬了一会儿,到了连通的地底隧道,艾比就可以站起来快跑。亚当八世一边快跑一边说:"从现在起还是唤我亚当七世,我不用当我自己的儿子了。谁愿意放着老子不干,当自己的儿子呢,对不对? 还有,敢死队究竟干什么活啊? 在路上慢慢讲给我听吧。"

17. 巡回法庭上的闹剧

联邦在呼回世界没有自己的法院,所以巡回法庭开庭必须借用当地的呼回法院。唐森骑着租来的黑色摩托车赶到海默新城的呼回法院时,已经将近早上九点。他以为自己迟到了,询问门口值勤的法警,才知道联邦巡回法庭延到十点钟才开庭。法警要他掏出大衣口袋和裤子口袋里的东西,双手高举通过电子检查站,唐森依言照做了。他口袋里的东西包括一根短短的钢管,但是他知道钢管不会被怀疑,因为检查员会以为是一支较粗的钢笔。通过电子检查站后,他赶紧跑到服务台,刚好拿到最后一张旁听证,暗呼好险,否则就进不去了。

还有一点时间,可以到法院附设的餐饮部用早餐。唐森进了餐厅,才发现餐厅连一个窗户都没有。他记起来,在呼回导游书上读过,呼回世界的法院都没有窗,因为"正义女神是盲目的"。但是没有窗的房间未免气闷,尤其是餐厅。法院附设的餐厅布置十分简陋,就是几张长桌和围绕的板凳。靠门口的长桌上放了一盘切好的白面包、一盘小圆黑面包、一盘红毛虫辣味涂酱和一壶已经加了牛奶与糖的半温的咖啡,要吃早餐的人可以随便拿。早餐的价钱一律五仙,吃早餐的人自己扔钱到另外一个盘子里面,盛钱的盘子和盛面包的盘子是一模一样的。这样的早餐,恐怕比犯人吃的还差。来用早餐的人大都是呼回法警,难怪他们一副肠胃不良要死不活的神情。唐森想这时如果有人劫狱,他们一定统统束手就范。

唐森胡乱咬嚼着一块黑面包,喝了半杯温咖啡,一边用早餐一边冥想。昨天秦上校说"渗透多余的世界,消灭多余的敌人"是办案的最高指导原则,他这句话露了馅。秦上校可能是帝国的爪牙,不,秦上校一定是帝国的爪牙。联邦至少在表面上还有个崇高的宗旨,闪族帝国却完全保守反动。唐森明白,此时此刻绝不能离开呼回世界,因为他可能是唯一了解本案内情的人。即使他不能出庭作证,也要在旁听席聆听联邦巡回法庭的审判。他不相信巡回法庭有足够的证据判三人有罪。而且判罪必须有个罪名。什么罪名呢,诈欺,走私? 太可笑了!

为了这场审判,唐森放弃了回联邦境遇改造署的机会,可是他并不后悔。后悔的反而是误信秦上校,浪费掉十三年的生命。人生有多少个十三年? 还好他没有家小之累,或许还可以在海默城从头来过。

时间快到了,唐森随着多位媒体记者鱼贯进入法庭的旁听席。这法庭竟和餐厅一样布置,除了几张长桌和板凳,别的什么都没有,当然更不会有窗户。不久法警带进来老麦唐诺先生、于宁远医生和针礼局长三人。红发的针礼局长人高马大,特别引人注目。她老远就看见唐森,对他嫣然一笑。肥胖的于宁远医生被打肿了右眼,满头白发的老麦唐诺先生左手缠着纱布,幸好针礼局长没有受伤,令唐森稍感欣慰。他们三人一排站定,法警宣布联邦巡回法庭正式开庭,要大家起立。唐森看到巡回法庭的法官缓缓步入法庭,不免大吃一惊。

怎么可能是他!

秦上校坐下来的一瞬间,他的目光和唐森的目光接触,双方各自惊异的眼神一纵即逝。秦上校清清喉咙,随即开始说话。

"联邦法庭包括民法庭和军法庭两大类,各级法庭组织都是如此,是两个完全平行的结构。一般的巡回法庭多半是民法庭。但是此次受审的三名嫌犯的案情十分严重,牵扯到叛乱罪。民法庭无法审理叛乱罪,所以联邦高等法院经过慎重考虑,将三名嫌犯移交特别军法庭审理。由于联邦高等法院在今天早上才做出此项决定,所以开庭时间稍有延误。本席现在宣布,联邦巡回法庭的特别军法庭开庭,由本席主审。"

秦上校刚说完话,法庭就陷入一片混乱,抗议的嘘声和叫骂声此起彼落。唐森简直无法相信帝国胆敢这样胡来硬干,不但让突击队直接侵入呼回世界逮人,而且还把嫌犯立刻交给特别军法庭审理。难道帝国完全不考虑呼回人的反应?

旁听席的媒体记者也忍不住站起来大声抗议,虚有其表的法警根本无法制止。秦上校见自己讲话时没有人理会,手一挥,两排帝国突击队迅速进入法庭维持秩序,把最激烈的抗议者一个个打昏拖出去。其他人只好乖乖坐下。

等到法庭内稍稍恢复安静,秦上校继续说:"本席不会容忍任何人破坏法庭秩序。再有类似行为,就依照蔑视法庭的罪名先关起来再审理!"

他这么一说,没有人再敢吵闹。秦上校咧开嘴无声地笑了,拿起三本厚厚的起诉书说:"本席说过,三名嫌犯都犯了叛乱罪。这是三份起诉书,让你们三人看看,有什么意见就提出来。"

秦上校要法警把三本起诉书分别拿给三人。针礼局长接过来说:"叛乱罪是何等严重的罪名。可是我们究竟叛了谁,是叛了联邦还是叛了帝国,还是别的我们连听都没有听说过的组织？我们叛乱的证据在哪里？"

"当然有证据。不但有证据，还有证人。"秦上校手一挥，就有一个高大的蛇人跑上证人席。针礼局长说："他是呼报社的庞社长，最近一连串凶杀案，很可能就是他和他的手下干的。你不但不调查他，反而传他作证！"

庞社长举手宣誓后，指着三人大声说："这三人叛乱，我是证人。"

针礼局长冷笑道："这就算作证？这三份起诉书，我们三人连看都没有看过，就根据这种莫须有的证词判我们有罪，公平吗？合理吗？"

秦上校说："当然公平合理。起诉书你们现在也看到了，本席并没有故意不让你们看，对不对？有什么意见没有？"

针礼局长说："我们才拿到起诉书，神仙也没法这么快读完，怎么有时间提出任何意见？这简直荒唐。我要抗议！"

"抗议驳回。"秦上校说，"既然起诉书你们都看过并且没有任何意见，本席即将宣判。"说着，他拿出三本判决书来。

"你连判决书都预先准备好，实在太荒谬了！"于宁远医生大怒，跳上板凳大呼道，"有这种袋鼠法庭[①]，是呼回人极大的耻辱。同胞们，暴政必亡。我们不容许袋鼠法庭扭曲法律，在呼回世界胡作非为。"

法庭里本来已经安静坐下的观众和媒体记者，都忍不住再度站起来抗议，却被帝国突击队很有效率地一个个打昏拖出去。唐森也站起来抗议，准备趁机和帝国突击队大干一场。想不到等到所有的抗议者都被打昏拖出去后，他发现法庭里只剩下秦上校、三名嫌犯、法警、帝国突击队和自己了。

"总算安静了，"秦上校说，"现在本席宣读判决书。"

就在这短短几十分钟里，联邦巡回法庭的特别军事法庭以极惊人的效率将三人依照叛乱罪起诉，然后立刻判刑。老麦唐诺先生是主谋，判三十年有期徒刑；于宁远医生和针礼局长是从犯，各判十年有期徒刑；但是针礼局长知法犯法，罪加一等，追加十年，所以一共是二十年有期徒刑。判刑后立刻执行，七天内送往外星边疆的劳改营。

宣判后，老麦唐诺先生等三人还来不及说话，就被法警两个伺候一个地架了出去。秦上校手一挥，法警和帝国突击队都退出法庭。法庭里只剩下秦上校和唐森两个人。

"叫你走，你为什么不走？"秦上校叹口气说，"不过我早知道你不会走。你迷上了那个红头发的海默城警察局局长。"

"上校，你以为呼回人会像木偶一样任你摆弄？你这么做，呼回人一定会起来造反。

---

①西方法律术语，即非正规法庭，也指私设公堂或不合法律规程和正常规范的审判。——编者注

帝国未免也太不讲道理了。"

"就怕他们不造反呢。"秦上校掏出烟斗来，从烟袋拿出烟丝塞进烟斗，"我的任务，不，你的任务，不，我们的任务，就是要逼他们造反。"

"为什么？"

秦上校抽口烟斗，说："你一定听过这样的说法，帝国不仁，以万邦为刍狗。你知道这是什么意思吗？"

"听过这说法，但我不知道是什么意思，也没有兴趣了解。"

"帝国不会无缘无故对任何人采取报复的行动。但是反过来说，帝国也绝不会对任何人仁慈，镇压绝不手软。所以说，帝国不仁，以万邦为刍狗。明白了吗？"

"不明白。"唐森说，"你刚才说，你的任务是逼呼回人造反。为什么？"

"我们的任务是逼呼回人造反。"秦上校纠正他，"都说官逼民反。但如果官逼民仍然不反，如何是好？这种民就是刁民，这个世界就是多余的世界！我们的任务就是'渗透多余的世界，消灭多余的敌人'。究竟何者是'多余的世界'，由帝国评估决定。"

"老麦唐诺先生的虚构外星世界，才是'多余的世界'。我的任务是'渗透多余的世界'，我也的确做到了。老麦唐诺先生……"

"老麦唐诺是个大傻瓜！"秦上校说，"你也是个大傻瓜。你不想想，帝国怎么会对虚构的外星世界有任何兴趣？老麦唐诺要和虚构外星世界做生意，尽管去做。我们的任务是'渗透多余的世界，消灭多余的敌人'。呼回世界才是'多余的世界'，呼回人才是'多余的敌人'。"

秦上校反复说，像念咒一样。唐森终于听懂了，他藏在大衣口袋里的右手紧握住一根短短的钢管。秦上校也觉察到，立刻说："你想干什么？"

"我要汽化你。"唐森简短地说，"你才是'多余的敌人'。"

"任务是上级指派，不是我凭空捏造，杀了我也解决不了问题。"秦上校柔声说，"你难道看不出，我一直在保护你吗？因为你是星战孤儿，我和你爹又是老朋友，我始终把你当做自己的儿子看待。没有我的保护，以你这种牛脾气，怎么可能活到今天？"

"我不需要你保护。"唐森说，"你是多余的敌人。"

"你不要傻，和呼回人一个鼻孔出气。这个世界有什么好眷恋的？男不耕女不织，大多数人靠着走私贩毒讨生活。每个人都有许多面貌和各种身份，呼回人自己美其名曰人相、法相、魔相，其实都是假相！这个世界什么都是假的，人人作假，根本是没有希望的世界，多余的世界。"秦上校径自说下去，"再说，你不满意三名呼回人被判重刑。但也多亏你提供的信息，我们才能找到针局长他们三人叛乱的证据。所以你也有责任。"

唐森悔恨交加,说:"我太迟才清除掉超级情境胶囊,是我的错。我会照顾针局长的儿子长大。你看着好了,针局长的儿子长大,他一定会报仇。所以你最好现在就杀了我。"

秦上校不禁失笑道:"唐森呀唐森,难道你到现在还搞不明白? 帝国不仁,以万邦为刍狗。帝国不是黑道,不会无缘无故杀害任何人灭口。他们三人被判刑是罪有应得。可是你要照顾针局长的儿子是你的善举,帝国不会采取对你不利的行动。事实上,如果我是你,恐怕也会这么做。

"但是有什么用? 你一个人敌不过帝国的。任何人都无法和帝国为敌。假如你父亲还在,他一定也会这样告诉你。你以为我没有尝试过吗? 我们都曾反抗过,我们都失败了。我唯一能够做的,就是保住老友的儿子,勉强算是对得起老友。任何人都无法和帝国为敌。这么多年了,我还不清楚吗?"

秦上校摘下圆形眼镜,显现出疲倦的神色。有一个瞬间,唐森觉得秦上校似乎在向他求饶,但是他知道绝不能信任这狡猾的老狐狸。秦上校可以这一分钟流下鳄鱼的眼泪,下一分钟又设计害人。

唐森说:"在死之前,你还有什么可说的?"

秦上校摇摇头,"我的任务已经结束,不,我们的任务已经结束。我很累,我已经活得太久太久,死在你手里是我的荣幸,也是我的心愿。但是唐森你要记牢,无论如何你不是呼回人……"

他还没有说完话,唐森已经按动钢管的汽化钮,将秦上校汽化成为一缕青烟。他看不清楚秦上校脸上的表情是悔恨、心碎,还是别的什么。他很奇怪秦上校并没有试图反抗,或许他的动作真的比秦上校快太多,但他将永远不会知道答案。

18. 如果投票刚好是两票对两票

虽然地道里的灯光很黯淡,变种水狸却跑得飞快。小黑狗还跟得上,它的名字本来就叫做飞飞。艾比就追赶得很吃力,只好对水狸喊道:"亚当七世,可不可以请你跑慢一点?"

"不能再慢,因为马上就要涨潮了!"亚当七世说,"要知道,海底城的地道四通八达,多半在水平线以上,只有这一段刚好在水平线以下,一旦涨潮就会被淹没。我倒没有问题,只怕你们两位不能适应。"

水狸这么说,艾比和飞飞只有努力快跑。果然地道不久就有海水灌进来,而且水势来得很猛,很快就有半尺多深。幸亏他们已经跑到另一个交叉路口,过了路口就是上坡路,再不会有被淹没的危险。艾比记起来,老麦唐诺先生曾经说过,地底城永远不会淹水。看来老麦唐诺先生不是说错了,就是没有认清水的力量。

亚当七世说,大家都走累了,今晚就在这里休息。水狸和小黑狗都没有问题。水狸趴下来,小黑狗蜷成一圈,都睡下了。地道很潮湿,石板又很坚硬,艾比以为自己一定睡不着。想不到他躺在石板地上立刻就睡熟,还是飞飞舔他的脸把他叫醒。

"天亮了吗?"艾比说完才想起来他们是在地底下。果然亚当七世冷冷地说:"这里可没有天亮这回事。我们快走,不能耽误时间啊。"

亚当七世一马当先,继续带着大家往前猛走,一走就是好几个小时。艾比想,这只水狸倒真不怕累。正想着,亚当七世突然停了下来。艾比以为水狸好心让他们休息一会儿,亚当七世却说要大家留神倾听。艾比听了一会儿,只听到拍击地道墙壁的水声。

艾比说:"这是退潮的水声。"

亚当七世说:"不是水声,有人在讲话。"

飞飞说:"不是讲话,有人在哭泣。"

艾比终于也听到了,的确有人在哭。他们朝着哭声的方向跑去,不一会儿看到一位英俊的年轻人坐在石板地上,哭得很伤心。

"尼克!"艾比喊道,"你在这里,真太好了。"

"有什么好?事情糟透了。"尼克边哭边说,"老麦唐诺先生被他们抓走,于宁远医生和你妈也被捉了。"

亚当七世大惊失色地说:"老麦唐诺先生被抓走,我也完了,今生今世讨不到好老婆。"

"姆妈是在警察局被帝国突击队捉走的,"艾比说,"都不知道是什么缘故。"

"你们大概还没听到最新的消息。今早他们在联邦巡回法庭受审,说他们三人犯了叛乱罪。"尼克哭道,"海默电视台刚才报道,他们三人都被判了重刑,要送到外星边疆劳改。"

艾比听到尼克这么说,不免放声大哭。小黑狗飞飞不断自怨自艾。亚当七世急得在一旁转来转去兜圈子。

哭了一阵,艾比首先恢复镇静,对大家说:"我们一定要想办法把他们救出来。"

"怎么救呢?"尼克丧失往日的从容,唉声叹气地说,"如果有什么办法就好了。可是对手是装备精良的帝国突击队。我们怎么打得过帝国突击队?那无异于以卵击石。"

"有办法的。"艾比说,"只有从地底下的隧道才能够救人,只有坐潜水艇才能够逃出敌人布置的天罗地网。"

艾比这么说,尼克立刻明白他的意思,跳起来说:"一点也不错!老麦唐诺先生设计的变形金刚车就是我们的秘密武器。我们先设法找出他们被关在哪里,然后乘坐变形金刚车变的黄色公共汽车穿过地底隧道去救他们。等到救出他们,变形金刚车下海就变成黄色潜水艇,潜入水底就逃脱成功了。这个办法值得一试!"

尼克一旦沉住气,做事比谁都更有条理。他立刻带大家先回到海底城的指挥中心,因为他认为在指挥中心最容易掌握所有的资源。然后尼克分派任务给大家:艾比上网搜查三人被关押的地点,尼克检查以及保养变形金刚车,飞飞和亚当七世担任随车保镖。

因为时间紧迫,飞飞立刻教导亚当七世,如何将老麦唐诺先生发明的自燃火弹藏在嘴里,然后用力一喷,喷得又远又准。没有多久,一条小黑狗和一只水狸都变成了喷火专家。亚当七世学会这绝招尤其得意,连走路也扭腰摆臀故作姿态,把自己打造成了小型的喷火怪兽。飞飞和亚当七世在海底城的指挥中心到处搜寻,找到两箱自燃火弹,全部搬上变形金刚车。

尼克仔细检查老麦唐诺先生设计的变形金刚车,又有新的发现。变形金刚车不仅可以变成公共汽车和潜水艇,还可以变成会钻洞的穿山甲。这个发现令尼克雀跃不已,因为到了三人被囚禁的所在,公共汽车可以伸出一个自动旋转的尖嘴,从地底挖洞。这个装置解决了从地底救人的最大难题。

各项准备工作都进行得很顺利,唯一不顺利的反而是艾比。他上网搜查三人被关的地点时,发现老麦唐诺先生等人被关在三个不同的监狱,所以一次只能救一个人。但是如果救一个人成功,敌人提高警觉,其他两人可能从此再也救不出来。问题是先救谁?

艾比把搜查的结果告诉尼克。尼克立刻召集大家开会,讨论这个严重的问题。艾比当然希望先救姆妈,飞飞和艾比立场一致。尼克希望先救老麦唐诺先生,亚当七世为了找工作所以支持尼克。如果投票,刚好是两票对两票,怎么办?

尼克说:"这问题关系到三个人的生死,我们无法用投票来解决。而且两票对两票,即使投票也无法解决。我们只好采用讨论的方式来说服别人。我先说,为什么应该先救老麦唐诺先生?理由很简单。地底隧道、自燃火弹和变形金刚车,全都是老麦唐诺先生设计和发明的,没有他的发明根本不可能救出任何人!所以,不第一个救老麦唐诺先生似乎说不过去。"

尼克说完,三双眼睛都看着艾比。艾比讲不出像尼克这样有力的理由,着急得眼眶都红了,说:"我讲不出很好的理由,只能求求大家给我一个机会,让我和姆妈能够在一起。没有姆妈,我不知道怎么活下去。我……"

艾比说着大哭起来。亚当七世看了不忍,说:"本来我希望先救老麦唐诺先生,这是因为要找工作讨老婆。但是看到艾比这样我很难过。所以我弃权,对这个问题不发表意见。没有老婆我一样能活下去,说不定活得更快乐。"

飞飞照例摇摇尾巴。尼克考虑良久,最后才说:"老麦唐诺先生是我最崇拜的人,照理说应该坚持先救他。然而我有个感觉。如果先救老麦唐诺先生成功,其他两人肯定再也救不出来,他们会被送到外星边疆劳改。如果先救其他两人中的一位,以老麦唐诺先生的博学多智,在呼回世界声望之崇高,他很可能不会被送去劳改。一旦呼回法院重新修改判决,另一人也可能因此沾光。所以我勉强同意先救艾比的姆妈针局长。"

艾比哭着谢谢尼克。尼克说:"不必谢,这是我的直觉,不一定对,如果错了我会后悔一辈子。但是我们也可以反过来思考这个问题。万一我们营救不成功,不仅我们没命,被救的人也会有生命危险。我的意思是,如果不去救你妈,她还能活下去;如果去救,反而可能害死她。所以先救的人可能更加危险。你了解这后果吗?"

艾比想了想,仍然点头,"我知道很危险,不过至少得试试,我们死也要死在一起。"

尼克说:"事已至此,只能救三人中的一人,没有别的办法。就这样决定吧。"

他们一切准备好,艾比、飞飞和亚当七世都坐上黄色的老旧公共汽车。尼克便驾驶这辆变形金刚车,开足马力朝着地道冲过去。

19. 其实三貌夏娃都是我

那晚唐森在旅馆里一直睡不安稳,噩梦连连。秦上校虽然没有直接在梦里出现,但是他的话却在梦中不断回响:"唐森你要记牢,无论如何你不是呼回人……"

"无论如何你不是呼回人……"

"你不是呼回人……"

他不想听,不停按动钢管,然而在梦中钢管完全丧失了作用。他知道是梦,强迫自己醒过来,果然钢管好端端地放在床头柜。他重复对自己说,他不再是境遇改造员了。

"我不再是境遇改造员了。我做的事,无论是好事还是坏事,做了就做了,不能再改变。昨天我杀了秦上校,很可能冤枉了他,也可能并没有冤枉他。我杀了秦上校,我也害了租车行的女子,我必须永远背负这两条人命债,这是我终生的歉疚。我违背了境遇改造员的誓言,但后悔是没有意义的,况且我不可能改变自己或者呼回世界目前的境遇。"

他反复对自己说,他不再是境遇改造员,但是连自己都不相信自己的话。他抹一抹脸,脸上都是泪水。他打开窗户,在窗前跪下来,面向窗外升起的月亮。清冷的月光,倒令他逐渐冷静下来。

第二天,唐森去探监。206监狱在新海默城的郊区,再过去就是回回大山蜿蜒的支脉。不知道是什么年代盖的206监狱暗红色的建筑外观像烧窑——或许这就是它最初的用途,后来才改为监狱。来探监的人必须从烧窑口的大门进入,经过层层警卫,通过一条长廊,越往里走房顶越低。会客室的房顶已经够低,唐森的头几乎可以触到房顶。再往里走,房顶低得简直不像话,连他活动都有困难,高大的针局长要想活动恐怕会更加窘迫。据说犯人进来先住前面的牢房,然后越换越后面,直到住进狗洞般低矮的牢房,最后的下场不问可知。想到针局长可能受到的种种苦楚,令唐森十分不忍。

唐森从来没有料到,会在这种情况下再度见到针礼局长。那么骄傲的女子,她能够适应吗? 他希望能够带些好消息给她,可惜实在没有好消息。监狱的会客室一定有人监听,他也不方便讲秦上校的事。再说，这并不是什么值得庆祝的事情，多想反而令他感到更难过。

他心情恶劣，没留意到一位矮胖的褐发女子悄悄进入了会客室隔着玻璃板的另外一边。直到对方拿起电话听筒，唐森才恍若大梦初醒，忙拿起另一只电话听筒，两人隔着玻璃板对望，像陌生人般打量对方。

唐森问："你就是……针礼局长？"

"对，我就是针礼局长，没想到吧？记得吗？我是真理，不是谎言，真理才是最好的选择。"矮胖女子一边没有把握地微笑，一边偷偷观察唐森的神色。

"我知道你有三种面貌：人相、法相和魔相。"唐森说，"我本来就知道的，只是突然看到你的人相，因为从来没有见过，所以一时还不能够适应。"

"你倒很诚实。"针礼局长勉强笑道，"是情境胶囊告诉你的吧？"

"我从书上读到的。你大概忘了，我的身体里已经没有超级情境胶囊了。"唐森说，"书上说，变种的呼回人可以随意改变面貌和身形。所以你施展伸骨术拉长自己，就显现出法相，变成瘦高个子的针局长；压缩些就显现出魔相，成为女间谍夏娃娃鲁；完全自然松弛就显现出人相，变回艾比慈爱的母亲。"

"没错。"针礼局长突然紧张地问，"你喜欢我的人相、法相，还是魔相？不必回答。我知道男人都喜欢夏娃娃鲁。其实三貌夏娃都是我，为什么没有男人能够欣赏我的全部？"

唐森耸耸肩，"我第一次见到夏娃娃鲁，就猜夏娃娃鲁是你。当然你的魔相夏娃娃鲁很美丽，但是你的法相和人相各有各的长处，我都可以接受。"

"可是我的人相……会不会显得很胖？这是我真正的相貌。你会不会喜欢一个胖女人？"

"当然！"唐森斩钉截铁地说，"我不需要眼睛。只要你一开口，我就能认出真正的你、豪气的你、令我着迷的你。你胖，你瘦，你高，你矮，对我而言都是唯一的你。"

针局长显然受到感动，握着电话听筒叹口气说，"谢谢你，可惜我们现在讲这些已经太迟了。我只求你一桩事，请你务必找到艾比，把他带走。我绝不要艾比跟随我到劳改营受苦，免得被帝国派人一起杀害。如果你肯带走艾比，我做鬼都会来报恩。"

唐森毫不犹豫，一口答允针局长的托付，"这本来就是我的想法。不过你要忍耐，不许说丧气话。你无罪入狱服刑太不公平，我会替你上诉，一定要把你救出来。你不可以自暴自弃。我说到做到，一定会把你救出来。"

他正说话时，地底轰隆轰隆作响，唐森和针礼局长中间的玻璃板碎了，地板分裂迸开。一辆黄色公共汽车，顶着一个不断旋转的尖嘴，从土里冒出来，开车的是唐森在三个小金人古玩店里曾经见过的体面年轻人。车上的男孩半身挂在车窗外对针礼局长大嚷：

"姆妈！我们来救你了。"

"艾比！"针礼局长高兴得流出眼泪，"好孩子，你来了，小心别摔了。飞飞、尼克，你们也来了。"

一条小黑狗从车门跳出来，后面跟着一只水狸。尼克对针礼局长和唐森喊道："两位快上车，让飞飞和亚当七世挡他们一阵。快快快！"

唐森协助变胖的针礼局长蹒跚地爬上公共汽车。等到狱卒弄清楚是怎么一回事时，他们纷纷从地上爬起来向公共汽车开火，嘴里大喊："有人劫狱，赶快捉住他们！"

唐森听到狱卒喊"有人劫狱"，不免暗自惭愧。他是联邦的情境改造员，掌握绝对优势的火力，但是除了来探监外，竟然没有想到他也可以劫狱救出针礼局长，比孩子们还不如。幸亏孩子们主动出击，改变了情境。

小黑狗和水狸一左一右各自张开嘴，吐出一个个火球飞向狱卒。但是唐森比他们更快，不停按下手里钢管的汽化钮，狱卒便一个接着一个消失不见。现在轮到唐森对小黑狗和水狸嚷道："你们赶快上车！"

他们都上了公共汽车。尼克怪吼一声，扳下倒退挡。黄色公共汽车起先沿着刚钻出的凹凸不平的洞穴以极慢的速度退回地道。有些狱卒还在奋力追赶，小黑狗和水狸从车窗探头出去不断朝追兵喷出火球。一旦进入地道，公共汽车就越退越快，把追逐的人远远抛在后头。小黑狗和水狸一齐鼓掌，尼克哈哈大笑。

可是他们笑得太早了。公共汽车转入地道不久，尼克咒骂一声，把车停下来。

"怎么回事？"唐森问道。尼克指指前方，原来的地道完全被崩下的石块堵住，还有些碎石不时滚下来。唐森知道这绝非偶然，他仔细观察地形地势，对尼克说："刚才我看到，你的车头有不断旋转的尖嘴。是不是你的车具有穿山甲的功能？"

尼克说："变形金刚车确实具有穿山甲的功能，但是我不知道它能不能穿过这么多石块堆起的小山。"

唐森握住一根短短的钢管说："我的兵器能够汽化石块，但无法穿透石山。所以我可以汽化石山底层的石块，然后你开着穿山甲推开石块。这样一步步前进，也许逃得掉。"

他们两人合作，每次唐森汽化一批石块，尼克的穿山甲就立刻把邻近的石块推开，为公共汽车打出一条通路。黄色公共汽车慢慢前进，竟然顺利通过山崩的一段地道。

尼克大笑道："太好了！下次我们可以用同样的方法救出老麦唐诺先生，还有于医生。"

唐森可没有这么乐观。他收起钢管，暗道一声侥幸，他们居然能逃出秦上校生前精心布置的天罗地网，或许是秦上校故意网开一面？下次再和帝国决战，可能就没有这么幸运了。但至少在这一刻，他们是自由的。

他曾以为"多余的世界"就是绝望的世界，但或许"多余的世界"并不是绝望的世界，而是希望的世界？

公共汽车在地底的隧道里疾驶，隧道的另一端就是大海。艾比得意地对针礼局长说："姆妈，出了隧道，很快我们就会在黄色潜水艇里面了。姆妈，这都是我想出的主意，幸亏有尼克帮忙，还有亚当七世，还有飞飞。对不对，飞飞？"

小黑狗摇摇尾巴。艾比把头藏在针礼局长怀里说："姆妈，从此我们再不要分开，好不好？"

针礼局长摸摸艾比的脸颊，温柔地说："当然，孩子，从此我们相依为命，再也不会分开。"

唐森看看身边紧搂住孩子的三貌夏娃，还有车里的一条小黑狗、一只变种太空水狸和开车的体面年轻人，他终于明白自己的任务是什么。他知道，保护他们就是星际联邦134星区62防区88分驻所的境遇改造员唐森今后唯一的任务。

附 录:

翻转的城市

海默城别名"翻转的城市",是呼回世界三大奇观之一,和索伦城的铜像、易罗河的情桥齐名。但是索伦城的铜像和易罗河的情桥早已全毁,海默城的遗址仍然存在,可供游人凭吊。而且海默城不仅是呼回世界的奇特景观,哪怕放眼银河系,这么多星球中并没有另外一个城市能发展出类似的翻转结构,因此更加难能可贵。

海默城原先是个滨海的无名小城,玄业纪时人口大约二十七万。玄业纪末,呼回世界面临暖化危机,冰山融解百分之六十五,海平面上升七尺,沿海的城镇大都被淹没,唯一没有被淹没的就是海默城。究其原因,相传一位于姓富商功不可没。

于姓富商的生平已不可考,我们唯一知道的是,这人性格倔强,一向不肯认输。当冰山开始融解、海平面逐渐上升时,海默城全城人民就准备迁城到附近山上。左邻右舍都要走了,可是于姓富商却不肯搬。他的家人急坏了,一齐来劝他。于老头不为所动,说:"这房子是祖传的基业,我不能对不起祖宗。要走你们走好了,我不走。"

"可是老爸呀,"他的儿子说,"人不与天斗。等到海水涨上来,我们怎么办?"

"等到海水涨上来再说。"于老头说,"海水能涨,它就能退。"

"可是老公呀,"他的老婆说,"万一海水要到冰河期结束才退呢?我们可就要等一万年啦。"

"一万年算什么?"于老头说,"你打三十二圈麻将都比这还久,我熬熬也就熬过去了。"

家人都说不过他。还是他年方十七岁的小女儿有主意,仗着父亲的宠爱对于老头说:"亲爱的老爸呀,您要守着祖宗传下来的老房子,总不能让它泡水。何不把围墙筑高些呢?"

一言惊醒梦中人。于老头虽然嘴硬,心中可是七上八下,听了小女儿的话大喜道:"有理!海平面上升七尺,我就筑一圈十尺高的厚厚的围墙。海水能奈我何?"

于老头筑墙挡海的消息不胫而走，海默城的人无论远近都来参观，有哈哈大笑的，有点头无语的，有替于老祈祷的，还有破口大骂。最后一类人特别奇怪，海默人"尊"称这种人为"骂将"。按理说别人筑墙挡海干他何事，但是呼回世界的骂将总能把任何事情都合理化地扯到谋财害命上，骂得振振有词掷地有声。所以海默人要和谁过不去，就雇一批骂将来修理他。对方往往也雇一批骂将骂回来。

除了骂将明骂之外，还有一个人在心里头暗骂。这人姓吴，是海默城的首富，世代经营房地产，名唤吴大方。叫大方是因为这名字和大房谐音，其实此人毫不大方。他从十几年前起就不声不响地收购附近的山坡地。海默城迁往山上，不消说吴大方将会获利最多。于老头筑墙挡海，果然有人群起效法。吴大方暗暗心惊，如果海默人都这么做他就没得赚了。除了雇一批骂将乱骂，他又散布小道消息说："每家都筑墙纵然挡得住海，可是以后彼此如何来往？难道都要坐船？太不方便了。而且，市政府要加征每户每年两万元的交通费！"

有人听了这话，告诉于老头。于老头回家向女儿问计。聪明的小女儿说："这还不简单？从我们家的围墙可以搭木桥到隔壁邻居温斯敦老伯的围墙。如果每家都这样搭桥到左邻右舍，不久我们就都连接起来，谁也不用坐船。"

于小妹的构想就是海默城有名的蛛网桥路的起点。海水一天天涨高，能搬的人都搬走了，不能搬或不愿搬的人纷纷高筑围墙，在围墙顶上架了蛛网桥路。等到水超过六尺，海默城还剩下将近一半人口，蛛网桥路也逐渐成形。意外的是海默城不但没有被水困死，竟展开了第二春，成为以观光业为主的城市。它不像威尼斯等水都，房子在水上，彼此以桥梁和水道相连。海默城的房子建在水平面之下，靠层层围墙保护，蛛网桥路却在水面，景观完全不同。所以它是个翻转的城市。

海默城的名声逐渐传播开来，成为星际观光客必到的景点，比从前更加繁荣，水下市区也逐年朝浅海方向扩大。原来的水下房屋，像于家的老屋，多半是一层的平房。新建的水下大楼就不同了，至少有十来层，甚至有超过二十层。水下大楼外面的围墙竟然有数百尺高，为了抵抗海水的压力，形状也由方形改良成为圆形。这种外圆内方的设计，成为海默城新潮水下大楼的特色。

外星来的观光客时常会问当地导游："住在这样的水下大楼里，每天面对通天的围墙，只有黯淡的有限天光，难道不会感到窒息吗？"导游总是笑着回答说，不会的。事实上围墙的设计成为海默城建筑师争奇斗艳的焦点。有的围墙上种了一层层精心栽培的花草树木；有的围墙能让每层楼住户驾驭小型升降机耕耘袖珍空中花园和空中菜园，使围墙成为有机生态环境的一部分；有的围墙在每一层都有多媒体窗口，播放天空云彩和海市蜃楼的莫测变幻。最豪华的水下大楼则不惜重金聘请知名画家，用各种自然发光颜料画出二十层楼高的巨大三次元空间壁画。海默城的壁画家来自宇宙各星球,虽然还没有像达·芬奇、米开朗琪罗那么出名,但的确已经引起星际艺术界的高度重视。翻转城市的翻转艺术,在宇宙艺术里居然争得一席之地。

其实翻转城市这个名称也是于小妹的杰作。这时候她已经从索伦城的国立呼回大学建筑系毕业,她的毕业论文就是诠释翻转城市。既然宇宙从来没有像海默城这样的翻转城市,于小妹迅即成为独一无二的翻转城市权威。她回到故乡开业,专门设计水下房屋,也备受族人尊敬。于老头当然很得意。但是天下事不可能十全十美。于小妹不成器的哥哥受不了妹妹成名的刺激,竟远走他乡,加入帝国的星际舰队当突击队员,在"贪狼星之役"中失踪。

于小妹的哥哥失踪,令两老备受打击。然后,更加不幸的事情发生了。

前面提到过海默城的首富吴大方,虽然有不少害怕海水上涨的海默人跟随他搬到山上,但他毕竟因为海默城没有迁城而无法发大财。痛定思痛,吴大方对于老头断他财路始终不能释怀,尤其对出点子的于小妹更加耿耿于怀。不久机会来了。一次暴风雨后,有栋水下大楼竟因海水灌入围墙而楼毁人亡。虽然这水下大楼并非于小妹的建筑公司所设计,但是她曾担任承包营造商的顾问,无法说完全无关。吴大方运用他的关系,一方面找律师替苦主申冤要求赔偿,一方面暗中指使海默城警方以涉嫌杀人罪名将于小妹扣押。于老头心疼女儿,把家产卖光赔偿苦主,却没想到这正是吴大方的狠招。等到家产卖尽,于老头仍然救不出女儿,不免悔恨交加,一时想不开竟上吊自杀。于老太不饮不食哭泣数日,替于老头办完丧事后也吞金自尽。

吴大方成功达到目的,就示意有司释放于小妹出狱。不过短短一个月时间,于小妹由天堂跌落到地狱。她的事业毁了,父母兄长都走了,恶人却逍遥法外,她怎么办?

如果换了别人,说不定走上极端,可是于小妹并没有这么做。她领悟到呼回世界仍在持续暖化,冰山继续融解,海平面还在上升,上次的暴风雨不过是示警的预兆,更大的暴风雨即将来临。她的双亲为此丧失生命,她不能让他们平白牺牲。于小妹化悲愤为力量,四处奔走,劝海默城的人民觉悟,告诉他们大难即将临头。

"海平面上升七尺,十尺的围墙肯定挡不住暴风雨。"于小妹声嘶力竭地对肯听她讲话的海默人说,"如果遇到超级大暴风雨,十五尺的围墙都不够,更不用说新建海底大楼的围墙了。"

虽然有人相信她的话,但更多人受到无所不在的骂将影响,反而耻笑她说:"大家听听看。她害死了人不说,现在反倒又来说风凉话。她的话你们能信吗?"

于小妹虽然生性乐观,但她到处碰壁,不免丧气。一次她在演说中又被骂将戗,还没讲完听众全都散尽，只好躲在墙角哭泣。这时有人拍拍她的肩膀说："不要难过。你是对的，可惜他们不能接受。"

"你是谁?"于小妹惊奇地看着这英俊的年轻人。

年轻人不好意思地说："我是吴小方，我爸就是害了你全家的人，但是我完全不认同他的手段。你不认得我，可是我老早就注意到你。我们其实是同学，我比你高两届。"

他这么说，于小妹倒记起他来。她在大学的社团活动里见过他，因为他英气逼人，她总觉得自己是丑小鸭，不然也许早就和他认识了。

吴小方再三向于小妹道歉，表示愿意全力帮助她救海默城，也可以说是替父亲赎罪。原来吴小方是律师，各方面的关系都不错。有了他的协助，于小妹果然向呼回政府申请到专款，为海默城的大楼、重点文物和一级古迹的围墙进行强化工程。

围墙强化工程快要结束，气象局预报又有暴风雨要来袭。于小妹知道这是测验强化工程的良机，一方面要求全体工程人员全力戒备，一方面邀请吴小方和他一起在暴风雨来袭时到处巡逻。起先吴小方有点勉强，最后还是答应了。于小妹以为他是顾虑父亲会有意见，两人见面时就主动提出，不妨邀请吴大方也来看看。于小妹这么说，当然有她女孩子的想法。如果杀父之仇都可以化解，还有什么不可以原谅的呢? 或许还能成就一对罗密欧和朱丽叶吧?

没有想到于小妹这么讲了后，吴小方突然跪下来，泪流满面地说："你的心地实在太善良了。我对不起你，我该死!"然后他一五一十坦白说出，他帮助于小妹完全是父亲授意，为的是插手围墙强化工程，安排吴大方的人马在强化的围墙里埋了炸药。暴风雨来袭时吴大方只要乘机引爆炸药，这些大楼古迹都毁灭不说，还可以把责任全部栽到于小妹身上。

吴大方这个计策太毒了，连他的儿子都不能不天良发现。暴风雨来袭时，吴小方不理会父亲气急败坏的阻止，协助于小妹消除炸药控制器程序。吴大方的毒计因而未能得逞。

但这次的暴风雨不是寻常的暴风雨。它仿佛是世界刚诞生时原始海洋的暴风雨，连下了三十个日夜。到了第三十天，海默城所有的围墙都垮了，大水淹没了全城。全城的人，包括于小妹和吴小方，都葬身海底。

所以吴大方的心机都是白费。他根本不需要动一根小指头，海默城本来就注定要毁灭。当然，注定要毁灭的也包括吴大方和所有逃到山上去的海默人，因为暴风雨下到第三十天，山上的土石流同样埋葬了他们。

有关海默城毁灭的故事有许多不同的版本，以上的版本可以说是最浪漫，最通俗的。在另外一个版本里:吴小方自始至终都是坏人，或许比他老爸更坏。于小妹最后发现他们父子俩的毒计，只得手刃心上人。第三个版本又稍有不同:吴小方在撤除炸药控制器时不慎被炸死,吴大方悔恨自尽。第四个版本则把吴大方变成天良未泯的好人:吴小方和于小妹在撤销炸药控制器时被水所困,吴大方为了救他们自己被炸死牺牲……不论故事怎么编,总之都改变不了如下的事实:城里的海默人固然都没能逃走,山上的海默人也一个都逃不脱,好人坏人全部同归于尽。

海默城的遗址现在仍然存在,可供游人凭吊。在风和日丽时,可以看到蔚蓝的海洋水底下的围墙残垒。呼回政府在海默城的遗址附近重建新海默城。新海默城规模比较小,由名建筑师小贝壳负责设计。小贝壳据说是地球古代名建筑师贝氏的后裔。新海默城最有趣的地方是它一正一反的设计:在海里的部分是原先的翻转城市,在陆上的部分则是与之对称的正常城市。和旧海默城一样,新海默城主要的产业也是旅游业,大部分的建筑都是旅馆。旅客可以选择住陆上的旅馆大楼,也可以住收费相同的海底大楼。要注意的是,旅馆会在电视上不断播放《海默城末日记》这部电影作为宣传。如果住海底大楼,不想看《海默城末日记》的电影,可以预先通知旅馆服务部。

——摘自李董芳教授《细说呼回》

张系国访谈

陈虹羽：目前还只出版了"海默"三部曲之一的《多余的世界》，能跟读者讲讲这个三部曲的整体构思吗？

张系国：《多余的世界》是"海默"三部曲的第一部。第二部《下沉的世界》和第三部《翻转的世界》继续叙述联邦境遇改造员唐森的传奇故事。三部曲的整体构思，这里先卖个关子，让读者慢慢发掘吧。什么事情都要作者讲，就没有意思了。

陈虹羽：这个系列现在进度如何？第二部、第三部何时能与读者见面？

张系国：预定每年写一部，第二部应该2013年写完，第三部2014年写完。

陈虹羽：我们看到《多余的世界》这部小说的背景也是在"呼回世界"，这是您在著名作品《城》中构建出的世界。"海默"系列和"城"系列有什么联系吗？给我们简要介绍一下"呼回世界"的特色吧。

张系国：《城》的故事发生在过去的呼回世界的京城索伦城，《多余的世界》却发生在未来的呼回世界边陲的海默城，所以时空背景完全不同，写作的手法也完全不同。至于如何不同和"呼回世界"的特色，还请读者自己体会吧。

陈虹羽：《多余的世界》繁体版的编者介绍说，"作者的野心是创造新类型的科幻，让更多读者都能欣赏而且喜爱。"在您的理想中，新类型的、受众面更广的科幻是什么样的呢？觉得自己达到这个目标了吗？

张系国：《多余的世界》是科幻小说、间谍小说及青少年小说的综合，基本上是成功的，写作的过程也特别顺利。

陈虹羽：对科幻进入大众视野做出很大贡献的"倪匡科幻奖"，在2011年停办了，好多科幻爱好者都感到非常遗憾。您也曾经担任过该奖项的评委，怎么看该奖停办这件事？

张系国：倪匡科幻奖的前身是我办的张系国科幻奖，后来没有资金办不下去。倪匡科幻奖接着办，最后还是停掉，很可惜。但是科幻在台湾一直面临读者有限的困境，所以我才在不断探索新类型的科幻，让更多的人能够欣赏接受。

陈虹羽：我看到您在博客上介绍自己说，"六十二岁时得偿宿愿，自己改装小快艇为乌篷家居船，从此成为快活老船长遨游四海"。这样的生活实在太梦幻，太难以想象了。这是真的吗？跟我们分享一下老船长的生活吧，日常需要做些什么，都遨游过哪些地方？

张系国：我喜爱袖珍设计精巧的东西。我的小快艇很小，只有十三英尺长。我又有辆小型的RV家居车，也只有十六英尺长，可是里面床、厕所、厨房……什么都有！当老师教书最大的好处是有长长的暑假。我曾用RV车拖着小快艇到处跑，沿着美国的密西西比河流域遨游数千里。因为我很喜爱的一位美国作家马克·吐温，就是在密西西比河边长大的，所以我是在游历他所到过的地方。

陈虹羽：游历过程中，有发生过什么惊险状况吗？

张系国：最惊险的一次是最后到了新奥尔良城，旁边有个很大的湖，在湖中间船的引擎竟然脱离船身落入水里。幸亏刚巧有渔船经过，把我的小艇拖回港口，不然可能就没命了。有关我的游记，初稿早已写好，但是一直没有时间修改为定稿发表。隔两年写完科幻三部曲再说吧。

陈虹羽：那您一般在什么时候写作呢？

张系国：都是三更半夜，因为我白天要教书，做科研。

陈虹羽：读过大陆科幻作家的作品吗？您作何评价？

张系国：我办张系国科幻奖时，读过不少年轻大陆作者的短篇，包括韩松的《宇宙幕碑》。我非常喜欢，那次就特别取为第一奖。前些日子去北京，终于和韩松见面，相谈甚欢。

陈虹羽：好的，谢谢您接受采访。希望以后台湾和大陆的科幻作品交流能更加频繁。

宠 儿

夜透紫

明天就是一年一度的体检，
小清偷窥到妈妈把非法买来的药从手袋中取出来。
妈妈一定会在今晚或者明早给自己打针。
他知道妈妈想做的事是不合规则的，虽然他不应该明白这件事。
他亦知道不会有人来救他。
所以，他应该怎么办呢？

夜透紫，喜欢以文字与人沟通，无可救药的猫奴。

多年来在网络上发表各类长短篇小说，曾获得第九届倪匡科幻佳作奖，以及台湾角川第三届轻小说大赏铜赏。出版了《人脸书》《字之魂》等作品。创作类型多数以科幻、奇幻及轻小说为主，每天都在努力敲键盘盼望有所进步。今次得以科幻短篇跟大陆朋友交流，深感荣幸。

小清坐在地毯上，小巧的手指正把玩面前的立体方块模型，却心不在焉。

在他身边有好几个比他还要高大的动物毛布玩偶，还有数不清的精美高级玩具。布置得像王子或公主寝室般华美的粉蓝色房间被他弄得很乱，如果不这样弄出点事儿给负责照料他起居的机器保姆做，就太可疑了。

不，妈妈已经对他起了疑心，跟爸爸提早离婚就是先兆。

明天就是一年一度的体检，小清偷窥到妈妈把非法买来的药从手袋中取出来。妈妈一定会在今晚或明早给自己打针。那么，现在他应该怎么办呢？

其实"非法"意味着什么，小清不肯定自己能完全理解，大概就是违反法律的意思，法律应该就是某种管制人们的规则吧？就像他发现，身边的事物全都会遵从某些规则运作。例如皮球反弹的方向和力度，方块数目与组合起来的可能性，保姆的计算机程序，等等。

他知道妈妈想做的事是不合规则的，虽然他不应该明白这件事。他亦知道不会有人来救他。所以，他应该怎么办呢？

逃走——只有想办法逃走了。可是，他怎么逃？逃到哪里？

小清很清楚，看起来只有十岁的自己，一旦逃到外面成年人的世界就会马上被发现。因为他只是个"宠儿"——宠物儿童。

锆一跟着他的上司到达今天抽样调查的家庭，心情有点紧张。毕竟他是个刚毕业才正式踏入社会的新人，对各种事情仍然很不习惯。

只要跟着上司做就行了，他这样告诉自己。锆一的上司叫古柏，是个一头棕发的有西欧血统的男人。他在这个主要是东亚血统人口聚居的城市已经工作了超过九十年，经验丰富。

"遗传工程管理局，宠物儿童政策监察部，敝姓古柏。"上司很酷地对着门外的通讯器报上身份，链接到市民保安局的识别系统立即进行了核实。屋内的夫妇虽然有点吃惊，却赶忙开门迎接。

这次突击检查的夫妇背景很普通,收入一般,职业没什么特别,没有不良记录,比较少见的是他们有两个孩子。以他们的经济能力竟然能成功申请到两个,可能是因为这次婚姻维持了约三十年。锆一记得关系稳定的夫妇申请时可以加分。

现在流行把婚姻契约定为六十年,但鲜有不提早解约的。可是伴侣转换太频繁会影响社会稳定,有孩子的伴侣婚姻通常维持较久,为了赚钱,工作也比较稳定。政府一向鼓励。

聊了一些客套话,夫妇就把两人领到孩子的房间去。就像大部分有宠儿的家庭一样,孩子的房间如同小型王宫般华丽无比,应有尽有。住所内其他地方的装潢都跟收入成正比,只有这里倾尽心血打造。

有个看来十二三岁的男孩坐在立体成像电视前,目不转睛地看着,连客人进来也毫不在意。身边的机器保姆正在哄他吃进糊状食物,但是他显得很不耐烦,粗暴地拒绝和反抗着,把食物弄得一地都是。

锆一的信息记录显示,这名宠儿在二十五年前出生,以宠儿来说算年轻。应该还有一个在十四年前出生的女孩,可是他环顾四周并没看见。

上司走到放玩具和衣服的复古木柜旁边,说:"果然在这儿呢。"

响起一声小女孩的尖叫,貌若八九岁的小女孩从躲藏的角落惊慌地跑出来逃到父母身后,用力抱着他们,不敢望陌生人。

"我们家小公主就是爱黏我们。"夫妇不好意思但满足地抚着女儿的头笑说。

锆一按上司的指示对两个孩子作了一些观察记录,父母的查询则由古柏一手包办。孩子的父亲有点担心地问:"是否有什么问题呢?为什么会突然……"

"请别在意,只是例行的抽样探访。"古柏恰到好处的声调缓和了对方的不安。

"我们知道法例上有突击检查的规定,但身边从没朋友经历过,真的吓了一跳。"母亲抱起受惊的女儿,无比温柔地安抚她,"不过请相信,我们一直很小心地照料他们。"

难怪他们吃惊,锆一也觉得抽样的比例实在太低,而且谁也不想假日被官员打扰吧。

完成工作离开,按预定计划,古柏还要带锆一去处理另一个个案,让他吸取经验。锆一很庆幸古柏比许多前辈要大方,绝大多数人明知道他这类毕业生本来就跳级升职无望,还是不愿意放手让新人累积更多经验。即使学校都说协助毕业生尽快投入社会是公民责任,但现实社会始终是残酷的。

但他们还没到下个目的地,就收到紧急通知,锆一听到内容后大惊失色,古柏仍然面不改色。

有个宠儿刺伤自己的母亲逃跑了。

大约三百多年前,医学取得重大突破,在破译人类DNA、人造器官以及延缓衰老等技术都成功之后,人类寿命在历史上首次大幅延长。

现在的公民就有八成以上的人口从那年代活到如今,仍然维持着三十岁上下的模样和健康的身体。即使医生和科学家说寿命始终有限,推算约为六七百年,但至今只是过了一半而已。人类共同踏入了这个奇妙的长生不老年代。

虽然偶有人因意外死亡或厌世安乐死,但死亡率突然暴跌仍然会造成严重的人口压力。遗憾的是,即使人类成功地在太阳系建立了新殖民地,能源和食物等基本资源都可用科技解决,但居住土地仍满足不了人口增长,就业和自我实现等等社会资源仍远远不足。于是理所当然地,必须强硬控制人口,禁止生育的命令终于发布了。

遗传工程管理局因此成立,人口止升回跌后,由政府控制有计划地制造下一代。

不过,成立的主要原因反而是教育问题。

据说公元历后期的人要完成具竞争力的教育约需二十多年,当时平均寿命是七十岁,受教育的时间已占了约三分之一的人生。人类的知识学问累积至今,不计专业教育,光是基础教育就要花上五十多年。人类的寿命不得不延长,政府也不得不考虑教育资源的分配。不禁止生育的话,全民的教育成本就会变成很恐怖的负担。

再说,为了什么要生呢?

人类社会正前所未有地稳定,就业市场已经自动调节到一个地步,对增加人力的需求非常低。老板会选一个有上百年工作经验的人,还是零经验的新人?

在机械人已取代低技术工作的年代,能在这个社会活下来的人都累积了丰富的知识技术、学问和经验,试问新生代如何跟他们竞争?

所以遗传工程管理局精挑细选优良的受精卵培育下一代,集中进行精英式的培育,务求让他们取得能跟上社会的资格,那是非常严苛的教育环境。锆一就是其中之一,成为少数有幸诞生加入社会的新人。

政府统一养育还能避免一个问题:错误的养育方法。管理局尚未成立之前,事业有成的父母面对这个长生年代,眼见下一代越来越难在社会上跟已经握有资源的上一代竞争,便各走极端。不是偏激地盲目催促儿女考试和学习各种技能以期脱颖而出,就是不舍得让儿女吃苦百般呵护,不让他们加入可怕的竞争。种种错误的教育方法培育出一堆高分低能者、隐蔽青年和啃老族,严重浪费了社会资源。

管理局解决了这些问题。不过,仍然有人忍不住要偷偷生养孩子。

不再为了传宗接代,不再为了养儿防老,但人们还是想要生自己的小孩,儿童机器人无法取代心理需求。经过充满争议性的辩论,最后为了满足人类生儿育女的本能,政府推出了宠物儿童政策。

"为了自我满足吧。"

冷不防听到上司这一句,正在现场四处打量的锆一回头望了他一眼。他们作为监察部代表来协助调查。

伤者已经送到医院,她被刀刺到大腿但并不严重。锆一看到房间地毯上的血迹,心里一阵发毛。

立体照片中的男孩看来为天然十岁左右,资料说是二十年前由伤者和她刚分手没多久的前夫合法诞生。即是说,他至少接受过一次延缓成长的药物——像锆一那样的新生代,会在二十岁才施打,因过早注射可能会损及智力,只有宠儿会那么早注射。

这孩子的脸孔虽能看出父母的轮廓,但金发碧眼美得像个洋娃娃,果然也被父母带去修改过外貌。观乎房间和衣服的可爱风格就知道母亲的喜好。

"两位有发现什么可疑之处吗?"负责的警官看来很想早点回去,"那死小鬼跑不远的,应该很快就能抓到。"

锆一愕然道:"'死小鬼'? 抓到之后——"

"当然就是安乐死呀,竟然大逆不道伤害父母,没我们这些大人他们哪来出生的机会啊。"

虽然这是锆一早知道的事,但听见警官像是把咬伤主人的狗拿去人道毁灭般不在乎的语气,就忍不住反感。

"新人?"警官像是看穿了他,露出嘲讽的嘴脸。

"没错。"古柏蹲在什么东西面前头也不回地说,"所以,我们这些成年人就拿出点成年人该有的实力来给后辈示范吧。"

他眼前的地上散放着不同形状的积木,旁边有一条被卷成两个圈的跳绳。

"锆一,你去检查一下保姆好吗?"

听见上司的要求,锆一立即过去检查,然后发出吃惊的声音。机器保姆的程序竟然被修改过!

"虽然清洗过了,但我相信警方的科学化验应该还能查出些什么来。"古柏走进厨房,从垃圾筒翻出一个尾指般小的玻璃管,警官瞪大了眼。

"连这么基本的调查都不做,可小心被后辈比下去呢。"古柏朝警官笑道,后者涨红了脸。许多宠儿都乖僻、自我,伤到父母又不是什么罕见的事,所以警方真的没去在意,虽然很少宠儿会逃跑。

锆一回头望向刚才上司注视的积木,不禁咋舌,"古柏先生,那孩子是……"

"警方该查问一下伤者的前夫。锆一,你跟警官去向伤者调查吧,无论如何都要她自白。很难得的经验呢。"古柏拍了拍他的肩,"我去找那孩子,分头行事。"

认出跳绳放置成蝴蝶般的双扭线是什么东西后,锆一也立即明白了乱放似的积木各自代表什么符号。那是锆一小学时做过的题目:洛伦兹方程式(Lorenzequations)。

过去,妈妈偶然会带小清去跟别的宠儿玩耍。

宠儿永远不需要工作,存在的意义就是供父母疼爱,溺爱。哪怕父母辛苦工作时,也会有机器保姆无微不至地照顾他们,不管长多大,宠儿连吃饭、穿衣、洗澡都有人代劳。父母总会交换或买来新奇的玩具,宠儿每日只需玩乐,开开心心就好,完全不用为生活烦恼。

许多宠儿都骄纵成性,一不合心意就发脾气哭闹,要不就非常怕生,整天躲在父母身边,或者像小清这样,惯性独自坐在一边做自己的事。宠儿们就算被父母放在一起,也鲜有真正共同玩起来的时候。

虽然再三注射延缓成长的药,心智无法成长,但宠儿的身体还是会长大。外表看来像天然年龄十几二十岁的宠儿,还是不懂自行进食成年人的食物。听说这阶段的宠儿就没当初那么可爱了。不过,小清觉得妈妈不再带他跟别的宠儿见面,并不是这个原因。他才注射过一次,现在看来还是十岁。

是因为他不像别的宠儿。

小清不满足于玩具,对很多东西都感到好奇,他会问很多问题。爸爸妈妈会告诉他一些似是而非的答案,后来却觉得他太爱说话相当麻烦,干脆惩罚他——再问那么多就不给东西吃。

小清试着模仿机器保姆自己收拾玩具,自己拿汤匙进食,妈妈竟然哭了,哭得很难过。当小清说这样"不好",妈妈突然大发脾气了。

"不好?你懂什么好和不好?你不懂,你什么都不懂。你只管听妈妈说就对,妈妈才知道什么对你好!"

妈妈不断说外面有多么恐怖,小清多么软弱无能,然后威吓说如果小清不乖乖听话,就把小清丢到外面去,小清再也不会有东西吃,没人替他洗澡换衣服,没有玩具,什么都没有。

"妈妈只是不想你死,不想你受苦。小清乖乖听话就是妈妈的小王子,每天都很幸福。"

从此，小清就有许多事不可以做。小清不介意被母亲任意打扮成她喜欢的样子，却不喜欢凡事被照顾的感觉。有许多事他知道自己做得不及保姆好，可是他想试，却连试都不容许。

不过，小清还是会忍不住偷偷去试。父母都上班的时候，他慢慢学会了怎样骗过保姆的监视。

他也渐渐弄明白自己的处境。

这个甜美温馨的房间外面的世界，不属于他。但他还是逃到外面去了。

一如他所想象，成年人的世界没有小孩，他知道自己很容易就会被发现，他只能躲起来。也许晚上大家都睡觉时他才有机会继续逃吧，可是能逃去哪里呢？他对这个世界一无所知。

小清在黑暗中忧愁地闭起眼睛，感到无比绝望。

宠儿是人类，除了不能获得教育和不能加入社会成为公民之外，其他人权都应有保障。

锆一就是这么相信的。

宠物儿童政策监察部正是为此成立。一年一度的强制体检和抽样家访，就是为了保障没有人会对宠儿进行虐待或当成乱伦的性玩具。既然是为了被爱而生，就该给予宠儿们承诺的爱。不过，在当今社会这类令人发指的悲剧也很少了，那么难才申请到的配额，怎可能虐待呢？只会极尽溺爱。所以抽样工作才做得这么马虎吧！

当锆一还在培育中心很辛苦地拼命学习时，总会冒出两个念头。那起引发集体记忆错乱和身份危机的可怕意外，证实知识直接移植不可能，于是他仍然要用最古老的方法去记忆和学习。为此他考虑过去当科研人员，投入目前最热门的人造大脑研究。

另一个念头就很幼稚：如果自己是个宠儿就好了。不用面对无止境的学习，不用为未来投身社会彷徨，只要每天吃喝玩乐就好。更不用面对恐怖的毕业考试——虽然所有新生代学生都有优良的遗传因子，但这不代表他们就一定能成为优秀的人。每届总有少数人无法达到投身社会的最低要求，最后选择安乐死。

锆一是优秀的，培育中心也有相当多让毕业生体验真实社会人情冷暖的教育，但当真的踏入职场、每天都被人提着"你没经验"时，还是很有挫败感。

加入了这个部门，真实地见到宠儿之后，锆一对宠儿的想法有了很大的改变。他绝对不再想能成为宠儿，那样的人生称不上幸福。虽然绝大部分的宠儿都处于无知或浑浑噩噩的状态，根本不会分辨幸福或不幸，只要可以吃可以玩获得满足就好。但锆一一点也不想变成这样。

再说,六十岁毕业的锆一如果真是宠儿早就死了,大部分宠儿都活不到这个年纪。

寿命太长导致一生一世的婚姻仅存于某些极端宗教,婚姻能维持几十年已经算不错。当一段婚姻告终,宠儿的身心也早过了可爱活泼的年纪,大部分父母都不愿再负担延长寿命的高昂费用而任由宠儿自然死去,某些地区还容许安乐死。

锆一觉得,购买儿童机器人或在计算机虚拟空间制造虚拟婴儿要人道得多,可是,这个东亚族裔聚居的城市还是以自己生宠儿为主流,这是远古文化思想的影响吗?

既然如今物质丰裕起来,社会也允许饲养这么多的宠儿,锆一曾问过古柏,为何不取消生育禁制令? 没想到却被上司责令自己做一次调查计算。一个月之后,锆一心灰意冷地将结果回报给上司:即使人们为宠儿挥金如土,和原始的生育机制比起来,消耗的资源仍要低得多。

"现在的社会已经走不了回头路。"上司当时冷冷地说。

当锆一和警官到达医院,他们就收到了化验报告。警方虽然不服气被两个监管局的外行提醒,但也立即跟进做了系列调查,效率很快地把事情理出了个大概。

这反而叫锆一很生气,明明多做一点就能水落石出,当初只因为觉得没什么可疑就想草草了事。又是典型少做少错的官僚作风,反正大家都觉得一个宠儿的生死没什么大不了的吧!

女人坐在病床上,气色还好,看起来有养育宠儿的女性独有的柔和感,一种称为母性的温婉。

她一见到两人,就立即追问:"找到我的小清了吗?"

"碘小姐,你知道如果小清被抓到将会怎样吗?"锆一忍不住立即反问。

女人脸色有点苍白地点了点头。

"有暴力倾向且付诸实施的宠儿会被带去安乐死。"警官像要确定她心意似的说道。

"小清他……他一定是压力太大才会这么做! 你知道很多孩子在体检前都会发脾气,他无心伤害我的! 求求你们网开一面吧!"她哀声恳求,眼泪盈眶。

"刀本来放在厨房孩子拿不到的地方吧? 他刻意取来再回到房间,等你进去时袭击你,分明是有意甚至有预谋,很难相信他只是普通的发脾气。"

"不! 怎么会呢……小清一向都那么乖……"女人啜泣起来。

"这件事我觉得很奇怪,为何他会拿到刀子?"锆一适时地插话试探女人。

"我不知道……也许是我昨晚忘记把刀收好就放在流理台上。我在家的时候不会锁上他的房门,也许是趁我去洗手间时偷偷拿去玩了吧。"

"可是刀上没有指纹。"

"他今天穿的服装有一对手套,那套衣服很可爱,他是不是不喜欢那套衣服呢?"女人抽泣着说,"不喜欢什么跟妈妈说就好了,为什么要……"

"碘小姐,你知道这是什么吗?"

女人一看见锆一用通讯器投射出来的玻璃管立体影像,立刻就说:"是……我的轻松乐。"

她说的是一种合法毒品,不过警官也注意到她的表情变紧张了。

"很可惜,虽然你已清洗干净,但还是能检验出来,这是什么你应该心知肚明。"

那是一种严格管制的药物,会对智力造成永久损害,而且中毒症状不易被简单检查发现。

"我不知道你在说什么!"女人哽咽着说。

锆一生气起来,语气强硬地说:"你应该知道,一旦发觉宠儿发展出独立倾向,就要向我们报告!"

宠儿在百般溺爱的环境下长大,就算有学习本能,也会被各式娱乐驯化,再稍微尝一点学习失败的挫折感,大多数都会放弃学习和成长的意欲,变成全然依赖父母的无助"儿童"。

若是在这样的情况下,还能自发地发展出独立思考倾向,就得向监管部报告。经过检查,如果孩子的智力不合格,仅是反抗父母意识太强,就可能用处方药物控制。但如果智力超过一定水平的话,就会被收编进培育中心获得教育机会。

人类的遗传基因库必须保持开放,吸纳这些大自然的偶发奇迹,以保证基因的多样性。这是遗传工程管理局的一贯方针。

锆一不明白,通常宠儿若能获得培育中心的肯定,父母都会感到很光荣,认为这间接证明了自己的遗传基因优良(不过锆一也怀疑,假以时日,这种想法会消失,反正大家的基因都是管理局决定的)。为何这女人要拼命隐瞒?

"小清是天才儿童,你怕他在今次体检中被发现。"锆一瞪着那个女人,"所以你想对他下毒!"

"怎么可能呢? 一定是搞错了!"女人青着脸,恼羞成怒,"小清什么都不懂,他只会嚷着要我抱,我摸摸他的头他就高兴,只要陪他玩玩具他就高兴! 他自己连汽水瓶也不会开,什么天才儿童? 他只有几岁而已,他懂得什么,我这个妈妈最清楚! 他是我最宝贝的儿子,我怎么可能会毒害他?!"

"你是舍不得放他走。"锆一叹了口气。因为各种原因需要把宠儿带走时,总有少数父母变得歇斯底里，不择手段想把孩子留下。不过这女人到底是怎么回事？

"你刺伤自己，再嫁祸给小清！"

"你胡说什么！"女人抬起头狠狠地瞪着他，半晌，大声哭起来，"你们快点替我把小清找回来吧！我这个母亲掏心掏肺把一切最好的都给了他啊！他怎么可以这样伤害我？他要什么我都可以给他，他还有什么不满足？没有了我他铁定活不下去！小清需要我，他需要我！他是我生的孩子，是我的啊！小清……"

锆一望着不像假装而是真的痛心哀号的女人，打了个寒战。这个女人，情愿陷害儿子为凶手让他被强制安乐死，也不愿意放他自由离开自己身边？

她其实很依赖这种"被依赖"的感觉来活下去吧，虽然这也是推出政策的原因，长寿的人类太无聊以至于失去了生活方向和动力。不过这女人走火入魔了。比起承认孩子不再需要她，她宁愿选择毁灭孩子。

锆一忽然记起辩论是否实施宠物儿童政策时，正方奋力歌颂父母爱的正当性和人类本能，反方则提出一体两面说——爱会扭曲成占有欲和操控欲，那已经超过溺爱，只是剥夺孩子学习独立和求生能力的私欲而已。

"果然在这儿呢。"

小清听见这声音，蓦地抬头，看见一个棕发的成年男子正对自己微笑。

糟糕，虽然他一直努力不睡着，可是一整天没吃过东西，紧张过后疲倦起来，还是不知不觉睡着了。

既然被发现，已经逃跑不了吧。小清望着比自己高出一倍的男人，明白到现在反抗没有意义，便暂时静观其变。

逃出来的时候，他在大楼外的垃圾回收处看到很多大箱子，打开其一个满是垃圾的，便爬了进去躲着。

当时警方还没认真搜索，毕竟大部分走失的宠儿要不是吓得当街哭号起来，就是不知该游荡到哪里去玩，然后很快被发现。因为就算打伤了人，宠儿也不会知道为何要逃亡，他们不知道后果。

警方没料到小清会认真地躲起来，还躲在宠儿厌恶的肮脏地方。

"好在我比警察快一步找到你。"古柏松一口气，转回小清能听懂的语言，"放心，我不会伤害你的。来，手给我。"

古柏把他从垃圾箱里拉出来。

"谢……谢。"

古柏错愕了一下，"你会说通用语？你母亲教你的吗？"

小清摇了摇头，"只会一点。听爸妈说，听多了，懂一点。"

宠儿没有接受教育的机会，自然也不能学习比原始语言复杂得多的通用语。看来小清确实是个天才儿童。如果听得懂通用语，也难怪他能够掌握到大人的事态了。

"改写机器保姆程序的人，是你吗？"

小清点了点头。他让保姆在妈妈想抓住他打针时阻止母亲，然后他便乘机逃跑出来。不过这件事有点复杂，他不太懂怎么用通用语流畅地说出，所以只好点头算了。

古柏小心地把他带上自己的车，不让外面的警员发现。

"叔叔是宠物儿童政策监察部的人，你知道自己是宠物儿童吗？"

小清还是只点头。成年人以为他听不懂通用语而在他面前高谈阔论，他却用心去听和思考，甚至模仿。

"自己逃跑出来很勇敢呢，"古柏驾着车子离开，"你很聪明，小清，叔叔可以让你去接受教育。"

小清想了半晌，摇了摇头，"我，不想去。"

"你不用害怕，那里的人不会像你妈妈那样对你，你能学到任何想学的东西。"

"妈妈，只是，寂寞的，女人。"小清闷闷不乐地忽然冒出这句话，让古柏有点意外。他几乎忘了，如果小清的智力一直正常发育，现在已经二十岁了。

"我一定要去那里吗？"为免诉求被误会，小清放弃不熟的通用语，换回母语。

"如果你喜欢数字，那里有很多人可以教你更多数字和符号的玩法。"古柏很奇怪，以为他害怕被送到陌生的环境。

"那个地方是培育中心吧。我已经注射过一次，所有人都会知道我是宠儿。"小清轻轻握着拳头，"我也不想去跟其他人竞争，加入这个叫'社会'的世界。是社会先拒绝了我，我为什么还要加入？然后，再去服从它吗？！"

貌似十岁的孩子身上冒出少许恼火。

古柏把车子停在路边，路人看见，大概会以为小清是他的宠儿吧。

"那么，你逃出来想去哪里？"

小清皱起了眉。

"哪里都好。我不想再留在妈妈身边扮演听话小孩，也不想加入你们。如果你们的规则就是要么送我到那里，要么抹杀我，我会拼命逃跑。"

小清说得很认真，可是古柏笑了起来。

"你母亲没有告诉你吗？你从来没学习过任何在外界求生的技能，不管在城市或野外,你都会死得很快。"

"你们可以一口咬定我不适合生存,可是,你们没权力决定我怎样过活才算幸福!"小清愤怒地大声说。

通讯器忽然响起,古柏叫小清安静,是锆一打来的。

"已经让那女人认罪了,之后交给警官就好了吧?你找到那个宠儿了吗?"

"那孩子啊,"古柏看见坐在旁边的小清抖了一下,便说,"找不到哩,该不会被什么人拐走了吧。"

"那就糟糕了,不过那孩子智商好像很高,会不会自己逃到什么地方?"

"他还有什么地方可以去呢?"

"说得也是……"锆一的声音有点沮丧,"这件事让我很不舒服。古柏,告诉你,我将来就算结婚也不会申请宠儿,老婆真想要就买个儿童机器人。"

"嘿,那你努力存钱吧,好的A.I.可昂贵了啊。"古柏笑着向小清打了个眼色。

小清一脸疑惑地看着这个男人挂断电话。

古柏把车驶出城市境外,进入禁止普通市民通行的道路,再进入蛮荒地带。即使经过了环境改造,这个行星的荒野地区还是有许多危险:未完全知晓的植物和动物,以及没有城市计算机管理的气候和恶劣的生存条件。

尽管如此,在这个长着许多绿色和蓝色植物的森林里,竟然有个部落。如果把还没发现而且隐藏在更深处的聚居点都算进去,这儿已经是个小市镇了。

下了车,小清跟着男人。古柏看得出他有点害怕,但还是紧紧跟上来,走进汽车进不了的丛林通道。

半路,他们被几个手持武器的人包围起来,直到其中一个男人认出古柏,跟他交谈了好几句,才带着他和小清进入隐蔽的村落。小清吃惊地望着这个无法想象的地方,还有许多不同年纪的人。

"这里仍然使用落后的太阳能和旧式计算机网络,所有事都要自力更生,要在这里生活一定比当宠儿或者去培育中心辛苦得多。"古柏跟小清说,"你真的不后悔吗?"

"不。"小清决断地走上前,"但是我不明白,你为什么要帮我?"

"这里是一些坚持违反生育禁制令,也坚持孩子该由父母管教的老顽固的聚居地。"古柏环视此地,感觉其规模比上次来时又扩大了不少,"这里也有许多非法出生的孩子,还有一些类似你这样逃走的宠儿。其实政府早就知道了这个地方,可是默许他们不为人知地继续存在。"

"为什么?"

"因为我们的社会,已经陷入停滞不前的困局了。"

不管在哪个机构或组织,上面的位置都被早就握有最多有形无形资源的人长期霸占。就算终于等到这些人几百年后死去或退休,他们的位置也只会由下一级填补。像锆一这种新人从最低级入职,想靠实力努力往上爬,纯属痴心妄想,只能排队干等。到他真能升到什么位置有所作为,也已经过了几百年成为制度的一部分,不想改变了。

自己开创一番事业就更别想了,如今就有优势的人会让新人来多分一杯羹吗?当然是联手把有威胁的幼芽铲除。寿命变长了,人的心胸反而狭窄了。

古柏觉得小清拒绝去培育中心的判断是正确的。

总之,如今的制度保障了现在既得利益者的权益,没有人会愿意把到手的利益分出来。就算有远见的人知道有问题,大众也不愿意改变。

就像宠儿政策让那群想过父母瘾的人尝到了甜头,如今要改回去已经没可能。毕竟,宠儿又不懂自己发声争取权益,嚷着生育是天赋权利的成年人却很多,教育资源减少浪费后整个社会都提高了生活质量,谁会笨得出声反对呢?

统治阶层从各方智者得到的警告是:太封闭了,这样下去人类社会会退化甚至灭亡。统治阶层却没有对策。

这个从密闭系统中逃出来的小社群,虽然没有最先进的医疗和科技,人均寿命也短很多,并欠缺完善的教育制度,但是他们有生命力,有世代更替的拆毁和重建。

继续发展下去,这里将会创造出自己的文化,还有国家。

"将来,我们之间也许会爆发战争吧。"古柏感慨地对小清说,"如果你想多谢我,到时就留我一命吧。"

小清侧过头,他还不懂战争的意思。

古柏跟小清告别,驱车回到城市。什么时候才能把这项秘密工作也交给锆一呢?不过他还没有足够的经验吧?古柏察觉到自己不期然也冒出这种看不起新人的想法来,只好自嘲地苦笑。

本土作家眼中的台湾科幻

科幻沙漠①台湾绿又绿
——从全球华语科幻星云奖提名说起

文/黄海　台湾作家、科幻文学研究者

第三届全球华语科幻星云奖入围名单于2012年9月1日公布,台湾地区意外地收获颇丰,老中青四人入围:叶覆鹿(本名陈栢青)凭《小城市》入围最佳科幻长篇,张系国凭《多余的世界》入围最佳科幻中篇小说,黄海凭《时间画廊》入围最佳科幻短篇,李伍薰则入围最佳科幻新锐。我有些怀疑,也许主办单位对被称为"科幻沙漠"的台湾做了"加权计分",否则以大陆的兵多将广,台湾不大可能有这么多人抢进了滩头堡。近年来,大陆由刘慈欣带动了科幻文学热潮,香港《亚洲周刊》的封面标题《科幻冲击中国》形容得最是传神。全球华语科幻星云奖的举办让科幻文类扬眉吐气,尽管纸质书在台湾已逐渐式微,大陆还有一片沃土可以耕耘,足令人羡慕。

由于去年起星云奖改为接受大众自由提名,我虽是科幻协会的委员之一,倒也落得清闲,终于卸下台湾区提名重任,不再担心有疏漏难以交代。去年应董仁威先生之邀去成都参加了第二届华语科幻星云奖颁奖大会,同行的有科普大家张之杰教授(中华科幻学会创办人)、作家李伍薰,见证了科幻之都的不凡景况。各大学设立科幻协会的热烈情况是台湾难以想象的,大陆科幻的风靡也许与大陆发展太空科技息息相关吧。

2010年第一届星云奖初办,当时我很担心台湾这边没有像样作品可以参选。也是那一年,在台湾有着十年历史的交大科幻中心关闭,倪匡科幻奖也随之停办。台湾科幻的发展本就已江河日下,气息微弱,这下如遭致命打击,面临严重低潮。我只好寄望于大陆发行量极大的《科幻世界》杂志及其他媒体(如《新科幻》杂志)给予台湾作品发表空间,如此,

---

①"科幻沙漠"一词,来自"科幻国协"版主猫昌先生的多篇文章。

台湾才有可能在全球华语科幻星云奖不缺席。两岸要在短时间拉近距离实有困难,作品的交流效果有限,只能自求多福。台湾的笔耕者已是面临绝种的动物,想要向大陆投稿的就鼓励他们投去吧。好在张之杰创办了"中华科幻学会",俨然承继了台湾科幻命脉。有机会我也会协助学会中的科幻同好写作或投稿,只可惜会友鲜少志于文字创作,多半兴趣于科幻影视、动漫、战棋游戏或模型,这也是电子媒体时代不可避免的宿命。

以文字创作数量来说,台湾在大陆发表、出版科幻作品最多的作家应是苏逸平。他曾与倪匡一样在大陆享有知名度,但他的创作是以轻小说或所谓武幻、玄异为主,与华语星云奖的评奖原则不符。值得鼓掌的是,2004年,小羊慧玲在网上创设了"超异时空文学奖",苦心孤诣多年后,产生了一批科幻奇幻青年新兵。可惜该奖项同样也在2011年停办,目前只是在台北与新竹两地不定期举办科幻沙龙。至于"科幻国协[①]"网站,全凭猫昌一人苦心经营,现已成为中外科幻知识宝库。猫昌俨然台湾的科幻警察,他的评论高绝悬异,也常常"吐槽",褒贬笑骂,仰之弥高,令人敬畏,建议星云奖的提名和评审也应该参考他的意见才好。

我对科幻,或说华文科幻的未来一直是悲观的。心想,去年台湾的科幻跟往年一样乏善可陈吧。我历年已发表或已出版的作品,大大小小,成人与少儿的加起来有十几部吧,如今都宣告冻结。以少年儿童读者为主的《国语日报》,近年发表连载了不少我的中篇短篇科幻小说或论述,但大势所趋,该报社不愿意再投入类似科幻作品的出版。纸本书的黄昏末日,在台湾提早来到了。成人读者的出版社也没好到哪儿去,一般的出版社要么是主流文学为主,要么就是通俗轻小说为尚,科幻两边不讨好,格格不入。我也就懒得积极为自己的书筹谋,倒是大陆的郑军为我连续出版了几本书。年纪大了,不想挨家挨户去推销自己,科幻沙漠能找到几处绿地呢?

猫头鹰出版社是台湾的科幻科普专业出版社,陈颖青社长选稿严谨,至今除了刘慈欣、叶言都的作品之外,出版的都是翻译作品。一次与他的相聚时,他告诉我,在封面上明显印出"科幻"两字不利营销(詹姆斯·冈恩在他的《科幻之路》提到美国也有同样的情况)。他翻译出版的《时间回旋》成了台湾的畅销书,是因为读者喜欢它融入了亲情爱情友情的故事,具有宇宙宏观的同时也具有人性优雅,可说是抒情宇宙科幻诗篇。

前几年网络博客盛行,我在网络上大量发表文章,和需要阅读或写作论文的读者分享。如今,一般的文学出版社都苦不堪言,每况愈下。这几天的新闻里说,台北市重庆南路书香不敌咖啡香,书街爆发倒店潮,八成书店倒了,可以为证。我自己将要完成的《科

---

①网站名称曾是"科幻国协在台办事处",现不知何故改为"科幻国协在台病灶"自我挖苦,这里以"科幻国协"简称之。

幻文学回思录》20万字，在申请文化基金会出版的过程中都遭几次碰壁，科幻还能怎样啊？我只有羡慕北京的吴岩教授，他能在科幻理论的研究和写作方面得到国家的经费赞助，出版了许多重量级套书。总之，我打算完稿后先在大陆看看是否有出版机会。

另一个让我一直对台湾科幻的前途忧心的原因是，台湾的土壤培育不了大陆读者心目中的科幻作品——刘慈欣所谓的"真科幻"，王晋康所谓的"核心科幻"。多年前，香港学者王建元的一篇论文提到台湾产生不了硬科幻，这是大致不错的观察和说法。

从20世纪80年代至20世纪末的台湾科幻文学，一般而言是严肃为尚的，其中甚至有被纳入后现代小说的，在文坛争得地位。我曾归纳了两大主题特色：环保风浪和反乌托邦思潮。有的是主流文学作家跨界之作，如张大春《时间轴》、宋泽莱《废墟台湾》、黄凡《零》等。女作家平路的科幻隽永迷人，充满寓言和后现代的哲思，令我倾心。她的《人工智能纪事》，写男科学家创造女机器人，两者爱怨纠缠；《惊梦曲》和《岛屿的故事》，都以台湾意象融入了科幻，正是张系国当初所倡议的中国风味科幻——前者写台湾最后成了迪斯尼乐园，后者写地壳大变动之后，全球陆地连成一体，台湾消失，幸存的老人孤独而疯狂地找寻台湾岛屿的落寞心情，这是现实与科幻结合的高难度创作。这些作品生长在主流文学园地，看主流文学脸色是必然的，除非另立门户消失于一般文学视野，进入更通俗的文类。而一旦这样，或许便只能在租书店看到它们的身影，脱离文学阵营更远。

21世纪以来网络兴起，台湾科幻逐渐呈现多元色彩，也失去原有的严肃性质。讽刺的是，如今主流文学也自身难保，销量萎缩，轻文学兴起。与过去相反，不少主流文学阵营出版的作品使用了科幻元素，只是这些文学作品就算带有科幻意味，却不是为科幻而写，只能说是"泛科幻"作品（"泛科幻"一词，是我在《台湾科幻文学薪火录》创用，的确有其使用的必要性）。如李敖《虚拟的十岁》，李潼《望天丘》，卖出中法英美四国版权的吴明益《复眼人》，获得九歌两百万元小说奖入围的三部作品——叶覆鹿（陈栢青）《小城市》、周桂音《月光的隐喻》、谭剑《黑夜的旋律》，充满后现代思维的贺景滨《去年在阿鲁吧》，取法于卡夫卡和马奎斯的心理怪诞小说的高翔峰《幻舱》，另外，1996年董启章的《安卓珍尼》，以极致的文学意境书写融入科幻构思，类似美国新浪潮时代的文风，是科幻与文学的异数。

2011年，在大陆创办星云奖的第二年，台湾高雄的高僧星云大师也创办了"全球华文文学星云奖"，每年投下400万元台币作为奖金，想必不曾注意到大陆有一个同名的"星云奖"。以奖金的额度来比较，台湾硬是财大气粗，400万元台币可谓天价。科幻星云奖作品是导向未来的，文学星云奖则导向过去——以历史题材的小说为征文重点。巧合的是，去年台湾的文学星云奖也与我扯上关系，旅居美国的作家姚蜀平写了《他从东方来》要求我签名推荐，最后得奖了，她高高兴兴专程从美国来台领奖。

刘芷妤的《迷时回》(2011)以高雄市为幻想版图,写出古今交融的魔幻冒险故事,灌注了迷人的童话意象;重量级作家骆以军耗时四年完成近五十万字的登峰造极巨著《西夏旅馆》(2008)以西夏灭绝与最后一支族裔逃亡,隐喻这一整代人的流亡图景,小说絮絮叨叨,高深莫测,极尽描绘了变态和阴暗。以上两书都属于魔幻写实之作,可以列入"泛科幻"之林。我曾两次写信给刘芷妤未获回信,也就放弃提名。作者可能以为她写的不是科幻,不想参加。

然而,台湾科幻未必如我想象的绝望,科幻沙漠依稀绵延点点绿。今年,我请同好帮着推荐星云奖却未得到回应(包括猫昌),我只好义不容辞自己上网搜索。得益于"科幻国协"网站宝库,我辛苦搜索、联系多位作者和出版社提供作品,终于完成推荐。有些漏网之鱼是去年星云奖推荐期间未及提名,让我深感失责失察,他们都是台湾当代文学的重磅作家作品:伊格言《噬梦人》(2010);吴明益《复眼人》(2011);至于高翊峰《幻舱》(2011)倒适时赶上今年的最佳科幻长篇提名;在清华大学开设"科幻概论"课程,并主持中华科幻学会的郑运鸿,与哈佛大学东亚学院院长王德威同被推荐为最佳科幻传播(王院长并非我所推荐);猫头鹰出版社社长陈颖青推荐为最佳科幻编辑。以上虽然都未入围,却凸显科幻文学界不乏高雅博学之士,提升了华文科幻领域的境界。其他,李伍薰的轻小说《星空·21克》,张英珉的青少年小说《黑洞垃圾桶》,也都适时网罗。

提名的意义不在得奖或入围,只是借以进入华语科幻视野。希望台湾这片科幻沙漠,日后能有更多的绿洲。

新世纪台湾科幻文学的发展

文/李伍薰　台湾幻想文学新锐作家

自从20世纪90年代前期《幻象》杂志停刊之后,台湾除了《国语日报》这份以儿童与青少年为主要读者的报纸仍始终愿意刊载适合青少年的科幻小说之外,很少有其他媒体愿意提供刊载机会给科幻文学作品。幸运的是,许多纯文学界的作家都曾挑战过科幻题材,也为这个类型延续下小小的创作火苗。

直到网络在90年代后期普及化,才陆续有部分网友开始无偿地在网络上发表科幻作品,虽然其中不乏"科幻武侠"类别的作品获出版社青睐面世,并且获得广大回响,但毕竟与传统意义上的科幻有着本质上的差异,因此实在难以称为台湾的科幻代表作。而这样的状况,直到2001年起,才因倪匡科幻奖的成立而渐有起色。

2001年起,叶李华教授在(新竹)交通大学成立交大科幻研究中心,并且借香港科幻作家倪匡之名,主办倪匡科幻奖。以高额奖金(首届为新台币二十万)向大众征求短篇科幻稿件,征稿范围不仅限于台湾,也接受港、陆、世界各地,乃至"所有能以中文书写之智慧生物"。此奖也首开台湾文学奖电子投稿系统的先例,透过主办单位设置的投稿系统上传稿件,手续简便,减少纸本作品打印、运输等的碳足迹,颇富节能减碳的美意。

虽然倪匡先生之著作大多与传统意义上的科幻有些区别,但倪匡科幻奖所邀请的评审则多为承袭科幻文化脉络的港台知名科幻创作者,如张系国、黄海、叶言都等,这使得评奖的取向上,确实回归了"以科学为基础构想合理故事"的科幻本质,强调并结合台湾科幻界四十多年来追求人文关怀的传统,历届得奖作品多半兼具科学内核、合理故事与人文关怀三大要素。

自2001年至2010年的十年间,倪匡科幻奖在台湾(与世界华人圈)点燃一股新兴的短篇科幻创作风潮,平均历届都能吸引500篇以上的短篇作品参赛。每年的六月或七月最后一天,便是倪匡科幻奖截稿日,全台湾许多有志于科幻创作的作者多半彻夜不睡,反复审视,修改稿件(笔者亦曾是其中一分子)。主办单位论坛上也涌现热烈讨论话题,就像台湾科幻迷共襄盛举的一场节庆。

倪匡科幻奖的举办也间接引起了台湾出版业对科幻文学的兴趣,例如2004年主流报刊《中国时报》与大众文学志《皇冠杂志》,就分别邀请了几位倪匡科幻奖得主(或评审)展开联合创作,或搭配绘本各自想象故事,或进行故事接龙,让科幻创作再度曝光于大众的视野中。

倪匡科幻奖每届所征求的短篇小说字数不尽相同,2001、2002年两届都在一万字上下,2003年至2008年都在3000字上下,2009、2010年两届则回归到接近前两届的水平。从征稿字数的取向上,或许可反映出台湾科幻读者阅读偏好的改变。大约从新、旧世纪的交替时节起,台湾读者的阅读喜好就逐渐向"轻、薄、精、软"的风格倾斜。"轻"意味着用字浅显,"薄"代表小说篇幅减少,"精"代表故事情节相对简约,"软"则代表作品调性偏软,较偏好设定简单(或几乎无设定)的故事。这样的变化发生在前述的时间点,绝非偶然,若仔细推敲相关因素,便可发现其中脉络:小说阅读者在成长期间恰好与网络普及化的时间重叠。

台湾本来就盛行租书阅读,租阅者看得越快,租书店的获利就越有效率,租书店内需要的是能够被"快速阅读"的小说。因此,用字浅显、节奏明快的书籍大为盛行。新世纪以来,小说不停受到影视、动漫的冲击,人们越来越倾向于在计算机屏幕或其他电子阅读器上进行阅读,城市高度都市化后,人们需要节奏轻快的小说来让自己放松。

总和上述几点,不只是科幻题材,在纯文学以外的所有文类上,台湾读者的阅读偏好,都明显地偏向"轻、薄、精、软"。然而传统意义上的科幻文学(或许可简称为"硬"科幻),在调性上又往往与这类偏好相冲突,对于台湾的科幻创作者,这构成了某种程度上的挑战。但真正好的故事也应该可以是浅显易懂的,对于有心说好故事的作者而言,这或许并不算是真正的挑战。台湾科幻创作者真正面临的困境,主要是肇因于历史与商业因素:

台湾不少消费者观念里认为"外国来的就是比较好"。当提到科幻,绝大多数的消费者会先从欧美日的翻译书开始挑选,能够进入台湾的翻译书已经在最初生产国经过一轮市场筛选,自然比原生作品更能吸引消费者目光。

台湾人口基数又只有两三千万,似乎让科幻小说的消费力在"成为产业的临界点"之下一点点,倘使出版社无法借出书获利,自然会对科幻文类望之却步,降低出版意愿;握有资金的老板们没有看见既有的成功模式,也多半不愿意投资。这使得科幻创作者们即使书写出作品,也很难找到发表的舞台。

这些,是台湾科幻创作所面临的主要困境。

然而,世界上不存在没有困境之处,只要是真心热爱,真正的创作者绝不会就此放弃,因此,尽管在种种客观条件的限制之下,21世纪的台湾创作者依旧努力不懈,在不利的情势下陆续出版过不少科幻著作。而提到科幻出版,公元2000年后台湾的科幻出版品,仍以翻译海外科幻作品为大宗,主要集中在知名欧美作者作品集与好莱坞改编科幻电影原著两大类别。其中当然不乏"黄金时代三巨头"海因莱因、克拉克、阿西莫夫的经典作品,也有布拉德伯里的《火星纪事》(大陆译《火星编年史》,编者注)、法兰克·赫伯特"沙丘"系列、丹·西蒙斯"海伯利昂"系列(大陆译"海伯利安",编者注)等有口皆碑之作。科幻电影原著小说,则有《银翼杀手》《关键报告》(大陆译《少数派报告》,编者注)等。

而台湾在华文科幻创作出版方面,2000年代初期,皇冠出版社出版了"皇冠百万大众小说文学奖"得主张草的《灭亡》续作——《诸神灭亡》与《明日灭亡》三部曲。科幻作家苏逸平则延续上世纪90年代的创作,由风云时代出版了《芥子宇宙》《参精竹妖》《遁行消失》《麦田奇圆》《牛头马面》等著作,洪范出版社则出版了台湾资深科幻小说家张系国的《星云组曲》。此外,《台湾科幻小说选》(二鱼文化)、黄海《秦始皇到台湾神秘事件》(天卫文化)、Arni《无性别界面》(印刻)、李伍薰《海穹金鳞》和《海穹浪客》(盖亚文化),与大陆作家刘慈欣的《超新星纪元》(红狐出版社),也都在2003至2004年间陆续出版。

值得一提的是,2004年创刊的漫画杂志《挑战者月刊》,在创刊初期即已陆续收录数则短篇科幻创作,从2005年起,两位倪匡科幻奖得主李伍薰、李知昂等也在月刊上开设专栏连载科幻小说《生命之环》、《星间冲击》系列。直到2008年休刊并转型为在线漫画网站为止,《挑战者月刊》都是台湾最支持科幻创作的平面媒体。

2005、2006两年,台湾出版的本土科幻作品除了资深科幻作家黄海的《黄海童话》(九歌)与李伍薰《海穹苍生》(盖亚文化)之外,猫头鹰出版社也开设了"科幻推进实验室"书系,有系统地将倪匡科幻奖的得奖作品集结于《上帝竞赛:倪匡科幻奖作品集(一)》、《百年一瞬:倪匡科幻奖作品集(二)》两卷出版,后跟随倪匡科幻奖的陆续推行,《笨小:倪匡科幻奖作品集(三)》、《死亡考试:倪匡科幻奖作品集(四)》两卷也在往后陆续面世。

2006年,交大科幻中心主任叶李华教授开始发表"韦斯利回忆录"系列,以每年二至三册的速度出版《错构》《同位》《盖世》《移心》《嵌合》《天算》《弥散》《乍现》《背反》《浩森》十册浩大故事,系列作品于2009年出版完结。

2007年出版的科幻小说则包括:苏善《凹凸星球》(九歌)、李知昂《创世半岛》(春天出版社)、李伍薰《海穹雷云》(盖亚文化)、李伍薰《黑白战争》(春天出版社)。

2008年,猫头鹰再版了资深科幻作家叶言都的架空历史科幻《海天龙战》,作家洪凌的《银河灭》由盖亚文化出版。

2009年,李伍薰《海穹英雌传》出版完结篇《海穹碧刃》(盖亚文化)。

2010年,联合文学则出版了伊格言的《嗜梦人》。

2011年至2012年间,台湾出版的科幻小说呈复兴趋势,作者与作品众多,包括吴明益的《复眼人》(夏日出版社)、叶覆鹿(陈柏青)《小城市》(九歌)、贺景滨《去年在阿鲁吧》(宝瓶文化)、高翊峰《幻舱》(宝瓶文化)、张英/王民《黑洞垃圾桶》(九歌)、李伍薰《星空·21克》(未来书城),以及资深科幻作家张系国睽违已久的新作《多余的世界》(洪范),猫头鹰出版社更推出了大陆知名科幻小说家刘慈欣先生的《三体》《三体Ⅱ:黑暗森林》《三体Ⅲ:死神永生》三部曲与《球状闪电》等作品。书籍出版以外,在平面媒体上,李伍薰《白垩纪保育团》也于《国语日报》上展开连载。

与科幻文学相对应的科幻研究方面,2003年,国立交通大学出版《科幻研究学术论文集》收录叶李华、黄海、王道还、郑运鸿等十多位研究者的论文。2007年,资深科幻作家黄海的《台湾科幻文学薪火录(1965～2005)》由五南出版社出版,2008年学者傅吉毅《台湾科幻小说的文化考察(1968～2001)》由秀威信息出版。此外也有将近二十篇相关的学术论文发表,倘若日后科幻小说出版的数量较多,研究的学者也将拥有更为丰富的素材。

台湾科幻文学的发展,在每个年代均面临不同课题。迈入21世纪之后,如何在影像作品的强大挑战、善变的读者口味偏好与市场需求之下，秉持自己的创作初衷，写出好看又不失深度的科幻故事，对于创作者更是一项挑战；但也或许因为这样的环境压力与历史因素，让台湾科幻的发展在21世纪里，虽然出产的科幻数量不算多，却发展出一种别具风情的魅力，等您来细细品味！